Kapitel 1

Die Bruchfeldstraße war mal wieder ein einziges Chaos. Autos, Busse und die Straßenbahn drängelten sich durch die lebhafte, aber ziemlich enge Einkaufsstraße in Niederrad. Sogar der Behindertenparkplatz vor dem Drogeriemarkt, auf den sich Leni manchmal mit schlechtem Gewissen stellte, war heute belegt. Endlich erspähte sie eine Lücke und nahm erleichtert das Gas weg. Da schoss aus heiterem Himmel ein Lieferwagen quer über die Fahrbahn, schnitt ihr den Weg ab und schob sich auf den freien Platz. Wie empört kreischten die Bremsen, und der Sicherheitsgurt drückte schmerzhaft in Lenis Brustkorb, als das Auto mit einem Ruck zum Stehen kam. Puh, das war gerade noch mal gut gegangen. Aber die Erleichterung dauerte nur kurz, dann sah sie Rot. So eine Unverfrorenheit! Seit einer Ewigkeit kurvte sie hier schon herum. Und nun das. Sie ließ das Fenster auf der Beifahrerseite herunter.

„Sind Sie noch ganz bei Trost? Das ist ja wohl das Letzte“, schimpfte sie. Der Fahrer, ein stämmiger Mittvierziger, grinste von seinem erhöhten Sitz zu ihr hinunter.

„Pech gehabt! Ich hab’s eilig. Bin sofort wieder weg.“

„Ich war aber vor Ihnen da.“

Er stellte ungerührt den Motor ab und sprang aus dem Wagen.

„Heul doch!“

Erst als die Beifahrerscheibe wieder nach oben geglitten war, erlaubte sich Leni einen Wutschrei. Ohne Vorwarnung stieg eine Hitzewelle in ihr hoch. Ihre weiße Bluse war sofort nassgeschwitzt. Entsetzt stellte sie fest, dass der dünne Stoff ziemlich durchsichtig wurde.

„Nicht schon wieder!“

Sie stellte den Motor ab. Nur die Ruhe. Erfahrungsgemäß dauerte es ein paar Minuten, bis ihr Körper wieder im Normalmodus lief. Sie kramte in ihrer Tasche nach dem Handy. Eine sympathische Frauenstimme meldete sich.

„Sparkasse Mainpower, Büro von Herrn Brandner.“

„Hier auch Brandner. Ach Glöckchen, du weißt gar nicht, wie gut du es hast.“

„Hallo Leni! Du hörst dich so aufgelöst an. Was ist los?“

„Das Übliche. Hitzewallung.“

„Aha, Alters-Tsunami. Damit kenn ich mich aus. Ohne was zum Umziehen gehe ich gar nicht mehr aus dem Haus."

„Und außerdem hat mir die rasende Mafia die Parklücke geklaut. So ein blöder Kurierfahrer."

Die Frauenstimme lachte.

„Leg dich ja nicht mit denen an. Da hast du keine Chance."

Leni musste mitlachen. Mit Glöckchen zu reden tat immer gut.

„Ist Thomas da? Nur ganz kurz."

„Der telefoniert gerade. Kann ich was ausrichten?"

„Nein. Oder vielleicht doch."

Sie hasste es, die ehemalige Kollegin mit privaten Dingen zu belästigen. Aber heute ging irgendwie alles drunter und drüber.

„Könntest du ihn bitte daran erinnern, dass er eine Flasche Schampus mitbringt? Du weißt schon, aus diesem tollen Laden in der Kaiserstraße. Ich hab's ihm heute Morgen gesagt, aber er hat es bestimmt schon wieder vergessen."

„Klar, mach ich. Euer Hochzeitstag, richtig?"

Als erstklassige Sekretärin war Elvira Glock über die privaten Termine ihres Chefs im Bilde.

„Hat er dich etwa wieder los geschickt?", fragte Leni.

„Kein Kommentar. Mach dir einen schönen Tag. Ich sorge dafür, dass dein Mann pünktlich nach Hause kommt."

Leni seufzte. Es war ihr völlig klar, dass Thomas ohne Frau Glock nie an Geburtstage oder gar ihren Hochzeitstag denken würde. Glöckchen hatte einen erstklassigen Geschmack bei der Zusammenstellung wundervoller Blumensträuße, die Thomas dann zu Hause stolz präsentierte. Vielleicht musste man es ihm nachsehen. Als Filialleiter hatte er viel um die Ohren.

„Wird's denn heute noch was?"

Das unrasierte Gesicht des Kurierfahrers tauchte neben ihrem Fenster auf und jagte ihr einen Schreck ein.

„Die Parklücke gehört ganz Ihnen. Sie müssen mich nur raus lassen. Noch vor Weihnachten, wenn's geht."

Sein Blick wanderte zu ihrem Ausschnitt.

„Ganz schön heiß übrigens, dieser Wet Look!"

Mit zusammengebissenen Zähnen startete Leni den Motor und gab Gas. Der Mann sprang eilends zur Seite, um seine Füße in Sicherheit zu bringen. Fast hätte sie das Auto übersehen, das hinter ihr ausscherte. Sofort trat sie wieder auf die Bremse.

„Pass doch uff, du aal Schnärsch", hörte sie jemand schreien. Und dann würgte sie auch noch den Motor ab.

Bepackt mit Tüten und Taschen bog Leni gegen Mittag in die Goethestraße ein. Als Belohnung für diesen schrecklichen Morgen gönnte sie sich einen Besuch bei Pia. Die Freundin hatte eine edle, kleine Boutique in der Innenstadt. Und eine erstklassige Espressomaschine. Pia rauschte sofort auf sie zu.

„Hallo, meine Süße! Schön, dass du mal wieder vorbei kommst", begrüßte sie Leni.

„Du siehst ein bisschen abgekämpft aus. Aber das kriegen wir wieder hin. Espresso?"

Leni nickte dankbar und ließ sich auf einen seidenbezogenen Hocker plumpsen. Mit ihrem tadellos manikürten Fingernagel drückte Pia auf einen Knopf an der chromglänzenden Maschine.

„Hier, schau mal. Hab ich gerade reinbekommen. Da könnte was für dich dabei sein."

Sie zeigte auf einen Ständer mit Sommerkleidern. Leni stellte sich wieder auf ihre schmerzenden Füße und inspizierte die Sachen. Ein Modell in Brauntönen sah viel versprechend aus.

„Wir haben heute Hochzeitstag. Da könnte ich mir eigentlich was Neues gönnen. Der Ausschnitt ist allerdings ein bisschen tief."

Leni ließ den Stoff durch die Finger gleiten.

„Das kannst du gut tragen. Du bist doch noch nicht scheintot. Probier's einfach mal an."

Pia schob die Freundin in die Umkleidekabine und griff nach zwei Espressotassen.

„Du hast es wirklich gut", seufzte sie. „Ich hätte auch gern jemand, der mich verwöhnt."

„Na ja, Thomas ist schon ein Glücksfall", bestätigte Leni nicht ohne Stolz.

„Aber so einfach ist es nun auch wieder nicht mit ihm. Manchmal komme ich mir vor wie weggesperrt. Er will ja absolut nicht, dass ich arbeiten gehe. Nicht mal jetzt, wo Moni flügge ist. Es hat mir damals leid getan um meinen guten Job bei der Sparkasse."

„Sei froh! Alles wird immer hektischer, da kriegt man richtig Drehschwindel. Ich würde gerne mal die Füße hoch legen und nur überlegen müssen, was es zum Abendessen gibt."

Leni runzelte die Stirn. Das hörte sich irgendwie nicht sehr prickelnd an. War das alles, worum sich ihr Leben drehte? Sie schob den Vorhang zur Seite.

„Hab ich's doch gesagt. Das steht dir wirklich gut", flötete Pia.

„Meinst du wirklich?"

Zweifelnd drehte sich Leni vor dem Spiegel hin und her.

„Ausgesprochen sexy!"

Das würde Thomas bestimmt gefallen. Sie selbst kam sich ein bisschen wie verkleidet vor.

„Du kriegst auch einen Freundschaftspreis."

Bepackt mit einer weiteren Tüte machte sich Leni wenig später auf den Heimweg.

Leise klangen die ersten Töne von ‚Clair de Lune' durch das Zimmer. Lenis Finger huschten über die Tasten ihres geliebten Klaviers. Debussy hatte es wirklich in sich. Als sie an einer besonders komplizierten Stelle nicht weiter kam, wechselte sie mit einem Schulterzucken zu ‚Summertime'. Das war leichter zu spielen. Leise sang sie die Melodie mit. „Summertime, and the living is easy."

Ein Summton aus dem Keller verkündete, dass die Waschmaschine ihr Programm beendet hatte. Leni klappte den Klavierdeckel zu und stand auf, um die Wäsche zu holen. Im Vorbeigehen stellte sie das Radio an und pfiff den Schlager mit.

Ächzend stapfte sie wenig später mit einem schweren Korb die Kellertreppe hoch. Die Plastikschlappen an ihren Füßen knallten bei jedem Schritt, als wäre sie mit Schwimmflossen unterwegs. Gut, dass Thomas das nicht hörte. Er liebte es, wenn sie sich elegant und ein bisschen verrucht zurecht machte. Aber sie fand sich nicht besonders sexy. Mit dir kann man Pferde stehlen, sagte Thomas manchmal. Das bedeutete ihr viel mehr als ein paar leidenschaftliche Stunden.

Auf der Terrasse war es heiß. Schon nach den ersten Wäschestücken, die sie akkurat auf den Ständer hängte, wischte sie sich die Schweißtropfen vom Gesicht. Ihre kurzen, braunen Haare klebten am Kopf.

Voller Stolz betrachtete sie ihren Garten. Er war wie eine Oase der Ruhe in der quirligen Großstadt. Und wenn sie mit beiden Händen in der Erde wühlen konnte, war sie glücklich. Seit Monika nicht mehr zu Hause wohnte, hatte sie noch mehr Zeit dafür. Thomas machte sich manchmal darüber lustig, aber das war ihr egal.

Sie blinzelte in den Sommerhimmel. Vom Taunus zogen ein paar Wolkentürme heran. Aber das Wetter würde bestimmt halten. Ein romantischer Abend auf der Terrasse mit schönem Essen, Wein und leiser Musik, sie freute sich sehr darauf.

Es gab noch einiges zu tun, aber wie immer hatte sie alles im Griff. Sie langte nach dem nächsten Teil. Es war ein weißes Hemd, das sie erst vor kurzem für Thomas gekauft hatte. Sie strich die Säume glatt und angelte nach zwei Wäscheklammern. Da sah sie den Fleck. Rot. Verschmiert. Sie zog den nassen Stoff auseinander und untersuchte ihn genauer. Es waren sogar zwei Flecken, vorne an der Knopfleiste. Eindeutig Lippenstift.

Im ersten Schreck ließ sie das Hemd fallen. Als kleines Häufchen sackte es auf dem Holzboden zusammen. Sie bückte sich langsam und hob es auf. Die Flecken starrten sie böse an. Herzlichen Glückwunsch zum Hochzeitstag! Ein Witz, so etwas passierte doch nicht in echt.

Energisch schlug sie das Hemd durch die Luft und hängte es auf die Leine. Nächstes Stück, Wäscheklammern, festmachen, immer weiter, so lange, bis der Korb leer war. Ihre Gedanken rasten, während die Hände mechanisch die Arbeit verrichteten.

War Thomas in letzter Zeit häufiger unterwegs als sonst? Benahm er sich anders? Ihr fiel nichts ein. Die normalen Überstunden, manchmal ein Abend, den er mit Kunden verbrachte, alles wie immer.

Auf dem Küchentisch häuften sich die nass geheulten Taschentücher. War sie so blind gewesen? Die flüchtigen Küsse beim Weggehen und Heimkommen, vieles war Routine geworden zwischen ihnen. Wir sind uns gegenseitig so bequem wie ein Paar ausgeleierte Hausschuhe, dachte sie. Aber das war doch normal!

Das fröhliche Radiogedudel ging ihr auf die Nerven. Gereizt schlug sie auf den Aus-Knopf. Es war sowieso höchste Zeit, mit dem Kochen anzufangen. An Tagen wie heute gab es immer sein Lieblingsessen, eine Art Naturgesetz. Als sie im Küchenschrank nach dem Senf suchte, fiel ihr das getrocknete Chili in die Hand. Thomas mochte nichts Scharfes. Mechanisch holte sie die Rouladen aus dem Kühlschrank.

Die Schwüle nahm zu. Mittlerweile sammelten sich am Himmel trügerisch schöne Wolkengebilde, und die Farben des Gartens leuchteten in eigentümlicher Klarheit. Schweißüberströmt sammelte Leni die Kissen auf der Terrasse ein.

Die Dusche brachte keine Erfrischung. Auf dem Bett lag das neue Kleid. Pia hatte sie beneidet. Um Thomas, um ihre ach so gute Ehe. Es würgte sie, wenn sie daran dachte. Beim Verteilen der Gesichtscreme schaute sie in ihr graues Gesicht.

Als sie Thomas an der Eingangstür hörte, knipste sie ein Lächeln an. Er gab ihr einen Kuss und setzte sich auf die Treppe. Wie immer zog er die Straßenschuhe aus und griff nach seinen gestreiften Schlappen. Es sah albern aus zu seinem Geschäftsanzug. Den behielt er heute an. Zur Feier des Tages.

„Alles Liebe zum Hochzeitstag." Strahlend zauberte er einen Strauß Rosen und ein kleines Geschenkpäckchen hervor.

„Ich hab's nicht vergessen", erklärte er eifrig.

„Ich hole eine Vase."

Seine Fröhlichkeit machte sie rasend. Sie stellte die Vase auf den Couchtisch und warf einen Blick auf das Päckchen. Beim Juwelier Neumann verpackten sie die Sachen immer so nett. Alles könnte so schön sein. Sie biss sich auf die Unterlippe, um nicht zu schreien.

„Steht dir gut, was du da anhast. Ist das neu?"

Sie tat so, als habe sie ihn nicht gehört. Abwarten, hatte sie sich vorgenommen. Krampfhaft schluckte sie den brodelnden Zorn hinunter.

Wie immer legte sich Thomas die größere der beiden Rouladen auf den Teller. Auf manche Dinge ist Verlass. Gemächlich zerdrückte er die Kartoffeln und die Soße zu einem unappetitlichen Matsch. Wie konnte er ihr das antun? Sie legte die Gabel auf den Teller.

„Du gehst fremd."

Ihre Stimme klang schrill. Das Weinen lauerte zwischen Magen und Kehle. Thomas erstarrte mit der Gabel auf halbem Weg zum Mund und schaute sie über den Rand seiner Brille an.

„Was?", fragte er tonlos.

„Ich will es wissen. Nein, also, ich weiß es. Du hast eine andere", stotterte sie.

Er zog die Augenbrauen hoch.

„Was soll der Quatsch? Also wirklich! Ausgerechnet heute, verdirb mir nicht die Laune. Du weißt, ich mag solche Spielchen nicht. Aus dem Alter sind wir raus."

„Ich schon. Du offenbar nicht."

Sie hätte sich ohrfeigen können. Wie konnte sie sich nur selbst klein reden! Er legte das Besteck beiseite.

„Ist dir der Appetit vergangen?" fragte sie hämisch.

Über die Rouladen weg starrten sie sich an. Sie schaffte es, nicht als erste wegzusehen. Lächerlich, dieser kleine Sieg. Sie versteckte ihre zitternden Hände unter dem Tisch.

Er schnitt wieder ein Stück Fleisch ab und steckte es in den Mund. Er kaut wie ein Schaf, das ein Stück Wiese abgrast, dachte sie. Mit systematischer Gründlichkeit, als wäre es eine äußerst komplizierte Tätigkeit. Das Schaf stopfte sich eine zerdrückte Kartoffel in den Mund. Leni starrte in die Kerzenflamme auf dem Tisch, bis ihr Blick verschwamm.

„Isst du nichts?"

„Ich hab' keinen Hunger."

Ihr Magen meldete sich mit einem ziehenden Schmerz. Schweigend sah sie ihm beim Essen zu. Plötzlich erstarrte er, und Tränen schossen ihm in die Augen. Er würgte und griff nach dem Weinglas.

„Was ist denn da drin?", fragte er mühsam.

„Was meinst du?"

„Da ist irgendwas Scharfes drin."

Sie zuckte mit den Schultern.

„Nicht, dass ich wüsste."

Misstrauisch schob er sich den nächsten Bissen in den Mund. Sie stand auf.

„Bin gleich wieder da", murmelte sie und verschwand in der Küche.

Das war alles so unwirklich, als ob es im Fernsehen passieren würde. Man litt mit der Heldin und aß dazu Kartoffelchips. Sie öffnete den Kühlschrank und betrachtete unschlüssig die Flaschen. Wodka, das war jetzt genau das Richtige. Sie griff nach einem Glas und schenkte großzügig ein. Das Zeug schmeckte ekelhaft, aber das war jetzt egal. Sie knallte das leere Glas auf den Küchentisch.

Thomas saß vor seinem leer gegessen Teller. Sie griff nach dem Weinglas. Mit einem lauten Hicksen meldete sich ihr Zwerchfell. Und gleich noch einmal: „Hicks". Ausgerechnet jetzt hatte sie einen Schluckauf. Krampfhaft hielt sie die Luft an und versuchte, den nächsten ‚Hicks' herunter zu schlucken. Aber es wurde nur schlimmer. Thomas sah misstrauisch hoch.

„Bist du etwa betrunken?"

Sie schüttelte den Kopf. Ja nicht den Mund aufmachen. Es war wirklich zu blöd. Man muss ein Glas Wasser auf einen Zug leer trinken, fiel ihr ein. Sie griff zum Wein und trank in großen Schlucken. Es funktionierte. Erleichtert nahm sie die Serviette und tupfte sich den Schweiß von der Stirn.

Thomas war blass, und die Tränensäcke unter seinen Augen traten deutlicher hervor als sonst. Das war immer so, wenn er sich unbehaglich fühlte. Aber sein Schweigen machte sie mürbe, und der schnapsgetränkte Mut verflog so schnell, wie er gekommen war. Sie fingen gleichzeitig an zu reden.

„Du brauchst es gar nicht abzustreiten", sagte sie, und er fing an:

„Ich weiß nicht, was das soll. Findest du das witzig?"

Sie schoss so schnell hoch, dass ihr Stuhl polternd umfiel. Der Kleiderständer mit der Wäsche stand noch auf der Terrasse. Sie nahm das Hemd von der Leine. Ehe Thomas begriff, was los war, schlug sie es ihm ins Gesicht.

„Hier!"

Sie zerrte den Stoff auseinander, hielt ihm die Flecken vor die Augen.

„Und hier!"

Schnaufend warf sie ihm das Kleidungsstück hin.

„Mistkerl! Du musst mich wirklich für sehr blöd halten. Aber ich bin ja selbst schuld. Ich hab keine Ahnung, was bei dir in der Bank so ab geht. Oder warum du ständig in den Tennisclub verschwindest. Angeblich ist das ja nichts für mich, ich bin ja unsportlich."

Thomas hatte dieses arrogante Lächeln um die Mundwinkel.

„Grins' nicht so blöd. Nach so vielen Jahren ist es nicht mehr so leicht zu lügen!"

Jetzt stand auch Thomas auf und knüllte die Serviette zusammen.

„Was gibt's da noch zu sagen?"

Wie ein Gockel stolzierte er im Zimmer hin und her. Plötzlich blieb er stehen und stützte die Arme auf den Tisch. Sein wutverzerrtes Gesicht war ihrem erschreckend nahe. Erschrocken setzte sie sich wieder.

„Mach nicht so ein Theater. Was erwartest du? Lebenslanges Händchenhalten? Bei uns ist schon lange die Luft raus. Dir geht es doch genau so, wenn du ehrlich bist. Man sucht sich halt seine kleinen Kicks. Ich nehm' dir nichts weg. Ganz im Gegenteil."

„War es nur eine Bettgeschichte? Was Einmaliges?"

Er zögerte einen Moment zu lang, um noch lügen zu können.

„Nein, das nicht."

Scharf fuhr sie ihn an.

„Und du willst mir erzählen, dass das gut ist für unsere Ehe? Das ist erbärmlich."

Er nahm seine Wanderung durch das Zimmer wieder auf.

„Appetit holt man sich draußen, du kennst doch den Spruch."

„Ich kann mich nicht mehr daran erinnern, wann du das letzte Mal zu Hause gegessen hast."

Er zog die Augenbrauen hoch.

„Das ist ja ganz neu, dass du das vermisst. Besonders leidenschaftlich warst du ja nie. Eher der Kumpeltyp."

„Und du hast verdammt gut gelebt damit."

Sie stand auf, um nicht zu ihm hoch sehen zu müssen. Sein kalter Blick machte ihr Gänsehaut.

„Weißt du, wenn ich dich so betrachte, dann kannst du eigentlich froh sein, dass du noch hier bist. Eine Putzfrau wäre billiger. Was anderes bist du doch nicht. Früher, da hast du dir noch Mühe gegeben. Aber heute? Du lebst wie die Made im Speck. Trinkst Prosecco und machst es dir gemütlich."

Er griff nach dem Geschenkpäckchen und warf es ihr zu.

„Da hast du ein Trostpflaster. Und wenn das nicht reicht, kauf dir eine neue Faltencreme und nimm ein paar Hormone. Vielleicht geht's dir dann besser."

Leni krallte die Fingernägel in ihre Handballen.

„Schau *dich* doch mal an!", fauchte sie.

„Bierbauch, Krampfadern, die paar lächerlichen Resthaare – da ist der Lack schon lange ab!"

Das hatte gesessen. Aber so kamen sie nicht weiter. Sie zwang sich zur Ruhe.

„Darum geht es doch auch gar nicht. Ist dir nie in den Sinn gekommen, dass du mir weh tust?"

Er schüttelte den Kopf.

„Du verstehst das anscheinend wirklich nicht. Jeder ist sich selbst der nächste. Ich will das pralle Leben, bevor ich in die Kiste rutsche. Darauf habe ich ein Recht. Und das hol' ich mir, wo ich es kriegen kann."

Sie stürzte auf ihn los. Wollte dieses arrogante Lächeln zerkratzen, ihn schütteln und schlagen. Einen Moment stand er wie erstarrt, dann holte er aus und gab ihr eine Ohrfeige. Ihr Kopf flog zur Seite, und ihr wurde schwarz vor Augen. Sie taumelte und fand sich auf dem

Fußboden wieder. Einen winzigen Moment glaubte sie, etwas wie Erschrecken in seinem Gesicht zu lesen. Dann war da nur noch Wut. Er starrte auf sie hinunter.

„Jetzt kennst du meine Meinung."

Er drehte sich um und stürmte aus dem Zimmer. Fassungslos rieb sie sich die schmerzende Wange. Thomas hatte sie geschlagen. Das gab's doch nicht! Erst als sie das Zuknallen der Haustür hörte, zog sie sich mühsam an einem Stuhl hoch. Sie warf einen Blick auf den festlich gedeckten Tisch. Schade um die Arbeit. Sie pustete die Kerze aus und ging in die Küche.

Der trübe Morgen passte zu Lenis Stimmung. Sie setzte sich mit einer Tasse Tee an den Küchentisch. Sehr spät hatte sie Thomas heimkommen gehört und sich auf neuen Streit gefasst gemacht. Aber dann rumorte er im Gästezimmer herum. Nicht einmal den Versuch hatte er gemacht, zu ihr ins Schlafzimmer zu kommen. War sie enttäuscht? Oder erleichtert? Sie hätte es nicht sagen können.

Sie hörte das Klappen der Badezimmertür und schaute automatisch auf die Uhr. Es war schon kurz vor acht, er war spät dran. Jedenfalls würde er jetzt keine Zeit für Diskussionen haben. Sollte sie ihm Kaffee machen? Während sie noch unschlüssig in ihre Tasse schaute, kam er herein.

„Verdammt, ich hab' verpennt. Ausgerechnet heute."

Sein vorwurfsvoller Blick prallte an ihr ab. Er wollte sich schon an den Tisch setzen, als er sah, dass kein Frühstück bereit stand.

„Geht das Theater noch weiter?"

Sein unfreundlicher Ton brachte sie sofort wieder in Wallung.

„Was hast *du* denn gedacht?", giftete sie.

„Verdammt, verdammt", hörte sie Thomas fluchen.

„Das scheint dein neues Lieblingswort zu sein."

Schadenfroh sah sie zu, wie er vergeblich mit einer Filtertüte herumfummelte.

„Na, dann nicht."

Er stapfte wütend in den Flur. Sie atmete schon erleichtert auf, als er noch einmal den Kopf zur Küche herein streckte.

„Ach übrigens, es ist nicht nötig, dass du dich im Schlafzimmer einschließt. Da gibt's schon lange nichts mehr, das mich reizen könnte."

Leni suchte nach einem Gegenstand, an dem sie ihre Wut auslassen konnte. Aber was konnte die Teetasse dafür, dass sich Thomas wie ein spätpubertierender Macho benahm? Hilflos trommelte sie mit der Faust auf dem Tisch herum.

Der Anruf bei Pia war frustrierend.

„Du meine Güte, das ist doch heutzutage normal. Ignorier' es einfach."

„Ich erwarte, dass er das sofort beendet. Und sich entschuldigt. Und dann werden wir weiter sehen."

Pia lachte hell auf.

„Wem willst du was vormachen? Ein paar Tage, dann hast du dich wieder beruhigt. Und auf eine Entschuldigung kannst du lange warten."

Ein Kübel Eiswasser hätte ähnlich gewirkt. Sie verstand Pia nicht. Vielleicht war sie tatsächlich altmodisch, aber so etwas konnte sie nicht ignorieren. Nie.

Streik. Boykott. Sie machte erst mal nichts mehr in diesem Haushalt. Das war gar nicht so einfach. Nervös tigerte sie durch die Räume. Ihr fehlte die Normalität, die vielen gewohnten Handgriffe. Aber sie musste abwarten, bis Thomas wieder zur Vernunft kam.

Er kam früh heim. Für seinen Tennisclub hatte er immer Zeit. Leni lag entspannt auf der Couch. Wütend stürmte er ins Schlafzimmer. Sie schlenderte hinterher und schaute zu, wie er im Kleiderschrank wühlte.

„Wo ist mein Clubhemd? Du weißt genau, dass wir heute Ligaspiel haben."

Sie legte einen Finger an den Mund.

„Tja, wo könnte es wohl sein?"

Wie immer hatte er sich darauf verlassen, das sie seine durchgeschwitzten Sachen aus der Sporttasche nahm und wusch. Pech, dass er sich dieses Mal geirrt hatte.

Mit einer Armbewegung fegte er das ganze Schrankfach leer. Leni zuckte zusammen, als die gebügelten, ordentlich zusammengelegten Sachen auf den Boden fielen.

„Du machst wohl jetzt überhaupt nichts mehr?", schnauzte er.

„Die Putzfrau hat ihre Arbeit eingestellt."

„Treib's nicht zu weit", drohte er und ging.

Leni hatte keinen Appetit. Statt eines Abendessens machte sie ein Flasche Wein auf und drapierte sich wieder auf der Couch. Tapfer zappte sie sich durch alberne Talkshows und obskure Verkaufssendungen, das gesamte Dumm-TV. Irgendwann nach Mitternacht ertappte sie sich dabei, dass sie mit dem Anruf bei einer Tele-Wahrsagerin liebäugelte. Offensichtlich war sie jetzt völlig am Durchdrehen.

Thomas blieb die ganze Nacht weg. Morgens warf sie die leere Weinflasche in den Abfall und lachte laut über ihre Dummheit.

„Er amüsiert sich, und du machst dir Sorgen. Wie idiotisch ist *das* denn?“

Der Anruf bei Monika war überfällig. Aber was sollte Leni sagen? Papa geht fremd. Das ging gar nicht. Fast war sie erleichtert, als Monika von sich aus anrief. Allerdings hatte die feine Antennen.

„Was ist los bei euch, habt ihr euch gezankt?“, fragte sie direkt.

„Im Moment läuft es nicht besonders.“

Je weniger sie sagte, desto besser. Aber ihre Tochter bohrte hartnäckig weiter.

„Er hat ein Verhältnis“, rückte Leni schließlich heraus.

„Papa auf der Piste? Das ist ja unglaublich!“

Leni verschlug es die Sprache. Mit so einer Reaktion hatte sie nicht gerechnet. Ihre Tochter war wirklich erwachsen. Monika wurde wieder sachlich.

„Und? Was willst du jetzt machen?“

„Wenn ich das wüsste!“

„Ist doch ganz einfach. Entweder du willst ihn behalten oder du schießt ihn ab. Es kommt darauf an, ob du ihm irgendwann wieder vertrauen könntest. Wenn nicht, dann war’s das.“

„Er ist so ganz anders als sonst. Es scheint ihm völlig egal zu sein, dass ich leide. Nicht die Spur von schlechtem Gewissen.“

Moni lachte.

„Da hast du aber so einiges verdrängt. Papa hat schon immer gemacht, was er wollte. Du hast es ihm ja auch leicht gemacht. Thomas hier, Thomas da, du hast ihn von vorn und hinten bedient. Also, ich würde mir das nie von einem Mann gefallen lassen, wie er dich behandelt. Ich schätze, er geht davon aus, dass du dich in ein paar Tagen wieder abgeregt hast.“

Das traf Leni hart. Pia hatte etwas ganz ähnliches gesagt. Ihre Unsicherheit machte sie trotzig.

„Vielleicht irrt er sich dieses Mal. Könnte ja sein, dass ich was mache, womit er nicht rechnet."

„Das ist gut. Zeig's ihm, lass dich nicht unterbuttern. Er ist mein Papa, und ich hab ihn lieb. Aber du musst ihm seine Grenzen zeigen. Der kommt ganz schnell wieder angekrochen, wenn er merkt, dass du nicht mehr alles mit dir machen lässt."

Wenigstens eine Verbündete, Leni war sehr erleichtert.

„Weißt du, wer es ist?" fragte Moni mit unverhohlener Neugier.

„Keine Ahnung. Bestimmt ist sie jünger und hübscher als ich."

„Mach dich mal nicht so runter. Du kannst dich wirklich sehen lassen. Super Figur, gut gehalten, ich hoffe sehr, dass ich deine Gene geerbt habe. Ist sowieso egal, was das für eine ist. Zeig ihm die Zähne. Und ruf mich an, wenn du reden willst. Wofür sind Töchter schließlich da?"

„Sollte das nicht eher anders herum sein?"

Beide lachten. Vielleicht war es ja wirklich nur eine vorübergehende Sache. Frauen kamen in die Wechseljahre. Und die Männer hatten ihre Midlife Crisis. Wenn sie nur endlich mit der Heulerei aufhören könnte! Schon wieder tastete Leni mit schwimmenden Augen nach einem neuen Taschentuch.

Ein weiterer Abend, an dem Leni nicht zur Ruhe kam! Die Gedanken kreisten unaufhörlich, erst lange nach Mitternacht fiel sie in den tiefen Schlaf völliger Erschöpfung. Als sie am späten Vormittag aufwachte, fühlte sie sich etwas besser. Allerdings nahm es ihr Rücken übel, dass sie sich für die Nacht die moderne Couch im Wohnzimmer ausgesucht hatte. Er knackte und knirschte in ihren Gelenken, als Leni aufstand. Sie hatte Hunger, ein gutes Zeichen. Im Kühlschrank war Ebbe. Lustlos kaute sie an einem angetrockneten Brötchen und einer Scheibe Käse herum. Auf der Terrasse schrieb sie eine Einkaufsliste. Hier fühlte sie sich wohler als im Haus, das sie irgendwie erdrückte. Sie schluckte den letzten Bissen hinunter und steckte den Zettel in ihre Hosentasche.

Zum Supermarkt in der Bürostadt waren es mit dem Auto nur ein paar Minuten, aber Leni grauste es vor dem Trubel dort. Sie machte lieber einen Spaziergang zu dem kleinen Lebensmitteladen in der Schwarzwaldstraße.

Es war ein Fehler gewesen, hierher zu kommen. Das spürte Leni sofort, als sie den Laden betrat. Der vollgestopfte Raum hatte etwas Beklemmendes. Sogar in den schmalen Gängen stapelten sich die Kisten und Ständer mit Sonderangeboten. Über allem schwebte eine wilde Mischung exotischer Gerüche. So schnell es ging griff sie nach rechts und links und legte ein paar Sachen in ihren Einkaufswagen.

Beim Obst stellte sich ein Mann dicht neben sie und glotzte sie aufdringlich an. Aus den Augenwinkeln registrierte sie sein verschwitztes T-Shirt, die verdreckte Shorts, über der ein beachtlicher Fettbauch hing, und die schwarz behaarten Beine. Erst dieser unverschämte Kurierfahrer und jetzt dieses Prachtexemplar – gab es eigentlich überhaupt noch gepflegte, sympathische Männer?

„Haben Sie es mal mit einem Deo probiert?“, fauchte sie ihn an.

Wie der Blitz verschwand er im nächsten Gang. Zügig legte sie ihre Einkäufe auf das Förderband. An der Kasse saß wie immer die dicke Frau, eine echte Schlaftablette. Leni unterdrückte ein ungeduldiges Seufzen. Ihr Blick streifte gedankenverloren das schwarze Brett. Da hing ein etwas undeutlich beschriebenes Blatt. ‚Untermieterin gesucht'. Plötzlich interessiert las sie weiter: ‚2 Zimmer, eigenes Bad. Hilfe in Haus und Garten erwünscht.'

War das die Lösung? Wenn sie einfach eine Weile nicht da wäre, das würde Thomas bestimmt auf Trab bringen. Vielleicht wurde er sogar mehr vermissen als gebügelte Hemden und warme Mahlzeiten. Und sie könnte sich in der Zwischenzeit überlegen, wie es weiter gehen sollte. Ziemlich viele ‚würde' und ‚könnte', aber zumindest war es eine Idee.

‚Hilfe im Garten', das zog sie magisch an. Leni notierte sich die Telefonnummer auf ihrem Einkaufszettel. Sie begann mit derselben Ziffernfolge wie ihre eigene, es musste also ganz in der Nähe sein.

„**B**ist du wieder zur Vernunft gekommen?“

Plötzlich stand Thomas in der Küchentür. Sie hatte ihn beim Wegräumen der Einkäufe nicht gehört und fuhr erschrocken herum. Was machte er hier um diese Zeit?

„Im Gegensatz zu dir schon. Aber glaub ja nicht, dass ich hier noch einen Handschlag mache“, bellte sie los.

„Sag doch deiner Schlampe, dass *sie* mal zur Abwechslung deine dreckigen Unterhosen waschen soll.“

Er lachte gut gelaunt.

„So viel Temperament hab' ich ja seit Jahren nicht mehr bei dir erlebt."

Er griff nach ihrem Arm und zog sie zu sich heran. Darauf war sie nicht gefasst. Einen Moment war sie wie erstarrt, aber dann stieß sie ihn mit aller Kraft von sich weg. Er verlor das Gleichgewicht und musste sie los lassen. Sein Lachen verschwand.

„Komm her", knurrte er und griff derb nach ihrer Schulter. Mit der anderen hielt er ihren Kopf fest und schob seinen Mund an ihren heran. Eine Alkoholfahne schlug ihr entgegen. Angeekelt versuchte sie, sich aus der Umklammerung herauszuwinden. Aber er hatte sie eisern im Griff. Sie fühlte seine Hitze und merkte, dass ihr Widerstand ihn nur noch mehr reizte. Ansatzlos zog sie das Knie hoch und rammte es ihm in den Schritt. Er brüllte auf und taumelte zurück.

„Das wirst du mir büßen, du Luder."

Plötzlich bekam sie Angst. Panisch rannte sie aus der Küche, sah die Tür der Gästetoilette. Sie schlüpfte hinein und schloss mit zitternden Händen von innen zu. Wild sah sie sich nach einem Fluchtweg um. Aber das kleine Fenster war vergittert. Sie saß in der Falle. Sie setzte sich auf den Boden und lauschte angestrengt. Es war alles still im Flur, aber sie wusste, dass er direkt vor der Tür stand.

„Komm da raus!", befahl er.

Sie presste sich die Hand auf den Mund.

„Du kannst nicht ewig da drin bleiben."

„Ich hab mein Handy hier. Und ich werd' die Polizei rufen, wenn du nicht sofort verschwindest."

Mit angehaltenem Atem wartete sie, ob er auf ihren Bluff einging. Wo war eigentlich tatsächlich ihr Handy? Möglicherweise lag es in ihrer Handtasche aber vielleicht auch auf dem Küchentisch. Dort würde er es sofort sehen. Er trat wütend gegen die Tür. Aber immerhin schien er zu überlegen.

„Du bist ja hysterisch. Willst du die ganze Nachbarschaft rebellisch machen?"

„Das ist mir völlig egal."

„Ich setz mich jetzt ins Wohnzimmer und warte. Fünf Minuten. Wenn du dich bis dahin nicht wieder eingekriegt hast, tret' ich die Tür ein. Wir müssen reden, verstanden?"

Sie hörte, wie er ins Wohnzimmer ging und rappelte sich auf. Geräuschlos drehte sie den Schlüssel herum und schlich auf

Zehenspitzen in die Küche. Schnell stopfte sie ihr Handy in die Hosentasche. Dann spähte sie vorsichtig ins Wohnzimmer.

Mit einem Whiskyglas in der Hand saß er im Korbsessel und brütete vor sich hin. Misstrauisch blieb sie in der Tür stehen. Er schaute hoch.

„Was soll das Theater? Hab ich dir irgendwann schon mal was getan?"

„Du hast mich geschlagen. Das ist ungeheuerlich. Ich hätte meine Hand ins Feuer gelegt, dass du nicht zu dieser Sorte Männer gehörst. Aber du wirst mich nie wieder anrühren."

Sie stemmte kämpferisch die Hände in die Hüften. Thomas brach in Gelächter aus.

„Huch, ich schlottere schon vor Angst."

Leni sah ihn finster an.

„Du hast gesagt, wir reden."

Sie setzte sich auf das äußerste Ende der Couch und ließ ihn nicht aus den Augen.

„Ich versteh diese ganze Aufregung nicht. Das sind doch alles nur harmlose Flirts. Da war nie was Ernstes, wirklich nicht."

Das wurde ja immer besser. Thomas war Wiederholungstäter und machte überhaupt keinen Hehl daraus.

„Tja, dieses Mal hast du Pech gehabt, dass ich was mitgekriegt habe."

Irgendwie gelang es ihr, locker zu klingen. Er witterte Morgenluft.

„Lass uns die ganze Sache einfach vergessen. Such dir beim Neumann was Nettes aus, und dann Schwamm drüber."

„Oh nein, mein Lieber", sagte sie gedehnt. „Du kannst doch nicht ernsthaft glauben, dass das damit erledigt ist."

Sein Gesicht verfinsterte sich.

„Also dann sag, was du willst."

Seine Finger trommelten ungeduldig auf der Sessellehne. Leni holte tief Luft.

„Ich brauche Zeit. Und Abstand von dir. Räumlichen Abstand. Ich ziehe aus. Und dann werde ich mir überlegen, ob unsere Ehe noch einen Sinn hat. Oder ob ich die Scheidung will."

Erschrocken klappte sie ihren Mund zu. Das hatte sie gar nicht sagen wollen. Er kippte den Whisky hinunter.

„Scheidung? *Du* willst dir das überlegen? Du bist wohl nicht ganz bei Trost. Wie willst du denn ohne mich zurecht kommen? Du bist nichts, du kannst nichts. Und die Jüngste bist du auch nicht mehr. Fürs Rumsitzen und Blümchen gießen zahlt dir niemand auch nur einen roten Cent."

Er griff zur Flasche und schenkte sich wieder ein.

„Aber bitte, wenn du unbedingt willst, nur zu! Jede Wette, du kommst ganz schnell wieder angekrochen. Und damit das gleich klar ist: Rechne nicht damit, dass du Geld von mir kriegst."

Er lachte amüsiert auf. „Das könnte interessant werden, wenn du zur Abwechslung mal arbeiten musst."

Leni schnappte nach Luft. Ungerührt trank er sein Glas aus und stand auf.

„Ich gehe jetzt. Brauchst nicht auf mich zu warten."

Ihre Selbstbeherrschung hatte gerade noch gereicht, bis er weg war. Dann sackte sie zusammen. Er hatte ja Recht. Schon der Gedanke, irgendwo allein leben zu müssen, jagte ihr Angst ein. Aber wenn sie jetzt angekrochen kam, hatte er sie für den Rest ihres Lebens in der Hand. Ein winziger Funke Kampfeslust rührte sich in ihr. Sie griff nach der Whiskyflasche und nahm einen kleinen Schluck. Es brannte wie Feuer. Sie hustete, und Tränen schossen ihr in die Augen. Hektisch suchte sie nach einem Taschentuch. Plötzlich hatte sie den Zettel in der Hand. ‚Untermieter gesucht.'

Wenn es chaotisch wurde, half immer eine Liste. Sie griff nach einem Notizblock. Die wichtigsten Punkte waren schnell notiert: Geld, Unterkunft, Arbeit. Aber was zahlte tatsächlich jemand für eine Hausfrau? Was konnte sie außer Putzen, Waschen, Kochen? Monika war jetzt knapp dreiundzwanzig, und genauso lang hatte Leni kein Büro mehr betreten. Sie knabberte an ihrem Bleistift. Einfach würde es nicht werden. Aber lieber Klos putzen als zu Kreuze kriechen. Der Computerkurs fiel ihr ein, den sie im Frühjahr bei der Volkshochschule belegt hatte. Internet für Einsteiger. Viel hatte sie noch nicht gelernt, aber es war ein Anfang. Im Internet konnte man Arbeit finden. Und schlimmstenfalls einen Anwalt.

Energisch putzte sie sich die Nase und zog ihr Handy aus der Tasche. Sie legte den Einkaufszettel daneben und tippte wild entschlossen die Nummer ein.

Kapitel 2

Das Zimmer lag im Halbdunkel. Nur durch die Ritzen des Rollos wagten sich ein paar vorwitzige Sonnenstrahlen herein. Der Mann lag in einem Sessel und schlief. Er hatte die Arme über seinem Bauch gefaltet und die stämmigen Beine weit von sich gestreckt. Seine Brust hob und senkte sich rasselnd, und an seinem leicht geöffneten Mund zitterte eine kleine Speichelblase im Rhythmus seines Atems.

Das Läuten des Telefons zerriss den Frieden. Die Augenlider des Mannes zuckten, und er schmatzte in leisem Protest. Es klingelte hartnäckig weiter, und endlich tastete er nach dem Apparat.

„Hallo?", nuschelte er.

„Ich dachte schon, es ist niemand da."

Wie durch eine dicke Watteschicht hörte Arthur Winkler eine Frauenstimme.

„Doch."

„Mein Name ist Brandner. Ich rufe an wegen dem Zettel im Laden."

Er riss den Mund auf und gähnte.

„Hä?"

Einen Moment war es still in der Leitung.

„Ich wollte wissen, ob die Zimmer noch frei sind. Es ist gewissermaßen ein Notfall."

„Notfall?"

Durch den Hörer kam ein eigenartiges Geräusch, fast wie ein Schluchzen.

„Da hängt ein Zettel von Ihnen in diesem kleinen Laden. Dass Sie einen Untermieter suchen. Und ich wollte wissen, ob Sie schon jemand gefunden haben."

Endlich dämmerte es Arthur.

„Nein."

„Reden Sie immer so viel?"

Allmählich funktionierte sein Gehirn wieder. Maria wollte jemand ins Haus nehmen, als Hilfe. Das hatte er völlig vergessen.

„Sind Sie noch da?", fragte die Frau.

„Ja."

„Können Sie mir Ihre Adresse geben? Ihren Namen kann ich auch nicht entziffern."

„Arthur Winkler."

Mechanisch leierte er die Angaben herunter.

„Kann ich morgen vorbei kommen, so gegen 15 Uhr?“

Ihm war alles recht, wenn er sie jetzt nur schnell los wurde. Er brachte noch ein kurzes „Ja“ heraus und unterbrach dann die Verbindung. Ächzend lehnte er sich zurück. Das hatte ihm gerade noch gefehlt.

„Mistzeug“, murmelte er.

Diese verdammten Pillen hatten ihn schachmatt gesetzt. Er rieb sich die Augen und gähnte wieder. Dann raffte er sich auf und schlurfte in die Küche. Der Rest in der Kaffeekanne reichte gerade noch für eine halbe Tasse. Er schob ein leeres Glas beiseite und stellte den Kaffee auf das Tischchen. Dann ließ er sich wieder in den Sessel fallen. Das hatte sie ihm eingebrockt, seine Maria. Und dann war sie einfach gegangen.

Mit halb geschlossenen Augen sah er sich um. Das Zimmer war ein einziges Chaos. Überall lagen Kleidungsstücke herum, der Tisch war belagert mit schmutzigem Geschirr, und die Zeitungen der letzten Tage verteilten sich auf dem Fußboden. Teilnahmslos beobachtete er die Staubflocken, die auf dem Fußboden tanzten, und schaute dann zu dem gerahmten Foto auf dem Sideboard. Es zeigte eine Frau mit lockigen, grauen Haaren und liebevollen Augen.

„Morgen. Ganz bestimmt. Morgen räum ich auf.“

Die Kaffeemaschine röchelte vor sich hin und verbreitete ein aufreizend frisches Aroma. Arthur stand vor der offenen Kühlschranktür und roch misstrauisch an einem Stück Wurst. Er konnte sich nicht mehr erinnern, wann er es gekauft hatte. Er betrachtete den grauen Schimmer darauf und ließ es mit spitzen Fingern in den überquellenden Abfalleimer fallen. Er versuchte, eine Scheibe Käse aus einer angebrochenen Packung herauszufummeln, aber das Zeug klebte zusammen. Schließlich biss er von dem ganzen Stapel ein Stück ab und kaute darauf herum. Es schmeckte fade, wie feuchtes Papier. Erst jetzt entdeckte er die kleinen Trennblätter zwischen den Scheiben. Egal, er schluckte alles hinunter und spülte mit Kaffee nach.

Mit der Tasse in der Hand wanderte er ins Wohnzimmer und ließ sich in seinen Sessel fallen. Er war immer noch müde. Nach dem zweiten Kaffee fühlte er sich schließlich etwas besser. Er zog die Rollläden hoch und öffnete die Terrassentür. Ein Schwall frischer Luft kam herein, und die Wollmäuse auf dem Parkett erwachten zu munterem Leben. Ächzend bückte er sich und hob eine Socke vom Fußboden auf. Wo mochte die zweite sein? Er machte sich auf die Suche. Nach kurzer Zeit hatte er einen ganzen Arm voller Kleidungsstücke von der Couch und den Sesseln eingesammelt. Nur die zweite Socke blieb verschwunden. Wohin mit den Sachen? Einen Moment stand er unschlüssig im Flur, dann öffnete er eine Tür und warf kurzerhand alles hinein. Nach einer weiteren Tasse Kaffee nahm er den Couchtisch in Angriff. Pizzakartons, Essensreste, Zeitungen, alles landete in einem Müllsack.

Aus dem Geschirrspüler schlug ihm ein übler Geruch entgegen.

„Ich muss das Ding mal anstellen", murmelte er und hielt krampfhaft die Luft an, während er das schmutzige Geschirr hinein räumte. Nach dem Anschalten wartete er kurz, doch der Fußboden blieb trocken. Er war erleichtert.

Der Couchtisch war jetzt leer bis auf die Packung aus der Apotheke. Noch nie in seinem Leben hatte er Schlaftabletten genommen. Er müsse zur Ruhe kommen, hatte der Arzt gesagt. Na, das hatte ja super funktioniert. Nur verschwommen konnte er sich an die Frau am Telefon erinnern. Heute Nachmittag wollte sie vorbei kommen. Er stopfte die Tabletten in eine Schublade und bearbeitete mit grimmigem Eifer und einem feuchten Lappen den Tisch. So richtig sauber wurde es nicht, aber das musste reichen.

Im Bad stand alles unberührt. Er nahm einen Lippenstift aus seiner Hülle und drehte ihn auf. Zartrosa, er konnte sich gut an die Farbe erinnern. In der Haarbürste hingen noch ein paar hellgraue Haare. Ihr Parfum stand daneben. Er starrte auf die Sachen, dann griff er nach dem kleinen Mülleimer, der unter dem Waschbecken stand, und fegte mit einer Armbewegung alles hinein. Glas klirrte, und ein starker Parfumduft verbreitete sich. Es roch so intensiv nach Maria, dass ihm ganz schwindlig wurde. Er drehte den Wasserhahn auf und hielt seinen Kopf darunter. Im Spiegel sah er, wie die Tropfen sich in den Bartstoppeln verfingen. Er setzte sich auf den Rand der Badewanne und strich die nassen Haare zurück. Mit trübem Blick schaute er auf die leere Ablage. Seine Gedanken wanderten.

Es war ein eigentümliches Gefühl, plötzlich Rentner zu sein. Ein Glas Sekt mit den Kollegen in der Schreinerei, die abgewetzte Tasche mit seinen Sachen, es war alles so schnell gegangen, er kam gar nicht zum Nachdenken. Die neue Situation verwirrte ihn.

In ihrer ruhigen Art hatte ihn Maria an das Thema herangeführt. Die Söhne waren aus dem Haus, das jetzt zu groß war und sehr still. Der Garten, der Haushalt, es wurde ihr langsam zu viel. Erst verstand er sie nicht, er war doch schließlich auch noch da zum Helfen. Aber dann sprach sie davon, dass sie jetzt endlich verreisen konnten. Nicht nur drei Wochen im Jahr, sondern für länger und auch weiter. Da würde es gut sein, wenn jemand aufpasste und alles in Ordnung hielt. Arthur war nicht begeistert davon, jemand Fremden ins Haus zu nehmen. Aber etwas von der Welt sehen, davon hatte er immer geträumt. Einen Versuch war es wert.

Maria hatte sich um alles gekümmert, eine Anzeige aufgegeben und auch beim Türken einen Zettel ans schwarze Brett geheftet. Niemand hatte sich gemeldet. Bis gestern.

Von dem intensiven Parfümgeruch hatte er Kopfschmerzen. Und sein Magen knurrte. Es war schon fast Mittag. Er machte das Fenster auf und ließ die Tür zum Flur offen, damit frische Luft durchziehen konnte.

Im Küchenschrank fand er eine einsame Dose Ravioli. Er musste bald wieder einkaufen. Arthur entdeckte eine saubere Gabel und fischte ein Teigstück aus der Tomatenbrühe. Wehmütig dachte er an Marias gutes Essen, während er das kalte Zeug in sich hinein würgte. Zumindest machte es satt.

Die Küche sah schlimm aus, aber für einen Tag hatte er genug geputzt. Er wappnete sich für seine nächste Aufgabe. Seit Maria weg war, hatte er das Schlafzimmer nicht mehr betreten. Aber heute musste er es über sich bringen, das hatte er sich fest vorgenommen.

Mit dem Telefon am Ohr lümmelte Thomas Brandner entspannt in seinem Ledersessel. Er hatte die Füße auf den Schreibtisch gelegt und genoss die Aussicht auf die Blumenrabatten der Taunusanlage. Das helle Eckzimmer war mit viel Leder und Chrom eingerichtet und ganz in Grau und Anthrazit gehalten. Sogar die Palme neben seinem Schreibtisch hatte einen silbrigen Glanz. Der stammte jedoch eher von akutem Wassermangel. Thomas beugte sich vor und riss ein trockenes Blatt ab. Es zerbröckelte in seiner Hand. Irritiert ließ er die Reste auf den hellgrauen Teppichboden fallen und konzentrierte sich wieder auf sein Telefonat.

Er sprach mit Bernd Köhler, der trotz seines jugendlichen Alters zu seinen wichtigsten Geschäftspartnern gehörte. Köhler war clever und bei Verhandlungen nicht zu unterschätzen. Noch wichtiger war allerdings das Geld vom Papa, das er im Rücken hatte.

Thomas starrte auf das rote ‚V.I.P.' in der Ecke des Kundenordners. In den letzten Monaten hatte er dafür gesorgt, dass sich ihr Kontakt über das Geschäftliche hinaus auch auf den privaten Bereich ausdehnte. Das war gut, für die Sparkasse und für Thomas. Außerdem war es nicht direkt ein Opfer, mit diesem sympathischen jungen Mann um die Häuser zu ziehen.

„Gut, dann also morgen Abend im Roxy, wie immer. Das wird wieder mal eine lange Nacht", prophezeite Thomas und hielt den Hörer vom Ohr weg, als ihm eine von Bernds berüchtigten Lachsalven entgegen dröhnte.

„Bring Kiki mit, die sorgt für Stimmung!", schlug Köhler vor, bevor er auflegte.

Kiki, allein schon dieser Name machte Thomas kribbelig. Als er sie vor einiger Zeit in der Roxy Bar kennen lernte, konnte er kaum glauben, dass sie an ihm interessiert war. Schließlich war er deutlich älter als sie. Aber ihre großen, blauen Augen ließen ihn nicht mehr los, und bevor er zur Besinnung kam, war er rettungslos verliebt. Neben ihren körperlichen Reizen hatte sie ein großes Herz und eine liebenswürdige Art. Das war keine, die ständig die Hand aufhielt. Selbstverständlich unterstützte er sie trotzdem finanziell. Zwischenzeitlich war sie von dem Loch, in dem sie hauste, in eine nette, kleine Wohnung umgezogen. Auch Thomas fühlte sich sehr wohl dort.

Ihm wurde warm. Er öffnete den obersten Hemdenknopf und lockerte die Krawatte. In letzter Zeit fühlte er sich manchmal ziemlich ausgebrannt, und ein ruhiger Abend in ihrem Apartment wäre ihm lieber gewesen als das Roxy. Aber wenn Bernd rief, konnte man nicht nein sagen. Sie würden es also wieder einmal krachen lassen.

Thomas Brandner sah sich vor dem Höhepunkt seiner Karriere. Nach dem erfolgreichen Abschluss dieses Großprojekts, das er mit Köhler durchziehen wollte, war der Ruf in die Zentrale nur noch Formsache.

Die Tür ging auf, und Frau Glock kam herein. Wie jeden Tag stellte sie ihm eine Tasse Kaffee hin und legte die Vormittagspost daneben. Thomas schreckte aus seinen Tagträumen hoch.

„Frau Glock, sorgen Sie doch dafür, dass diese Palme ausgetauscht wird. Ich mag nichts Totes in meinem Büro. Vielleicht denken Sie das nächste Mal daran, dass Blumen auch ab und zu mal gegossen werden müssen."

Er warf ihr einen eisigen Blick zu, während er schon nach den Briefen griff. Schweigend ging die Sekretärin zur Tür. Der Herr Filialleiter war mal wieder zickig. Da hielt man am besten den Mund.

Thomas schaute ihr nach. Mit diesem altmodischen Faltenrock und dem zu engen Blazer, der die Speckfalten um ihre Hüften noch betonte, sah sie wieder einmal unmöglich aus. Auch so ein Auslaufmodell. Allerdings eines, auf das er nicht verzichten konnte. Als Sekretärin war sie ein As. Außer, wenn es um Topfpflanzen ging. Da kam ihm ein unangenehmer Gedanke.

„Ach Frau Glock, eine Kleinigkeit noch."

Sie sah ihn stumm an. Irritiert bemerkte er den leicht verächtlichen Zug um ihren Mund.

„Rufen Sie doch mal unten in der Schalterhalle an. Man soll mir Bescheid geben, wenn meine Frau vorbei kommt. Könnte heute sein oder morgen. Wie gesagt, ist nicht so wichtig."

Sie nickte und ging. Er starrte er auf die geschlossene Tür. Hatte das beiläufig genug geklungen? Tratsch über sein Privatleben hätte ihm gerade noch gefehlt.

Frau Glock war nicht dumm. Da war etwas im Busch. Traf er denn seine Frau heute Abend nicht zu Hause? Redeten sie nicht miteinander? Das hätte sie nicht verwundert, schließlich rief diese Person, diese Kiki, ständig bei Herrn Brandner an. Einmal hatte die Sekretärin sie sogar beobachtet, unten auf der Straße. Sie war eine auffällige Erscheinung. Mit den weißblond gefärbten Haaren und den hohen Absätzen konnte man sie einfach nicht übersehen. Direkt vor der Bank hatte sie sich ihm an den Hals geworfen, und er hatte es sich lachend gefallen lassen. Eine Weile hatte Frau Glock überlegt, ob sie Leni etwas sagen sollte. Schließlich kannten sie sich schon seit vielen Jahren. Aber es war am besten, sich aus solchen Sachen heraus zu halten. Allzu leicht konnte man zwischen die Fronten geraten.

Thomas trank einen Schluck Kaffee und schaute düster aus dem Fenster. Er hatte ein komisches Gefühl im Magen, wenn er an Leni dachte. Es sah ihr gar nicht ähnlich, dass sie sich so bockig benahm.

Sie hatte ihr eigenes Konto, auf das er monatlich eine Summe einzahlte, ihr ‚Spielgeld'. Sie ging äußerst sparsam damit um, Verschwendung konnte man ihr wirklich nicht nachsagen. Aber sie hatte natürlich auch Zugang zu seinem Konto. Das genau war der Punkt. Bei Frauen setzte manchmal das Gehirn aus. Nicht, dass sie plötzlich einen Ausraster bekam! Es war sicher kein Fehler, ihr auf die Finger zu schauen.

Pflichtbewusst rief Elvira Glock in der Schalterhalle an. Die Kollegin war verblüfft.

„Kannst du hellsehen? Frau Brandner steht gerade im Moment an der Kasse, drüben beim Seifert. Soll sie hoch kommen?"

„Nein, lass mal. Kannst ja mal nachhören, was sie will. Aber mach es unauffällig."

Bis die Rückmeldung kam, gönnte sich Frau Glock eine Tasse Tee.

„Stell dir vor, sie hat Geld abgehoben. Zwanzigtausend Euro. In bar. Und zwar von *seinem* Konto. Was ist denn da los?"

Die Kollegin zerriss es fast vor Neugier, aber Elvira Glock blockte souverän ab.

„Keine Ahnung. Du weißt ja, Herr Brandner redet nicht viel. Über Privates schon gar nicht."

Die Enttäuschung war der Kollegin anzumerken, aber sie versprach, den Vorfall für sich zu behalten.

Innerlich triumphierend lehnte sich Frau Glock zurück. Da hatte sie wieder mal den richtigen Riecher gehabt. 1:0 für Leni! Sie lächelte vergnügt. Bevor sie dem Chef Meldung machte, wollte sie sich erst einmal um eine neue Palme für sein Büro kümmern. Er hatte es ja äußerst dringend gemacht. Das konnte gut und gern eine halbe Stunde dauern. Sie griff nach ihrer Handtasche und streckte der geschlossenen Cheftür die Zunge heraus. Vielleicht gab es ja tatsächlich eine höhere Gerechtigkeit. Den Sieg des Verstandes über blondierte Haare zum Beispiel.

Thomas grübelte über den Unterlagen eines Kunden, als sich Frau Glock über die Sprechanlage meldete.

„Ihre Frau war bereits heute Morgen da und hat Geld abgehoben."

Als er die Summe hörte, wurde er blass.

„Danke, das ist alles", sagte er mit äußerster Selbstbeherrschung. Nachdem er aufgelegt hatte, trat er wütend gegen den Schreibtisch.

„Dieses kleine Miststück", murmelte er mit zusammengebissenen Zähnen. Er hatte Leni unterschätzt. Aber da konnte man mal wieder sehen, wenn es ums Geld ging, waren die Weiber alle gleich.

Die Tür ging auf, und Frau Glock schleppte eine große, in Folie eingepackte Topfpflanze herein.

„Raus!", brüllte er sie an.

Ungerührt stellte sie die Pflanze auf den Besuchertisch und zog die Tür lautlos hinter sich zu. Hatte sie eben gegrinst? Er war nicht ganz sicher, aber zuzutrauen war es ihr.

Leni stellte ihre Handtasche auf den Küchentisch und ließ sich auf einen Stuhl fallen. Ihre Hände zitterten immer noch, als sie den dicken Umschlag herausholte. Sie hatte es geschafft. Dieses Geld war die Grundlage für ihren Plan. Keiner nannte sie ungestraft Putzfrau. Und Thomas würde sie nicht klein kriegen. Wenn sie allerdings daran dachte, wie er auf die Plünderung seines Kontos reagieren würde, wurde ihr ganz schlecht. Das Meiste werde ich ja in Kürze wieder einzahlen, beschwichtigte sie ihr schlechtes Gewissen. Außerdem war es ihr Geld genauso wie seines.

Sie hatte keine Zeit, um sich auszuruhen. Dieser Tag war ein einziger Horrortrip, aber irgendwie musste sie ihn hinter sich bringen. Vor dem Spiegel überprüfte sie ihr Aussehen. Ihre Haare wurden völlig verdeckt von einem bunten Kopftuch. Und mit der großen, dunklen Sonnenbrille auf der Nase war von ihrem Gesicht fast nichts mehr zu sehen. Energisch stopfte sie das Geld zurück in ihre Handtasche und griff nach dem Autoschlüssel. Nur nicht nachdenken, einfach machen! Sonst verließ sie ganz sicher der Mut.

Der morgendliche Kundenansturm hatte sich gelegt, als gegen elf Uhr eine Frau die Zentralbank betrat. Zu dieser Zeit versammelten sich die Kollegen im Pausenraum für ein zwar nicht genehmigtes, aber täglich stattfindendes zweites Frühstück. Wie immer war der Azubi zur Stallwache am Schalter verdonnert. Er schaute der Kundin leicht nervös entgegen. Im ersten Lehrjahr gab es noch nicht sehr viel, das er eigenständig machen konnte.

„Guten Tag. Ich möchte gerne ein Konto eröffnen, ein normales Girokonto", sagte die Frau und lächelte ihn freundlich an.

Der Azubi war erleichtert. Das war nichts Kompliziertes.

„Ich brauche Ihren Ausweis", informierte er sie.

„Reicht mein Führerschein?"

Sie schob das graue, ziemlich abgegriffene Dokument über den Tresen.

„Alt, aber noch gültig", erklärte sie strahlend.

Er war nicht sicher. Unschlüssig schaute er sich zum Pausenraum um. Der Müller erzählte mal wieder Witze, das Gelächter der Kollegen war bis hierher zu hören. Ein Führerschein war ein offizielles Dokument, befand er. Also war es okay.

„Frau Helene Adam", entzifferte er mühsam und schob ihr dann ein Formular hin.

„Ich brauche Ihre Adresse."

Schwungvoll trug Leni die Anschrift von Pia ein.

„Brauchen Sie unseren Umzugsservice? Also, wenn Sie bisher Ihr Konto bei einem anderen Institut hatten. Wegen der Daueraufträge und so was. Das ist kostenlos."

„Ich möchte heute nur einen Betrag in bar einzahlen. Geht das?"

Bargeld war immer gut. Allerdings schaute der Azubi etwas verblüfft auf das Bündel Geldscheine, das die Frau aus ihrer Handtasche holte. Er seufzte innerlich. Das würde dauern, jeden Schein durch den Scanner zu schieben. Er unterstellte nicht, dass Falschgeld dabei war, aber es musste nun mal sein.

Lässig schob er sich eine Weile später in die Tür des Pausenraums.

„War was?" erkundigte sich eine Kollegin.

„Kontoeröffnung. Kein Problem", erklärte er souverän und reichte ihr die Geldscheine. Müller kam endlich zur Pointe seiner Geschichte, und im brüllenden Gelächter der Kollegen ging der Vorgang irgendwie unter.

Leni war in Hochstimmung. Von wegen, sie würde allein nicht zurecht kommen! Sie zückte ihren Notizblock und machte hinter den ersten Punkt „Geld" einen dicken Haken. Als nächstes stand ihr der Besuch bei diesem merkwürdig einsilbigen Mann bevor. Die Sache mit der Untermiete gefiel ihr allerdings immer besser. Das war auch gut so, denn zurück konnte sie jetzt sowieso nicht mehr.

Ungeduldig strich sich Leni die Haare aus der Stirn. Das ganze Vorhaben kam ihr plötzlich völlig aberwitzig vor. Wann hatte sie das letzte Mal etwas Wichtiges ohne Thomas gemacht? Sie konnte sich gar nicht mehr erinnern. Ganz schön traurig für eine erwachsene Frau von

57 Jahren, auch wenn man ihr dieses Alter nicht unbedingt ansah. Sie hatte immer sehr auf sich geachtet. Und wofür?

„Wer sich selbst klein macht, auf dem kann man leicht herumtrampeln“, erklärte sie ihrem Spiegelbild und griff energisch zur Wimperntusche.

Bis zu der Adresse war es nicht weit. Sie ging zügig, während es in ihrem Kopf wild her ging. Das Telefonat war äußerst seltsam verlaufen. Aber vielleicht war dieser Mann ja trotzdem ganz nett. Wie sahen das Haus und der Garten aus? Der Text auf dem Zettel, Hilfe erwünscht, das konnte alles Mögliche heißen.

Das große, weiß gestrichene Haus war von einer Mauer umgeben. Leni betrachtete die Büsche und Bäume, die von der Straße aus zu sehen waren. Alles sah etwas vernachlässigt aus. Auch die Geranien, die von den Balkonkästen herunter hingen, waren vertrocknet. Leni versuchte, ihre Aufregung in den Griff zu bekommen. ‚Winkler' stand auf dem Namensschild, das an einem geschwungenen Holztor befestigt war. Hier war sie richtig. Einen Moment atmete sie den Duft einer Kletterrose ein. Weiter hinten rankte eine blaue Clematis an einer Art Pavillon empor. Der Garten war schon mal sehr hübsch. Dann konnte es nicht gar so schlimm werden.

Sie betrat den kleinen Weg, der zum Haus führte. Auf ihr Klingeln rührte sich nichts. Sie wartete einen Moment und schellte noch einmal. Vielleicht war das Ding kaputt. Ein Windstoß fuhr durch die Zweige der Büsche. Nervös schreckte sie zusammen. Sie hatte ein komisches Gefühl im Bauch. Aber was sollte schon sein? Wahrscheinlich hatten die Leute nur vergessen, dass sie für heute verabredet waren oder saßen im Garten. Sie ging um das Haus herum. Die Terrassentür stand offen, also war bestimmt jemand da.

„Hallo? Herr Winkler? Ist da jemand?“

Die hellen Vorhänge bewegten sich lautlos im Wind. Unsicher schaute Leni sich um, dann betrat sie das Haus und stand im Wohnzimmer. Ein Schrank aus Pinienholz, helle Polstermöbel, alles sehr nett. Aber wo waren die Bewohner?

„Hallo, ist jemand zu Hause?“ Zögernd ging sie weiter in den Flur. Da hörte sie ein leises Stöhnen.

In dem Zimmer, aus dem das Geräusch gekommen war, lag ein älterer Mann zusammengekrümmt neben einem Bett auf dem Boden. Sein Gesicht war aschfahl, die Augen geschlossen. Leni fühlte seinen

Puls, der schnell und unregelmäßig war. Im Zimmer war es stickig. Sie öffnete das Fenster. Automatisch knöpfte sie sein Hemd auf, damit er besser Luft bekam. Sollte sie den Notarzt rufen? Sie fand das Badezimmer und rümpfte die Nase. Hier roch es intensiv nach Parfum. Sie hielt ein Gästehandtuch unter den Wasserhahn und legte es dem Mann auf die Stirn. Dann nahm sie ein Kissen vom Bett und stopfte es ihm unter die Kniekehlen. Vorsichtig tätschelte sie sein Gesicht. Endlich schlug er die Augen auf.

„Wer sind *Sie* denn?"

Er wollte sich aufrichten, aber mit einem Stöhnen sank er wieder zurück.

„Autsch!"

Er betastete seinen Hinterkopf, an dem sich eine Beule bildete, und schaute misstrauisch auf seine Hand. Leni musste lächeln.

„Keine Bange, Sie verbluten nicht. Aber Sie werden einen ordentlichen Brummschädel kriegen. Soll ich einen Arzt rufen?"

„Nein!"

Das klang geradezu entsetzt. Leni half ihm, sich hinzusetzen. Er war nicht sehr groß, aber stämmig und in seinem kraftlosen Zustand schwer zu bewegen.

„Sie waren ohnmächtig. Ist Ihnen schwindlig oder übel? Sehen Sie verschwommen?"

Er schüttelte den Kopf. Leni stellte erleichtert fest, dass wieder etwas Farbe in sein Gesicht kam.

„Ich bin Frau Brandner. Wir haben gestern telefoniert", erklärte sie ruhig.

Es schien ihm wieder einzufallen. Sie half ihm auf die Beine.

„Gehen wir erst mal ins Wohnzimmer", schlug sie vor.

Sie hakte ihn unter und schleppte ihn mühsam zu einem Sessel, der vor dem offenen Kamin stand. Schwer atmend ließ er sich hinein fallen. So etwas hatte ihr heute gerade noch gefehlt. Unschlüssig blieb sie neben ihm stehen.

„Sind Sie allein?"

Arthur nickte. Am liebsten hätte sie auf dem Absatz kehrt gemacht, aber sie konnte diesen Mann jetzt nicht einfach seinem Schicksal überlassen. Und außerdem brauchte sie dringend eine Bleibe.

„Soll ich Kaffee machen? Der würde Ihnen sicher gut tun."

„Aber *Sie* sind doch der Gast."

„Das mach' ich schon. Bleiben Sie ruhig sitzen, bis es Ihnen besser geht. Wo ist die Küche?"

Er zeigte vage Richtung Flur. In der Küchentür blieb Leni erschrocken stehen. Noch nie im Leben hatte sie ein solches Chaos gesehen. Der Abfalleimer quoll über, auf dem Tisch stand eine ganze Batterie leerer Flaschen, und die Spüle war voll mit schmutzigen Gläsern. Alles war total verdreckt, sogar der Fußboden klebte unter ihren Schuhen. Hatte hier eine Party stattgefunden?

Sie setzte die Kaffeemaschine in Betrieb und suchte nach zwei sauberen Tassen. Nach ein paar Minuten kam sie mit einem Tablett ins Wohnzimmer zurück.

„Ich weiß nicht, ob Sie Milch oder Zucker nehmen, habe auch nichts gefunden."

„Entschuldigen Sie, ich hab Ihren Namen schon wieder vergessen."

Seine Stimme klang ganz anders als am Telefon. Hoch und dünn, eine richtige Greisenstimme. Leni versuchte, ihr Entsetzen zu verbergen.

„Ich bin Leni Brandner. Wir waren verabredet wegen der Untermiete. Erinnern Sie sich?"

„Ach ja, jetzt weiß ich es wieder."

Er starrte schweigend vor sich hin. Na, das würde zäh werden. Zumindest roch der Kaffee gut. Leni trank einen Schluck und sah sich um. Es lag eine merkwürdige Stimmung in der Luft. Was war hier eigentlich los? Warum war Herr Winkler ohnmächtig geworden? Sie betrachtete ihn genauer.

Besondere Mühe mit seiner Kleidung hatte er sich nicht gegeben für ihren Besuch. Er trug eine zerknautschte Trainingshose und darüber ein kariertes Hemd, das sehr schmutzig war. Beides sah aus, als hätte er es schon seit Tagen an. Ein ehemals weißes Unterhemd lugte hervor, das einen dunklen Fleck hatte. Sie schätzte, dass er etwas älter war als sie, so um die sechzig. Sein Gesicht hatte tiefe Falten, und die paar Haare, die er noch hatte, standen ihm in langen Strähnen vom Kopf ab. Wenigstens hatte er jetzt nicht mehr diese Vampirfarbe.

Leni hielt das Schweigen nicht mehr aus.

„Ist Ihre Frau nicht da?"

Sie erinnerte sich genau, dass auf dem Zettel ein Frauenname gestanden hatte. Er zuckte zusammen. Was konnte an dieser Frage falsch sein? Mit zittrigen Händen griff er nach dem Kaffee und trank.

„Sie können das ja nicht wissen."

Er sprach so leise, dass sie sich vorbeugen musste, um ihn zu verstehen.

„Meine Frau ist gestorben. Ist noch nicht lange her."

Leni legte erschrocken die Hand auf den Mund. Mein Gott, wie schrecklich!

„Oh, das tut mir leid", brachte sie mühsam heraus.

„Soll ich nicht doch einen Arzt rufen? Sie sehen nicht sehr gut aus."

„Lassen Sie nur, das geht schon", wehrte er ab.

„Es war nur so heiß im Schlafzimmer, und dann hab ich das Bett gesehen, wo sie..."

Er brach ab. Leni empfand tiefes Mitleid. Das erklärte allerdings so manches. Herr Winkler hatte wohl viel durchgemacht in letzter Zeit.

„Wollen Sie darüber reden? Manchmal ist es leichter, jemand Fremdem etwas zu erzählen."

Nach einer längeren Pause fing er stockend an.

„Meine Maria war eine feine Frau. Ein altmodisches Wort, aber so war sie. Fein, nie laut, immer zufrieden. Sie hat sich gut um mich und die Jungs gekümmert. Ich hab nicht gewusst, dass sie krank war. Das Herz, wissen Sie? Sie war beim Arzt deswegen, aber sie hat keinen Ton gesagt. Wollte niemand belasten. Jetzt kann ich mich daran erinnern, dass sie oft müde ausgesehen hat. Aber damals ist mir das nicht aufgefallen. Da lebt man jahrelang mit jemand zusammen und kriegt so was nicht mit. Können Sie sich das vorstellen?"

Betroffen starrte Leni vor sich hin. Sie hatte auch gedacht, bei ihr sei alles in schönster Ordnung.

„Sie müssen sich nichts vorwerfen. Wenn jemand etwas verheimlichen will, dann hat man keine Chance."

„Das hat der Doktor auch gesagt."

Nachdenklich drehte Arthur die Kaffeetasse auf dem Unterteller hin und her.

„Ich weiß gar nicht, warum ich Ihnen das erzähle. Es geht Sie ja gar nichts an. Ich will Sie nicht mit meinen Problemen belästigen."

„Das ist völlig in Ordnung. Es gibt Dinge, die sind so schlimm, dass sie einem den Hals zuschnüren. Und dann müssen sie heraus."

Leni war zum Heulen zumute, wenn sie an ihr eigenes Elend dachte, aber dann schämte sie sich. Es gab weitaus Schlimmeres als einen treulosen Ehemann. Sie räusperte sich.

„Sie haben Kinder, haben Sie gesagt?"

„Ja, zwei Söhne. Das hab ich auch vermasselt."

Er trank wieder einen Schluck Kaffee.

„Ich konnte das alles nicht ertragen, die Beerdigung, die Beileidssprüche, die vielen Leute. Und als Peter mich dann trösten wollte, es ging einfach nicht. Regelrecht rausgeworfen habe ich sie, alle beide. Das war nicht schön von mir."

„Ich bin sicher, dass Ihre Söhne das verstehen. Wohnen sie weit weg?"

Endlich kann er ein wenig aus seiner Lethargie heraus.

„Max ist mein Ältester. Er wohnt in Norddeutschland. Hat dort eine gute Stelle im Verkauf. Der fühlt sich wohl da. Eine Freundin hat er auch, ganz nettes Mädel. Und Peter, ja, der ist sehr weit weg. Er ist Schreiner, genau wie ich. Ausgerechnet Kanada hat er sich ausgesucht, viel weiter geht's nicht. Er hat es uns erst gesagt, als bereits alles entschieden war. Das mit dem Auswandern, meine ich. Aber so war er schon immer, hat nie viel geredet. Sein Ding durchgezogen, so sagt man doch?"

Leni nickte lächelnd.

Er lächelte auch, noch ein bisschen zaghaft.

„Sie sind bestimmt sehr stolz auf ihre Beiden."

Er nickte.

„Das wird sich wieder einrenken, ganz bestimmt", sagte sie mit Überzeugung.

Einträchtig tranken sie ihren Kaffee, dann stand Arthur auf und holte eine Tablettenschachtel aus einer Schublade. Er warf sie auf den Tisch.

„Dieses Zeug hat mir der Arzt verschrieben. Hab so was nie gebraucht vorher. Als Sie angerufen haben, war ich total neben der Kapp."

Leni warf einen Blick auf die Packung.

„Schlaftabletten. Ach so, jetzt verstehe ich. Sie haben sich angehört wie ein Zombie."

Er war vielleicht doch ganz normal, nur momentan nicht gut drauf. Plötzlich fiel ihr wieder ein, weshalb sie gekommen war.

„Wegen der Untervermietung", begann sie vorsichtig.

„Ach ja, daran hab ich gar nicht mehr gedacht. Entschuldigen Sie."

„Sie müssen sich nicht dauernd entschuldigen. Ich würde vorschlagen, dass wir ein anderes Mal darüber reden. Wenn es Ihnen besser geht."

Er schien erleichtert. Leni zückte ihren Block.

„Ich schreibe Ihnen meine Telefonnummer auf, dann können Sie mich anrufen, und wir machen einen neuen Termin aus. Das heißt, wenn Sie überhaupt noch jemand zur Untermiete wollen."

Erwartungsvoll sah sie ihn an.

„Ich habe noch gar nicht darüber nachgedacht", gestand er. „Das war alles etwas viel in letzter Zeit. Irgendwie komme ich mit nichts mehr klar."

Er sah sie hilflos an.

„Und da ist ja auch noch der Garten. Dem bekommt das gar nicht, dass sich niemand kümmert."

„Dem Haus auch nicht."

Das hatte sie gar nicht sagen wollen.

„Die Küche, ich weiß."

Leni stand auf.

„Wissen Sie was? Wir vertagen uns und denken noch mal über das Ganze nach. Rufen Sie mich an, wenn Sie soweit sind."

War es ratsam, hier einzuziehen? Dieser Herr Winkler war zwar ganz nett, aber Leni hatte genug eigene Probleme. Vielleicht sollte sie sich besser nicht noch mehr aufhalsen.

Kurz vor ihrem Haus blieb Leni wie paralysiert stehen. Thomas! Das Geld! Sie hatte das total verdrängt. Da stand ihr ja noch was bevor. Sie tastete in ihrer Jackentasche nach dem Handy und wappnete sich für den Showdown.

Sein Auto stand nicht in der Einfahrt. Vielleicht kam sie zumindest heute darum herum. Das wäre ein Segen, sie hatte weiß Gott schon genug hinter sich.

So leise wie möglich schloss sie die Haustür auf. Alles blieb totenstill. Dann sah sie die Bescherung. Das Wohnzimmer sah aus wie ein Schlachtfeld. Der Fußboden war übersät mit Glassplittern. In einer Wasserlache lagen die Rosen oder vielmehr das, was von ihnen noch übrig war. Dann sah sie den Zettel. Sie starrte auf die kleine, gestochen scharfe Handschrift ihres Mannes. Es las sich wie eine Kündigung.

‚Wir sind quitt.'

„**K**ommen Sie nur herein, Sie kennen sich ja schon aus!"

Herr Winkler hatte sich Mühe mit seinem Aussehen gegeben, das war nicht zu übersehen. Nur seine Frisur war eine echte Katastrophe. Leni musste sich das Lachen verbeißen. Er gehörte zu den Männern, die ihre verbliebenen Haare in langen Strähnen über die kahlen Stellen auf dem Kopf drapierten. Mit ihren Pumps war sie etwas größer als er und hatte einen guten Ausblick auf das kunstvolle Arrangement. Als würde er ihren Blick spüren, nestelte er prompt auf seinem Kopf herum.

„Das ist ja eine nette Begrüßung!", lenkte sie ab.

Er deutete eine Verbeugung an und ließ ihr den Vortritt. Leni staunte nicht schlecht, im Wohnzimmer hatte sich einiges verändert. Der Couchtisch war gedeckt, es gab sogar Blätterteigstückchen. Sie machte es sich in einem Sessel bequem, während Arthur in die Küche ging. Etwas drückte sie im Rücken. Sie tastete hinter das lose Kissen und fand ein zusammengeknülltes T-Shirt. Gerade als sie es herausgezogen hatte, kam Arthur mit der Kaffeekanne zurück. Er starrte entgeistert auf das Hemd und stellte hastig den Kaffee auf dem Tisch ab.

„Geben Sie das her." Er riss ihr das Hemd aus der Hand. Tür auf, reinwerfen, Tür zu, blitzschnell ging das. Mit rotem Kopf setzte er sich auf die Couch ihr gegenüber. Leni hatte eine düstere Phantasie von einem Zimmer, in dem sich ein riesiger Berg schmutziger Wäsche türmte.

„Machen Sie sich nichts draus. Ich bin auch nicht besonders ordentlich", behauptete sie tapfer.

Schweigend goss er Kaffee ein. Warum konnte dieser Mensch sie nicht ansehen? Und so richtig gesprächig war er auch heute nicht.

„Sie sehen viel besser aus als vor ein paar Tagen", begann Leni die Unterhaltung.

„Ich muss mich noch bei Ihnen bedanken. Oder besser: entschuldigen. Das ist mir alles sehr unangenehm", nuschelte er in seine Tasse. Männer und ihre Eitelkeit!

„Denken Sie sich nichts dabei. Das Wetter war drückend, da hat Ihr Kreislauf verrückt gespielt."

Einfacher konnte sie es ihm nun wirklich nicht machen. Jetzt war er wieder dran, aber er rührte stumm in seinem Kaffee. Leni rutschte unbehaglich in ihrem Sessel herum. Wollte sie wirklich mit diesem seltsamen Kerl zusammen wohnen? Aber sie hatte keinen Plan B.

Die Stückchen sahen lecker aus. Sie nahm eines und biss ab. Es knackte laut, und einige Brösel fielen herunter. Schnell nahm sie ihren Teller und hielt ihn sich unters Kinn. Das trockene Gebäck blieb ihr im Hals stecken, und sie griff nach ihrer Tasse.

„Der Kaffee ist gut“, lobte sie. Immerhin konnte er Kaffee kochen, das war mehr, als Thomas drauf hatte. Aber sonst?

„Wieso wollen Sie eigentlich untervermieten?“

„Das war die Idee meiner Frau.“

Er nahm seine Hände von den Armlehnen und faltete sie über dem Bauch.

„Von meinen Söhnen habe ich ja schon erzählt. Seit die weg sind, ist das Haus viel zu groß. Außerdem wollten wir schon immer reisen. Hauptsächlich ich“, fügte er hinzu.

„Meine Maria brauchte nur ihren Garten, dann war sie glücklich.“

Beim Stichwort Garten beugte sich Leni erwartungsvoll vor.

„Na ja, damit das Haus dann nicht leer steht, kam Maria auf diese Idee. Wir dachten an eine ältere Dame.“

Er schaute aus dem Fenster und schien mit seinen Gedanken weit weg zu sein. Leni erhob sich und ging zur Terrassentür. Von hier aus hatte man einen schönen Blick auf den Rasen. Dahinter stand der kleine Pavillon, den sie neulich schon gesehen hatte.

„Ich habe auch ein Kind, eine Tochter. Die ist natürlich auch schon erwachsen und wohnt nicht mehr bei uns.“

„Ich dachte, Sie sind alleinstehend?“

Leni biss sich auf die Lippen. Zu blöd, sie hatte Thomas gar nicht erwähnen wollen.

„Wenn, würde ich hier allein einziehen.“

So konnte sie das nicht stehen lassen.

„Mein Mann und ich haben zurzeit ein paar Probleme. Und ich halte es für besser, wenn wir uns eine Zeitlang trennen. Ich kann also nicht sagen, wann ich wieder zurück gehe.“

Es runzelte die Stirn.

„Wie lange sind Sie denn verheiratet?“

„Schon eine Ewigkeit, fast dreißig Jahre.“

„Aber da trennt man sich doch nicht mehr.“

Leni lachte bitter.

„Es war ein Fehler, zu Hause zu bleiben und mich nur um die Familie zu kümmern. Aber mein Mann wollte es so. Und ich vermutlich auch.“

Sein Blick wanderte von ihrer adretten Kleidung hinunter bis zu den Pumps.

„Sie sehen gar nicht aus wie eine Hausfrau.“

„Was soll denn das heißen? Ihre Frau ist doch sicher auch nicht mit Kittelschürze und Lockenwicklern herumgerannt“, brauste Leni auf.

„Das sollte ein Kompliment sein.“

Aufgebracht stopfte sie das letzte Stückchen Blätterteig in den Mund. Die Konversation erstarb schon wieder. Schließlich räusperte sich Leni.

„Dann würde ich jetzt gerne auf den Grund meines Besuches kommen.“

Sogar schlaflose Nächte sind für etwas gut. Sie hatte genügend Zeit gehabt, sich vorzubereiten. Nun zückte sie ihren kleinen Block und legte los.

„Wenn ich Sie richtig verstehe, mögen Sie keine Gartenarbeit“, fing sie gleich mit dem wichtigsten Punkt an.

Arthur druckste herum.

„Irgendwie ist das nicht so meine Sache.“

„Das ist prima“, strahlte sie. „Ich arbeite sehr gern im Garten.“

„Ich lasse Ihnen da völlig freie Hand. Was Sie mit dem Garten anstellen, können Sie ganz allein entscheiden.“

Das war ein hoffnungsvoller Anfang. Gleichzeitig griffen sie nach ihren Tassen.

„Wie sieht es mit der Hausarbeit aus?“ fragte Leni und beobachtete ihn genau. Sein Zusammenzucken sagte schon alles. Hier lag der Hase im Pfeffer. Aber als billige Putze wollte sie sich nicht einspannen lassen. Sie verschränkte die Arme.

„Wie meinen Sie das genau?“ fragte er nach.

„Wir werden doch sicherlich nicht jeder für sich kochen. Das wäre ja idiotisch. Und die Putzerei muss natürlich aufgeteilt werden.“

„Natürlich!“

Arthur schien in seinem Sessel zusammenzuschrumpfen. Aber Leni war gnadenlos.

„Sie suchen ja keine Haushälterin, oder? Da könnte ich ja gleich...“

Sie brach ab. Sein Kopfschütteln war nicht sehr überzeugend.

„Ich habe mir da schon was überlegt“, fuhr sie eifrig fort.

„Natürlich werde ich mich um meine Zimmer allein kümmern. Und Sie sich um ihre. Aber das Wohnzimmer nutzen wir gemeinsam, und die Küche. Was die Mahlzeiten betrifft, so habe ich gedacht, dass jeder frühstückt, wann und wie er möchte. Das gilt auch für das Abendessen. Aber mittags könnten wir zusammen essen. Ich weiß nicht, wie es Ihnen geht, aber ich bin diese einsamen Mahlzeiten leid.

Es ist schade, wenn man ein schönes Essen kocht, und niemand sitzt einem gegenüber, mit dem man es genießen kann. Finden Sie nicht auch?"

Arthur starrte sie mit offenem Mund an.

„Das habe Sie alles auf Ihrem Block notiert?"

Man konnte es förmlich arbeiten sehen hinter seiner Stirn.

„Haben Sie auch schon festgelegt, wer wann aufs Klo darf?"

„Was Sie an Organisation drauf haben, hab ich ja neulich in der Küche gesehen", giftete sie zurück.

Aber sofort nestelte sie beschämt an ihrer Jacke herum. Da war sie mal wieder über das Ziel hinaus geschossen. Schließlich hatte er mit dem Tod seiner Frau zu kämpfen.

„Ich habe mir noch gar keine Gedanken darüber gemacht, wie das laufen soll", sagte er nach einer Weile.

„Und kochen kann ich auch nicht."

„Das ist keine Hexerei. Ich kann Ihnen das beibringen, wenn Sie wollen", erklärte sie eifrig.

Er nickte, aber Begeisterung sah anders aus.

„Vielleicht sollte ich mir erst einmal die Räume ansehen, bevor wir uns hier zu sehr verzetteln", schlug sie vor.

„Das ist eine gute Idee", sagte er schnell und stand auf.

Im ersten Stock öffnete Arthur die Tür zu einem hellen, geräumigen Zimmer. Die Türen zum Balkon waren geöffnet, und vom Garten wehte ein leichter Blütenduft herein. Bodenlange, weiße Gardinen bauschten sich im Luftzug.

„Und hier ist das zweite Zimmer."

Im angrenzenden Raum standen einige Möbel. Leni betrachtete das flaschengrüne Sofa, das sich zu einem Bett ausziehen ließ. Es gab auch einen Kleiderschrank und eine Kommode, auf der ein kleiner Fernseher stand.

„Die Sachen hier kommen raus. Es gibt noch ein drittes Zimmer hier oben, das will ich als Gästezimmer einrichten."

„Würden Sie eventuell auch möbliert vermieten?"

„Kein Problem. Die Sachen sind allerdings nicht neu, das sehen Sie ja."

Bleibt nur noch mein Klavier, überlegte Leni. Aber dieser Punkt hatte noch Zeit. Gegenüber lag das Bad. Es hatte ein Fenster und eine

Badewanne. Sogar ein kleiner Schrank war vorhanden und somit alles, was sie brauchte.

Es gab nichts auszusetzen. Leni stellte bestürzt fest, dass es nun ernst wurde.

„Was ist mit Ihren Söhnen? Was sagen die denn dazu?"

„Wissen Sie, von Kanada ist es ein langer Flug nach Deutschland. Peter muss auch hart arbeiten, damit er zurecht kommt. Er baut sich ja erst etwas auf. Und Max geht ganz in seinem Beruf auf. Er kam auch früher immer nur für eine Stippvisite vorbei. Und seit er mit seiner Freundin zusammen wohnt, hat er noch weniger Zeit."

Leni nickte. Monika kam auch nicht mehr sehr oft, sie hatte ihr eigenes Leben.

Sie schaute in den Garten hinunter und stellte sich vor, hier zu wohnen. Es war nett hier, aber irgendwie tat es weh, wenn sie an ihr schönes Haus dachte. Es war schwieriger als gedacht, sich so drastisch zu verkleinern. Stumm stand sie da und kämpfte mit den Tränen.

„Ich lasse Sie ein paar Minuten allein, damit Sie sich in aller Ruhe umsehen können."

Dankbar nickte sie, und er verschwand nach unten.

Das war es nun? Sie hatte keine Ahnung, wie lange es dauern würde, bis sie sich mit Thomas ausgesöhnt hatte. Aber unabhängig davon wollte sie ihr Leben von Grund auf umkrempeln. Und sich eine Arbeit suchen.

„Es nützt nichts", murmelte sie.

Sie ging noch einmal auf den Balkon hinaus. Genau unter ihr rankte sich neben der Terrasse eine Rose an einer Säule empor. Die würde sie bald jeden Morgen als erstes sehen, stellte sie sich vor. Sie riss sich zusammen. Plötzlich war da ein leises Prickeln in ihrem Nacken. Es war ein Abenteuer. Vielleicht lief es besser, als sie dachte. Wie kam es nur, dass ihre Stimmung von einer Sekunde auf die andere total umschlug? Das passierte oft in letzter Zeit und machte sie ganz konfus.

Arthur hörte sie die Treppe herunter kommen. Sie war blass, aber sie lächelte. Oben in den Zimmern hatte er einen Moment befürchtet, dass sie gleich in Tränen ausbrechen würde. Er ging zu der kleinen Hausbar und holte zwei Gläser heraus.

„Sagen Sie nichts, lassen Sie uns erst einen Cognac trinken."

Widerspruchslos nahm sie das Glas entgegen. Sie fröstelte trotz des warmen Sommertags.

„Ich kann mir vorstellen, dass das gar nicht so einfach ist“, sagte Arthur mitfühlend.

„Ja, das stimmt“, antwortete sie. „Aber so, wie es bei uns momentan zugeht, halte ich es einfach nicht mehr aus.“

Arthur wies einladend auf den Sessel.

„Es gibt keinen Streit, falls Sie das denken, jedenfalls nicht direkt. Thomas, also mein Mann, er hat ein Verhältnis.“

Sie senkte den Kopf und griff nach dem Cognacschwenker. Arthur war erschüttert. Natürlich kam das vor, er war ja nicht naiv. Aber Frau Winkler war doch recht attraktiv und durchaus sympathisch. Es musste sehr verletzend für sie sein. Ein bisschen vorlaut kam sie ihm vor, ganz anders als Maria. Aber es gab ja viele Gründe, warum einer fremd ging. Unter Lenis Blick fühlte er sich ertappt.

„Es hat keinen Sinn, darüber zu grübeln, warum es so ist. Dagegen ist keiner gefeit. Manchmal sieht man zu viele Dinge als selbstverständlich an, das ist ein großer Fehler.“

Er hatte ja auch nie darüber nachgedacht, dass er vielleicht einmal ohne Maria auskommen müsste.

„Vielleicht renkt es sich ja wieder ein.“

„Ja, vielleicht.“

Er beugte sich vor und tätschelte ihre Hand.

„Sehen Sie das hier als Übergangslösung. Das ist schon in Ordnung so. Ich bin auch nicht so sicher, ob ich auf Dauer hier jemand wohnen haben möchte. Wir versuchen es einfach mal.“

Er war selbst verblüfft über das, was er sagte, aber irgendwie stimmte es. Die Vorstellung, nicht mehr ganz allein zu sein, war nicht unangenehm. Und diese Frau Brandner war schon in Ordnung, wenn man ihr ein paar Marotten abgewöhnte.

„Sie sind natürlich an mehr Platz gewöhnt“, fiel ihm ein.

Sie schüttelte den Kopf.

„Das geht schon. Ich komme bestimmt zurecht. Manchmal ist es ganz gut, wenn man sich verkleinert. Das schärft den Blick auf das Wesentliche.“

„Alle Achtung!“

Arthur war beeindruckt.

„Ich hab das mal irgendwo gelesen“, murmelte sie verlegen.

Plötzlich griff sie nach ihrer Tasche und stand auf.

„Ich rufe Sie in den nächsten Tagen an, und dann machen wir Nägel mit Köpfen. Einverstanden?“

Arthur war überrumpelt von ihrem schnellen Aufbruch. Was hatte das jetzt wieder zu bedeuten? Er begleitete sie zur Tür und sah ihr nach, wie sie mit schnellen, energischen Schritten die Straße hinunter lief.

Im Haus gegenüber bewegte sich eine Gardine. Das war bestimmt Frau Hoffmann. Sie war eine der schlimmsten Tratschtanten hier in der Straße, ein richtiges Schlappmaul. Arthur kümmerte das nicht. Manche Leute hatten eben nichts Besseres zu tun als den ganzen Tag am Fenster zu stehen und alles zu beobachten.

Leni schloss die Haustür auf, warf ihre Tasche auf den Garderobenschrank und zerrte die Schuhe von den Füßen. Durstig trank sie ein großes Glas Eistee leer und goss gleich wieder nach. Sie war erleichtert, dass Thomas nicht da war. Sie brauchte Ruhe, um noch einmal alles zu überlegen. Es war eine Sache, etwas zu planen. Aber jetzt musste sie ins kalte Wasser springen, und das erschreckte sie. Mit dem Glas in der Hand wanderte sie durch die Zimmer. Sie strich über die Gardinen im Wohnzimmer, betrachtete einen alten Fleck auf dem Küchentisch. Schließlich kuschelte sie sich in einen Lehnstuhl. Die Abendsonne tauchte den Himmel in ein leuchtendes Rot. Leni blinzelte ein paar Tränen weg, aber es kamen immer neue.

Zur selben Zeit stand Arthur in der Terrassentür und schaute auf den nächtlichen Garten. Ab und zu nahm er einen Schluck aus seinem Glas. Manchmal hatten sie hier getanzt, nur sie beide. Fast konnte er noch die Musik hören. Er erinnerte sich genau, wie es sich anfühlte, als Maria in seinen Armen gelegen hatte.

Im Wohnzimmer war es dunkel. Seufzend raffte er zwei Kissen und eine Decke zusammen und richtete auf der Couch sein Nachtlager her. Es war unbequem, und er wälzte sich ruhelos hin und her. Wenn er neue Möbel kaufen würde, vielleicht könnte er es dann wieder im Schlafzimmer aushalten. Er dachte an seine Söhne. Morgen rufe ich bei Max an, beschloss er. Und an Peter würde er schreiben. Er machte wieder Licht an und suchte nach einem Block. Aber er kam nur bis ‚Lieber Peter’, dann schlief mit dem Stift in der Hand ein.

Kapitel 3

Heute Morgen war Bernd Köhler mal wieder spät dran. Seine schwarze, schlecht sitzende Hose sah so aus, als habe er sie schon mit ausgebeulten Knien gekauft, und das weiße Oberhemd hing ihm halb aus dem Hosenbund.

Seinen jungenhaften Charme pflegte er sorgfältig mit Hilfe eines unauffälligen, etwas nachlässigen Aussehens. Das war eine seiner wichtigsten Requisiten, besonders im Umgang mit Geschäftspartnern.

Eine schwarze Haarsträhne hing ihm ständig in den Augen, so etwas wie sein Markenzeichen. Das übrige Haar stand meist wirr vom Kopf ab. Sein rundliches Gesicht sah nicht aus, als ob er sich schon rasieren musste. Er war nur mittelgroß und stämmig. Das lose Hemd überspielte ein paar Speckröllchen auf seinen Hüften, gegen die er einen aussichtslosen Kampf führte.

Schon seit der Schulzeit, die noch nicht allzu lange zurück lag, war der Wecker sein ärgster Feind. Er war nun einmal kein Morgenmensch. Nur gut, dass er inzwischen sein eigener Boss war.

Mit Mitte Zwanzig war Bernd Köhler bereits Chef einer Firma, die sich mit Hausverwaltung und kleinen Bauprojekten befasste. Seine Eltern hatten ihm direkt nach seinem Abitur eine großzügige finanzielle Starthilfe mit auf den Weg gegeben.

„Bub, zusehen nützt nix“, hatte seine Mutter gesagt. „Probier es aus und schau, ob es dir Spaß macht.“

Der „Bub“ liebte sein unabhängiges Leben. Er war sehr erfolgreich darin, mit minimalem Aufwand ein Maximum zu erreichen. Verbissenes Arbeiten schadete nur, man musste mit Köpfchen an die Dinge herangehen, so lautete sein Motto. Allerdings hatten seine Eltern ein scharfes Auge auf ihn. Er spielte Katz und Maus mit ihnen, und das machte ihm den größten Spaß.

Sein Büro befand sich in bester Citylage, direkt an der Hauptwache. Das unscheinbare Firmenschild, eine Messingplatte mit der Gravur ‚Köhler Immobilien‘, täuschte. Bernd liebte es durchaus repräsentativ mit einem leichten Hang zum Protz. Besonders stolz war er auf seinen Bürosessel, ein Geschenk seiner Eltern zur Geschäftseröffnung. Es war die exakte Kopie des Präsidentenstuhls aus dem Oval Office. Hier brütete er über hochfliegenden Plänen, mit denen er sich endgültig von seinen Eltern abnabeln würde.

Es war gegen 10 Uhr, als Bernd Köhler ins Vorzimmer schlenderte.

„Hallo Sandi, gibt's was Neues?" begrüßte er seine Sekretärin im Vorbeigehen. Sandi trippelte mit einer vollen Kaffeetasse hinter ihm her.

„Gut, dass Sie da sind, Chef. Da sitzt einer in Ihrem Büro und wartet. Schon seit einer Stunde. Der ist mir nicht geheuer."

Sie schaute ihn ängstlich an.

„Du weißt doch, dass du niemand reinlassen sollst, wenn ich nicht da bin."

Verärgert riss Bernd seine Bürotür auf. Ein Mann schoss von der Sitzecke hoch. Er war jenseits der Fünfzig, und sein zerfurchtes, blasses Gesicht ließ auf ein akutes Magengeschwür schließen.

„Herr Köhler, nur zwei Minuten. Das können Sie mir nicht verwehren."

Bernd hatte ein gutes Gedächtnis.

„Die Zwangsräumung in der Ludwigstraße."

„Ja genau. Der Termin ist heute, und ich wollte um Aufschub bitten. Ich hab Arbeit in Aussicht. Sie kriegen alles auf Heller und Pfennig zurück. Sie können uns doch nicht das Dach über dem Kopf wegnehmen. Das würde meine Frau nicht überleben."

Bernd hatte hinter seinem Schreibtisch Platz genommen und blätterte gelangweilt in seinem Terminkalender. Der Besucher trat näher und griff nach dem Hörer der Telefonanlage. Flehend streckte er ihn Bernd entgegen.

„Bitte! Nur ein kurzer Anruf!"

„Raus hier", kam die Antwort leise und drohend.

Der Mann legte den Hörer wieder zurück, drehte sich um und schlich mit hängenden Schultern hinaus. Sandi sah ihm nach.

„Gib den Kaffee her. Und hol mir ein Schinkencroissant, ich hab noch nicht gefrühstückt."

Sie zuckte zusammen und stellte die Tasse auf den Schreibtisch.

„Der sieht ja schrecklich aus", murmelte sie mitleidig.

Bernd trank einen Schluck.

„Es gibt nur zwei Sorten von Menschen. Der da gehört zu den Verlierern. Aus dem wird nie was. Wir haben keine Zeit, uns mit Parasiten zu befassen. Das verstehst du doch?"

Sandi mochte ihren Chef, auch wenn er ihr manchmal etwas herzlos vorkam. Sie nickte langsam.

„Na also. Nun sei ein braves Mädchen und geh zum Bäcker. Ich habe Hunger.“

Als sie zur Tür ging, betrachtete er ihre langen Beine. Sandi war mehr Augenweide als Sekretärin. Aber Bernd war der Meinung, dass sie hauptsächlich für guten Kaffee zu sorgen hatte. Die wirklich wichtigen Dinge erledigte er stets selbst. Zufrieden biss er ein paar Minuten später in sein Croissant.

„Bring mir noch die Post und die Anrufzettel rein. Und dann setz dich wieder raus und halt uns die Schurken vom Leib.“

Sandi lachte schon wieder. Ihr Chef hatte immer einen flotten Spruch drauf. Die Arbeit war überschaubar, und über ihre privaten Telefonate sah er großzügig hinweg. Sie warf ihm einen schmachtenden Blick zu und verschwand.

Grinsend trank er einen Schluck Kaffee und widmete sich der Arbeit. Er zerknüllte einen Zettel nach dem anderen und beförderte ihn mit einem gezielten Wurf in den Papierkorb. Es war nichts Interessantes dabei bis auf einen Anruf aus einem südwestlich gelegenen Stadtteil.

In dem ehemaligen Dorf Niederrad, das Anfang des zwanzigsten Jahrhunderts in Frankfurt eingemeindet worden war, entstanden nach dem zweiten Weltkrieg viele Einfamilienhäuser und Mietbauten. Die Pendler fuhren mit der Straßenbahn zur Arbeit die Kinder zu den weiterführenden Schulen, meist nach Sachsenhausen. Ein paar Geschäfte und Kneipen und natürlich die Rennbahn, mehr gab es nicht an Attraktionen. In die Reihen der ehrwürdigen Zickzackhäuser fraß der Zahn der Zeit Lücken, die mit Neubauten aufgefüllt wurden. Selbst vom barocken Frauenhof war nicht viel mehr als der Torbogen übrig. Später kamen die Gastarbeiter, meist Türken und Asiaten, und mit ihnen ein paar neue Läden. Nur schwer gewöhnten sich die alt eingesessenen Niederräder an den Schmelztiegel der Kulturen und Hautfarben, der offenbar in einer Metropole wie Frankfurt unvermeidbar war. Aber im Wesentlichen hielt der Stadtteil einen schon lange dauernden Dornröschenschlaf, obwohl er nur wenige Kilometer von Römer und Paulskirche entfernt lag.

Mehr zufällig war Bernd Köhler auf Niederrad aufmerksam geworden. Noch waren die Immobilienpreise moderat, verglichen mit anderen Locations. Wie ein Hai umkreiste er von da an seine Beute und verleibte sich Stück für Stück ein.

Nur wenige Leute wussten von der geplanten Änderung im Bebauungsplan. Köhler hatte an den richtigen Stellen gedreht und manchmal einen Umschlag unter dem Tisch weitergereicht. Er hatte bereits einige Immobilien recht günstig erworben. Das dicke Ding wuchs und gedieh prächtig. Noch konnte Köhler unbemerkt agieren, aber es war nur eine Frage der Zeit, bis auch andere aufmerksam wurden. Deshalb hatte er ein Netz von Kontakten aufgebaut, die ihm alles zutrugen, was in Niederrad vor sich ging. Gespannt griff er nun zum Telefon.

„Köhler hier, hallo Herr Schneider", meldete er sich gut gelaunt. „Haben Ihre großen Lauscher mal wieder was aufgeschnappt?"

Herr Schneider war geschmeichelt. Er schätzte Köhlers Großzügigkeit und sprudelte eifrig los. Der Jungunternehmer war ganz Ohr.

„Aha, vor kurzem verwitwet. Da müsste was zu machen sein. Wie groß ist das Grundstück?"

Köhler schnalzte anerkennend mit der Zunge. Der Tag begann viel versprechend. Er würgte Herrn Schneiders Redeschwall schleunigst ab und drückte die Sprechtaste zum Vorzimmer.

„Sandi, bring mir noch einen Kaffee, und dann erst mal keine Anrufe", sagte er und wählte sofort wieder neu.

Dieser Schneider war sein Geld wert. Als Frührentner lebte er in bescheidenen Verhältnissen und hatte einen Hass auf die „vollgefressenen Hausbesitzer". Köhler hatte ihn vor einiger Zeit aufgestöbert und sich als Inhaber einer kleinen Firma ausgegeben, die sich gerade so über Wasser hielt. Nach ein paar Bier und Korn hatten sie eine Vereinbarung getroffen, die für beide lukrativ war.

Köhler arbeitete gern mit kleinen Nummern. Die waren noch hungrig und heiß darauf, Profit zu machen. Die Großen waren meist schon zu satt und träge. Auch der Anwalt, dessen Nummer er jetzt wählte, war so ein Nobody. Charly Duffner brachte eine Menge Erfahrung mit, und er war nicht zimperlich. Damit war er genau der Richtige, um die Drecksarbeit zu machen. Allerdings war er schwer zu erreichen. Auch dieses Mal meldete sich mal wieder der Anrufbeantworter.

Köhler trommelte ungeduldig mit den Fingern auf dem Tisch, während er eine Nachricht aufs Band sprach. Dann ging er zu einem Schränkchen, schloss es auf und nahm vorsichtig ein großes Bord heraus. Seine Augen leuchteten beim Anblick der kleinen, weißen Klötzchen.

Geduld war nicht seine Stärke. Aber genau die brauchte er, um alles reifen zu lassen. Und er musste den Mund halten. Es war das erste Mal, dass er ohne das Wissen seiner Eltern ein Bauprojekt durchzog. Noch dazu so etwas Gigantisches. Aber die Zeit war reif für eine Wachablösung. Sein Vater verlor allmählich den Biss, wurde alt und quengelig. Und auch die mütterliche Fürsorge ging ihm gehörig auf den Keks.

Schwungvoll wurde die Bürotür aufgestoßen und Sandi stolperte herein.

„Chef, ich hab mir einen Fingernagel abgebrochen", verkündete sie und blieb verblüfft stehen. Ihr Chef kniete auf dem Fußboden und spielte mit weißen Klötzchen.

Fast unmerklich zuckte Bernd zusammen.

„Was gibt's denn?"

„Was machen *Sie* denn da? Das ist ja niedlich."

Sie betrachtete neugierig das Durcheinander auf dem Teppich.

„Na, du weißt doch, kleine Jungs spielen gern."

Sie kicherte.

„Aber da gibt's doch bessere Spielsachen als Bauklötze."

Sie stützte die Hände auf die Hüften und präsentierte ihren durchaus sehenswerten Ausschnitt.

„Besonders für so nette Jungen wie Sie."

Treuherzig sah sie ihn aus ihren großen Augen an. Aber er winkte lachend ab.

„Irgendwann muss ich dir mal den Hintern versohlen. Du wirst langsam zu frech."

Er stellte die Papiermodule zurück an ihren Platz.

„Was wolltest du denn?"

„Ach so, ja, ich hab mir einen Fingernagel abgebrochen. Kann ich kurz mal ins Nagelstudio? Dauert nicht lang."

Er sah auf die Uhr.

„Tut mir leid, aber jetzt grad nicht. Ich muss gleich los, du weißt ja, heute ist Mittwoch. Du musst hier noch eine Weile die Stellung halten."

Mit Leidensmiene hielt sie ihren Finger in die Höhe und zog einen dekorativen Schmollmund.

„Meinetwegen mach heute eine Stunde früher Schluss, okay?"

„Danke, Chef. Ich hab zwar eine Nagelfeile dabei, aber das reißt bestimmt weiter ein..."

Ihr Geplapper rauschte an ihm vorbei. Er stellte das Bord zurück und schloss das Schränkchen sorgfältig ab. Es war höchste Zeit. Bei dieser Verabredung musste er unbedingt pünktlich sein.

Die in die Jahre gekommene, gut bürgerliche Kneipe war nur mäßig besetzt. Gerda Köhler steuerte direkt auf den Ecktisch zu. Sie setzte sich wie immer auf die Bank und stellte ihre Handtasche dicht neben sich. Es war die perfekte Nachahmung eines Gucci-Modells. Warum sollte sie gutes Geld für ein Original ausgeben? Sie richtete den Kragen ihrer Bluse und fuhr sich mit den Fingern durch die dauergewellten Haare.

Inzwischen war auch Jupp Köhler heran geschlurft und zog einen Stuhl unter dem Eichenholztisch hervor. Eine abgewetzte Cordhose schlackerte um seine mageren Beine. Das zerfurchte Gesicht mit den nach unten gezogenen Mundwinkeln sah griesgrämig und elend aus.

„Was willst du trinken, ein Bier?", fragte Gerda munter.

„Das ist bestimmt wieder zu kalt. Du weißt doch, mein Magen." Jupps klagende Stimme passte perfekt zu seinen hängenden Schultern. Sie tätschelte ihm die Hand.

„Ja, ja, ich weiß. Warum hast du nicht diesen Bierwärmer mitgebracht, den dir dein Sohn geschenkt hat."

„Da hat er wieder Geld zum Fenster raus geschmissen. Wenn wir früher nur das zum Leben gehabt hätten, was er als Taschengeld gekriegt hat..."

„Das waren andere Zeiten. Sei froh, dass das vorbei ist", stoppte sie seine Tirade. Jupp verzog das Gesicht.

„Ihm fehlt die harte Schule. Der hat sich noch nie für was anstrengen müssen."

Er warf seiner Frau einen vorwurfsvollen Blick zu.

„Du hast ihm immer alles durchgehen lassen. Wenn es nach mir gegangen wäre, ich hätte ihn auf ein Internat geschickt. Und dann zum Bund, damit er gehorchen lernt."

„Du hast aber heute wieder eine Laune!"

Sie schüttelte den Kopf und griff nach der Speisekarte.

„Hier, guck schon mal, was du essen willst."

„Ich hab keinen Hunger. Schmeckt sowieso alles gleich."

Aber er griff trotzdem nach der Karte und blätterte lustlos darin herum. Die Tür des Lokals ging auf, und Bernd Köhler kam herein geschlendert. Er winkte der Bedienung zu:

„Wie immer!“

Seine Mutter strahlte über das ganze Gesicht, und ihr Doppelkinn legte sich in wohlige Falten. Er gab ihr einen Kuss auf die Wange und nickte seinem Vater zu.

„Hallo Mudderche, hallo Vadder. Seid ihr schon lang da?”

Jupp knurrte etwas Unverständliches.

„Erzählt er wieder vom Krieg?“, erkundigte sich Bernd fröhlich. Mutter und Sohn blinzelten einander zu. Jupp gab die Speisekarte an seine Frau weiter.

„Sag du, was ich essen soll. Mir schmeckt das alles nicht“, jammerte er.

Die Bedienung trat an den Tisch und schaute erwartungsvoll in die Runde. Gerda bestellte der Einfachheit halber für alle.

„Was machen die Geschäfte?“, fragte Bernd seinen Vater.

„Schlecht, wie immer. Nur Halsabschneider unterwegs.“

Jupp legte seine Hand auf den Magen, den er heute wieder besonders unangenehm spürte.

„Na, da bist du doch in guter Gesellschaft“, feixte Bernd.

Er kannte seinen Vater eigentlich nur schlecht gelaunt oder jammernd. Seine Mutter musterte ihn eingehend.

„Du hättest ruhig ein Jackett anziehen können“, tadelte sie milde.

„Das liegt im Auto. Ich muss mich sowieso nachher noch umziehen. Golfrunde mit einem Geschäftspartner.“

Jupp verdrehte die Augen.

„Dass man heutzutage so Geschäfte machen kann! Wir mussten früher hart arbeiten. Aber das kennst du ja gar nicht mehr.“

„Jetzt hör schon auf. Du verdirbst uns die ganze Stimmung.“ Die kostbare Zeit mit ihrem Sohn ließ sich Gerda nicht vermiesen.

Die Kellnerin brachte die Getränke. Bernd trank sein Hefeweizen in einem Zug halb leer, Gerda nippte an einem Weißwein.

„Hab ich doch gesagt, das Bier ist zu kalt“, nörgelte Jupp, aber keiner hörte zu.

„Du warst heute aber spät im Büro. Ich habe gegen Neun angerufen, da war nur die Tussi da.“

Bernd ignorierte den Hauch von Kritik in ihrer Stimme.

„Ich hatte noch was zu erledigen.“

„Ist wohl nicht viel los bei dir?", bohrte sie weiter.

„Das Übliche. Ärger mit der neuen Reinigungsfirma, und dann diese Zwangsräumung."

Sie nickte, aber er spürte, dass sie ihn weiter beobachtete. Unbehaglich griff er wieder zum Bierglas. Da kam die Bedienung mit dem Essen, und erleichtert machte er sich sofort darüber her. Es war nicht einfach, sein Projekt vor den scharfen Augen und Ohren seiner Mutter zu verbergen. Mudderche merkte sofort, wenn er log, das war schon immer so gewesen. Er stützte einen Ellenbogen auf den Tisch und schaufelte sein Gulasch mit großem Appetit in sich hinein. Jupp stocherte in Rippchen und Sauerkraut herum.

„Total versalzen", jammerte er.

„Das sagst du jedes Mal. Iss es trotzdem."

Gerda nahm Jupp die schlechte Laune nicht übel. Das kam von der Schufterei in seiner Jugend, als sie noch nichts hatten. Irgendwie hatte er sich das Jammern nicht mehr abgewöhnen können und beklagte sich schon aus reiner Gewohnheit. Sie dagegen war eine Frohnatur und genoss, was sie erreicht hatten. Seit sie in ihre Villa am Lerchesberg gezogen waren, kam Bernd allerdings nicht mehr oft zu Besuch. Er war halt erwachsen.

Bernd legte das Besteck auf den Teller und lehnte sich zurück. Zufrieden klopfte er auf seinen Bauch.

„Das war gut. Aber Mudderche, nicht so gut wie bei dir."

Gerda lächelte geschmeichelt. Jupp warf seinem Sohn einen schrägen Blick zu. Dieses Honig ums Maul schmieren, von wem er das wohl hatte? Bernd sah auf die Uhr und stand auf.

„Ich muss mich beeilen."

Gerda schaute ihm hinterher und lächelte nachsichtig. Wie immer hing ihm ein Hemdzipfel aus der Hose.

Jupp pulte mit den Fingern ausgiebig in seinen Zähnen herum. Gerda verkniff sich eine Bemerkung. Er war halt immer noch der einfache Arbeiter von früher, daran änderte auch das viele Geld nichts, das sie jetzt hatten. Sie griff nach ihrer Tasche und zählte aus einem abgewetzten Portemonnaie den Betrag ab.

„Bedienung!"

Das Mädchen ließ sich Zeit. Von diesen Gästen hatte sie noch nie mehr als fünfzig Cents Trinkgeld bekommen.

„**F**indest du nicht, dass der Bub irgendwie nervös ist?"

Jupp gab keine Antwort. Er tat so, als müsse er sich aufs Autofahren konzentrieren.

„Also irgendwas stimmt da nicht. Ich kenn doch meinen Bub.“

Gerda ließ der Gedanke nicht los, dass da etwas im Busch war. Zu Hause angekommen machte sie es sich mit einer Tasse Kaffee bequem und griff zum Telefon.

„Firma Köhler, guten Tag!“

Gerda verzog ungnädig das Gesicht. Sandis Stimme klang immer etwas gelangweilt, das machte keinen guten Eindruck. Aber heute war das nicht ihr Thema.

„Hier spricht Gerda Köhler.“

Ihre Stimme war die perfekte Mischung aus mütterlicher Sympathie und strenger Lehrerin.

„Oh! Hallo!“

Man konnte förmlich hören, wie die Sekretärin sich aufrecht hin setzte.

„Na, Kindchen, dann erzählen Sie mal. Was ist denn so los bei Ihnen?“

Es war eine ihrer leichtesten Übungen, aus diesem unbedarften Mäuschen ein paar Informationen herauszukriegen.

„Bauklötze? Tatsächlich! Und wie sahen die denn aus?“

Gerda legte die Füße hoch. Es dauerte eine Weile, aber dann formten sich die ersten Puzzleteile zu einem groben Bild. Und das war äußerst interessant.

Nur wenn er allein war, erlaubte sich Karl Duffner den Luxus der Nachlässigkeit. Charly, wie er von seinen Freunden genannt wurde, als er noch welche hatte, legte in der Öffentlichkeit großen Wert auf Seriosität. Haare und Fingernägel waren tipptopp gepflegt. Seine Kleidung war stets ordentlich, wenn auch nicht nach der allerneuesten Mode. Und mit seiner Größe von mehr als 1,90 m war er eine stattliche Erscheinung.

Heute Abend stand kein Termin mehr an, und so hatte er es sich in einem verwaschenen Bademantel auf der Couch gemütlich gemacht. Im Fernsehen liefen die Spätnachrichten, und die Flasche Cognac, die griffbereit auf dem niedrigen Tisch stand, war fast leer. Charly nahm einen Schluck und verzog das Gesicht. Der billige Fusel schmeckte schlimm, aber er tat seine Wirkung.

Leicht schwankend machte sich Charly auf den Weg ins Badezimmer. Dabei schrammte er mit dem Knöchel gegen eine Glasvitrine. Er rieb die schmerzende Stelle. Das Zimmer war einfach zu voll. Mühsam humpelte er weiter.

Er war kein Typ für Selbstmitleid. Sachlich betrachtete er sein Gesicht im Spiegel. Dass er die Fünfzig schon deutlich überschritten hatte, sah man ihm an. Aber noch waren seine Züge markant genug, um als „interessant" durchzugehen.

„Tja, Alter, siehst nicht gerade toll aus. Aber wir sind ja unter uns. Ist viel gemütlicher, seit die Schlampe weg ist."

Er holte eine Flasche Bier aus der Küche und streckte sich wieder auf der Couch aus. Mal sehen, was es heute noch Langweiliges in der Glotze gab.

Mit einem bösartigen Zischen lösten sich die Tablette im Wasser auf. Das Geräusch dröhnte in Charlys Ohren, er hatte einen gewaltigen Brummschädel. Ohne abzusetzen trank er das Glas leer und schüttelte sich. Den seifigen Geschmack konnte auch der bittere, schwarze Kaffee nicht ganz vertreiben, mit dem er nachspülte. Aber allmählich nahm er seine Umgebung wieder wahr.

Die Nacht auf der Couch war wieder unbequem gewesen. Manchmal dachte er noch wehmütig an sein Kingsize-Bett mit der speziell für ihn angefertigten Matratze. Aber es gab Schlimmeres. Wenigstens hörten die Kopfschmerzen auf, und auch sein Magen beruhigte sich. Er schaute auf die Uhr. Halb elf, der Vormittag war schon fast gelaufen. Aber im Grunde war es völlig egal. Er hatte sowieso nichts zu tun heute.

Als ehrgeiziger, junger Anwalt hatte Charly zügig Karriere gemacht. Mit seinem scharfen Verstand und absoluter Skrupellosigkeit ließ er seine Studienkollegen schnell hinter sich. Schon bald hatte er sich einen Namen als Firmenanwalt gemacht. Kalt und abgezockt, das war sein Image, das er genoss. Viele Jahre lang hatte er ein verdammt gutes Leben gehabt. Er stand ständig unter Strom, tagsüber im Büro und abends auf der Piste. Die Damen lagen ihm scharenweise zu Füßen. Aber er war nie so dumm gewesen, eine zu heiraten.

Vor gut einem Jahr war es dann passiert. Vermutlich war er ein paar Leuten zu oft auf die Füße getreten. Man hatte ihn ins offene Messer laufen lassen. Er beklagte sich nicht. Wer austeilt, muss auch einstecken können. Nun, er steckte seine Abfindung ein und ging. Plötzlich blieb so manche Tür, die man früher für ihn aufgerissen hatte, versperrt.

Er konnte sich kaum noch an seine letzte Freundin erinnern. Dumm war sie nicht. Sie hatte blitzschnell kapiert, dass die Zeit der Partys vorbei war. Während er seinen Schreibtisch in der Firma räumte, hatte sie in der Villa klar Schiff gemacht. Charly war nicht überrascht und nahm es ihr auch nicht sonderlich übel. Der Mensch ist ein Schwein, niemand wusste das besser als er.

Der Umzug in die kleine Wohnung war allerdings ein harter Schnitt gewesen. Aus dem Chaos sorgfältig beschrifteter Umzugskartons, die sich überall stapelten, stachen einige wenige, erlesene Möbelstücke heraus, Relikte aus einem anderen Leben.

In Charlys Wohnbüro waren die Bereiche klar unterteilt. Das Beste daran waren die kurzen Wege. Der größte Raum war sein Privatbereich, in dem er wohnte und schlief. Außer seinem Arbeitszimmer gab es noch ein winziges Vorzimmer. Dort hatte die Schreibkraft ihren Platz, die er bei Bedarf kommen ließ. Kaum jemand wusste, dass dies ein Anwaltsbüro war, denn natürlich empfing er hier niemals einen Klienten. Aus den Scherben seines alten Lebens hatte er ein paar Kontakte retten können, mit denen er sich über Wasser hielt. Wie viele Aufträge er nur der alten Zeiten wegen bekam, wollte er gar nicht so genau wissen. Das Geld floss nicht üppig, aber er kam zurecht.

Charly bügelte gerade auf dem Couchtisch die Hose seines besten Anzugs, als das Telefon klingelte. Automatisch zählte er mit. Nach dem vierten Klingeln schaltete sich der Anrufbeantworter ein. Es machte einen besseren Eindruck, wenn man beschäftigt aussah. So hatte er mit sonorer Stimme einen Text aufgesprochen, der Anrufer vertröstete, da er gerade in einem Geschäftstermin war.

„Köhler hier. Wo stecken Sie eigentlich dauernd? Ich habe einen Auftrag für Sie. Rufen Sie mich sofort zurück."

Es klickte, der Anrufer hatte grußlos aufgelegt. Charly zog den Stecker des Bügeleisens aus der Steckdose und wischte vorsichtig mit einem feuchten Tuch über eine glänzende Stelle auf dem Stoff. Es passte gut, dass Köhler wieder etwas für ihn hatte. Das brachte Geld in die chronisch schwindsüchtige Kasse. Charly war fasziniert von dem Jungunternehmer. Dieser brennende Ehrgeiz, der kein Hindernis als unüberwindbar akzeptierte – das kannte er von seinen eigenen Anfängen. Allerdings hatte er damals auf kein elterliches Vermögen zurückgreifen können. Er war gespannt, ob Köhler den Sprung nach ganz oben schaffte. Charly wusste, wie dünn das Seil war, auf dem man dabei tanzen musste. Der Absturz nach unten konnte lang sein. Und der Aufschlag übel.

Wahrscheinlich hatte Köhler wieder einmal Ärger mit einem Mieter. Seine Aufträge waren nicht spektakulär, aber sie kamen mit einer gewissen Regelmäßigkeit. Charly konnte sich darauf verlassen, dass jeden Monat irgendetwas gerade gebogen werden musste. Manchmal auch in der Grauzone der Legalität, aber das machte ihm nichts aus.

Frühestens in zwei Stunden würde er zurückrufen. Es blieb also genügend Zeit für eine Übungseinheit auf der Driving Range. In seiner finanziellen Lage war es purer Luxus, die Mitgliedschaft im Golfclub aufrecht zu erhalten. Aber Golf war seine Passion, und er hing an diesem letzten Überbleibsel aus besseren Tagen. Als Nebeneffekt sprang manchmal sogar ein neuer Auftrag für ihn heraus. In gewissen Kreisen verband man gerne das Geschäftliche mit einer Runde Golf.

Irgendwie war es logisch, dass es heute regnete. Wäre ja auch zu viel verlangt gewesen, dass sie einmal Glück hatte. Leni stöhnte, als sie zwei Koffer in ihr Auto wuchtete. Ängstlich sah sie sich um. Sie rechnete jeden Moment damit, dass der Firmenwagen von Thomas um die Ecke bog. Und sie bei ihrem Auszug erwischte, der eher einer Flucht glich. Sie hastete zurück ins Haus, um weitere Taschen und Tüten zu holen. Mit hektischen Flecken im Gesicht drückte und quetschte sie. Endlich gelang es ihr, den verflixten Kofferraumdeckel zuzuschlagen. Aufatmend lehnte sie sich dagegen. Alles, was sie in den nächsten Wochen benötigte, passte haarscharf in ihren Kleinwagen. Sie hatte den Fahrersitz ganz nach vorn geschoben, um mehr Stauraum zu haben. Eingezwängt zwischen Rückenlehne und Lenkrad stopfte sie den Hausschlüssel in ein Fach ihrer Handtasche. Es war geschafft. Jetzt nichts wie weg hier.

Sie wischte sich ein paar Wassertropfen aus dem Gesicht und merkte erst jetzt, dass sie nass war bis auf die Haut von Regen und Schweiß. Der Motor startete mit einem beruhigenden Blubbern. Leni zitterte am ganzen Körper, und ihre Zähne schlugen aufeinander. Sie drehte die Heizung voll auf. Widerwillig setzte sich das Auto in

Bewegung. Es war nur eine kurze Fahrt. Leni parkte ihr Auto auf der Straße gleich neben Arthurs Einfahrt und starrte durch den Regen auf das Haus. In der Küche brannte Licht. Es sah nach Wärme und Behaglichkeit aus. Sie suchte den Schlüssel heraus, den Arthur ihr gegeben hatte. Dann sammelte sie die Tüten auf dem Beifahrersitz zusammen und stieg aus.

Nervös ging Arthur im Wohnzimmer auf und ab. Ausgerechnet bei diesem scheußlichen Wetter musste Leni umziehen! Aber sie hatte den heutigen Tag festgelegt und hielt daran fest. Seine Hilfe hatte sie dankend abgelehnt. Er verstand das. Manche Dinge musste man allein durchziehen. Aber das Warten und Herumsitzen machte ihn ganz kribbelig. Die ganze Situation war ihm nicht geheuer. Er konnte sich nicht vorstellen, dass sie ab heute hier wohnte.

Den ganzen Nachmittag hatte er damit zugebracht, im Haus herumzuwerkeln. Den kleinen Fernseher, ein Überbleibsel von Max, hatte er in Lenis zukünftigem Wohnzimmer aufgestellt. Er hatte auch daran gedacht, eine Flasche Sekt kalt zu stellen. Ein Gläschen zum Einzug, vermutlich erwartete sie das. Den letzten Sekt hatte er mit Maria getrunken. Wie ihr wohl Leni als Untermieterin gefallen hätte? Sofort verbot er sich jeden weiteren Gedanken. Er durfte nicht in Trübsinn verfallen. Heute brauchte Leni seine Hilfe.

Gegen Abend fing er an, nach ihrem kleinen, roten Auto Ausschau zu halten. Ruhelos pendelte er zwischen Wohnzimmer und Küchenfenster hin und her. Gerade als er wieder in die Küche kam, bog das Auto um die Ecke. Eine schmale Gestalt mit hängenden Schultern kletterte heraus, sie schaute aus wie eine nasse Katze. Er riss die Haustür auf, noch ehe sie am Haus angekommen war.

„Schnell, komm rein. Du bist ja ganz durchgeweicht.“

Sie sagte keinen Ton, sah ihn nur mit großen Augen an. Er nahm ihr die Taschen ab und holte das restliche Gepäck aus dem Auto. Leni stand immer noch im Flur. Ihr Gesicht war blass, und sie zitterte.

„Zieh das nasse Zeug aus!“

Teilnahmslos ließ sie es zu, dass er ihr den Mantel auszog und betrachtete die größer werdende Wasserpfütze um sich herum. Arthur war besorgt. Sie musste schnellstens wieder warm werden.

„Hast du einen Wischlappen?“

Endlich regten sich ihre Lebensgeister wieder. Sie war schon halb auf dem Weg in die Küche.

„Lass das jetzt."

Energisch hielt er sie fest und schob sie in Richtung Treppe.

„Das hat Zeit. Du musst sofort in die Badewanne."

Es ging ihr wohl wirklich schlecht, denn ohne Widerspruch drehte sie sich zur Treppe um. Er schnappte sich einen Koffer und folgte ihr.

„Auspacken kannst du später. Sieh zu, dass du ins Bad kommst. Ich bring deine Sachen hoch."

Leni stellte den Koffer auf die Couch und öffnete ihn. Planlos wühlte sie darin herum. Arthur kam schnaufend mit dem nächsten Koffer an.

„Hast du alles? Brauchst du vielleicht ein Erkältungsbad? Handtücher sind im Bad."

Leni war erschüttert.

„Du bist ja so fürsorglich!"

„Purer Egoismus. Ich hab keine Lust, mich bei dir anzustecken, wenn du tagelang niest und hustest."

Er nickte ihr zu.

„Ich bin unten, wenn du was brauchst."

Dankbar stellte Leni fest, dass Arthur die Heizung angedreht hatte. Das Zimmer war angenehm temperiert. Endlich fand sie ihren warmen Hausanzug. Sie griff nach ihrem Waschbeutel und ging ins Bad.

Heißes Wasser strömte in die Wanne, und die Dampfschwaden beschlugen den Spiegel. Leni ließ die nasse Kleidung auf den Boden fallen. Plötzlich fühlte sie sich schutzlos in ihrer Nacktheit. In der Tür steckte der Schlüssel. Arthur würde bestimmt nicht hereinkommen, aber sie schloss trotzdem ab.

Im heißen Wasser entspannte sie sich. Mit geschlossenen Augen überließ sie sich der wohligen Wärme. Nichts mehr denken müssen, das war schön. Aber gleich darauf fiel ihr Thomas ein. Wie konnte es sein, dass sie sich hier, in einem fremden Haus sicherer fühlte als mit ihrem Mann? Dieser verdammte Schweinehund! Endlich löste sich die Anspannung der letzten Stunden in einem Tränenstrom auf.

Kritisch betrachtete Arthur die zwei Sektgläser auf dem Tisch. Vielleicht wäre heißer Tee besser. Wenn er durchnässt nach Hause gekommen war, hatte Maria ihm immer die Haare trocken gerubbelt. Dann hatte er im Bademantel mit dicken Socken an den Füßen im

Sessel gesessen und aufs Essen gewartet. Ach du meine Güte - Essen! Daran hatte er überhaupt nicht gedacht. Bestimmt hatte Leni Hunger. Sollte er Pizza bestellen? Ob sie so etwas überhaupt mochte? Er ging in den Flur und lauschte. Oben war alles still.

„Leni", rief er probeweise.

„Ja?", kam zögernd eine Antwort.

Sie war wohl fertig mit Baden.

„Möchtest du ein Glas Sekt? Oder einen Tee?"

„Tee wäre super. Ich komme gleich runter."

Er stellte die Sektgläser zurück in den Schrank und setzte Wasser auf. Gut, dass ihm das noch eingefallen war.

Arthur hörte, wie Leni im oberen Stockwerk herumhantierte. Es fühlte sich gut an, nicht mehr allein zu sein. Er schaltete den Fernseher ein. Es lief ein Quiz, die Leute klatschten und lachten. Zufrieden pflanzte er sich in seinen Sessel und griff nach dem Apfelweinglas. Aber so richtig auf die Sendung konzentrieren konnte er sich nicht. Zwischen zwei Lachsalven hörte er leise Schritte auf der Treppe. Die Wohnzimmertür, die er nur angelehnt hatte, ging langsam weiter auf, und seine neue Untermieterin kam herein.

Verblüfft starrte er sie an. Leni in einem rosa Frotteeanzug und mit einem Handtuch auf dem Kopf, das hatte etwas Überraschendes. Sie sah aus wie ein großer Plüschhase, dem man die Ohren amputiert hatte. Arthur sprang auf.

„Setz dich auf die Couch. Hier hast du eine Decke. Ich mach dir Tee."

Er verschwand in der Küche. Auf Anhieb fand er die Teebeutel und sogar noch eine angebrochene Packung Kekse. Stolz kredenzte er Leni ihre erste Mahlzeit. Sie bedankte sich, aber irgendwie schien sie auf etwas zu warten. Sie schaute so komisch im Zimmer herum.

„Willst du was Richtiges essen? Ich hab nichts eingekauft. Aber wir könnten Pizza bestellen."

„Hast du Eier da?"

„Ich schau nach!"

Sie folgte ihm in die Küche. Stolz präsentierte er zwei Eier, die sogar noch halbwegs frisch sein mussten. Leni bedankte sich.

„Du verpasst deine Sendung. Ich komm schon klar hier."

Nach einer Weile kam Leni mit einem Tablett ins Wohnzimmer. Darauf stand ein gekochtes Ei in einem Eierbecher. Ein Butterbrot lag daneben, das Leni jetzt in gleichmäßig breite Streifen zerschnitt. Sie köpfte das Ei und streute Salz darauf. Dann tunkte sie einen Brotstreifen in das flüssige Eigelb und schob ihn sich genüsslich in den Mund. Erst als sie fast aufgegessen hatte, bemerkte sie, dass Arthur fasziniert zuschaute.

„Entschuldigung. Das brauch ich jetzt."

„Mach nur."

„Es sieht ein bisschen eklig aus, ich weiß. Aber das ist so ein Überbleibsel aus meiner Kindheit. Wenn es mir nicht gut ging, hat mir meine Mutter immer ein Ei gekocht. Das Butterbrot dazu hat sie in Streifen geschnitten, genau wie ich jetzt. Für mich ist das ein Tröste-Essen."

„Aha."

Verlegen stopfte Leni sich den letzten Brotstreifen in den Mund und stand auf, um den Teller in die Küche zu tragen.

„Hast du was dagegen, wenn ich hoch gehe? Ich bin total groggy."

„Geh nur."

Der rosa Hase verschwand. Ein merkwürdiger Start, sinnierte Arthur leicht frustriert. Was hatte er sich da ins Haus geholt?

Routiniert fasste Charly den neuen Auftrag zusammen.

„Sie möchten also dieses Haus kaufen, so schnell wie möglich. Das Höchstangebot habe ich mir notiert. In Ordnung, Herr Köhler, ich werde mich darum kümmern."

Seine Schreibkraft war zum Glück zu Hause, als er anrief.

„Es gibt Arbeit. Können Sie heute Nachmittag für eine Stunde rein kommen?"

Sie war diese spontanen Anrufe inzwischen gewohnt. Manchmal hörte sie tagelang nichts von Herrn Duffner. Aber wenn er sich meldete, war es immer dringend.

Charly suchte in seinem fast leeren Terminkalender einen Tag in der nächsten Woche aus. Ein kurzes Schreiben würde seinen Besuch ankündigen. Es war immer besser, wenn die Leute etwas Schriftliches in der Hand hatten, bevor er auftauchte. Er war schließlich kein Vertreter, der einfach an der Tür klingelte. Ein Anwalt, der einen Termin hatte, das war seriös und schuf Vertrauen. Bei diesem Herrn Winkler würde es nicht anders sein.

Das Roxy war wieder mal voll bis zum Bersten. Die Gäste, vorwiegend Männer, standen in Dreierreihen an der Bar. Kiki war in Fahrt, das war unübersehbar. Nach der zweiten Flasche Schampus lief sie immer zur Hochform auf. Ihre hochgesteckten Haare waren im Laufe des Abends auf ihre Schultern heruntergerieselt, und ein paar weißblonde Locken klebten auf ihrer schweißfeuchten Stirn. Sie sah zum Anbeißen aus in ihrem kurzen, silbernen Kleid. Thomas hatte den Arm um sie gelegt, aber sie konnte einfach nicht still sitzen.

„Komm, lass uns tanzen", forderte sie ihn auf.

Ohne seine Antwort abzuwarten sprang sie auf und schlängelte sich durch die Leute zu der kleinen Tanzfläche. Interessierte Männerblicke folgten ihr, als sie sich auf ihren Schwindel erregend hohen Absätzen auf die Mitte zu bewegte und los legte. Bernd Köhler lehnte sich entspannt zurück. Sie war schon ein verdammt flotter Käfer, er hatte schon überlegt, ob er sie sich nicht selbst mal wieder beibiegen sollte. Aber die Zeiten waren vorbei, und er gönnte Thomas seinen Spaß mit ihr. Sie war ihm noch etwas schuldig dafür, dass er die beiden zusammengebracht hatte, und das wusste sie auch. Vielleicht kam ihm das noch einmal zugute. Für den Fall, dass Thomas nicht spurte.

Thomas reckte den Hals, aber die Menge versperrte den Blick auf Kiki. Man klatschte eifrig im Takt. Er wurde langsam nervös. Besser, er schaute nach ihr. Durch die dichte Menschenmauer dränge er sich nach vorn.

Kiki war ganz in ihrem Element. Ihre Hüften und Beine bewegten sich geschmeidig im Takt der Musik. Mit ausgebreiteten Armen und halb geschlossenen Augen schien sie wie in Trance zu sein. Die Blitze der Laseranlage tauchten die Szene in ein surreales Licht.

Bernd Köhler winkte den Kellner heran und flüsterte ihm etwas ins Ohr. Der grauhaarige Mann, der neben ihm am Tisch saß, schaute ihn fragend an. Bernd zwinkerte ihm zu.

„Pass auf, Theo, jetzt kriegen wir richtig Spaß."

Als die letzten Takte des Musiktitels verklangen, stand Kiki für einen Moment reglos da und wartete auf das nächste Stück.

„Und nun ein spezieller Musikwunsch!" verkündete der DJ.

Schon bei den ersten Tönen des Saxophons stieß Kiki einen Freudenschrei aus. Die Drums setzten ein, und dann begann Joe Cocker, mit rauchiger Stimme zu singen. Sie setzte ihre Hüften in Bewegung.

Thomas zuckte zusammen. Ausgerechnet jetzt! „You can leave your Hat on", er wusste genau, welche Wirkung das Lied auf Kiki hatte, wenn sie in dieser speziellen Stimmung war.

Sie ließ ihre Hüften kreisen und schaute triumphierend in die Runde. Ihr lachender Mund war unverhüllte Provokation. Wie in Zeitlupe tastete sie nach dem Reißverschluss ihres Kleides. Thomas stöhnte und fuhr energisch die Ellenbogen aus, um schnellstens die Tanzfläche zu erreichen. Es war allerhöchste Zeit, das silberne Kleid stand am Rücken schon halb auf und drohte, von Kikis makellosem Körper herunter zu gleiten. Keiner klatschte mehr, wie hypnotisiert starrten alle auf die Tanzende, die ihre Wirkung sichtlich genoss.

„Kiki, hör sofort auf."

Thomas hielt sie an den Schultern fest, während er gleichzeitig versuchte, das Kleid wieder zu schließen. In Kikis Augen tanzten kleine Teufel.

„Ich dachte, du magst das", lachte sie ihn an.

„Aber doch nicht hier! Bist du verrückt?"

Die Umstehenden murrten, enttäuscht darüber, dass die Vorstellung gerade jetzt unterbrochen wurde. Thomas griff nach Kikis Hand und zerrte sie hinter sich her zurück auf ihren Platz. Köhler schlug sich lachend auf die Schenkel. Da hatte er den braven Thomas mal wieder ordentlich ins Schwitzen gebracht. Auf Kiki war Verlass. Sobald dieses Lied gespielt wurde, hatte sie den unwiderstehlichen Drang, einen Striptease hinzulegen. Es funktionierte immer, sobald sie einen bestimmten Alkoholpegel erreicht hatte.

Aus den Augenwinkeln beobachtete er, wie sein Tischnachbar reagierte. Es war ihm wichtig, dass Theo Steiner sich gut amüsierte. Der verstand sich offensichtlich blendend mit einem der Mädchen vom Roxy. Die Flasche vor ihm auf dem Tisch war leer. Mit einem Fingerschnipsen bestellte Bernd eine neue. Theo kriegte gar nicht mit, dass sein Glas ständig neu gefüllt wurde. Die Hitze im Raum und die anregende Gesellschaft sorgten dafür, dass er sehr durstig war. Mit glasigen Augen stierte er in den tiefen Ausschnitt seiner Tischdame. Langsam beugte er sich nach vorn, und sein Kopf versank zwischen ihren opulenten Brüsten.

Kiki hatte sich malerisch über Thomas drapiert und küsste ihn leidenschaftlich. Köhler beobachtete die Szene mit sachlichem Interesse. Er wusste genau, wie der Abend weiter gehen würde. Ihr

Programm kannte er in- und auswendig. Nun, für ihn war heute der Spaß vorbei. Er wandte sich seiner eigenen Begleitung zu, die wie angeklebt auf ihrem Stuhl saß und ihn anhimmelte.

„Noch ein Sektchen?"

Sie nickte strahlend.

Kapitel 4

„**D**ie Brötchen sind wirklich lecker. Willst du noch eins?"

Leni schüttelte den Kopf.

„Nein danke, ich bin satt."

Sie stand auf und stellte die Frühstückssachen auf ein Tablett. Arthur konnte gerade noch seine Kaffeetasse in Sicherheit bringen. Er schenkte sich noch einmal ein und folgte ihr in die Küche.

„Du hast ja aufgeräumt", stellte er fest.

„Gleich heute Morgen. In diesem Chaos kann man doch kein Frühstück machen."

Sie öffnete die Klappe des Geschirrspülers und räumte emsig Teller und Besteck ein. Wo war eigentlich der erschöpfte rosa Hase von gestern geblieben? Kopfschüttelnd verdrückte sich Arthur ins Wohnzimmer.

„Denk ja nicht, dass ich das jetzt immer mache", rief sie ihm nach.

„Das war mein Einstandsgeschenk. Morgen bist du dran."

Arthur kommentierte das nicht. Nach dem Frühstück brauchte er seine Ruhe. Er setzte sich in seinen Sessel und griff nach der Brille. Er liebte es, bei einer letzten Tasse Kaffee gemütlich die Zeitung zu lesen.

Er war noch nicht mit der ersten Seite fertig, als Leni herein geschossen kam. Diese Frau verbreitete schon morgens eine Energie, die geradezu ungehörig war. Vorsichtig schielte er über seinen Brillenrand. Sie saß auf der Couch wie eine sprungbereite Feder. „Was hast du denn für heute geplant?"

„Wie, geplant?"

„Na, irgendwas musst du doch heute vorhaben."

Er überlegte kurz und schüttelte den Kopf.

„Nein. Heute ist nichts weiter."

Er wollte sich wieder seiner Lektüre zuwenden, aber sie gab sich mit dieser Antwort nicht zufrieden.

„Man kann nicht nichts machen."

„Doch. Kann man."

Jetzt hatte er zum dritten Mal angefangen, den selben Artikel zu lesen! Er gab es auf und senkte die Zeitung.

„Was hast *du* denn heute vor?"

Auf diese Frage hatte sie wohl gewartet.

„Als erstes werde ich mich mal häuslich einrichten, meine Sachen auspacken und die Zimmer ein bisschen gemütlicher machen. Dann müssen wir unbedingt einkaufen gehen. Im Kühlschrank ist fast nichts mehr. Das machen wir am besten zusammen. Ich weiß ja noch nicht, was du so isst. Dann wollte ich mir das Bad oben vornehmen, das muss mal wieder generalüberholt werden. Tja, und hier im Wohnzimmer..."

Sie schaute vielsagend auf die zerwühlte Schlafdecke.

„Holst du auch mal Luft zwischendurch?"

Leni lief rot an.

„Hier ist alles in Ordnung", stellte Arthur fest.

Er war gekränkt. Extra für ihren Einzug hatte er den Staubsauger angeworfen und sogar Staub gewischt. Aber das schien sie gar nicht zu beeindrucken. Stattdessen wippte sie ungeduldig mit dem Fuß.

„Wann hast du denn das letzte Mal Fenster geputzt? Oder die Blumen gegossen? Und die Gardinen, die waren bestimmt mal weiß, die haben's auch mal wieder nötig."

Jetzt wurde er sauer.

„Sag mal, was willst du eigentlich? Gleich am ersten Tag das ganze Haus auf den Kopf stellen? Wenn du nicht weißt wohin mit deinem Tatendrang, dann tob dich oben aus. Oder geh im Garten spazieren. Aber lass mich gefälligst in Ruhe meine Zeitung lesen. Wenn ich damit fertig bin, können wir übers Einkaufen reden."

Energisch rückte er seine Brille zurecht und verschanzte sich hinter der Zeitung. Eine Weile war von ihr kein Mucks zu hören. Dann stand sie auf und ging schweigend die Treppe hoch.

Er ließ die Zeitung wieder sinken. Vielleicht hätte er sie nicht so anblaffen sollen. Aber diese ganze Fragerei war einfach zu viel gewesen. Na, sie würde sich schon wieder einkriegen. Er widmete sich den Sportmeldungen.

Leni saß schniefend in ihrem Zimmer. Das war ja ein super Anfang. Warum hatte sie nicht einfach die Klappe gehalten? Nun war Arthur sauer, und sie musste irgendwie wieder gute Stimmung machen. Energisch putzte sie sich die Nase. Ihr würde schon was einfallen.

Als Arthur mit der Zeitung fertig war und seine leere Tasse in die Küche getragen hatte, wanderte er nervös in einer Endlosschleife vom Wohnzimmer in den Flur und wieder zurück. Leni war noch nicht wieder aufgetaucht.

Nach zwei Stunden hielt er es nicht mehr aus. Er wagte sich ein paar Treppenstufen nach oben. Durchdringender Geruch nach Putzmitteln schlug ihm entgegen. Er rümpfte die Nase.

„Leni?"

„Was ist?“

Mit zerzausten Haaren schaute sie aus dem Badezimmer.

„Wie lange brauchst du noch?“

„Ich bin gleich fertig.“

Wenigstens war sie nicht nachtragend. Er legte seine Schlafdecke zusammen und schüttelte die Kissen auf. Da kam Leni auch schon die Treppe herunter. Sie sah nett aus in Jeans und einer frischen Bluse.

„Einkaufen?“, fragte er.

Sie lächelte verlegen und nickte.

„Es kann sofort los gehen.“

Die Aussicht auf ein frisch gekochtes Essen weckte seinen Tatendrang. Aber Leni setzte sich wieder auf die Couch.

„Erst müssen wir einen Einkaufszettel schreiben. Eine gemeinsame Kasse brauchen wir auch.“

Arthur seufzte, aber Leni zog ungerührt einen Block aus ihrer Tasche.

„Was isst du denn am liebsten?“, wollte sie wissen.

Das war allerdings eine wichtige Frage.

„Eisbein mit Erbspüree und Sauerkraut.“

„Kenn ich nicht.“

Leni runzelte die Stirn.

„Ist bestimmt reichlich fett.“

Arthur hielt die Luft an und zog seinen Bauch ein.

„Mir schmeckt's.“

Er ging in den Flur, um eine Einkaufstasche zu suchen. Im Schutz des Garderobenschranks atmete er wieder aus.

„Wir kaufen erst mal nur das Nötigste“, entschied Leni und kritzelte eifrig auf ihrem Block. Entsetzt sah Arthur, wie die Liste immer länger wurde. Das würde dauern.

„Mein Auto oder deins?“, fragte er, während er die Haustür abschloss. Leni zeigte auf ihr Auto.

„Steig ein, ich fahre.“

Missmutig kletterte Arthur auf den Beifahrersitz. Der war für ihn äußerst gewöhnungsbedürftig. Maria hatte nie ihren Führerschein gemacht. Mit Argusaugen beobachtete er, wie Leni ihren Sicherheitsgurt anlegte.

„Wohin fahren wir denn?“, wollte er wissen.

„Zum Supermarkt, da kriegen wir auf jeden Fall alles.“

Sie fuhr sicher, das musste er zugeben. Souverän fädelte sie sich in den Verkehr auf der Bruchfeldstraße ein Richtung Bürostadt. Unauffällig nahm er seine Hand von der Handbremse, auf die er sie anfangs gelegt hatte.

„Kein Unfall, keine Punkte!“

Leni grinste ihn triumphierend an.

„Und du?“

„Ich hab doch überhaupt nichts gesagt“, brummelte er.

Arthur irrte durch die Gänge des Supermarktes. Er konnte sich nicht erinnern, wann er das letzte Mal Reis gegessen hatte. Wozu in drei Teufels Namen brauchte Leni so etwas? Hier kannte er sich nicht aus. Er hatte für Maria immer nur den Chauffeur gespielt. Das Einkaufen hatte sie übernommen, während er in der Cafeteria eine Bratwurst aß. Mit Leni lief das völlig anders. Gleich am Eingang hatte sie ihm einen Zettel in die Hand gedrückt.

„Das ist dein Teil. Ich gehe zum Gemüse, das ist ganz hinten. Wir treffen uns dort.“

Damit war er sich selbst überlassen. Seine Einkaufsliste war nicht sehr lang, aber das machte es nicht einfacher. Erleichtert fand Arthur endlich den Reis. Allerdings gab es die verschiedensten Sorten und Marken. Unschlüssig stand er vor dem Regal. Milchreis? Langkorn? Basmati? Kochbeutel oder lose? Schließlich griff er blindlings nach einer Packung. Wenn Leni ihm nichts Genaues aufschrieb, musste sie halt damit leben, was er brachte. Er studierte seine Liste. Tomatenmark, Fleischbrühe, das wurde ja immer wilder!

Es gelang ihm, eine Verkäuferin aufzutreiben, die ihm beim Suchen half. Trotzdem dauerte es eine Ewigkeit, bis er mit einem Arm voller Waren an der großen Obst- und Gemüseabteilung ankam. Er sah sich suchend um. Von Leni war weit und breit nichts zu sehen. Wie er das hasste! Sie konnte überall sein. Siedend heiß fiel ihm ein, dass sie ja auch noch mit ihrem Auto unterwegs waren. Er war also auf sie angewiesen. Zornig stampfte er mit dem Fuß auf. Das Zellophanpäckchen mit dem Reis machte sich selbständig und zerplatzte mit einem leisen „Plopp“ auf dem Fußboden. Arthur sah sich schnell um. Glücklicherweise war niemand in der Nähe außer einer Frau, die missbilligend den Kopf schüttelte. Er machte einen großen Schritt über die Reiskörner, die überall verstreut lagen und bog in den nächsten Gang ein.

Weitere zehn Minuten vergingen mit der vergeblichen Suche nach Leni. Das war ja das reinste Labyrinth! Als er zum dritten Mal am Informationsstand vorbei schlenderte, kam ihm eine Idee.

„Kann man hier jemand ausrufen lassen?", fragte er den jungen Angestellten, der an schwerer Akne litt. Kaugummikauend raffte sich der zu einer Antwort auf.

„Klar. Wen suchen Sie denn?"

Tja, wie sollte man Leni bezeichnen?

„Meine weibliche Begleitung."

„Wie heißt sie?"

„Leni..."

Wie war noch mal ihr Nachname? Ausgerechnet jetzt fiel es ihm nicht ein.

„Und *Ihr* Name ist?"

„Arthur Winkler."

Während Arthur noch grübelte, griff der junge Mann schon zum Mikrofon.

Leni schob ihren Einkaufswagen an der Reihe der Milchprodukte entlang. Arthur hatte sich seit geraumer Zeit nicht blicken lassen. Vermutlich saß er in der Cafeteria und gönnte sich einen Espresso. Sie studierte gerade die verschiedenen Quarksorten, als ein Gong ertönte und eine etwas kieksige Männerstimme verkündete:

„Liebe Kunden, Herr Arthur Winkler hat seine kleine Leni verloren. Leni, bitte melde dich an der Information. Ich wiederhole: Die kleine Leni soll sich bitte an der Information melden."

Leni glaubte, im Erdboden versinken zu müssen. Sie griff sich die nächstbeste Quarkpackung und machte sich wutschnaubend auf den Weg zum Informationsschalter. Was fiel diesem Kerl eigentlich ein? Die kleine Leni, so eine Frechheit!

Arthur hatte keine Chance zum Eingreifen. Ehe er sich von seinem Entsetzen erholt hatte, war die Durchsage schon zu Ende. Der junge Mann drehte sich zu ihm um.

„Ihre Tochter wird bestimmt gleich auftauchen."

Da sah er Arthurs wütendes Gesicht.

„Enkelin?" Seine Stimme überschlug sich vor Aufregung.

Er verschwand blitzschnell hinter einer Tür mit der Aufschrift „Personal". Einen Moment überlegte Arthur, ob er ihn sich greifen sollte, aber das hatte wohl wenig Sinn. Außerdem sah er bereits Leni auf sich zu stürmen. Ihr Gesichtsausdruck verhieß nichts Gutes. Dicht vor ihm blieb sie stehen und stemmte die Arme in die Hüften.

„Was fällt dir eigentlich ein?"

Arthur machte verschreckt einen Schritt zurück.

„Das war ein Missverständnis. Der Mann dachte, ich suche ein Kind."

„Das ist das Blödste, das ich seit langem gehört habe. Wo hast du überhaupt die ganze Zeit gesteckt? Ich habe geschlagene zwanzig Minuten beim Gemüse auf dich gewartet."

Arthur war zu keiner Antwort fähig. Sie drehte sich auf dem Absatz herum und marschierte in Richtung Kasse.

„Ich hab keinen Reis", meldete er sich zaghaft.

„Das ist jetzt auch schon egal. Ich hab keinen Bock mehr."

Sie knallte die Sachen auf das Förderband. Schweigend sah sie zu, wie Arthur alles in eine große Einkaufstasche packte und zahlte. Dann ging sie voraus zum Auto, ohne sich um ihn zu kümmern. Er hastete hinter ihr her. Es war ihr durchaus zuzutrauen, dass sie ihn einfach stehen ließ.

Die Rückfahrt verlief in eisigem Schweigen. An der dritten roten Ampel hielt es Arthur nicht mehr aus.

„Die kleine Leni", kiekste er ziemlich genau im Tonfall des jungen Mannes.

Aus den Augenwinkeln beobachtete er, wie Lenis Gesicht sich verzog. Erst kicherte sie ein bisschen, dann prustete sie zusammen mit ihm los.

„Der Typ wusste nicht, ob ich meine Tochter oder meine Enkelin suche", erzählte Arthur, und beide lachten schallend.

Gut gelaunt räumten sie zusammen die Einkäufe weg und setzten sich mit einem Kaffee ins Wohnzimmer.

„Das fängt ja gut an", meinte Arthur.

„Erst streiten wir uns, dann dieser chaotische Einkauf. Ich hab das Gefühl, mit dir wird es so schnell nicht langweilig."

„Das sieht Thomas aber ganz anders."

Erschrocken hielt sie sich die Hand vor den Mund. Arthur wurde stutzig. Das klang so gar nicht nach der Leni, die sich nicht die Butter vom Brot nehmen ließ.

„Weißt du, manche Leute wissen einfach nicht zu schätzen, was sie haben", sagte er.

Sie suchte hektisch nach einem Taschentuch. Es war lange her, dass sie ein so schönes Kompliment bekommen hatte.

„**N**icht schon wieder Karnickelfutter!"

Argwöhnisch beobachtete Arthur, wie Leni einen ganzen Berg Gemüse aus dem Kühlschrank holte.

„Das schmeckt und ist gesund."

Ungerührt packte sie Karotten, Lauch und Sellerie in die Spüle.

„Setz dich. Du kannst das Gemüse schnippeln."

Missmutig griff Arthur zu Messer und Schneidbrett. Diese Frau hatte einen Tatendrang, der ihm unheimlich war. Ständig fand sie etwas für ihn zu tun. Sie hatte auch einen siebten Sinn dafür, ihn überall aufzustöbern. Noch nicht einmal vor der Werkstatt, seinem geheiligten Raum im Keller, machte sie Halt.

Leni war eine gute Köchin, das musste Arthur zugeben. Anfangs war er auch ganz begeistert. Aber nach dem Schweinebraten am ersten Tag gab es nur Gemüse. Dann Salat mit ein paar abgezählten Stückchen Putenbrust. Dann wieder Gemüse, dieses Mal mit Fisch.

„Man kann auch zu viel Grünzeug essen. Davon wird man hektisch und nervös wie ein Karnickel."

„Das mit den Karnickeln sind die Möhren."

Leni stellte eine Schüssel vor ihn hin.

„Einmal klein schneiden, bitte. Es gibt Eintopf."

„Mit Speck? Und ganz viel Würstchen?"

„So ähnlich."

Sie holte den Schnellkochtopf aus dem Schrank. Arthur wurde nervös.

„Der Zischtopf! Muss das sein?"

„Wenn der Eintopf an der Decke klebt, streichst du halt die Küche neu. Die hätte es sowieso mal nötig."

„Mit Überdruck ist nicht zu spaßen", erklärte er mit bedenklichem Gesicht. Leni lachte nur und schälte weiter Kartoffeln.

Amüsiert beobachtete Leni, wie Arthur sich bereits den dritten Teller Suppe nahm und dabei möglichst viele Wurstscheiben einsammelte. Er griff nach einer weiteren Scheibe Roggenbrot und biss ein großes Stück ab.

„Es scheint dir zu schmecken“, stellte Leni fest.

„Na ja.“

Das konnte man als Zustimmung auffassen.

„Aber jeden Tag möchte ich so was nicht“, stellte er klar. Es klang ziemlich undeutlich, weil er den Mund voll hatte.

„Du musst dringend abnehmen. Das hat dir dein Arzt doch bestimmt schon mal gesagt.“

„Ich kann ganz gut allein auf mich aufpassen.“

Leni seufzte. Arthur kratzte mit dem Löffel die letzten Erbsen aus dem Teller und rieb sich behaglich den Bauch.

„Das war besser als ich dachte“, gab er zu.

„Wie wäre es mit Kaffee? Ich habe auch noch Yoghurt als Nachtisch.“

„Und ich leg uns ein bisschen Musik auf.“

Arthur kramte in seiner umfangreichen CD-Sammlung herum.

„Magst du auch Klassik? Oder nur die wilden Sachen?“

„Ich *liebe* Klassik“, rief sie aus der Küche.

Bei Johann Sebastian Bach konnte man wundervoll ein gutes Essen verdauen. Das war eine neue Erfahrung für Arthur. Er schloss die Augen und genoss die Musik.

„Habe ich eigentlich schon erzählt, dass ich Klavier spiele?“

Gerade hatte er sich in die Musik vertieft, da musste sie schon wieder anfangen zu reden!

„Nur für den Hausgebrauch. Aber es macht mir Spaß.“

Arthur spitzte die Ohren.

„Ich habe ein schönes, kleines Zimmerklavier.“

„Aha.“

„Ich habe schon überlegt, ob ich es her hole.“

Jetzt war endlich die Katze aus dem Sack. Aber gegen ein Klavier war nichts einzuwenden. Er hatte sich immer gewünscht, ein Instrument spielen zu können, aber es hatte sich nie ergeben. Einen Hausmusikabend stellte er sich nett vor.

„Wenn es nicht allzu groß ist, kriegen wir es in die Essecke. Zwischen dem Sideboard und dem Fenster wäre noch Platz.“

„Ist das dein Ernst? Du hast nichts dagegen?“

Leni war begeistert.

„Was spielst du denn so?“

Bei Leni war Misstrauen angebracht.

„Zur Zeit gerade Debussy. Kennst du ‚Clair de Lune'?"

„Ich glaube, das habe ich sogar."

Arthur stand auf und wühlte im Schrank. Triumphierend hielt er die CD in die Höhe.

„Leg mal ein. Da ist so eine verflixte Stelle, die ich nicht gebacken kriege."

Leni hörte konzentriert zu. In Gedanken huschten ihre Finger über die Tasten. Arthur befasste sich bereits mit der praktischen Umsetzung.

„Man müsste die genauen Maße von deinem Klavier haben. Und vermutlich brauchst du für den Umzug eine Spezialfirma."

„Dazu muss ich wieder in mein Haus", meinte Leni kleinlaut.

Das war allein ihr Problem. Arthur stand auf.

„Ich geh dann mal in die Werkstatt", murmelte er und verschwand in den Keller. Seine Leidenschaft war das Restaurieren alter Möbel. Jetzt hatte er endlich Zeit dafür.

Nach den letzten Tönen von Debussy zückte Leni ihr Handy. Sie wollte sich wieder einmal bei ihrer Tochter zu melden.

„Hi Mum, wie geht's denn so? Was macht Arthur? Habt Ihr euch wieder in der Wolle?"

„Heute lief es ganz gut. Er hat sogar beim Kochen geholfen."

„Diesen Typ muss ich unbedingt kennen lernen. Wie wär's, soll ich am Wochenende mal kommen?"

Leni zögerte.

„Ich glaube, wir warten noch ein bisschen, bis ich mich hier richtig eingelebt habe. Aber du musst dir keine Gedanken um mich machen."

Moni lachte.

„Sieht er so schlimm aus? Hat er O-Beine? Ach, jetzt weiß ich, das ist so einer, der fast keine Haare mehr hat. Weißt du, der sich die paar Reststrähnen dreimal um den Kopf wickelt, damit es nach mehr aussieht. Und wahrscheinlich läuft er in ausgebeulten Trainingshosen rum."

Sie wollte sich ausschütten vor Lachen. Leni wurde es heiß. Das war ja geradezu unheimlich.

„Ist doch egal, wie er aussieht. Er ist ganz in Ordnung, als Mensch, meine ich."

„Ist er dein Typ?"

„Sag mal, spinnst du? Er ist mein Vermieter, das ist alles."

Auf was für Ideen dieses Kind kam!

„Hast du was von deinem Vater gehört?“

„Ja, er hat sich einmal gemeldet, seit du weg bist.“

„Und?“

„Ich hab ihm die Meinung gegeigt. Wie übel er dich behandelt. Das hat ihm wohl nicht gepasst. Jedenfalls war es ein sehr kurzes Gespräch.“

„Halt dich da besser raus.“

Leni war es wichtig, dass das gute Verhältnis zwischen Vater und Tochter bestehen blieb.

„Kiki heißt sie übrigens. Ist das nicht irre? Kein normaler Mensch heißt Kiki.“

In Lenis Kopf entstand sofort das Bild einer Frau, die so heißen konnte. Sie schüttelte sich.

„Wie bist du denn drauf?“ blockte sie aber tapfer ab. „Heutzutage gibt es doch viele verrückte Namen.“

„Du bist einfach zu gutmütig. Vermutlich würdest du dieser Kiki noch eine Gebrauchsanleitung für Thomas geben.“

„Na, das denn doch nicht“, wehrte Leni ab.

„**I**ch verstehe Ihre Aufregung nicht, Frau Matzke. Wir haben Sie doch schon vor geraumer Zeit über die bevorstehende Renovierung informiert.“

Barbara Matzke rang nach Luft und widerstand dem heftigen Drang, den Telefonhörer einfach aufzuknallen.

„Das ist keine Renovierung, das ist ja schon fast ein Abriss. Ausgerechnet jetzt, wo es auf den Winter zugeht, die Heizung auszubauen, wer denkt sich denn so etwas aus? Die Wohnungen kühlen aus. Als nächstes kriegen wir Schimmel. Das können Sie überall nachlesen.“

Aber der Hausverwaltung war mit logischen Argumenten nicht beizukommen.

„Warum geben Sie denn nicht einfach zu, dass Sie mich hier raus haben wollen? Ich sehe doch, was hier gespielt wird“, krächzte Barbara. Als Antwort wurde einfach aufgelegt.

Keuchend ließ sich Barbara auf einen Küchenstuhl plumpsen. Ein heftiger Hustenanfall trieb ihr die Tränen in die Augen, und sie wartete eine Weile, bis sie wieder Luft bekam. Dann stellte sie den Wasserkocher an und griff nach dem Kräutertee. Etwas Heißes würde ihr gut tun. Sie stellte die Tasse auf den Couchtisch und schlüpfte wieder unter ihr Federbett. Fröstelnd zog sie die den Reißverschluss ihrer Strickjacke bis oben hin zu.

Nach einer schlecht verbrachten Nacht stand Barbara schon früh auf. Sie setzte sich an ihren kleinen Küchentisch, biss lustlos in ein Wurstbrot und schaute mit fieberglänzenden Augen aus dem Fenster auf das Grau der Dämmerung. Die feuchte Kälte des Nebels schien durch die Wände zu streichen. Sie zog die Wolldecke, in die sie sich eingewickelt hatte, enger um sich. In der Wohnung war es entschieden zu kalt. Da half auch warme Kleidung wenig. Nachdem sie den letzten Bissen heruntergewürgt hatte, blieb sie im Halbdunkel sitzen. Sie fühlte sich nicht in der Lage, etwas zu tun.

Früher wäre sie jetzt aufgestanden und hätte sich im Bad zurecht gemacht. Dann hätte sie ihren Mantel angezogen, nach Tasche und Schlüssel gegriffen und wäre ins Büro gefahren.

Die spitzen Bemerkungen der jüngeren Kolleginnen würde sie ganz sicher nicht vermissen. Aber das Gefühl, gebraucht zu werden, war ihr wichtig gewesen. Jetzt schien jeder Tag wie ein Zwilling des gestrigen, nutzlos vertan und leer.

Der Druck auf der Brust und die Gliederschmerzen waren nicht besser geworden. Sie sollte zum Arzt gehen, aber selbst dazu konnte sie sich nicht aufraffen.

Bis zum Briefkasten unten im Hausflur schaffte sie es immerhin. Mit der Zeitung unter dem Arm kämpfte sie sich langsam die Stufen wieder nach oben.

Die Wohnungsanzeigen gab es immer samstags. Heute überflog sie nur ein paar Überschriften. Sie war zu schlapp, um sich auf etwas konzentrieren zu können. Bei der letzten Seite angekommen griff sie zu einem Stift. In Windeseile hatte sie das Kreuzworträtsel gelöst. Zufrieden lehnte sie sich zurück. Rätsel, Preisausschreiben, Lotto und die Quizsendungen im Fernsehen, das war ihre Leidenschaft, die Chance aufs große Glück. Irgendwann würde sie gewinnen.

Das Rattern eines Presslufthammers setzte wieder pünktlich um sieben Uhr ein. Dieser Lärm war die Hölle, und mit der Erkältung dröhnten die Geräusche in ihrem Kopf, als stünden die Arbeiter direkt neben ihr. In einem knappen Schreiben hatte die Verwaltung Modernisierungsmaßnahmen angekündigt. Barbara hatte nicht damit gerechnet, dass es so schlimm werden würde. Sie hatte das Angebot, die kleine Wohnung zu kaufen, ablehnen müssen. Der Preis war unverschämt hoch gewesen, aber selbst einen niedrigeren hätte sie nicht zahlen können. Mit ihrer schmalen Rente kam sie gerade so über die Runden. Sorgenvoll runzelte sie die Stirn. Mit der Renovierung des Hauses würden auch die Mieten steigen. Sie brauchte dringend eine neue kleine Wohnung, die bezahlbar war.

Die Zeitung gab nicht viel her. Außerdem musste man schnell sein, denn für preiswerten Wohnraum standen die Bewerber Schlange. Die Auswahl im Internet war erheblich größer. Seit Barbara das festgestellt hatte, ging sie alle paar Tage zum Internet-Café. Auch heute musste sie sich irgendwie dazu aufraffen, Erkältung hin oder her.

Arthur stellte einen kleinen Blumenstrauß in die Vase und starrte auf den Grabstein. Hier würde er ihr nahe sein, hatte der Pfarrer gesagt. Aber dieser Friedhof war ein grässlicher Ort, kalt und unpersönlich. Vergeblich versuchte er, einen Kontakt zu seiner Maria herzustellen.

Laute Stimmen im Hintergrund störten ihn. Die beiden Frauen standen ein Stück weit weg. Sie hatten ihn nicht bemerkt, waren ganz in ihre angeregte Unterhaltung vertieft.

„Sie ist ja kaum unter der Erde", und „Was ist das für eine?" „Ein Skandal!"

Er begriff schnell, dass sie über ihn redeten. Die Nachbarschaft hatte natürlich mitbekommen, dass seit einigen Tagen eine Frau bei ihm wohnte, dafür hatte schon diese Hoffmann gesorgt. Er drehte sich um. Ja, dort drüben stand sie, zusammen mit einer anderen Frau, die er vom Sehen kannte. Er hatte sich nie groß um die Nachbarn gekümmert. Und seit Marias Tod grüßte man nur noch höflich und ging rasch weiter, als habe er eine ansteckende Krankheit.

Nachbarn waren ein notwendiges Übel, mehr nicht. Die meisten wollten ohnehin nur ihre Neugierde befriedigen. Diese beiden Waschweiber waren das beste Beispiel dafür. Was ging es sie an, wenn er eine Untermieterin hatte? Das Gerede wurde immer aufgeregter und lauter. Er verstand jetzt jedes Wort.

„Das ist bestimmt eine aus dem Osten, man liest das ja dauernd. Wahrscheinlich ist sie illegal hier."

„Die nimmt ihn aus wie eine Weihnachtsgans, Sie werden sehen. Aber selber schuld, wenn er sich so jemand ins Haus holt. Die sollen ja hemmungslos sein. Da wird gefeiert und getrunken. Richtige Orgien. Mein Gott, und das in unserem Viertel."

Es trieb ihm die Zornröte ins Gesicht. Er duckte sich über dem Grab, aber dann überlegte er es sich anders. Warum sollte er sich verstecken? Er richtete sich auf und marschierte direkt auf die beiden Tratschen zu.

Frau Hoffmann bemerkte ihn zuerst. Sie zuckte zusammen und stieß der anderen Frau einen Ellenbogen in die Rippen. Die hörte mitten im Satz auf zu reden. Er steuerte so direkt auf die beiden zu, dass sie erschrocken einen Schritt zurück traten.

„Oh Verzeihung, fast wäre ich Ihnen auf Ihr Schlappmaul getreten."

Er deutete eine kleine Verbeugung an und ging zügig weiter in Richtung Ausgang. Das hatte gut getan. Hinter seinem Rücken ging es nun erst richtig los.

„Das ist ja eine bodenlose Unverschämtheit", entrüstete sich Frau Hoffmann. Die andere Frau war ganz ihrer Meinung.

„Und nicht einmal gegrüßt hat er."

Hätte er sie zur Rede stellen sollen? Aber das hätte nichts genutzt. Er spürte einen Anflug von schlechtem Gewissen. Vielleicht sah es wirklich komisch aus, dass er sich Leni ins Haus geholt hatte. Aber er hatte sich nichts vorzuwerfen, und was man über ihn redete, konnte ihm egal sein. Trotzdem konnte er sich den ganzen Heimweg lang nicht wieder beruhigen. Aufgebracht berichtete er Leni von dem Vorfall. Aber die sagte gar nichts dazu.

„Ist dir das egal, wenn die über uns herziehen?", fragte er schließlich. Eine ihrer bissigen Bemerkungen hätte ihm jetzt gut getan.

„Dagegen kann man nichts machen."

„Ach! Du gehörst wohl auch zu der Sorte."

Leni schüttelte den Kopf.

„Ich bin nicht der Typ für Kaffeekränzchen."

„Das ist auch gut so. Ich hasse solche Weiber."

Schlecht gelaunt verzog er sich in seinen Sessel und starrte aus dem Fenster. Leni setzte sich auf die Couch.

„Mach dir keine Gedanken", versuchte sie, ihn zu beruhigen.

„Je mehr du sagst, desto mehr denken sie, dass du dich rechtfertigen willst. Irgendwann finden sie ein anderes Thema."

Aber Arthur war noch nicht fertig damit.

„Was stellen die sich eigentlich vor? Wir sind doch in einem Alter, wo wir nicht mehr viel zu erwarten haben. Du hast ja noch deinen Thomas, aber ich? Da kommt nichts mehr."

Leni sah ihn tadelnd an.

„Da kannst du dich ja gleich auf die Friedhofsmauer setzen und warten, bis du runter fällst. Du bist jetzt - sechzig?"

Arthur nickte.

„Da hast du doch noch viele gute Jahre vor dir."

Er zuckte hilflos mit den Schultern.

„Früher hab ich nie Zeit gehabt, heute hab ich zu viel davon. Ständig hab ich irgendwelche Malaisen. Hier zwickt was, dort zieht es, alles geht langsamer. Ich kann mir nichts mehr merken, werde richtig schusselig..."

Leni lachte.

„Es ist normal, dass wir vergesslich werden. Das hat auch seine Vorteile."

Sie zwinkerte ihm zu, und er musste lächeln.

„Na also, so gefällst du mir schon besser. Du willst doch auf Reisen gehen, hast du mir erzählt. Fang an zu planen. Man muss neugierig bleiben, das ist das Wichtigste."

Das musste Arthur erst mal verdauen. Ihm fiel ein, dass sich sein Vater mit sechzig noch jeden Tag zur Arbeit geschleppt hatte. Er war gestorben, kaum dass er die Rente erreicht hatte. Leni hatte Recht. Er konnte sich wirklich nicht beschweren.

„**S**o ein Mist!" Leni schimpfte leise vor sich hin. Es war ein gewaltiger Unterschied, ob sie in ihrem Volkshochschulkurs am PC saß oder sich allein im Internet-Café durchschlug. Gerade hatte sie eine viel versprechende Stellenanzeige ausfindig gemacht, und jetzt blockierte dieser Computer. Nichts ging mehr, der Bildschirm war wie eingefroren. Sie schaute hilfesuchend zum Tresen. Aber der nette, junge Mann, der ihr schon zweimal geholfen hatte, war von drei Jugendlichen belagert, die alle gleichzeitig auf ihn einredeten. Das Internet-Café war heute ziemlich voll, vermutlich weil es regnete. Da verzog man sich gerne an ein trockenes Plätzchen.

Leichte Bürotätigkeit, mehr traute sich Leni nach ihrem langen Hausfrauendasein nicht zu. Aber selbst um solch einen Job zu ergattern, brauchte man eine Menge Glück.

„So eine Schnapsidee!“, hatte Arthur gesagt, als sie ihm von ihrem Plan erzählte. „Internet, ich wüsste wirklich nicht, wozu man so was braucht.“ Eine echte Hilfe war er nicht.

„Wenn ich besser bin, kaufe ich mir einen eigenen, kleinen PC. Du wirst schon sehen!“ behauptete sie mit mehr Überzeugung, als sie hatte.

Leicht verzweifelt schaute sie sich nach Hilfe um. Am Tisch nebenan arbeitete eine Frau konzentriert vor sich hin. Sie mochte in ihrem Alter sein. Trotz der Wärme im Café trug sie zwei Pullover übereinander und noch einen dicken Schal um den Hals. Wahrscheinlich war sie erkältet. Eine Weile beobachtete Leni fasziniert, wie ihre Finger nur so über die Tasten flogen. Dann fasste sie sich ein Herz.

„Entschuldigen Sie, darf ich Sie kurz stören? Ich bräuchte Hilfe.“

Die Frau schaute hoch.

„Was ist denn?“, fragte sie mit heiserer Stimme.

„Bei mir tut sich nichts mehr, ist alles blockiert.“

„Probieren Sie es mit Steuerung – Alt – Entfernen.“

Genauso gut hätte sie Chinesisch reden können. Leni starrte verzweifelt auf die Tastatur.

„Das hab ich nicht verstanden. Ich bin noch Anfänger.“

Die Frau stand auf, kam zu ihr herüber und drückte eine paar Tasten.

„Nun müssen Sie noch die Task beenden und den Computer neu hochfahren.“

Leni griff zu ihrem Block.

„Können Sie das bitte noch mal wiederholen?“

Eifrig notierte sie, was ihr die Frau mit krächzender Stimme diktierte.

„Sie gehören besser ins Bett“, sagte Leni besorgt, als gleich noch ein Hustenanfall folgte.

„Das kann ich mir nicht leisten.“

„Darf ich Sie wenigstens zu einem Kaffee oder Tee einladen? Als Dankeschön?“

Doch die Frau lehnte ab. Da konnte man nichts machen. Leni hatte die Lust verloren und schaltete ihren Computer aus. Morgen war schließlich auch noch ein Tag.

Auf dem Rückweg zog sie der Duft aus einer Bäckerei magisch an. Ein Stück Kuchen wäre nicht schlecht. Bei diesem Wetter hatte Arthur vielleicht den Kamin angeworfen, und sie konnten es sich gemütlich machen.

Die Kundin vor ihr war in ein angeregtes Gespräch mit der Verkäuferin vertieft. Leni betrachtete die Torten und Stückchen. Es sah alles sehr verlockend aus. Da klingelte ihr Handy. Hastig kramte sie es aus ihrer Handtasche.

„Ja, hallo?"

„Kommst du eigentlich irgendwann mal wieder heim?"

Das Herz schlug ihr bis zum Hals. Auf Thomas war sie überhaupt nicht gefasst gewesen.

„Das kommt darauf an", brachte sie stockend heraus.

„Wo steckst du eigentlich?"

„Das braucht dich nicht zu interessieren."

Sie hatte sich wieder gefangen und knurrte genauso ins Telefon wie er. Aus den Augenwinkeln sah sie, dass die beiden Frauen sich zu ihr umgedreht hatten und interessiert zuhörten. Sie stellte sich in die Eingangstür des Ladens.

„Ha, ha, mal wieder Zickenalarm!"

Ihre Reaktion schien Thomas zu amüsieren.

„Immer noch schlecht drauf?"

Sie gab keine Antwort.

„Du willst mir also nicht sagen, wo du steckst. Das nennt man wohl böswilliges Verlassen."

„Das gibt's heutzutage nicht mehr", konterte sie.

„Oh", sagte Thomas gedehnt. „Man hat sich informiert. Da muss ich aber vorsichtig sein."

Er lachte wieder.

„Da kannst du durchaus Recht haben", sagte sie ernst.

Er räusperte sich.

„Also jetzt mal im Ernst, ich will wissen, wo du steckst. Und wie du dir das weiter denkst. Wann kommst du zurück?"

Das hörte sich ja fast so an, als ob er sie vermisste.

„Vielleicht sollten wir uns erst mal auf neutralem Boden treffen", schlug sie vor.

„Und es muss klar sein, dass du diese Kiki nicht mehr triffst."

Es war still in der Leitung, und für eine kurze Schrecksekunde dachte sie, dass er aufgelegt hatte.

„Ich hätte mir denken können, dass dir Moni alles brühwarm erzählt."

Leni ärgerte sich, dass sie sich so plump verraten hatte.

„Gibt's etwa ein Problem bei dem jungen Glück?", fragte sie hämisch.

„Mach dir mal um mein Glück keine Sorgen, darum kümmere ich mich schon selbst."

Sie hörte ein lautes Knacken. Jetzt hatte er wirklich aufgelegt. Das war nicht gut gelaufen. Mit gesenktem Kopf packte sie das Handy wieder in ihre Tasche. Die Kundin schob sich an ihr vorbei auf die Straße.

„Sie wünschen bitte?"

Der Verkäuferin stand unverhohlene Neugier ins Gesicht geschrieben. Leni deutete auf einige Kuchenstücke, bezahlte hastig und stürzte nach draußen.

Ziellos lief sie durch die Straßen. In ihrem Kopf ging alles drunter und drüber. Warum hatte sie Thomas so provoziert? Das hätte sie nicht tun sollen. Aber eigentlich war *sie* es doch, die ein Recht darauf hatte, sauer zu sein. Geschlagen hatte er sie und körperlich bedrängt. Wenn früher so etwas in der Zeitung stand, hatte sie nicht verstehen können, warum Frauen bei solchen Männern blieben. Aber jetzt, wo es sie selbst betraf, sah alles irgendwie anders aus. Ein Ausrutscher, an dem sie vielleicht sogar mit schuld war. War es das? Oder suchte sie nur nach einer Entschuldigung für sein Verhalten? Was für ein Durcheinander. Plötzlich fühlte sie sich traurig und leer. Die Tränen fingen an zu laufen, ohne dass sie es verhindern konnte.

Als sie eine Stunde später die Tür von Arthurs Haus aufschloss, war sie völlig durchnässt. Aber zumindest äußerlich war sie wieder ruhig.

Arthur sah die Post durch. Meistens kamen Rechnungen oder Werbung. Besondere Höhepunkte waren nur die seltenen Postkarten und kurzen Briefe von Peter aus Kanada.

Fast wäre das weiße Kuvert im Papierkorb gelandet, aber dann blieb Arthurs Blick an dem Absender hängen. Karl Duffner, Rechtsanwalt, stand da. Neugierig riss er den Umschlag auf und las die wenigen Zeilen. Bernd Köhler, der Name kam ihm bekannt vor. Er hatte in der Zeitung über ihn gelesen. Und Maria hatte einmal erwähnt, dass der Bauunternehmer Häuser in Niederrad suchte. Aber wie kam der darauf, dass er sein Haus verkaufen wollte? Ein großzügiges Angebot, stand da, na, darauf war Arthur gespannt. Er schaute auf den Kalender. Dieser Herr Duffner hatte seinen Besuch für morgen angekündigt. Vielleicht war es gut, wenn Leni bei diesem Gespräch dabei war. Diesem Anwalt würde er klar machen, dass er sich ganz umsonst bemüht hatte. In grimmiger Vorfreude legte Arthur den Brief auf den Tisch.

„**D**u hast den Kamin angemacht. Wie schön!"

Unbemerkt von Arthur war Leni nach Hause gekommen und sofort in ihre Zimmer geschlichen. Es war nicht nötig, dass er sie schon wieder nass und verheult sah. Mit trockener Kleidung sah die Welt schon wieder anders aus. Gemeinsam vertilgten sie den Kuchen. Leni berichtete von ihrer Misere im Internetcafé.

„Glücklicherweise hat mir dann eine Frau geholfen."

Arthur schüttelte den Kopf.

„Dass du dir so was antust!"

Unverständnis und Bewunderung hielten sich die Waage.

„Wenn man nichts mehr dazu lernt, kann man es gleich aufstecken. Außerdem macht es Spaß. Wenn es funktioniert", fügte sie bemüht fröhlich hinzu. Arthur fiel es nicht auf. Er wedelte mit seinem Brief.

„Ich hab auch Neuigkeiten. Stell dir vor, jemand will mein Haus kaufen, so ein Immobilienheini. Der kauft alles hier im Viertel, was er kriegen kann."

„Das wirst du doch wohl nicht machen?"

Leni war ganz erschrocken.

„Ich denk nicht im Traum daran! Aus diesem Haus kriegt mich keiner raus", sagte Arthur im Brustton der Überzeugung.

Arthur war wieder mal vor dem Fernseher eingenickt. Leni schlich auf Zehenspitzen in die Küche und holte den Eierkocher aus dem Schrank.

Ganz allmählich wurde Arthur wieder wach. Gemächlich schlurfte er in die Küche.

Leni saß am Küchentisch. Vor ihr stand ein Eierbecher mit einem weich gekochten Ei, daneben ein Teller mit Butterbrotstreifen. Sie tunkte gerade ein Stück Brot in das flüssige Eigelb.

„Was machst du denn da?"

Sie fuhr so heftig zusammen, dass das Eigelb auf den Teller tropfte.

„Du kannst ganz beruhigt sein, dieses Haus wird nicht verkauft", versicherte er. „Und du kannst so lange hier wohnen, wie du willst."

Sie reagierte nicht. Das war es also nicht, was ihr Sorgen machte. Wie klein und zusammengesunken sie da saß.

„War was mit deinem Mann?"

Sie nickte stumm. Arthur ballte die Fäuste. Diesen Kerl würde er gerne mal in die Finger kriegen. Er setzte sich zu ihr. Seine raue, kräftige Hand umfasste ihre schmalen Finger und drückte sie. Mit großen Augen schaute sie ihn an, und bei diesem Blick wurde ihm ganz anders.

„Du musst besser auf dich aufpassen, hörst du? Lass dich von diesem Kerl nicht niedermachen. Ich bin schließlich auch noch da. Wenn du Hilfe brauchst."

Mit einem dicken Kloß im Hals bemerkte er, dass über ihr blasses Gesicht ein kleines Lächeln huschte.

Kapitel 5

Arthur schaute nervös auf seine Armbanduhr. In Kürze würde dieser Anwalt auftauchen. Er hätte ihm gleich absagen sollen. Dann hätte er sich dieses Gespräch erspart. Aber nun war es zu spät. Es schellte an der Haustür, und Arthur setzte sich in Bewegung. Aber Leni war schneller.

„Ich geh schon“, rief sie, schoss aus der Küche und riss die Tür auf. Arthur stand unschlüssig im Wohnzimmer herum und kam sich dumm vor. Schließlich war er der Hausherr, und es war seine Sache, den Gast zu begrüßen. Leni führte den Mann herein.

„Herr Winkler? Mein Name ist Duffner.“

Der Anwalt hatte einen festen Händedruck und ein geschäftsmäßiges Lächeln. In seinem Anzug machte er einen seriösen Eindruck. Arthur studierte die schmucklose Visitenkarte, die Herr Duffner ihm überreicht hatte.

„Nehmen Sie Platz“, sagte Leni, ganz aufmerksame Hausfrau.

„Darf ich Ihnen etwas anbieten, Kaffee oder Wasser?“

Arthur zog eine Augenbraue hoch.

„Ein Glas Wasser bitte.“

Der Anwalt schaute irritiert drein. Offenbar rätselte er, wer Leni wohl war. Das gefiel Arthur. Verunsichern war immer gut. Leni verschwand in der Küche, und die Männer maßen sich schweigend. Dann eröffnete Charly das Gespräch.

„Zunächst möchte ich Ihnen mein Beileid zum Tod Ihrer Frau aussprechen.“

Arthur betrachtete seine Hände und nickte.

„Ich nehme an, dass Ihnen die Immobilienfirma Köhler nicht unbekannt ist.“

Wieder nickte Arthur.

„Herr Köhler hat mich mit dem Kauf Ihres Hauses beauftragt. Ich kann Ihnen einen guten Preis für die Immobilie anbieten, einen mehr als anständigen Preis, wie ich betonen möchte.“

„Wie kommen Sie darauf, dass das Haus zum Verkauf steht?“ mischte sich Leni ein. Sie war gerade rechtzeitig aus der Küche zurückgekommen, um den letzten Satz zu hören. Arthur wand sich innerlich. Was sollte dieser bissige Ton? Das war ihm sehr peinlich. Er wollte sie als eine Art Zeugin dabei haben. Dass sie sich so ins Zeug legte, war völlig unangebracht. Das war ein Gespräch unter Männern.

„Leni, lass doch den Herren erst einmal ausreden", ermahnte er sie.

„Das ist sehr einfach zu erklären."

Der Anwalt lächelte verbindlich.

„Herr Köhler hat vom Tod Ihrer Frau erfahren. Es ist ja in der Nachbarschaft bekannt, dass Sie hier allein in diesem Haus wohnen. Ein schönes Haus, wie ich bemerken möchte. Aber vielleicht ein wenig groß für eine Person."

Wer von der Nachbarschaft hatte ihm diesen Köhler auf den Hals gehetzt? Arthur fiel sofort die Hoffmann ein. Aber was hatte die mit einer Immobilienfirma zu tun? Und was hatte sie davon, wenn er sein Haus verkaufte?

„War es die Hoffmann?", platzte er heraus.

„Sie werden verstehen, dass wir die Namen unserer Informanten nicht preisgeben. Die Frage ist, zu welchem Preis Sie verkaufen wollen."

Aber Arthur kam über diesen Punkt nicht weg.

„Das war bestimmt diese Tratsche. Was geht die das überhaupt an?", ereiferte er sich.

Er war lauter geworden und merkte, wie die Wut in ihm hoch kochte. Der Anwalt hob beschwichtigend die Hände.

„Bitte, ich kann wirklich keine Namen nennen. Aber es tut ja auch nichts zur Sache."

Er zog einen zusammengefalteten Zettel aus seiner Aktentasche und reichte ihn Arthur.

„Schauen Sie sich das Angebot erst einmal an."

Leni setzte sich neben Arthur auf die Couch und beugte sich neugierig zu ihm hinüber. Sie wird sich noch den Hals ausrenken, dachte Arthur, der den Zettel fest in der Hand hielt. Das Ganze kam ihm höchst albern vor. Sie waren doch hier nicht bei der Mafia. Aber es interessierte ihn brennend, wer diesem Immobilienfritzen einen Tipp gegeben hatte. Aus den Augenwinkeln sah er, wie Leni ungeduldig hin und her rutschte. Umständlich faltete er den Zettel auseinander. Er war nun auch neugierig, was er für sein Haus geboten bekam. Sekundenlang starrte er auf die Zahl. Charly und Leni beobachteten ihn gespannt. Sein Gesicht nahm eine dunkelrote Farbe an.

„Das ist ja, also das ist ja", stammelte Arthur entrüstet. „Ich weiß gar nicht, was ich dazu sagen soll. Einfach lächerlich!"

Der Anwalt zuckte nicht mit der Wimper. Offenbar hatte er mit einer solchen Reaktion gerechnet. Nun sah er sich im Zimmer um.

„Diese Siedlung ist vor rund vierzig Jahren gebaut worden, wenn ich richtig informiert bin. Da kommt ein Haus allmählich in die Jahre.“

Arthur sprang auf und lief hin und her. Zorn steckte ihm im Hals und hinderte ihn daran, etwas zu sagen. Er bemerkte Lenis besorgten Blick, aber es war ihm unmöglich, ruhig zu bleiben. Leni hielt es nicht länger aus.

„Dieses Haus steht nicht zum Verkauf, zu keinem Preis“, sagte sie eisig.

Der Anwalt musterte sie kurz, konzentrierte sich dann aber wieder auf Arthur. Der war stehen geblieben. In seinem Gesicht arbeitete es. Es war unglaublich, dass sie sich so einmischte. Der Anwalt räusperte sich.

„Herr Winkler, ich bin davon ausgegangen, dass das Haus Ihnen allein gehört.“

Er warf einen bedeutungsvollen Blick auf Leni.

„Sollte das nicht der Fall sein...“

Arthur schnappte nach Luft. Das wurde ja immer schöner!

„Sind Sie schwerhörig? Hier gibt's nichts für Sie zu holen. Das dürfte doch völlig klar sein. Oder muss ich es Ihnen noch buchstabieren?“

Leni klang schrill. Der Anwalt zuckte irritiert zurück.

So wie Leni sich aufspielte, das grenzte ja schon an Hochstapelei. Aufgeregt wippte Arthur auf den Füßen hin und her.

„Dieses Haus ist mein alleiniges Eigentum.“

Er warf Leni einen finsteren Blick zu.

„Aber ich muss Frau Brandner Recht geben, es steht nicht zum Verkauf.“

Das Wippen wurde hektischer. Es sah aus, als wollte er ein kleines Ballett aufführen. Der Anwalt schaute zwischen Arthur und Leni hin und her.

„Ich weiß jetzt nicht so recht, wer mein Verhandlungspartner ist. Sie beide?“

Arthur setzte sich wieder hin. Ihm war ganz schlecht. Er musste sich dringend wieder beruhigen.

„Herr“, er schaute auf die Visitenkarte auf dem Tisch. „Herr Duffner, um es noch einmal zu sagen. Das Haus gehört allein mir. Aber wie Frau Brandner sagte, ich möchte es nicht verkaufen. Es ist völlig egal, welchen Preis Sie mir bieten."

Er warf Leni einen giftigen Seitenblick zu. So verhielt man sich bei Verhandlungen, ruhig und höflich. Und auf keinen Fall zickig.

Der Anwalt schien immer noch Zweifel an den Besitzverhältnissen zu haben. Aber er gab sich mit dieser Auskunft zufrieden und stand auf.

„Ich kann mir denken, dass mein Vorschlag etwas überraschend kommt. Lassen Sie sich das Ganze durch den Kopf gehen. Ich bin befugt, das Angebot von Herrn Köhler eine Zeitlang aufrecht zu halten. Es ist ja nicht so, als ob man ein Pfund Kartoffeln kauft", versuchte er einen Scherz.

„Ich werde mich in einer Woche wieder bei Ihnen melden. Vielleicht sind Sie bis dahin zu einem Entschluss gekommen."

Arthur brachte den Anwalt zur Haustür. Leni war sitzen geblieben und hatte auch den Gruß des Maklers ignoriert.

Arthur hielt mühsam seine Wut in Zaum, bis die Tür sich hinter dem Anwalt schloss. Dann stürmte er zurück ins Wohnzimmer.

„Was hast du dir eigentlich dabei gedacht?" herrschte er sie an. „Hängst dich da rein. Zuhören solltest du, nichts weiter."

Leni schoss von der Couch hoch.

„Das kann ja wohl nicht wahr sein", schrie sie zurück. In ihre Augen blitzte eine Sturmwarnung.

„Wenn ich nicht eingegriffen hätte, dann wäre das Haus jetzt schon so gut wie verkauft. Du hast dich ja völlig einwickeln lassen von diesem Kerl."

Sie ahmte den Tonfall des Anwalts nach.

„Wie alt ist das Haus, es ist schon nichts mehr wert, das sind genau die Sprüche, mit denen sie einen aufs Kreuz legen."

Sie stemmte die Hände in die Hüften und sah ihn herausfordernd an. Arthur schob den Kopf vor wie ein Kampfhahn.

„Ist das deine Art, Leute zu behandeln? Eine Frau in deinem Alter, und sich dann so hinreißen lassen. Das ist würdelos. Ich hab mich für dich geschämt, dass du es nur weißt."

Er kam immer mehr in Fahrt und stapfte aufgeregt hin und her.

„Aber das Wildeste überhaupt ist, dass *du* mit dem Anwalt über *mein* Haus gesprochen hast. Wie kommst du überhaupt dazu? Das ist mein Haus, verstehst du? Meines ganz allein. Du hast hier nicht zu bestimmen. Und ob das Haus verkauft wird oder nicht, das geht dich gar nichts an."

Er merkte, dass er sich etwas vergaloppiert hatte.

„Ähm, ich meine natürlich, wie ich diesem Anwalt sage, dass es nicht verkauft wird. Du weißt schon, was ich meine."

„Ich weiß ganz und gar nicht mehr, was du meinst. Aber bitte, in Zukunft werde ich mich nicht mehr einmischen. Ich wollte dir nur einen Gefallen tun und dir helfen. Mit deiner zögerlichen Art würde der Kerl ja noch in drei Stunden hier sitzen und dich zutexten. Aber das kann mir ja egal sein."

Sie warf den Kopf zurück und marschierte an ihm vorbei die Treppe hoch. Arthur sah ihr verblüfft nach. Wie war das jetzt zugegangen? Er war im Recht, und sie rauschte beleidigt davon.

Mit einem gespritzten Apfelwein vertrieb er sich die Zeit, bis sie wieder herunterkommen würde. Aber als sich eine Stunde später immer noch nichts tat, wurde er langsam nervös.

„Wie sieht's aus, wollen wir zusammen was kochen?", rief er nach oben.

Wie aus der Pistole geschossen kam die Antwort.

„Mir ist der Appetit vergangen."

Na, denn nicht, dann schmoll halt weiter, dachte er zornig. Irgendwann würde sie schon wieder erscheinen, wenn sie Hunger bekam. Er machte es sich auf der Couch gemütlich und schaltete den Fernseher ein. Er war gerade eingenickt, als es an der Haustür klingelte. Wer konnte das jetzt schon wieder sein? Er rappelte sich auf.

„Lieferung für Brandner", verkündete der Pizzabote.

Noch ehe Arthur den Mund auf kriegte, schoss Leni wie der Blitz an ihm vorbei und entriss dem jungen Mann den Karton.

„Hier sind fünfzehn Euro, stimmt so!"

Sie drehte sich zu Arthur herum und streckte ihm die Zunge heraus. Mit einem triumphierenden Lachen verschwand sie nach oben. Völlig überrumpelt machte Arthur die Haustür wieder zu. Der Duft nach frischem Hefeteig und Oregano stieg ihm verführerisch in die Nase. Knurrend meldete sich sein Magen. Mal sehen, was wir noch im Kühlschrank haben, dachte er frustriert.

Oben in ihrem Wohnzimmer biss Leni ein großes Stück von der Pizza ab und grinste. Handys waren schon eine tolle Erfindung.

Charly war irritiert. Das Gespräch bei diesem Winkler war anders verlaufen, als er es sich vorgestellt hatte. Wie hatte er auch ahnen können, dass da so ein Weibsstück mit Haaren auf den Zähnen dabei war. Aber zwischen den Beiden rauchte die Luft. Das konnte er ausnutzen und einen Keil zwischen sie treiben. Zunächst musste er mehr über die Frau in Erfahrung bringen. Zu dumm, dass er sich ihren Namen nicht notiert hatte. Da fiel sein Blick auf den kleinen Laden ein paar Häuser weiter. Bestimmt wusste man dort Näheres.

‚Arkan Simoglu, Lebensmittel aus aller Welt`, stand über der Tür. Amüsiert lächelnd betrat Charly den Laden. Sofort raubte ihm der intensive Geruch nach orientalischen Gewürzen den Atem. Er nahm einen Einkaufskorb und schlenderte durch die Gänge. Diese kleinen Läden waren immer so voll gestopft, dass kaum zwei Leute aneinander vorbei gehen konnten. Er griff blindlings nach zwei Joghurtbechern. Dann studierte er das überschaubare Weinangebot. Vielleicht war das ein Aufhänger, um ins Gespräch zu kommen. Er wandte sich zur Kasse, wo eine ziemlich korpulente Dame in einem schmuddeligen Kittel gelangweilt aus dem Fenster starrte.

„Könnten Sie mir wohl helfen?“, fragte er höflich.

Die Frau schaute hoch.

„Hm“, brummte sie unwillig, erhob sich aber dann doch und watschelte zu ihm.

„Ich suche einen Rotwein zum Essen, nicht zu trocken, aber auch keinen lieblichen. Sie als Expertin können mir doch sicher etwas empfehlen.“

Unter seinem bewundernden Blick hellten sich ihre verkniffenen Gesichtszüge auf. Sie inspizierte die Flaschen und nahm dann eine heraus.

„Hier, nehmen Sie Chianti, der passt immer. Den trinken wir auch manchmal“, fügte sie hinzu, als wäre das eine besondere Empfehlung.

Charly schaute auf das Preisschild und musste an sich halten. Woanders hätte er diesen Fusel für weniger als die Hälfte bekommen. Aber das bekam Köhler auf die Spesenliste gesetzt, also konnte er großzügig sein.

„Das hört sich gut an. Davon nehme ich drei“, entschied er.

Die Frau watschelte zur Kasse zurück. Er war momentan der einzige Kunde. Die Gelegenheit war günstig für ein kleines Schwätzchen.

„Es ist schön, wenn einen jemand gut beraten kann. Das wird ja heutzutage immer seltener“, eröffnete er das Gespräch.

Die Frau tat die Schmeichelei mit einer Handbewegung ab, aber ihr Lächeln zeigte ihm, dass er den richtigen Ton getroffen hatte.

„Heutzutage hat keiner mehr Zeit, auch die Kunden nicht. Schnell rein, schnell raus, so ist das. Aber wir legen hier noch Wert auf anständige Bedienung. Wenn ich sehe, wie man in diesen Supermärkten abgefertigt wird...“

Sie schüttelte missbilligend den Kopf.

Charly gab ihr Recht. Gemeinsam schimpften sie auf Supermarktketten, die langen Ladenöffnungszeiten und auf die hohen Steuern gleich auch noch. Die Frau hatte sich in Rage geredet und wedelte sich mit einer Papiertüte Luft zu. Jetzt war ein günstiger Moment, um sie auszuhorchen.

„Was ich fragen wollte: Kennen Sie eigentlich den Herrn Winkler? Der muss doch hier ganz in der Nähe wohnen.“

„Winkler, Winkler“, überlegte sie.

„Vor kurzem ist seine Frau gestorben, vielleicht haben Sie davon gehört“, half Charly weiter.

„Jetzt weiß ich, wen Sie meinen. Was wollen Sie denn von dem?“

„Ich habe ihn vor einiger Zeit kennen gelernt. Wie geht es ihm denn? Ist ja nicht so einfach, so plötzlich allein zu sein.“

Charly baute einen besorgten Unterton ein.

„Um den brauchen Sie sich keine Sorgen zu machen. Der hat sich schnell getröstet.“

„Ach!“

Mehr brauchte Charly nicht zu sagen. Die Frau war begierig darauf, weiter zu erzählen.

„Der hat sich schon wieder eine ins Haus geholt, also, eine neue Frau, meine ich. Es wird gemunkelt, dass die verheiratet ist und ihren Mann wegen dem Winkler verlassen hat. Der ist bestimmt keine schlechte Partie. Ich will ja nichts gesagt haben, aber wer weiß, wie lang das schon geht. Hoffentlich hat das seine Frau nicht mehr mitbekommen. Sie ist ja ganz plötzlich gestorben, die Ärmste. So viele Jahre hat sie es mit ihm ausgehalten, diesem Weiberheld.“

Beim besten Willen konnte sich Charly Herrn Winkler nicht als Weiberheld vorzustellen. Aber mit gespielter Entrüstung bohrte er weiter.

„Das kann ich mir aber gar nicht denken. Dieser nette, ruhige Herr."

„Ja, ja, stille Wasser sind tief. Da kann man mal wieder sehen. Seine Neue kommt mir auch irgendwie bekannt vor, aber ich weiß nicht, wo ich sie hin tun soll."

Charly hatte genug gehört. Der Tratsch blühte bereits. Es brauchte nicht viel, um das Ganze etwas anzuheizen. Vielleicht würde es für diesen Winkler und seine Neue schon bald sehr ungemütlich werden in dieser Nachbarschaft. Und ihren Namen würde er auch noch herausfinden, da hatte er keine Zweifel.

„**C**harly!"

Begeistert sprang Sandi auf und lief ihm entgegen. Sie hatte ein ausgesprochenes Faible für den gut aussehenden Anwalt. Er war zwar ein bisschen old-fashioned, aber seine charmante Art machte sie immer ganz kribbelig. Wenn schon nichts mit ihrem Chef lief, dieser Mann war auch nicht zu verachten.

Formvollendet begrüßte Charly die Sekretärin mit einem Handkuss und sah ihr tief in die kajalumrandeten Augen. Mit ein bisschen weniger Makeup und einem Kleid, das nicht zwei Nummern zu eng war, würde sie richtig gut aussehen. Aber diese Meinung behielt er natürlich für sich.

„Ist der Chef da?", fragte er nach ein paar Minuten Flirterei, in deren Verlauf Sandi richtig zu glühen anfing.

„Der spielt mal wieder mit seinen Bauklötzen. Warte, ich melde dich an."

Auf Köhlers Besuchertisch stand tatsächlich ein Bord mit einer ganzen Anzahl weißer Würfel. Mit einem Blick erkannte Charly, was es damit auf sich hatte. Köhler war bester Laune.

„Kommen Sie nur herein."

Er winkte Charly zu sich und wies auf das Bord.

„Wird Zeit, dass Sie das mal zu sehen kriegen."

Charly betrachtete das Modell von allen Seiten.

„Ein Einkaufszentrum?" fragte er vorsichtig.

„Gar nicht so schlecht! Aber es ist mehr, viel mehr. Was Sie hier sehen, ist meine Vision. Das neue City Center West, Wohn- und Vergnügungszentrum in einem. Das wird der Stadt ein völlig neues Image geben."

Charly betrachtete das Gesicht seines Brötchengebers, das geradezu euphorisch aussah. Dieses Projekt war gigantisch. Aber auch wenn er eine Menge von Köhler hielt, das war ganz entschieden ein paar Nummern zu groß für ihn.

„Hier, das ist der Wohntrakt. Nur vom Feinsten. Loft Style, so wohnt man heute. Bodentiefe Fenster, Marmorbäder, natürlich alles voll klimatisiert."

Vorsichtig hob er das Dach von dem obersten Würfel ab und schaute Charly triumphierend an.

„Und das hier ist mein Penthouse. Es wird gewaltig. Geht über zwei Etagen und hat einen Blick auf die Skyline und den Main."

Er holte tief Luft.

„Na, was sagen Sie?"

Erwartungsvoll sah er Charly an, der seinem Gesicht sofort einen begeisterten Ausdruck gab.

„Das ist phantastisch. Einfach genial."

„Und das ist noch nicht alles. Gleich daneben, wird das Einkaufs- und Vergnügungscenter entstehen. Eine Einkaufsmeile, wie man sie hier noch nicht gesehen hat. Da kann die Goethestraße einpacken. Nur erstklassige Marken. Oben drüber dann Restaurants, Sterneküche natürlich. Dazu zwei Bars im Manhattan Style. Und ein 3D-Kino."

Verzückt betrachtete er das Modell.

„Es ist perfekt", hauchte er zärtlich.

Der Kerl war größenwahnsinnig, so viel stand fest. Vorsichtig ging Charly auf Abstand.

„Damit werden Sie größer sein als Ihr Vater."

Er bemerkte das Aufblitzen in Köhlers Augen. Volltreffer, genau darum ging es also. Der Sohn wollte den Vater übertrumpfen. Zu früh, mein Junge, dachte er. Du wirst dich gewaltig verschlucken. Aber das war nicht sein Problem.

Köhler deckte das Modell mit einem Seidentuch ab und schob es vorsichtig in ein Schränkchen.

„Und? Was gibt's Neues?"

Jetzt war nicht der Moment, um über irgendwelche Hindernisse zu sprechen.

„Ich habe diesem Witwer Ihr Kaufangebot vorgelegt. Kein Problem, ist eine Sache von Tagen, bis er so weit ist."

Charly hoffte inständig, dass es wirklich so war.

Als Leni das Internetcafé betrat, erkannte sie die hilfsbereite Frau von neulich sofort wieder. Sie sah immer noch blass und krank aus. Mit zwei Tassen Kaffee marschierte sie entschlossen zu ihr hin.

„Guten Morgen", grüßte sie freundlich und stellte die Tassen auf den Tisch.

„Sie haben mir vor ein paar Tagen aus der Klemme geholfen. Ich wollte mich noch mal bei Ihnen bedanken."

Die Frau sah nur kurz hoch. Sie war ganz in ihre Arbeit vertieft. Leni ließ sich nicht abschrecken und zog einen Stuhl heran.

„Hier, ich habe Ihnen einen Kaffee mitgebracht. Sie sehen aus, als könnten Sie den brauchen. Sie sehen immer noch ziemlich krank aus", stellte sie fest.

Die Frau murmelte einen Dank. Aus der Jackentasche holte sie ein Päckchen Papiertaschentücher, schnaubte in eines hinein und ließ es in einen Papierkorb fallen. Leni bemerkte die Schweißtropfen und das rote Gesicht der Frau.

„Sie wissen, dass Sie ins Bett gehören?"

Die Frau sah genervt aus.

„Meine Wohnung ist so kalt, dagegen ist es hier warm wie in einer Backstube."

Was hatte das zu bedeuten? Leni betrachtete den Bildschirm. Dort waren Wohnungsangebote zu sehen.

„Kann ich Ihnen irgendwie helfen?"

Die Frau seufzte und drehte sich zu Leni um.

„Klar können Sie mir helfen. Alles, was ich brauche, ist eine bezahlbare, kleine Wohnung. Und zwar eine mit funktionierender Heizung. Das ist schon alles."

Leni war entsetzt. Nachts wurde es jetzt schon empfindlich kühl, eine Wohnung ohne Heizung musste wirklich unangenehm sein.

„Ist die Heizung kaputt? Weiß der Vermieter Bescheid?"

„Genau der ist das Problem."

Leni griff nach ihrer Kaffeetasse. Die Geschichte interessierte sie.

„Nun mal Klartext, was ist los?" wollte sie wissen.

Ehe die Frau reagieren konnte, legte sie ihr kurz die Hand auf die Stirn. Glühend heiß, genau so hatte sie es sich gedacht.

„Waren Sie schon beim Arzt? Mit solchen Sachen ist nicht zu spaßen."

Das kurze Lachen ging in einen bösen Hustenanfall über. Leni sprang auf und holte am Tresen ein Glas Wasser. Nach ein paar Schlucken ging es der Frau etwas besser.

„Sie haben wohl ein Helfersyndrom."

„Ich war bei den Pfadfindern, Sie sind meine gute Tat des Tages."

Das zauberte ein Lächeln auf das blasse Gesicht der Frau.

„Mich hat's tatsächlich schlimm erwischt. Ich habe schon eine ganze Batterie Medikamente geschluckt. Aber so lange es bei mir in der Wohnung nicht warm wird, kann das nicht besser werden."

Leni setzte sich bequemer auf ihrem Stuhl zurecht. Irgendwie hatte sie das Gefühl, dass der Frau schon lange niemand mehr zugehört hatte. Die Frau goss Milch in ihren Kaffee, rührte um und trank einen Schluck. Es war wie ein Dammbruch. Nur unterbrochen von Hustenanfällen redete sie drauf los.

„Ich habe ein bisschen Pech gehabt in letzter Zeit. Erst haben sie mich aus meinem Job rausgedrängt. Die jungen Dinger, die meinen, dass sie alles besser wissen. Und dann der neue Chef. Ein Leben lang hab ich alles für diese Firma getan und als Dank einen Fußtritt bekommen."

Leni nickte bekümmert.

„Ja, wir leben in einer Welt, die immer verrückter wird. Der einzelne Mensch zählt nicht mehr."

„Und was ist mit Ihrer Wohnung?", wollte Leni nun wissen.

Die Frau lachte bitter.

„Ach, das ist auch so eine Geschichte, wie sie täglich passiert. Die sanieren das Haus und machen daraus Eigentumswohnungen. Ich habe kein Geld, um meine Wohnung zu kaufen. Also wollen sie mich raus haben."

Sie sah Leni aus tränenden Augen an.

„Und da haben die einfach die Heizung abgestellt?"

Die Frau nickte.

„Jeden Morgen kommt der Presslufthammer. Der Krach ist nicht zum Aushalten. Nun das mit der Heizung. Ich bin gespannt, wann sie auch noch das Wasser abstellen."

Erschöpft vom Reden sackte die Frau zusammen. Leni war entsetzt. Hier musste dringend etwas passieren.

„Das reicht jetzt", übernahm sie das Kommando.

„Wir gehen zu Ihnen nach Hause, holen ein paar Sachen, und dann kommen Sie mit zu mir für die nächsten Tage. Zumindest so lange, bis die Heizung wieder läuft. Das grenzt ja an Körperverletzung. Diese Schweine!“

„Der Köhler ist bekannt dafür, dass er nicht zimperlich ist“, stellte Barbara fest.

Bei dem Namen schaute Leni hoch.

„Ach, das ist ja interessant“, sagte sie.

„Immobilienfirma Köhler? *Denen* gehört das Haus mit Ihrer Wohnung?“

„Haben Sie etwa auch mit dem zu tun? Vor dem müssen Sie sich höllisch in Acht nehmen.“

Leni dachte an den Auftritt des Anwalts bei Arthur.

„Das erzähle ich Ihnen später. Jetzt verraten Sie mir erst einmal, wo Sie wohnen.“

Sie hatte es sich schon gedacht. Die Frau wohnte nicht weit von Arthur entfernt.

„Das ist ja nur ein Katzensprung von mir. Kommen Sie, ich habe mein Auto gegenüber geparkt. Wir können sofort losfahren.“

„Aber das geht doch nicht“, wehrte die Frau ab.

„Das geht sehr gut, Sie werden sehen.“

Sie stand auf und griff nach dem Mantel der Frau, der über einer Stuhllehne lag.

„Wie heißen Sie überhaupt?“

Leni musste lachen.

„Wir haben uns ja noch nicht einmal vorgestellt. Ich bin Leni Brandner, also Leni.“

„Barbara Matzke“, murmelte die Frau.

Sie schaute unschlüssig auf ihren Mantel, den Leni ihr hinhielt.

„Na los jetzt! Ich beiße nicht.“

Leni half ihr in den Mantel. Sie spürte deutlich, wie wackelig diese Barbara war. Kurz entschlossen hakte sie sie unter, und gemeinsam verließen sie das Café.

„**W**ollen wir uns duzen?“ fragte Leni unterwegs.

Barbara nickte. Sie hatte sich in ihr Schicksal ergeben, gegen diese resolute Frau kam sie nicht an.

„Da ist ein Parkplatz, Glück gehabt.“

Leni betrachtete neugierig das Wohnhaus, das von einem Baugerüst umgeben war. Auf der Straße stand ein großer Container mit Bauschutt. Als sie die Autotür öffnete, hörte sie den Lärm.

„Das ist ja die Hölle hier.“

Sie musste schreien, um gegen den Presslufthammer anzukommen.

„So ist das jeden Tag“, krächzte Barbara zurück.

Die Treppen bis in den dritten Stock kamen Barbara endlos vor. Dankbar hängte sie sich mit jeder Stufe mehr an ihre neue Bekannte. Gleichzeitig überlegte sie, wie sie diese Leni wieder los werden konnte. Sie schien ja eine hilfsbereite Seele zu sein. Aber was wollte sie eigentlich von ihr? Im stillen verfluchte sie ihre Redseligkeit. Das war doch sonst nicht ihre Art. Jedenfalls kam es überhaupt nicht infrage, dass sie mit der Frau mitging.

Als sie endlich vor ihrer Wohnungstür stand, fühlte sie sich völlig kraftlos. Mit zitternden Händen schloss sie die Tür auf.

Leni schnaufte auch gewaltig. Die kleine, aber rundliche Barbara hier hoch zu bugsieren war Schwerarbeit. Bis zum vierten Stock hätten sie es wohl nicht mehr geschafft. Endlich war die Tür auf, und Leni schaute sich neugierig um.

„Hier ist es aber...“

Ganz automatisch hatte sie etwas Nettes über die Wohnung sagen wollen, aber der Satz blieb ihr im Hals stecken. Kahle, weiße Wände starrten sie an. Nirgendwo war ein Bild oder sonst etwas Buntes zu sehen. Wie konnte man das hier am besten bezeichnen? Minimalistisch? Es war vielleicht ein Schlafplatz, aber unter „gemütlich“ verstand Leni etwas anderes. Es gab kaum persönliche Gegenstände zu entdecken, weder Gardinen noch Topfpflanzen. Alles war ordentlich und sauber, wenn man von dem zerwühlten Bett absah, das hinter einem Paravent in der Ecke des großen Zimmers stand. Kein Wunder bei den wenigen Möbeln. Auf einem kleinen Regal neben dem Fernseher lag ein Stapel Illustrierte, der einzige Lesestoff weit und breit. Leni kriegte Gänsehaut. Sie folgte Barbara in die kleine Küche. Ein Teller, eine Tasse, daneben ein Messer, wenigstens gegessen wurde hier ab und zu.

Barbara behielt ihren Mantel an. Auch Leni hatte kein Verlangen, ihren auszuziehen. Es war ungemütlich kalt, nur wenig wärmer als draußen.

„Hier kannst du beim besten Willen nicht bleiben“, stellte sie fest. „Pack ein paar Sachen zusammen, und dann nichts wie raus hier.“

Die Aussicht auf ein warmes Zimmer war äußerst verlockend.

„Ich bleibe lieber hier. Im Schrank ist noch eine Decke, mir wird schon warm werden", sagte Barbara unsicher.

„Das kommt überhaupt nicht infrage. Hast du irgendwo einen Koffer oder eine Reisetasche?"

Im Flurschrank fand Leni einen kleinen Koffer. Widerstrebend packte Barbara ein paar Kleidungsstücke ein.

„Ist was im Kühlschrank, das verderben könnte?"

Leni dachte an alles. Aber da drohte keine Gefahr. Der Kühlschrank war leer. Vielleicht hatte die Frau Geldprobleme? Aber das war im Moment egal. Sie schnappte sich den Koffer und wartete geduldig, bis Barbara die Wohnung abgeschlossen hatte.

Es hatte angefangen zu regnen, und die bleigrauen Wolken verschluckten das spärliche Tageslicht. Leni startete den Motor, stellte die Scheinwerfer an und fuhr los. Es war wirklich nur ein Katzensprung bis zu Arthurs Haus. Erst als Leni den Motor abstellte, kamen ihr Bedenken. Vielleicht hätte sie erst Arthur fragen sollen, was er von dem Ganzen hielt. Aber dazu war es jetzt zu spät. Außerdem war sowieso dicke Luft seit dem Besuch dieses Anwalts. Da kam es auf ein bisschen mehr Ärger auch nicht mehr an. Kampfbereit wie eine Glucke schob sie das Kinn vor. Sie würde schon dafür sorgen, dass die kranke Barbara ins Warme kam.

Der Fernseher war ausgestellt. Das war ein gutes Zeichen, Arthur war nicht zu Hause.

„Komm rein, hier ist es warm."

Sie schob Barbara in den Flur.

„Die Treppe hoch. Ich zeig dir erst einmal, wo du schlafen kannst."

Sie wollte ihren Logierbesuch so schnell wie möglich einquartieren. Tatsachen schaffen, das schien ihr die beste Methode, um Arthurs Protest im Keim zu ersticken.

Während das Wasser in die Wanne lief und sich das Badezimmer mit heißem Dampf füllte, packte Leni die wenigen Sachen aus dem Koffer. Gut, dass in dem freien Zimmer auch eine Schlafcouch stand, da konnte sich Barbara in aller Ruhe erholen. Während Barbara im Bad verschwand, holte Leni Bettzeug aus ihrem Zimmer und drehte den Heizkörper auf. Zufrieden sah sie sich um.

„Sag Bescheid, wenn du was brauchst. Ich gehe runter und mache Tee", rief sie durch die geschlossene Badezimmertür. Als Antwort kam ein Krächzen, das sie als Zustimmung deutete.

Sie setzte Wasser auf, stellte Tassen und Tee bereit und holte dann nach kurzem Überlegen die Rumflasche aus Arthurs Hausbar. Ein Schuss Alkohol würde nichts schaden und Barbara schnell einschlafen lassen. Sie stellte noch eine Schale mit Plätzchen auf das Tablett und wollte gerade alles nach oben tragen, als sie hörte, wie die Haustür geöffnet wurde.

„Hallo, ich bin wieder da", rief Arthur.

„Was für ein Sauwetter!"

Er zog den nassen Mantel und die Schuhe aus. Leni hatte das Tablett wieder abgestellt. Er strahlte, als er die Tassen sah.

„Ah, du hast Tee gemacht. Mit Rum! Den können wir gut gebrauchen. Das tötet die Bazillen."

Arthurs Laune hob sich. Leni hatte Tee vorbereitet, das war eindeutig ein Friedensangebot. Vielleicht konnten sie den heutigen Abend zur Abwechslung einmal ohne Streit verbringen.

Leni stellte das Tablett im Wohnzimmer ab. Ängstlich horchte sie nach oben, aber von Barbara war nichts zu hören. Wie immer griff Arthur sofort nach der Fernbedienung. Zum ersten Mal war Leni richtig dankbar, dass ständig der Fernseher lief. Arthur klickte durch die Kanäle, bis er eine Tiersendung gefunden hatte. Das würde ihn für eine Weile festhalten.

„Ich bin gleich wieder da", murmelte Leni.

Sie ging in die Küche, machte eine neue Tasse mit Tee und einem Schuss Rum fertig und schlich die Treppe hinauf. Leise klopfte sie an die Badtür.

„Barbara, bist du noch in der Wanne?"

„Kannst ruhig reinkommen. Ich glaube, ich schlafe schon halb, so kaputt bin ich. Aber das Bad hat mir wirklich gut getan."

Ihre Augen glänzten fiebrig, aber sie lächelte. Leni packte sie ins Bett und holte eine Wasserflasche aus ihrem Zimmer.

„Falls du heute Nacht Durst bekommst. Ich schlafe gegenüber. Wenn irgendwas ist, kommst du einfach zu mir rüber."

„Ich habe eine Stimme gehört. Dein Mann?"

„Nein."

Leni wand sich, wie sollte sie die Situation erklären?

„Ich wohne hier zur Untermiete."

Barbara richtete sich erschrocken auf, aber Leni drückte sie entschieden wieder zurück.

„Das ist schon okay. Arthur ist ein Netter, der hat nichts dagegen, dass du hier für ein paar Tage wohnst."

Sie sah, dass Barbara bereits die Augen zufielen. Das gab ihr Zeit, Arthur die neue Situation schonend beizubringen. Sie hatte heute Vormittag einen Auflauf vorbereitet, das passte gut. Wenn er satt war, konnte man am besten mit ihm reden. Trotzdem würde es nicht einfach werden, ihm zu erklären, wieso eine fremde Frau hier schlief, die noch dazu ziemlich krank war.

Träge hing Arthur in seinem Sessel. Das Essen war sehr gut gewesen. Im Fernsehen lief ein interessanter Spielfilm, und in der Küche hörte er Leni den Geschirrspüler einräumen. Heute Abend war es endlich wieder friedlich und nett. Er holte die Cognacflasche aus der Bar. Das Begraben des Kriegsbeils musste mit Kaffee und Cognac begossen werden.

Leni kam mit zwei Kaffeetassen herein und sah die Cognacschwenker. Vielleicht kriegte er ja heute gar nichts mehr mit von Barbara, dachte sie hoffnungsvoll. Nach den Aufregungen des Tages war sie jetzt auch rechtschaffen müde und nicht in Stimmung, sich zu streiten.

Im Fernsehen nahte das Happy End. Arthur schnarchte in seinem Sessel leise vor sich hin. Leni stellte den Fernseher aus und schlich die Treppe hinauf. Das hatte ja super geklappt. Morgen war ein neuer Tag, da würde ihr schon etwas einfallen, wie sie Arthur den Logierbesuch verkaufen konnte.

Arthur wurde von einem ziehenden Schmerz im Rücken wach. Kalt war ihm auch. Im Dunkeln wuchtete er sich aus seinem Sessel hoch. Wieder mal vor dem Fernseher eingeschlafen, warum konnte er sich das nicht abgewöhnen? Auf der Couch war es zumindest ein bisschen bequemer. Er faltete seine Schlafdecke auseinander und schob zwei Kissen zurecht. Plötzlich hörte er das Klappen der Kühlschranktür. Er lächelte versonnen. Da hatte er sich schon Gedanken gemacht, dass Leni zu wenig aß. Wenn sie sich allerdings nachts bediente, lag der Fall anders. Leise stand er auf, schlich zur Küchentür und drückte auf den Lichtschalter. Aber das war nicht Leni, die sich erschrocken zu ihm umdrehte. In seiner Küche stand eine wildfremde Persson. Arthur brauchte einen Moment, um sich zu fangen, aber dann handelte er blitzschnell. Beherzt griff er sich einen Stockschirm von der Garderobe.

„Was zum Teufel machen Sie hier?“, brüllte er los. In solchen Situationen durfte man keine Angst zeigen.

Der Frau schienen die Beine wegzusacken. Sie klammerte sich an den Küchentisch. Sie war ungefähr in seinem Alter, klein und dicklich. Kein ernsthafter Gegner. Erst jetzt sah er, dass sie einen Morgenmantel anhatte. Barfuß war sie auch. So sah keine Einbrecherin aus.

„Wer sind Sie? So sagen Sie doch was“, herrschte Arthur sie an.

„Ach du meine Güte“, krächzte die Frau.

Mehr brachte sie nicht heraus. Arthur sah, dass sie zitterte.

„Nun mal raus mit der Sprache. Ich hab keine Lust, hier die ganze Nacht rumzustehen!“

Ungeduldig klopfte Arthur mit der Metallspitze des Regenschirms auf den Fußboden. Er ließ die Frau keine Sekunde aus den Augen. Vielleicht war sie irgendwo ausgebrochen. Merkwürdig genug sah sie ja aus.

„Leni hat gesagt, ich kann hier schlafen“, krächzte die Frau.

„Wo schlafen?“

„Oben.“

Wieso war er nicht sofort darauf gekommen? Natürlich steckte Leni hinter dieser Sache. Diese Frau war wohl eine Freundin. Aber warum wusste er nichts von dem Besuch? Sein Gehirn schaltete um von Schreck auf Wut. Er schnaufte aufgeregt. Die Frau wich zurück bis zum Küchenfenster und hob die Hände hoch. Er machte eine heroische Anstrengung, um sich wieder zu beruhigen. Es hatte keinen Sinn, die Sache mitten in der Nacht zu diskutieren. Morgen früh würde er sich Leni vorknöpfen.

„Was wollten Sie denn in der Küche?“, fragte er in halbwegs normalem Ton.

„Es tut mir so leid, dass ich Sie geweckt habe. Ich heiße Barbara Matzke.“ Verlegen hielt sie ihm die Hand hin, die er automatisch schüttelte.

„Ich hab seit dem Frühstück nichts mehr gegessen. Und als ich vorhin aufgewacht bin, war mir ganz schlecht vor Hunger.“

Sie hielt ihm eine angebissene Karotte hin.

„Ich wollte niemand wecken.“

Arthur war erleichtert. Irre war sie wohl nicht, zumindest redete sie ganz normal.

„Na, dann lassen Sie sich nicht weiter stören. Sie kennen sich ja hier schon aus."

Seine Ironie kam nicht an. Die Frau drückte sich hastig an ihm vorbei in dem Flur.

„Gute Nacht!", rief er ihr hinterher, aber da war sie schon auf der Treppe verschwunden.

Früh am nächsten Morgen tapste Leni in die Küche. Lautlos schloss sie die Tür zum Flur, um Arthur nicht zu wecken. Sie hatte schlecht geschlafen. Es war nur eine Frage der Zeit, bis die Bombe hoch ging. Emsig werkelte sie mit Kaffeemaschine und Eierkocher herum, holte Wurst und Käse aus dem Kühlschrank und stellte alles auf ein Tablett. Wenn Arthur in Ruhe gefrühstückt hatte, war er bestimmt besser drauf. Mit dem voll beladenen Tablett ging sie ins Wohnzimmer.

„Guten Morgen!"

Fast hätte sie vor Schreck alles fallen lassen. Wie ein Racheengel stand Arthur neben dem Esstisch. Dort stand bereits Geschirr, und zwar für drei Personen. Das Essen auf dem Tablett rutschte bedenklich. Schnell stellte Leni es ab.

„Guten Morgen, ich hab dich gar nicht gehört", antwortete sie mit gespielter Fröhlichkeit.

„Du hast offenbar einiges nicht mitgekriegt, auch letzte Nacht nicht. Oder warst du zu feige, um aus deinem Zimmer herauszukriechen?"

Arthur wippte mal wieder auf den Zehenspitzen hin und her, ein sehr schlechtes Zeichen. Ihr rutschte das Herz in die Hose. Was meinte er mit letzter Nacht? Sie hatte keine Ahnung.

„Aber da sind wir schon zwei, die was nicht mitgekriegt haben" fuhr Arthur fort.

„Es scheint mir, als hätte ich auch so einiges nicht gehört. Zum Beispiel, als du mir erzählt hast, dass deine Freundin zu Besuch kommt. Das hast du doch gesagt, oder?"

Drohend kam er auf sie zu. Sie griff wieder nach dem Tablett und hielt es sich schützend vor den Bauch.

„Woher weißt du das?", stammelte sie.

Er lachte höhnisch.

„Glaubst du im Ernst, ich kriege nicht mit, was in meinem Haus vor sich geht?"

Kurzerhand nahm er ihr das Tablett ab und stellte es auf den Tisch. Es wäre schade um die schönen Sachen, wenn sie alles fallen ließ. Er schüttelte den Kopf.

„Was sollen diese Heimlichkeiten? Bin ich ein Unmensch? Hab ich dir verboten, Besuch zu haben? Ich finde es allerdings absolut nicht witzig, mitten in der Nacht eine fremde Frau in meiner Küche zu finden. Da hört bei mir der Spaß auf."

Leni fiel der Kinnladen herunter. Arthur und Barbara waren sich begegnet. Das war ja eine Katastrophe.

„Das hat sich plötzlich so ergeben", redete sie sich heraus.

„Irgendwie kam ich nicht dazu, dir was zu sagen."

Es enttäuschte ihn sehr, dass sie jetzt auch noch log. Er musste seine ganze Selbstbeherrschung aufbieten, um sie nicht anzuschreien.

„Diese Freundin kommt ja wohl von außerhalb, wenn sie hier übernachtet. Wann ist sie denn angekommen, vor oder nach dem Abendessen?"

Leni stand da wie ein begossener Pudel. Alles, was sie sagen konnte, würde es nur noch schlimmer machen. Jetzt gab es nur noch die Flucht nach vorn.

„Das ist keine Freundin, jedenfalls keine richtige. Ich habe Barbara erst gestern kennen gelernt. Na ja, eigentlich schon letzte Woche. Und es ist auch nur, weil sie so krank ist, und ihre Bude ist eiskalt. Die haben ihr die Heizung abgestellt. Übrigens steckt dieser saubere Herr Köhler dahinter."

Arthur verstand kein Wort außer der Tatsache, dass Leni eine völlig Fremde aufgegabelt hatte, die unter seinem Dach logierte.

„Bist du noch ganz bei Trost? Du kennst sie gar nicht und lädst sie hierher ein? Sind wir jetzt ein Obdachlosenheim?"

Jetzt platzte auch Leni der Kragen. Krach auf nüchternen Magen vertrug sie gar nicht.

„Wenn du zur Abwechslung mal zuhören könntest und nicht so hysterisch rumschreist, wäre das schon längst geklärt."

Arthur bebte vor Wut.

„Ich verlange, dass die Frau sofort mein Haus verlässt. Auf der Stelle."

Leni funkelte ihn böse an.

„Du kannst verlangen, was du willst, aber sie bleibt hier. Ich setze doch nicht einen kranken Menschen vor die Tür. Hast du das nicht kapiert? Sie ist krank. Mit Fieber und allem Drum und Dran. Die ist gar nicht in der Lage, dir ein Messer an die Kehle zu setzen oder was du dir sonst so in deinem durchgeknallten Hirn ausdenkst."

Sie setzte sich an den Esstisch und verteilte die Sachen vom Tablett. Dann nahm sie sich eine Scheibe Brot und fing an, Butter darauf zu schmieren. Wenn Arthur in so übler Stimmung war, hatte es keinen Sinn, mit ihm zu diskutieren.

Arthur ballte die Fäuste.

„Wie du willst. Dann werde *ich* mich um die Sache kümmern."

Er wandte sich zum Flur.

Leni sprang auf und stellte sich ihm mit ausgebreiteten Armen in den Weg.

„Das wirst du nicht tun. Du lässt Barbara gefälligst in Ruhe!"

Wie zwei Kampfhähne standen sie sich gegenüber und beschossen sich mit wütenden Blicken. Da kam Barbara mit ihrem Koffer in der Hand die Treppe herunter. Sie schaute ängstlich drein. Natürlich hatte sie die Schreierei mitbekommen. Leni stellte mit einem Blick fest, dass sie heute Morgen nicht mehr ganz so fiebrig aussah.

„Hallo Barbara, hast du gut geschlafen?"

Nach dem Geschrei fiel es ihr nicht einfach, zu einem normalen Tonfall zurückzufinden.

„Komm frühstücken, ich hab schon alles fertig."

Barbara stellte den Koffer ab und legte ihren Mantel darauf.

„Ich werd gleich verschwinden. Ich will keinen Ärger machen."

„Du machst keinen Ärger, was soll das? Komm rein, ohne was im Magen kannst du sowieso nicht losgehen. Wohin willst du überhaupt? Doch nicht zurück in diese kalte Bude?"

Leni zog Barbara am Arm in die Essecke. Arthur folgte ihnen mit finsterer Miene.

„Darf ich euch miteinander bekannt machen? Also offiziell?"

Arthur schüttelte Barbara wortlos die Hand.

„Es tut mir leid, ich hätte nicht her kommen sollen. Jetzt haben Sie beide wegen mir Streit."

Barbara unternahm einen neuen Fluchtversuch in den Flur.

„Nichts da, du bleibst jetzt hier", kommandierte Leni und drückte sie auf einen Stuhl. „Setz dich hier hin, neben mich. Und du, Arthur, gib erst mal Ruhe."

Widerwillig nahm auch Arthur Platz. Leni goss Kaffee ein. Eine Weile frühstückten sie schweigend. Barbara wagte kaum, hoch zu schauen. Die lautstarke Auseinandersetzung vorhin hatte sie bis in ihr Zimmer gehört.

Als Arthur fertig war mit essen, lehnte er sich auf seinem Stuhl zurück.

„Vielleicht könnte mir mal jemand in Ruhe erklären, was eigentlich los ist. Wieso sind Sie hier?“, fragte er und schaute Barbara an.

Leni wollte sofort wieder los legen, aber Arthur stoppte sie mit einer kurzen Handbewegung.

„Von dir habe ich heute schon genug gehört. Jetzt lass mal unseren Gast reden. Also, Barbara heißen Sie?“

Barbara würgte den letzten Bissen Brot hinunter. Sie kämpfte tapfer gegen den Kloß in ihrem Hals. ‚Gast‘ hatte er sie genannt. Und zuhören wollte er.

Es dauerte eine Weile, bis die ganze Geschichte vom Verlust ihrer Arbeitsstelle und den Umbauarbeiten in ihrer Wohnung heraus war. Arthur hatte Zeit, Barbara näher in Augenschein zu nehmen. Wie ein kleiner und zutiefst unglücklicher Klops saß sie da. Ihre grauen Haare waren zu einem strengen Dutt hoch gesteckt. Sie war sehr blass. Die wässrigen Augen und die rote Nase deuteten auf eine schlimme Erkältung hin. Insgeheim gab er Leni Recht. Wie konnte man solch einem Elendsbündel die Tür weisen?

Auch die Geschichte mit ihrer Wohnung ließ ihn nicht unberührt. Es gab völlig skrupellose Menschen, das zeigte sich wieder einmal. Die Frage war nur, was man tun konnte.

„Dann hat mich Leni einfach mitgenommen und in die Badewanne gesteckt“, beendete Barbara ihren Bericht und starrte auf ihren Teller. Sie fühlte sich äußerst unbehaglich. Zögernd griff sie nach ihrer Tasse und trank den letzten Schluck Kaffee aus. Da ergriff Leni das Wort.

„Arthur, du bist doch kein Unmensch. Man kann sie doch nicht einfach in ihrer kalten Bude hocken lassen. Das hättest du mal sehen sollen, wie es da zugeht.“

„Dass du mal wieder über meinen Kopf hinweg entschieden hast, *das* regt mich auf. Aber es war natürlich richtig, dass du Barbara her gebracht hast. Es wird das Beste sein, wenn sie erst mal hier bleibt.“

Barbara schaute zwischen den beiden hin und her. Sie redeten über sie, als wäre sie gar nicht da. Langsam stand sie auf.

„Ich will niemand zur Last fallen. Irgendwann wird das ja mal fertig sein mit den Arbeiten.“

Arthur stand jetzt auch auf.

„Das kommt überhaupt nicht infrage. Sie bleiben erst mal hier“, sagte er bestimmt, aber durchaus freundlich.

„Wir haben Platz genug. Sie können sich im Gästezimmer einrichten und hier bleiben, bis Sie wieder gesund sind. In der Zwischenzeit wird uns schon etwas einfallen. Es kann doch nicht sein, dass dieser Köhler so mit Menschen umspringt!“

Unschlüssig schaute Barbara auf ihren Koffer, dann durch die Fensterscheiben auf den Regen, der auf die Terrasse prasselte. Diese beiden waren ihr völlig fremd. Sie kannte es auch nicht, mit jemand zusammen zu wohnen. Aber sie spürte, wie es in ihrem Kopf pochte. Die Knochen taten ihr weh, sie fühlte sich alles andere als gesund. Für ein paar Tage würde sie das warme Plätzchen hier genießen und dann wieder gehen.

„Danke“, flüsterte sie kaum hörbar.

Arthur schnappte sich Koffer und Mantel und trug beides nach oben. Erleichtert, dass eine Entscheidung gefallen war, setzte sich Barbara wieder hin.

Arthur saß auf dem Fußboden und sortierte seine CD-Sammlung, als das Telefon klingelte. Bevor er sich aufrappeln konnte, griff Leni schon zu.

„Bei Winkler“, meldete sie sich.

Arthur grinste. Das hörte sich an wie das Hausmädchen. Wortlos hielt sie ihm den Hörer hin.

„Für dich.“

Das war bestimmt wieder dieser Anwalt. Er verdrehte die Augen. Leni machte sich am Wohnzimmerschrank zu schaffen und spitzte dabei die Ohren. Aber aus Arthurs einsilbigen Antworten ließ sich nicht viel heraushören.

„Ja, ja, hab ich. - Nein, noch nicht.“

Dieses Windei! Arthur hielt das Telefon ein Stück von sich weg und warf ihr einen hilfesuchenden Blick zu.

„Willst du nicht mit ihm reden?“

„Nö.“

Aus dem Hörer drang ein munterer Redeschwall.

„Entschuldigen Sie, aber ich muss jetzt dringend weg“, unterbrach Arthur und verabschiedete sich hastig. Er sank wieder vor seinen CDs auf die Knie. Leni biss sich fast die Zunge ab, aber sie sagte keinen Ton.

„Dieser Kerl ist ja fast so schlimm wie der Köhler“, stellte Barbara fest, die die Szene interessiert beobachtet hatte.

„Unangenehm, diese Aufdringlichkeit. Ich verstehe dich gut, Arthur. Dagegen kommt man einfach nicht an.“

„Da kann einem ja schlecht werden bei dieser Eintracht“, platzte Leni heraus.

„Kauft Euch doch ein Kilo Marzipan und stopft Euch damit aus!“

Sie rauschte in den Flur, schnappte sich ihren Mantel und stürmte aus der Haustür. Barbara sah ihr verblüfft nach.

„Was hat sie denn?“

„Lass sie nur, die kriegt sich wieder ein.“

Arthur zuckte lapidar mit den Schultern und wandte sich wieder seinen CDs zu.

Zwei Tage später ging es Barbara etwas besser.

„Mach langsam“, mahnte Leni. „Nicht, dass du einen Rückschlag bekommst.“

„Wenn ich schon hier wohnen darf, kann ich mich auch nützlich machen. Vielleicht könnte ich dir in der Küche helfen.“

„Heute ist Arthur dran mit Kochen“, wehrte Leni ab.

„Er kann kochen?“

„Von können kann nicht die Rede sein. Es macht ihm auch keinen Spaß. Aber die Arbeit wird gerecht aufgeteilt.“

Das klang sehr bestimmt. Der arme Arthur. Wer hier das Sagen hatte, war wohl klar.

„Na, dann könnte ich *ihm* doch helfen“, schlug sie schüchtern vor.

Sofort hängte sich Arthur rein.

„Kennen Sie zufällig Eisbein mit Erbspüree?“

„Ach nee, nicht schon wieder das!“

Leni war genervt. Barbara schüttelte den Kopf.

„Leider nicht. Aber das lässt sich rauskriegen.“

„Ist nicht so wichtig.“

Das wäre auch zu schön gewesen. Enttäuscht wandte sich Arthur wieder seinem Buch zu.

„Ich schau mal im Internet nach“, schlug Barbara vor.

Sie sah Lenis warnenden Blick und verstummte. Das war ja eine merkwürdige Wohngemeinschaft!

Leni wuselte eine Weile in der Küche herum und verschwand dann in ihren Gemächern. Mit einem unbehaglichen Gefühl im Bauch saß Barbara am Esstisch und sah sich um. Da entdeckte sie das Klavier.

„Wer spielt denn hier Klavier?"

„Leni", antwortete Arthur.

„Aber sie spielt ungefähr so gut wie ich koche. Wenn ich das vorher gewusst hätte..."

Ärgerlich schlug er eine Seite in seinem Buch um. Schon wieder ein Reizthema. Barbara kam sich allmählich vor wie in einem Minenfeld. Sie stand auf und nahm das Klavier näher in Augenschein. Liebevoll strich sie über das feine Holz. Es war sehr lange her, seit sie das letzte Mal gespielt hatte. Sie setzte sich auf den Schemel und blätterte in dem Stapel Noten, der auf dem Instrument lag.

„Ach wie schön, das Album für die Jugend. Und hier, die Kinderszenen, die mochte ich immer besonders gern."

Sie warf einen Blick auf Arthur.

„Meinen Sie, Leni hätte etwas dagegen, wenn ich ein bisschen spiele?"

Arthur schüttelte den Kopf. Schlimmer als bei Leni konnte es kaum werden.

Andächtig klappte Barbara den Deckel auf und schlug einige Töne an. Die Tasten fühlten sich gut an unter ihren Fingern, und das Klavier hatte einen schönen Klang. Automatisch griffen ihre Finger einige Akkorde.

„Alle Jahre wieder", schallte es durch das Zimmer. Arthur hob den Kopf.

„Bisschen früh, oder?"

Sie hörte sofort auf.

„Entschuldigung. Wie dumm von mir. Das war nur das erste, das mir eingefallen ist."

Barbara blätterte in einem Notenheft. Dann fing sie an zu spielen. Erstaunt ließ er das Buch sinken und hörte aufmerksam zu. Sie spielte das nächste Stück, dann noch eines. Mit jedem Ton wurde sie sicherer. Vertieft in die Musik schien sie ihre Umgebung komplett vergessen zu haben.

Mit feuchten Augen saß Leni auf der Treppe. So schön hatte sie auch immer spielen wollen, aber ihr fehlte wohl das Talent. Diese Stücke, mit denen sie sich viele Stunden lang abgequält hatte, von Barbara gespielt klangen sie einfach wundervoll.

Barbara war am Ende des Heftes angelangt, der Schlussakkord hallte nach. Schlagartig kam sie wieder in die Wirklichkeit zurück. Sie wagte nicht, sich umzudrehen. Vermutlich hatte sie sich komplett zum Narren gemacht.

Arthur räusperte sich. Er war sprachlos. Diese halbe Stunde hatte ihm einen Genuss bereitet wie nichts mehr seit langem. Barbaras Spiel war nicht perfekt. Aber sie hatte ein Gefühl für die Musik, das war deutlich zu hören. Am liebsten hätte er sie in den Arm genommen und gedrückt.

Barbara stand auf. Sie zuckte zusammen, als sie Leni auf der Treppe sitzen sah. Mit wackeligen Knien ging sie an ihr vorbei. Dann fiel die Tür des Gästezimmers zu.

Leni rang nach Luft.

„Das war ja wohl der Knaller!“ brachte sie schließlich heraus.

„Tja, da haben wir uns wohl eine Künstlerin ins Haus geholt“, meinte Arthur trocken und ignorierte sie dann. Er war immer noch sauer auf Leni, und das würde er sie auch spüren lassen.

In der Küche dudelte das Radio. Arthur stand am Herd und bewachte ein paar Schnitzel, die vor sich hin brutzelten. Am Tisch saß Barbara und schälte Kartoffeln. Sie verstanden sich offenbar blendend, denn ab und zu war ein Lachen zu hören. Dieses Idyll machte Leni, die im Wohnzimmer saß, ganz kribbelig. Leider bekam sie nichts von der Unterhaltung mit. Schließlich hielt sie es nicht mehr aus und ging zu den beiden in die Küche. Sie öffnete den Kühlschrank und nahm eine angebrochene Flasche Weißwein heraus.

„Fühlst du dich auch wirklich fit genug, um zu arbeiten?“ fragte sie Barbara ganz nebenbei. Die sah kurz hoch.

„Ja, mir geht's gut. Ich helfe gern. Das ist ja das Mindeste, was ich tun kann. Außerdem finde ich es toll, mal für jemand zu kochen. Ich hatte nie eine Familie.“

„Das versteht Leni nicht.“

Arthur konnte sich einen Kommentar nicht verkneifen.

„Dass jemand freiwillig hilft. Obwohl es nicht auf dem Plan steht.“

„Aber das stimmt doch gar nicht! Leni ist total nett.“

Dass Barbara sie jetzt auch noch verteidigte, war zu viel. Leni warf Arthur einen wütenden Blick zu und verzog sich mit der Flasche ins Wohnzimmer. Arthur hatte Barbara sofort für sich gewonnen. Die zerfloss ja geradezu vor Dankbarkeit, dass sie hier unterschlupfen durfte. Aber wer hatte sie denn ins Haus geholt, als es ihr schlecht ging? Und auf wem wurde jetzt herum getrampelt? Sie schenkte sich Wein ein. Da war eine Entwicklung im Gange, die ihr gar nicht gefiel.

Kapitel 6

Mit jedem Tag wurde Lenis Laune schlechter. Gereizt blätterte sie in einer Zeitschrift, als ihr Handy klingelte. Ihre Tochter, wie schön! Sie brauchte dringend ein Ohr zum Zuhören und reichlich Aufmunterung.

„Ich wollte doch nur verhindern, dass mich Arthur genauso rumschubst wie Thomas. Aber plötzlich bin ich hier die Böse. Barbara läuft ihm hinterher wie ein kleiner Hund. Arthur hier, Arthur da, es geht mir auf den Geist."

Monika lachte.

„Eigentlich müsstest du das doch gut kennen. Das ist genau wie bei Papa und dir. Nicht zu glauben!"

„Na ja, *so* schlimm ist er nun auch wieder nicht. Er macht inzwischen schon eine ganze Menge. Zumindest versucht er es."

Leni dachte an Arthurs Bügelversuche, die mit einer verbrannten Hand und großer Aufregung geendet hatten.

„Hast du mal wieder alles eingeteilt?"

Sie fühlte sich ertappt.

„Ohne Planung geht es nun mal nicht", verteidigte sie sich.

„Ist dir eigentlich klar, dass du ständig mit angezogener Handbremse fährst? Leb doch einfach mal drauf los!"

„Du hast gut reden! Einfach so leben, das geht doch nicht. Mir schwirrt so viel im Kopf herum, das macht mich ganz verrückt. Wie soll das weiter gehen mit Thomas und mir? Und dann dieser Anwalt, der hier dauernd anruft. Arthur windet sich wie ein Regenwurm. Er will das Haus nicht verkaufen, aber er bringt es nicht fertig, das diesem Kerl klipp und klar zu sagen."

„Lass ihn das doch selbst regeln, das ist nicht dein Problem. Du musst dich nicht um alles kümmern."

„Aber so bin ich nun mal. Ich glaube nicht, dass ich mich noch ändern kann, dazu bin ich schon zu alt."

„Zu alt? Das ist ja wohl ein Scherz. Hör mal, du hast bereits einen großen Schritt nach vorn gemacht und Papa endlich mal die Zähne gezeigt. Schau einfach, wie es weiter geht."

Das hörte sich alles logisch an. Aber es war alles andere als einfach.

„Ich bin doch nur ausgezogen, damit Thomas zur Vernunft kommt. Aber irgendwie funktioniert es nicht so, wie ich dachte. Er scheint mich gar nicht zu vermissen."

„Menschen sind nun mal nicht planbar. Und sie passen auch in keine Liste."

Leni suchte nach einem Taschentuch. Nur jetzt nicht wieder heulen, dachte sie verzweifelt.

„Ich mache alles verkehrt", sagte sie mutlos.

„Das stimmt nicht", widersprach Monika.

„Aber ich glaube, du schöpfst deine Möglichkeiten nicht aus. Du bist viel stärker, als du denkst."

„Ach, es ist alles so schwierig", sagte Leni traurig.

Monika spürte die Mutlosigkeit ihrer Mutter.

„Was hältst du davon, wenn ich dich nächstes Wochenende besuche? Ich bin total gespannt auf eure WG."

Dieses Mal sagte Leni nicht nein. Es wäre schön, Monika wieder zu sehen. Aber bis dahin musste sie sich wieder in den Griff bekommen. Das letzte, was sie wollte, war, ihre Tochter weiter mit ihren Problem zu belasten. Das hatte sie schon viel zu häufig getan in letzter Zeit.

Es klopfte leise an der Tür.

„Ja?", rief sie kurz angebunden.

Barbara streckte den Kopf zur Tür herein.

„Störe ich?"

„Nein, komm nur."

Lautlos huschte Barbara ins Zimmer und blieb unschlüssig stehen. Sie ist eine kleine, graue Maus. Nur ja nicht gesehen oder gehört werden, dachte Leni grimmig.

„Setz dich doch." Sie klopfte auf den Platz neben sich.

Barbara drückte sich in die äußerste Ecke der Couch. Wie ein artiges Schulmädchen stellte sie die Beine nebeneinander. Dann hielt sie ihr einen Briefumschlag hin.

„Ich wollte dir was schenken", sagte sie schüchtern.

Leni schaute verdutzt auf einen Gutschein von einem Kosmetikinstitut.

„Zum Abschied von meinen Kollegen", erklärte Barbara. „Ich kann damit nichts anfangen, aber du bestimmt. Du bist immer so hübsch zurecht gemacht, da dachte ich, das wäre was für dich."

Wie konnte man dieser Frau böse sein?

„Das ist ja wirklich lieb von dir, aber das kann ich nicht annehmen. Warum gehst du nicht selbst hin?"

„Ich war noch nie in so einem Laden."

Leni runzelte die Stirn.

„Dort wirst du verwöhnt, das ist total angenehm. Ab und zu gönne ich mir das. Dir würde es bestimmt auch gefallen."

„Ich kann es nicht leiden, wenn jemand an mir rumfummelt. Und außerdem kommt es nicht mehr darauf an, ob ich ein paar Falten mehr oder weniger habe", meinte Barbara.

„So ein Unsinn!"

Leni war ganz erschüttert.

„Auch im Alter hat man doch eine gewisse Resteitelkeit."

Barbara schminkte sich nie. Dabei würde ihr ein bisschen Farbe gut stehen. Ein neuer Haarschnitt wäre auch nicht schlecht. Sie betrachtete nachdenklich Barbaras lange, graue Haare, die sie heute offen trug.

„Entschuldige, ich habe mich noch nicht frisiert", sagte die verlegen.

„Du hast so schöne Haare, warum machst du nichts damit?"

Jetzt wurde Barbara rot.

„Ich bin zu ungeschickt. Und viel Geduld hab ich auch nicht."

„Mit kurzen Haaren ist man viel schneller fertig als mit langen. Wobei ich nicht sagen würde, dass dir kurze Haare besser stehen. Aber ein Schnitt muss da mal rein. Du solltest die Haare auch häufiger offen tragen."

Ihr fiel ein, dass sie in den nächsten Tagen sowieso zum Friseur wollte.

„Was hältst du davon, wenn du einfach mitkommst?", schlug sie vor. „Erst mal nur zu einer Beratung, du musst nichts machen lassen, wenn du nicht willst."

Barbara lehnte nicht sofort ab, immerhin ein Fortschritt.

„Denk drüber nach", half Leni. „Aber den Gutschein kann ich in keinem Fall annehmen."

Sie gab ihr den Umschlag zurück.

„Ich werde es mir überlegen", sagte Barbara.

„Aber eigentlich wollte ich mit dir über Arthur reden."

„Lass mich raten: Er hat dir einen unsittlichen Antrag gemacht."

Barbara zuckte zusammen.

„Das war ein Scherz!", sagte Leni leicht gekränkt.

Wieso verstand hier keiner ihre Art von Humor? Arthur sah sie auch manchmal so irritiert an.

„Also", begann Barbara, „Arthur hat bald Geburtstag."

„Schau mal an, was du so alles rausfindest. Ich dachte, du machst den ganzen Tag nichts als Preisausschreiben."

Die kleine Spitze konnte sich Leni nicht verkneifen. Aber an Barbara schien ihr Sarkasmus völlig abzuprallen.

„Wie wäre es, wenn wir ihm einen Kuchen backen?", schlug sie vor.

Leni war nicht begeistert. Barbara war ein richtiges Küchenwunder. Hilfe brauchte die ganz sicher nicht. Sollte das eine Art Friedensangebot sein?

„Du bist viel besser im Backen als ich. Bei Kuchen bin ich eine totale Niete."

„Ich dachte, wenn wir das zusammen machen, das könnte ganz lustig werden."

Leni schämte sich für ihre Bissigkeit. Barbara stand zwischen den Fronten und konnte gar nichts dafür. Ein bisschen Entgegenkommen würde nicht schaden.

„Das ist eine gute Idee aber du musst entscheiden, was wir backen. Ich glaube, du kennst Arthur inzwischen besser als ich."

Nun sprudelte Barbara eifrig los.

„Am liebsten mag er Mokkatorte. Ich hab da mal ein bisschen in den Kochbüchern seiner verstorbenen Frau herumgeblättert."

Leni war beeindruckt.

„Genial! Dann also Mokkatorte."

Gemeinsam machten sie sich an die Planung und dachten sich ein Ablenkungsmanöver für Arthur aus, damit er von der Überraschung nichts mitbekam.

„Am besten erzählst du ihm, dass du ein paar Sachen aus deiner Wohnung brauchst. Er wird dir bestimmt helfen."

Die Sache fing an, ihr Spaß zu machen.

„Während ihr weg seid, kann ich das Wohnzimmer ein bisschen dekorieren. Ich besorge auch Blumen."

Das heimliche Backen der Torte würde kein Problem sein. Arthur hielt sich nie freiwillig in der Küche auf.

Barbara stand schon an der Tür, als sie sich noch einmal umdrehte.

„Weißt du, Leni, mir ist klar, dass es dir nicht gefällt, wenn ich Arthur helfe. Aber er gibt sich wirklich Mühe. Ich glaube, was ihn stört, ist dieser Plan. Den braucht es doch gar nicht, wenn alle mitmachen."

„Ich habe es nur gut gemeint", schnappte Leni. „Wenn es euch nicht passt, dann lassen wir's halt."

Barbara zog den Kopf ein.

„Na, dann gehe ich mal, damit du weiterlesen kannst."

Die Tür schloss sich lautlos. Es war nicht nötig gewesen, so bissig zu werden. Leni wusste, dass es Barbara Mut gekostet hatte, bei ihr zu klopfen. Aber erst die Kritik von Monika, dann der Kommentar von Barbara, das war zu viel. Zumal sie beide vermutlich Recht hatten. Leni war sicher, dass sie mal wieder alles falsch gemacht hatte.

„Ich bin nicht verklemmt! Wenn ich meine Wäsche nicht mit deiner zusammen waschen will, dann nur aus hygienischen Gründen."

Nur unter schwerstem Protest hatte Arthur Leni seine schmutzige Wäsche überlassen, die sie ungerührt in die Waschmaschine gestopft hatte. Dann hatte sie ihn zum Aufhängen abkommandiert. Nun stand er da mit einem Wäschekorb und hängte seine und Lenis Sachen in bunter Reihe auf die Leine im Garten. Es war ihm peinlich, ihre Sachen anzufassen. Am schlimmsten war ihre Unterwäsche. Kopfschüttelnd betrachtete er einen hellblauen Slip mit kleinen gelben Blümchen darauf. Dazu gehörte auch ein BH, den er als nächstes erwischte.

Das Bild war plötzlich in seinem Kopf, er konnte es nicht verhindern. Braun gebrannt, wie sie war, sah sie bestimmt gut darin aus. Er konnte es sich vorstellen, sogar ziemlich genau. Ihre gute Figur, die wohlgeformten Beine und... Ihm wurde ganz heiß, als ihm klar wurde, wohin seine Gedanken wanderten.

„Soll ich dir helfen?"

Er hatte Barbara nicht kommen hören und schrak heftig zusammen.

„Nicht nötig."

Er bückte sich zum Korb, froh, dass sie sein Gesicht nicht sehen konnte. Die Spinnereien eines alten Mannes, er schüttelte über sich selbst den Kopf. Erleichtert stellte er fest, dass er eines seiner T-Shirts in der Hand hielt. Er nahm zwei Wäscheklammern und hängte es ans andere Ende der Leine, möglichst weit weg von Lenis Wäsche. Als er sich umdrehte, war Barbara wieder im Haus verschwunden. Er wischte sich den Schweiß von der Stirn. Im Eiltempo hängte er die restliche Wäsche auf und verkroch sich in seine Werkstatt.

Was war schwieriger, der Brief an Peter oder der Anruf bei Max? Arthur konnte es nicht mehr länger vor sich her schieben, sich bei seinen Söhnen zu melden. Als Leni ihn zum Mittagessen rief, hatte er immerhin die Schreibarbeit hinter sich gebracht. Zufrieden war er nicht. Der Brief klang steif und distanziert. Er musste darauf hoffen, dass Peter zwischen den Zeilen las. Von Leni hatte er nur kurz berichtet. Immerhin wusste sein Jüngster jetzt, dass er eine Untermieterin hatte. Mehr gab es dazu ja auch nicht zu sagen.

Nach dem Abendessen setzte er sich mit dem Telefon in seinen Sessel und wählte die Nummer von Max.

„Hallo Vater, schön, dass du dich meldest. Wie geht es dir?"

Arthur war erleichtert, dass Max es ihm einfach machte.

„Mir geht's ganz gut. Was gibt es Neues bei dir?"

Sein Sohn plauderte los. Wie immer erzählte er viel von seiner Arbeit. Auch mit seiner Freundin lief es wohl ganz gut.

„Spätere Heirat nicht ausgeschlossen", sagte er und lachte.

Nach einer kleinen Pause fragte Max leise:

„Kommst du wirklich zurecht?"

Genau diesen Moment musste sich Leni aussuchen, um mit ihren abendlichen Fingerübungen am Klavier zu beginnen. Es klang holprig, aber vor allem war es laut.

„Was ist denn bei dir los?", fragte Max prompt.

„Hast du Besuch?"

Arthur hatte sich genau überlegt, was er von Leni erzählen würde. Aber das war jetzt vergessen.

„Besuch nicht gerade", antwortete er ausweichend.

Eilig ging er in sein Schlafzimmer und zog die Tür hinter sich zu. Auf diese Idee hätte er schon vorher kommen können.

„Es hat sich angehört, als würde jemand Klavier spielen."

Auf Dauer konnte er Lenis Anwesenheit nicht verheimlichen.

„Ich habe jetzt eine Frau hier zur Untermiete."

„Ach!"

Die Verblüffung war Max deutlich anzuhören.

„Du meinst, jemand, der dir den Haushalt macht?"

Beim Fußball nannte man das eine Steilvorlage.

„Ja, genau."

„Das ist schön. Ich habe mir schon Gedanken gemacht, wie du klar kommst, seit Mama nicht mehr da ist."

Eine Notlüge ist keine richtige Lüge. Außerdem kümmerte sich Leni ja tatsächlich um die Hausarbeit.

„Hier läuft alles bestens. Aber erzähl doch mal von deiner Freundin. Wie sieht es denn mit Nachwuchs aus?"

Arthur sah keinen Grund, das heikle Thema weiter zu vertiefen. Max lachte.

„Wir arbeiten dran. Wenn es so weit ist, bist du der erste, der es erfährt."

Wie es wohl sein würde, ein Enkelkind zu haben? Maria hatte sich immer eines gewünscht.

„Danke, dass du angerufen hast", sagte Max.

„Diese lange Funkstille war gar nicht gut."

Arthur hatte plötzlich einen Kloß im Hals, und auch die Stimme von Max hörte sich rau an.

„Jetzt, wo Mama nicht mehr da ist, müssen wir zusammen halten. Sie war immer das Bindeglied zwischen uns Männern. Es ist nicht einfach, weil jeder woanders wohnt. Aber wir sollten es versuchen, sonst verlieren wir uns ganz."

Es war alles gesagt, und Arthur verabschiedete sich ziemlich schnell, bevor er die Fassung verlor. Zufrieden mit sich streckte er sich auf seinem Bett aus und starrte an die Decke. Es war gut, dass ein neuer Anfang gemacht war.

„**O**h nein!"

Leni starrte erschrocken auf die Torte. Wieder mal ihre Ungeschicklichkeit, sie hätte sich ohrfeigen können. Aus dem Spritzbeutel, mit dem sie ein möglichst gleichmäßiges Ornament auf den Tortenrand malen wollte, war plötzlich ein dicker Batzen Schokoladenglasur heraus geschossen wie ein Tintenklecks aus einem Füller. Barbara drehte sich zu ihr um, und gemeinsam schauten sie sich die Bescherung an. Schön sah es wirklich nicht aus.

„Dann wird das halt eine Künstlertorte."

Sie griff nach einem Holzstäbchen und fing an, in der feuchten Kuvertüre schwungvolle Linien zu ziehen. Leni schaute fasziniert zu, wie auf der Torte ein grafisches Muster entstand.

„Das sieht ja wirklich aus wie moderne Kunst."

Barbara lachte und zwinkerte ihr verschwörerisch zu.

„Keiner würde auf die Idee kommen, dass es nicht genau so gedacht war. Komm, probier mal, das macht Spaß."

Leni nahm ein Holzstäbchen und zog damit wilde Bögen auf der Torte. Barbara hatte ein paar Talente, die man auf den ersten Blick gar nicht sah.

„Der wird Augen machen!“, freute sich Leni auf den nächsten Tag.

„Meinst du, du kannst ihn eine Weile beschäftigen?“

„Du kannst dich ganz auf mich verlassen“, versicherte Barbara. „Ich kann sehr hilflos wirken.“

Sie kicherten wie zwei Schulmädchen. Die Stimmung in der Küche wurde immer besser.

„Eigentlich bist du ganz in Ordnung“, stellte Leni fest.

„Du bist auch ganz anders, als man am Anfang denkt.“

Sie schauten sich verdutzt an, dann prustete Barbara los.

„Die verborgenen Seiten der Barbara M.“

Sie wurde wieder ernst.

„Na, und du erst! Manchmal bist du erschreckend energisch. Aber so knallhart bist du gar nicht. Auch wenn du deine verheulten Augen gut kaschierst, manchmal sieht man es doch.“

Sie legte Leni die Hand auf den Arm.

„Er fehlt dir wohl sehr.“

„Mein ganzes Leben hat sich immer nur um ihn gedreht. Um ihn und Monika. Ich fühle mich wie ausgehöhlt, jetzt, wo das alles bröckelt. Ganz schön blöd, gell?“

Traurig schaute Leni vor sich hin.

„Ich habe es auch nicht besser gemacht. Außer der Firma gab es bei mir absolut nichts.“

„Der Job und deine Preisausschreiben.“

Sie lachten.

„Na, dann lass uns mal was reintun in unsere leeren Köpfe!“

Leni holte eine Flasche Sekt aus dem Kühlschrank.

„Auf was trinken wir?“

Barbara überlegte einen Moment.

„Vielleicht auf unsere Freundschaft?“

Lächelnd nickte Leni.

Arthur kam aus seinem Arbeitskeller die Treppe herauf und hörte zweistimmiges Gelächter aus der Küche. Er strahlte. Es wäre wundervoll, wenn die beiden das Kriegsbeil begraben würden. Auf Zehenspitzen schlich er an der angelehnten Küchentür vorbei ins

Wohnzimmer. Bei der zarten Annäherung zwischen den Damen wollte er nicht stören.

Ungeduldig marschierte Leni zwischen Fenster und Küche hin und her. Barbara und Arthur waren schon seit über zwei Stunden weg. Sie betrachtete zufrieden das hübsch dekorierte Wohnzimmer. Ein großes Blumengesteck stand auf dem Couchtisch. Die Kaffeetafel hatte sie mit dem besten Service aus Arthurs Schrank gedeckt, sogar eine Kerze fehlte nicht. Der Kaffee war fertig, und die Künstlertorte stand in der Küche bereit. Endlich hörte sie die quietschenden Bremsen von Arthurs betagtem Auto und riss die Haustür auf.

Die beiden Gestalten, die auf sie zu schlichen, sahen alles andere als fröhlich aus. Arthur war beladen mit einem Koffer und zwei Taschen. Barbara schleppte eine Stehlampe und eine großen Tüte. Leni sah sofort ihre rot geweinten Augen.

„Was ist denn los?“ fragte sie entgeistert.

„Lass uns erst mal rein kommen. Und dann brauchen wir einen Cognac“, sagte Arthur grimmig.

Er stellte die Sachen im Flur ab, während Leni Gläser und die Flasche aus dem Schrank holte.

„Ach, wie nett!“

Trotz seiner schlechten Laune hatte Arthur die Blumen und den gedeckten Tisch bemerkt.

„Dass ihr daran gedacht habt!“

Er betrachtete gerührt das Gesteck und den Tisch und ließ sich dann in seinen Sessel plumpsen. Barbara setzte sich schweigend auf die Couch. Leni schenkte rasch ein.

„Prost, auf das Geburtstagskind“, sagte sie unsicher.

„Na denn, erst mal Prost. Los, du auch, Barbara. Runter damit.“ Arthur hob sein Glas.

Leni sah, dass Barbara schon wieder mit den Tränen kämpfte.

„Kann mir mal einer sagen, was los ist?“

Arthur polterte los.

„Eine Riesensauerei, das ist los.“

Leni schenkte unaufgefordert nach.

„Einfach aufgebrochen haben sie die Wohnungstür. Wenn es nach mir gegangen wäre, hätte ich sofort die Polizei gerufen.“

„Das würde alles nur noch schlimmer machen.“

Barbaras Stimme klang resigniert.

„Aber damit kann man die doch nicht durchkommen lassen!"

Arthurs Zorn musste sich Luft machen. Er sprang auf und tigerte im Zimmer hin und her.

Es dauerte eine Weile, bis Leni endlich verstand, was passiert war. Als Arthur und Barbara an der Wohnung angekommen waren, fanden sie das Schloss aufgebrochen. In der Wohnung hatte es ausgesehen wie auf einem Schlachtfeld. Die Schränke waren durchwühlt worden, das Bett mitten ins Zimmer gerückt. Das Fenster musste schon eine ganze Weile offen gestanden haben, denn es hatte herein geregnet. Die Nässe hatte sich auf dem Teppichboden verteilt. Die Wohnung war kalt und klamm, und die Heizung funktionierte immer noch nicht. Im Bad hatte man hinter dem Heizkörper die Wand aufgestemmt, Brocken von Putz und Steinen waren überall verteilt.

Aufmerksam hatte sich Leni alles angehört.

„Lasst uns erst mal Kaffee trinken", schlug sie vor und holte die Torte.

Bei Tisch ging die Diskussion hitzig hin und her.

„Das sieht nicht nach einer Renovierung aus. Wenn ihr mich fragt, die wollen das Haus abreißen", meinte Arthur.

„Abreißen?"

Barbara schaute ihn erschrocken an.

„Aber das geht doch nicht!"

„Du siehst ja, wie das geht. Und keiner unternimmt was. In diesem Staat kriegen doch immer die Recht, die das meiste Geld haben. Oder die am weitesten das Maul aufreißen. Bald haben wir hier wieder das Faustrecht."

Leni brütete vor sich hin. Vor einigen Tagen hatte sie etwas im Internet gelesen, aus dem sie sich bisher keinen Reim machen konnte. Aber jetzt fügte sich so einiges zusammen.

„Hast du nicht gesagt, das Haus gehört diesem Köhler? Demselben Typ, der Arthurs Haus kaufen will?"

Barbara und Arthur nickten gleichzeitig.

„Ich habe so das Gefühl, dass da System dahinter steckt. Aber wo ist der Zusammenhang zwischen Barbaras Wohnung und Arthurs Haus? Den müssen wir finden."

Sie war zuversichtlich, dass sie mit Barbaras Hilfe etwas in Erfahrung bringen würde.

„Die Wohnung ist ja nicht weit weg von hier."

Arthur dachte laut nach.

„Zweimal rechts abgebogen, in Luftlinie gesehen ist das sozusagen gleich nebenan. Aber meinst du wirklich, das könnte etwas miteinander zu tun haben?“

Leni zupfte sich nachdenklich am Ohrläppchen. Das genau war die Frage.

Finster starrte Thomas auf das kleine, leere Schrankfach.

„Das ist jetzt nicht dein Ernst.“

„Du siehst doch, es ist alles voll. Die Wohnung ist viel zu klein für zwei Leute.“

Kiki stand mit verschränkten Armen in der Schlafzimmertür und machte ein verkniffenes Gesicht.

„Da passt noch nicht mal meine Unterwäsche rein.“

Thomas schlug die Schranktür zu und schaute unschlüssig auf seinen Koffer, der auf dem Bett lag.

„Du hast doch massig Platz in deinem Haus, ich verstehe nicht, warum du deine Sachen hierher bringen willst.“

Kiki fühlte sich völlig überrumpelt.

„Es ist einfach unpraktisch, wenn ich hier übernachte und dann morgens erst nach Hause fahre zum Umziehen.“

Genervt schlug er den Kofferdeckel zu.

„Hast du meinen grauen Anzug aus der Reinigung geholt?“, fragte er.

Kiki betrachtete ihre Fingernägel.

„Nein, hab ich nicht“, sagte sie trotzig.

„Ich bin nicht dein Sklave. Du kannst selbst dort vorbeifahren und deine Sachen abholen. Und bevor du fragst, ich bin auch nicht zum Wäsche waschen gekommen.“

Er schnaufte wütend.

„Verdammt, was machst du eigentlich den ganzen Tag? Ich kann mich um so was nicht kümmern, verstehst du? Ich habe den Kopf voll mit meinem Job.“

„Du, du, immer nur du. Was anderes interessiert dich nicht.“

In ihren Augen schimmerte es verdächtig. Sie drehte ihm den Rücken zu und begann, sich auszuziehen.

„Was machst du da?“, fragte er. Ihm wurde warm, er musste den obersten Hemdenknopf öffnen.

„Ich bin traurig. Nie kann ich dir etwas recht machen. Und wenn ich traurig bin, brauche ich ein heißes Bad.“

Er betrachtete ihren wohl gerundeten Po, der sich aufreizend vor ihm bewegte.

„Das stimmt doch gar nicht, ich denke doch nur an dich“, sagte er heiser.

Mit einem Klacken fiel die Badezimmertür ins Schloss. Thomas fluchte vor sich hin. Wenn Kiki in dieser Stimmung war, konnte man nicht mit ihr reden. Wütend schnappte er seinen Koffer und zog ab.

Normalerweise ging er mit einem Jogginganzug nicht auf die Straße. Aber heute war ihm das egal. Er hatte sich auf einen entspannten Abend vor dem Fernseher gefreut. Dumm nur, dass der Kühlschrank leer war. Er hatte vergessen, Bier zu holen. Da fiel ihm dieser kleine Laden ein, in dem Leni manchmal einkaufte. Gereizt machte er sich auf den Weg.

Plötzlich pfiff er leise durch die Zähne. Schau einmal an, dort drüben war doch seine Frau! Gerade als er um die Ecke bog, kam sie aus dem Laden heraus. Er drückte sich an eine Hauswand und streckte vorsichtig den Kopf vor, um sie zu beobachten.

Ihr Auszug hatte ihn wenig beeindruckt. Sie war wohl irgendwo untergekrochen. Die Sache mit dem Geld wurmte ihn allerdings sehr. Er hatte sie unterschätzt, ein Fehler, den er nicht noch einmal machen würde.

Er rannte ein paar Schritte hinter ihr her bis zum nächsten Hauseingang und drückte sich wieder in den Schatten. Lächerlich, wie er sich benahm, aber vielleicht konnte er herausfinden, wo sie jetzt wohnte.

Das Haus, in dem sie verschwand, kannte er nicht. Vorsichtig schlich er näher und las das Namensschild. Winkler, der Name sagte ihm nichts. Sicher war das eine Freundin, von der er nichts wusste. Er hatte sich nie sonderlich dafür interessiert, was Leni so trieb. Eine Weile stand er unschlüssig herum und überlegte, ob er klingeln sollte. Heute besser nicht, er war nicht in Stimmung für eine weitere Auseinandersetzung. Er machte kehrt und ging zurück zu dem kleinen Laden.

Die Körbe mit den Angeboten, die vorhin noch auf der Straße gestanden hatten, waren jetzt weggeräumt. Aber der Laden war noch hell erleuchtet, eine dicke Frau räumte drinnen auf. Thomas klopfte energisch gegen die Tür, und sie sah hoch. Er lächelte gewinnend, und tatsächlich kam sie heran und schloss auf.

„Sie sehen doch, dass wir schon zu haben."

„Gute Frau, ich brauche nur ein paar Flaschen Bier, dann bin ich gleich wieder weg."

„Da kann ja jeder kommen. Jetzt ist Feierabend."

Ungerührt machte sie die Tür wieder zu und schloss ab. Thomas boxte wütend gegen die Scheibe, aber sie sah nicht einmal mehr hoch. Heute hatte sich alles gegen ihn verschworen. Leni war schuld, dachte er wütend. Wäre er ihr nicht nachgegangen, dann hätte er den Laden rechtzeitig erreicht.

Jetzt war er doch in der richtigen Stimmung für ein Gespräch mit ihr. Er stürmte zurück zu dem fremden Haus. Ungeduldig ließ er den Daumen auf dem Klingelknopf liegen. Er würde ein paar Takte mit ihr reden, an denen sie noch eine Weile zu knabbern hatte.

Leni holte den Braten aus dem Backofen. Barbara leistete ihr Gesellschaft und erzählte gerade eine Geschichte aus ihrer alten Firma. Im Wohnzimmer lief der Fernseher. Arthur hatte es sich davor mit einem Glas Apfelwein bequem gemacht. Er war rechtschaffen müde und freute sich auf das Abendessen, das sich schon durch einen appetitlichen Geruch ankündigte.

Ein durchdringendes Klingeln platzte in die friedliche Abendstimmung. Leni zuckte zusammen und verbrannte sich prompt die Finger an ihrem Topf. Barbara hörte mitten im Satz auf zu reden. Unwillig stellte Arthur sein Glas ab und stand auf. Hoffentlich war das nicht wieder dieser aufdringliche Anwalt!

Den Mann, der da mit zerzausten Haaren vor der Tür stand, kannte er nicht. Leni warf von der Küchentür aus einen kurzen Blick auf den Störenfried und tastete hilfesuchend nach Barbaras Arm.

„Sie wünschen?", fragte Arthur.

„Ich will meine Frau sprechen."

Der Mann hatte seinen Fuß in die Türöffnung gestellt und schaute grimmig auf Arthur herunter, der kleiner war als er. Es dauerte einen Moment, bis der Groschen fiel.

„Ach, Sie sind Herr Brandner?", fragte er gedehnt und musterte ihn neugierig.

Thomas war kurz vor dem Ausrasten und ballte die Fäuste. Nur mit Mühe beherrschte er sich. Was war das denn für ein komischer Gartenzwerg?

„Ja, da liegen Sie richtig. Und jetzt will ich zu Leni."

Er sah ganz so aus, als wollte er Arthur über den Haufen rennen, wenn der nicht freiwillig Platz machen würde.

„Holla, holla", bremste der und legte ihm seine kräftige Handwerkerhand auf die Brust.

„Da wollen wir doch erst mal schauen, ob Frau Brandner *Sie* überhaupt sehen will", meinte er gelassen.

Der Kerl kam ihm gerade recht. Nach allem, was Leni erzählt hatte, stand seine Meinung über diesen sauberen Herren fest. Sehr bestimmt drückte er Thomas wieder vor die Eingangstür und vergewisserte sich, dass er auch dort stehen blieb. Erst dann drehte er sich um.

„Leni! Hier ist dein Mann. Willst du mit ihm sprechen?"

Leni wagte sich einen Schritt näher. Sagen konnte sie nichts, aber sie nickte.

„Bist du sicher?"

Leni nickte wieder.

Er gab die Tür frei, und wütend schoss Thomas an ihm vorbei. Leni machte erschrocken einen Schritt zurück.

„Was willst du?", fragte sie tonlos.

Thomas baute sich vor ihr auf.

„Ganz davon abgesehen, dass man so etwas böswilliges Verlassen nennt, würde es mich sehr interessieren, wie lange du deinen Besuch hier ausdehnen willst. Wir haben immer noch einen gemeinsamen Haushalt. Und um den hast du dich gefälligst zu kümmern", donnerte er los.

Leni legte den Kopf schief. Interessant, plötzlich hatten sie wieder etwas gemeinsam.

„Ich weiß überhaupt nicht, wovon du redest", antwortete sie. „Ich bin schließlich nicht diejenige, die nächtelang fort geblieben ist. Was erwartest du eigentlich? Soll ich dir noch die Hosen bügeln, damit du bei deiner Ische einen guten Eindruck machst?"

Sie war lauter geworden, und bei den letzten Worten stemmte sie die Arme in die Hüfte und sah ihn wütend an. Das war zu viel. Thomas machte zwei rasche Schritte auf Leni zu und wollte sie am Arm aus dem Flur zerren. Sie schrie erschrocken auf und stemmte sich gegen ihn.

Barbara schrie gleich mit. Nur Arthur behielt einen kühlen Kopf. Er hatte so etwas kommen sehen. Mit der vollen Wucht seines Körpergewichts trat er Thomas auf den Fuß. Der stieß einen Schmerzensschrei aus und ließ Leni für einen Moment los. Als er wieder zupacken wollte, war sie bereits außer Reichweite. Arthur stellte sich ihm in den Weg.

„Wissen Sie, was Hausfriedensbruch ist? Ich glaube, das kommt dem hier schon ziemlich nahe", sagte er drohend.

Ernüchtert hob Thomas die Hände hoch, er wollte es nicht auf einen Kampf ankommen lassen. Mit einer solchen Gegenwehr hatte er nicht gerechnet. Schritt für Schritt ging er zurück bis vor die Haustür. Sollte Leni doch bleiben, wo sie war, da hatte er wenigstens Ruhe vor ihr. Er schaute über Arthurs Kopf in den Flur, wo sie immer noch stand.

„Wir sprechen uns noch!", sagte er finster.

„Mit Sicherheit", kam prompt die Antwort.

Thomas holte tief Luft zu einer Entgegnung, da wurde ihm die Tür direkt vor der Nase mit solcher Wucht zugeschlagen, dass es ihn fast von den Beinen gerissen hätte.

Das war ja ein toller Abend! Kein Bier, diese unfreundliche Kuh im Laden und nun das. Erst auf dem Rückweg vom Supermarkt beruhigte er sich wieder. Immerhin weiß ich jetzt, wo sie untergekrochen ist, tröstete er sich. Er würde ihr dieses kleine, behagliche Leben verdammt ungemütlich machen, darauf konnte sie Gift nehmen.

„Wow", sagte Leni bewundernd. Dann verschwand sie wieder in der Küche. Barbara erholte sich nur langsam von ihrem Schrecken.

„Dem hast du's aber gezeigt. Hast du früher mal geboxt?"

Sie himmelte Arthur an, der sich wieder in seinen Sessel begeben hatte.

„Das ist schon sehr lange her", meinte er verlegen.

„Wenn es hart auf hart gegangen wäre, hätte es übel ausgehen können für mich. Aber ich habe mir gedacht, Angriff ist die beste Verteidigung. Der Kerl war so verdutzt, dass er nicht klar denken konnte."

Leni kam mit zwei dampfenden Schüsseln herein.

„Essen", verkündete sie.

Arthur und Barbara erhoben sich gleichzeitig.

„Das ist gut, mein Magen knurrt schon seit einer ganzen Weile", meinte Arthur. Leni legte ihm ein großes Stück Braten auf den Teller.

„Danke", sagte sie und drückte seine Hand, in der er schon die Gabel hielt.

„Das war doch selbstverständlich. Und wenn der Kerl wieder auftaucht, hoffe ich sehr, dass ich in der Nähe bin. Dem werden wir's schon zeigen."

Zufrieden mit sich selbst zückte Arthur sein Messer und betrachtete seinen vollen Teller. Es sah lecker aus. Auch, wenn es mal wieder viel zu viel Gemüse gab.

„Wie du das nur so lange mit diesem Kerl ausgehalten hast!"

Barbara trocknete einen Topf ab und stellte ihn auf den Tisch.

„Thomas war nicht immer so. Klar hatten wir ab und zu Streit, das bleibt nicht aus. Aber er hat mich nie bedroht oder gar angefasst. Nur in letzter Zeit ist er wie ausgewechselt. Ich habe keine Ahnung, was er sich beweisen muss. Vielleicht wächst ihm irgendeine Sache über den Kopf."

Sandi war mal wieder mit Nagelpflege beschäftigt. Schöne Fingernägel sind wie eine Visitenkarte, das hatte ihr schon ihre Mutter eingebläut.

Als die Bürotür aufging, hob sie unwillig den Kopf. Aber dann kam sie blitzschnell in Bewegung. Sie ließ die Nagelfeile in eine offene Schublade fallen und setzte sich aufrecht hin.

„Frau Köhler! Das ist aber eine Überraschung."

Gerda Köhler lächelte säuerlich. Hatte dieses Püppchen eigentlich nie etwas zu tun?

„Guten Tag. Ist mein Sohn da?"

Sandi schüttelte bedauernd den Kopf.

„Nö, der ist weg. Auswärtstermin. Bei dieser Reinigungsfirma, glaube ich. Er hat gesagt, dass er heute nicht mehr rein kommt."

Das wusste Frau Köhler bereits, aber sie tat enttäuscht.

„Und Sie haben nichts Besseres zu tun als Ihre Fingernägel zu feilen?"

Frau Köhlers Ton war schärfer geworden. Sandi zog den Kopf ein und glotzte sie stumm an.

„Ich will ein paar Unterlagen aus seinem Büro holen. Sorgen Sie dafür, dass ich nicht gestört werde."

Eingeschüchtert nickte Sandi und schaute regungslos zu, wie Frau Köhler die Bürotür ihres Sohnes nachdrücklich hinter sich schloss. Puh, das hätte schlimm ausgehen können. Diese Frau war ein richtiger Drachen.

Wo könnte er das Modell versteckt haben? Frau Köhler sah sich um, öffnete ein paar Schränke und machte sich am Schreibtisch zu schaffen. Es blieb nur ein Schränkchen, das aber abgeschlossen war. Gar nicht so dumm, mein Sohn, dachte sie voll mütterlichem Stolz und zog eine Haarnadel aus ihrer Handtasche. In ihrem langen Leben hatte sie so manches gelernt, das äußerst nützlich war.

Nach dem schrecklichen Vorfall mit Lenis Mann war die kleine Wohngemeinschaft vorsichtig geworden, wenn es an der Tür klingelte. Offensichtlich schreckte Thomas Brandner nicht einmal vor Handgreiflichkeiten zurück.

Als ein paar Tage später um die Mittagszeit die Türglocke ging, schaute Barbara durch den Spion. Sie sah einen Mann, den sie nicht kannte. Unschlüssig spielte sie mit der Vorlegekette. Arthur war mit Leni im Garten. Aber der Mann machte einen ordentlichen Eindruck. Sie legte die Kette vor und öffnete die Tür einen Spalt breit.

Charly hatte ungeduldig darauf gewartet, dass sich etwas rührte. Er musste am Ball bleiben bei diesem Hauskauf. Endlich ging die Tür auf. Aber er sah niemand.

„Hallo?", fragte er.

Das war ja ein merkwürdiger Empfang.

„Wer sind Sie? Und zu wem wollen Sie?"

Barbara bemühte sich, mit fester Stimme zu sprechen. Charly starrte durch den Türspalt auf die ältere Frau. Das war nicht dieses Weib, das ihn das letzte Mal rausgeworfen hatte. Die hatte er noch lebhaft in Erinnerung.

„Mein Name ist Duffner. Ist Herr Winkler zu Hause? Er kennt mich."

„Einen Moment, ich werde fragen."

Die Tür ging wieder zu.

Diesem Winkler musste es ja richtig gut gehen, wenn er sich eine Hausdame leisten konnte. Das war gar nicht gut für Charlys Mission.

Barbara ging auf die Terrasse hinaus. Von Arthur und Leni war nichts zu sehen. Sie waren wahrscheinlich irgendwo hinten im Garten. Erleichtert sah sie in der Ecke nahe der Straße einige Zweige wackeln. Leni und Arthur waren wohl dabei, die Büsche auszulichten.

Arthur war sauer und machte keinen Hehl daraus. Leni hatte beschlossen, dass die Büsche, die das Grundstück zur Straße hin abschlossen, einen Grundschnitt benötigten. Und dazu brauchte sie seine Hilfe.

Sie hatte ihm die große Heckenschere in die Hand gedrückt und ihm umständlich erklärt, welche Äste er abschneiden sollte. Aber schon nach kurzer Zeit waren sie sich in die Haare geraten. Wütend hatte ihm Leni die Schere aus der Hand gerissen und machte sich nun selbst ans Werk. Das Problem war, dass die Büsche sehr hoch waren. Man brauchte eine Leiter, um die oberen Äste zu erreichen. Aber das wollte sie nicht einsehen, lieber balancierte sie auf Zehenspitzen im Gestrüpp herum. Es war eine schmutzige Arbeit. Alles war nass und schmierig vom Dauerregen der letzten Tage. Arthur konnte überhaupt nicht hinsehen, wie sie mit der spitzen Schere herumhantierte. Zweimal hatte er sie schon festgehalten, als sie das Gleichgewicht verlor.

„Wir sind doch schon so gut wie fertig", keuchte sie. Mit zusammengebissenen Zähnen attackierte sie einen Kirschlorbeer von gut zwei Metern Höhe. Gerade hatte sie sich weit vorgebeugt, um die nächsten Zweige erreichen zu können, als Barbaras Kopf direkt neben ihr auftauchte.

„Besuch!", verkündete die.

Das war zu viel für Lenis Gleichgewicht. Sie rutschte auf dem nassen Blätterboden aus und fiel, die Schere voran, in den Busch. Barbara schrie auf. Arthur stieß sie zur Seite und griff nach Lenis Arm. Er war jetzt richtig wütend und zerrte so heftig an ihr, dass sie förmlich aus dem Busch heraus katapultiert wurde. Sie flog direkt auf ihn drauf, und beide landeten als nasses Knäuel von Armen und Beinen in einer Funkie.

„Hast du dir weh getan?", fragten sie gleichzeitig. Glücklicherweise war nichts Schlimmes passiert. Langsam sortierten sie ihre Gliedmaßen. Da sah Arthur den Mann hinter Barbara.

„Verdammt!", schimpfte er.

Dem Besucher hatte es wohl vor der Haustür zu lang gedauert. So war er um das Haus herum in den Garten geschlendert. Jetzt stand er mit verschränkten Armen und einem breiten Grinsen da und betrachtete genüsslich die Szene.

„Hallo Herr Winkler", feixte er. „Ich hätte nicht gedacht, dass man in Ihrem Alter noch das Kamasutra ausprobiert. Alle Achtung!"

Arthur half Leni auf die Beine, dann drehte er sich zu Charly um.

„Was wollen Sie?"

Der grinste immer noch. Was für eine Szene! Er weidete sich an Arthurs Verlegenheit. Das war eine Geschichte, die er nachher in dem kleinen Laden zum Besten geben würde.

„Immer noch dasselbe, Ihr Haus."

Arthur spürte Lenis angespannte Muskeln und tätschelte beruhigend ihre Hand. Dann baute er sich vor Charly auf.

„Hier gibt's nichts, was zum Verkauf steht. Das habe ich Ihnen schon hundert Mal gesagt."

Charly ließ sich nicht abschrecken.

„Wäre doch schön, wenn Sie mit dem Garten nichts mehr am Hut hätten", flötete er.

„Stellen Sie sich vor, Sie hätten eine nette Eigentumswohnung auf Mallorca. Kein Winter, kein schlechtes Wetter, und jemand fürs Grobe könnten Sie sich auch leisten."

Das würde dem alten Gockel doch sicher gefallen.

„Wie ich sehe, haben Sie ja schon jemand für die Hausarbeit. Vielleicht zieht Ihre Putzfrau gleich mit um", fügte er mit einem Blick auf Barbara hinzu.

Arthur brauchte einen Moment, um zu kapieren.

„Sie werden sich sofort bei Frau Matzke entschuldigen", sagte er streng.

„Sie ist Gast in meinem Haus und keine Angestellte."

Charly pfiff durch die Zähne. Nicht zu fassen, jetzt hatte er schon zwei Frauen bei sich wohnen.

„Wird das nicht ein bisschen viel für Sie? Auf Dauer ist Viagra nicht sehr gesund, soweit ich weiß."

Jetzt musste er allerdings zusehen, dass er schnell weg kam. Aus den Augenwinkeln sah er noch, wie Leni nach der Gartenschere griff. Ihr Gesichtsausdruck verhieß nichts Gutes.

Noch immer lachend berichtete Charly der Dicken in dem kleinen Laden von seinem Abenteuer im Hause Winkler.

„Tja, und dann bin ich los gerannt. Dieser Herr Winkler muss ja besonderen Qualitäten haben, dass die Damenwelt so wild auf ihn ist."

Vielsagend blinzelte er der Frau zu, die förmlich an seinen Lippen hing. Charly sah ihr an, dass ihre Fantasie äußerst wilde Blüten trieb.

„Aber ich will nichts gesagt haben", flüsterte er verschwörerisch. „Lassen Sie sich ja nichts anmerken."

„Aber nein", beteuerte die Dicke mit funkelnden Augen.

Charly war sicher, dass die Geschichte binnen einer Stunde im ganzen Viertel bekannt war. Ganz in meinem Sinne, freute er sich und rieb sich die Hände. Fast hätte er seinen Einkauf liegen lassen. Er hatte blindlings nach ein paar Dingen gegriffen, schließlich brauchte er einen Grund, um den Laden zu betreten. Er grüßte fröhlich und marschierte dann zu seinem Auto, das in der nächsten Querstraße geparkt war. Unterwegs schaute er kurz in die Tüte, um zu sehen, was er eigentlich gekauft hatte. Eine Packung Mehl und eine Flasche Multivitaminsaft, da hatte er voll daneben gegriffen. Verärgert warf er die Einkäufe in den nächsten Mülleimer.

Ausgerechnet Barbara erwischte es. Sie brauchte nur ein paar Kleinigkeiten für das Abendessen und ließ sich von Leni den Weg zu dem kleinen Laden beschreiben.

Es war nicht viel los. Die dicke Frau stand in der Eingangstür und rauchte. Barbara wunderte sich über den schrägen Blick, den sie ihr zuwarf. Aber wahrscheinlich hatte sie einfach schlechte Laune.

Kritisch besah sie das Angebot. Der Salat war schon halb welk, aber die Tomaten sahen ganz gut aus. Gurken gab es auch. Sie nahm noch eine Packung von Arthurs Lieblingskeksen aus dem Regal. Unter dem strengen Blick der Frau, die inzwischen wieder hinter der Kasse thronte, legte sie ihre Einkäufe auf das Band. Als letztes fand sie in ihrem Einkaufskorb eine bunte Packung. Was hatte sie denn da gekauft? Sie schaute auf das Etikett und ließ die Packung fallen, als hätte sie sich die Finger verbrannt. Aufgeregt versuchte sie, das Päckchen wieder wegzunehmen, aber die Dicke grabschte schon danach.

„Aha", meinte sie mit zuckersüßem Lächeln. „Kondome, und gleich die preisgünstige Großpackung."

„Das wollte ich gar nicht haben. Keine Ahnung, wie das in meinen Korb gekommen ist", stotterte Barbara.

„Nur keine falsche Bescheidenheit", kreischte die Dicke.

„Es wissen doch alle, wie es bei Herrn Winkler zugeht. Sie wohnen ja jetzt auch dort, oder?"

Es war kein Mauseloch in der Nähe, in das sich Barbara hätte verkriechen können. Erschrocken stellte sie fest, dass sich hinter ihr eine kleine Schlange von Kunden gebildet hatte. Frau Hoffmann, die Obertratsche, verrenkte sich fast den Hals, um alles genau beobachten zu können. Wortlos räumte Barbara die Einkäufe in ihre Tasche, zahlte und flüchtete aus dem Laden, verfolgt von schallendem Gelächter. Besonders die Dicke konnte sich gar nicht einkriegen.

„Einfach toll, wie Sie der die Kondome in den Korb geschmuggelt haben“, sagte sie anerkennend zu Frau Hoffmann.

„Ja, ja, der haben wir’s gezeigt.“

Arkan Simoglu kam mit wütendem Gesicht aus dem Lager. Sein schwarzer Schnurrbart bebte vor Zorn.

„Erika! Jetzt ist es aber genug. Lasst die Frau in Ruhe. Was hat sie euch denn getan? Ihr seid böse, alle miteinander.“

„Halt dich da raus. Davon verstehst du nichts“, wies die Dicke ihn zurecht.

Arkan Simoglu ließ sich von niemand den Mund verbieten, auch nicht von seiner Frau. Er holte tief Luft und brüllte los. Die Kundinnen verließen eiligst das Geschäft. Es war nicht ratsam, sich in diesen Ehestreit einzumischen.

Barbaras Kinn bebte vor Empörung. Das war ganz sicher kein Versehen gewesen. Eigentlich hätte sie denen die Meinung sagen sollen. Aber erst jetzt, wo es zu spät war, fielen ihr die passenden Worte ein.

Ein Blick von Leni genügte um festzustellen, dass etwas nicht in Ordnung war.

„Um Himmels Willen, was ist denn los? Du bist ja völlig aufgelöst.“

Sie nahm Barbara die Tasche ab.

„Wie können Menschen nur so gemein sein“, stammelte Barbara.

Dann erzählte sie die ganze Geschichte. Blass vor Zorn riss Arthur seine Jacke von der Garderobe. Gerade noch rechtzeitig vor der Haustür stellte sich ihm Leni in den Weg.

„Wo willst du hin?“

„Denen werd ich Bescheid sagen“, knurrte er und wollte sich an ihr vorbei schieben. Aber Leni rührte sich nicht von der Stelle.

„Gar nichts wirst du. Damit machst du alles nur noch schlimmer. Die warten doch nur darauf.“

Langsam zog er die Jacke wieder aus.

„Ausgerechnet bei Barbara, die kann sich doch nicht wehren“, murmelte er und verschanzte sich hinter seiner Zeitung.

Barbara saß völlig gebrochen in der Küche.

„Ich gehe wieder zurück in meine Wohnung. An dem Ganzen bin nur ich schuld. Ich hätte nie herkommen dürfen.“

Es bedurfte mehrerer Tassen Kamillentee und Lenis ganzer Überredungskunst, dass sie blieb.

„Oh mein Gott, es ist ja schon Samstag!“

Leni schaute entsetzt auf den Kalender. Heute wollte Monika kommen. Gegen Mittag würde sie hier sein. Arthur verstand ihre Aufregung nicht.

„Ich dachte, du freust dich, wenn deine Tochter kommt.“

„Ja, aber...“

Leni klappte den Mund zu. Ganz diplomatisch hatte sie ihm einen Friseurbesuch nahe legen wollen, aber irgendwie war sie nicht dazu gekommen. Entsetzt betrachtete sie seine Haare. So konnte sie ihn Monika einfach nicht präsentieren, nicht nach diesem blöden Kommentar am Telefon. Wie sollte sie ihm das nur beibringen, dass er sich von diesen schrecklichen langen Strähnen trennen musste? Es blieb nur noch die Konfrontation.

„Komm doch mal mit.“

Sie schob ihn ins Bad.

„Ja und?“

Arthur betrachtete sich im Spiegel. Er sah aus wie immer.

„Deine Haare. Da muss dringend was gemacht werden. Es sieht einfach unmöglich aus.“

„Was ist denn damit?“, fragte er verwundert.

„Diese komischen Strähnen, das sieht einfach schrecklich aus.“

„Was willst du damit sagen?“, fragte er unfreundlich.

Leni brauchte dringend Verstärkung.

„Rühr dich nicht vom Fleck. Ich bin gleich wieder da.“

Barbara war mal wieder mit einem Preisausschreiben beschäftigt, als Leni die Tür zu ihrem Zimmer aufriss.

„Du musst mir helfen“, bat sie.

„Wir müssen Arthur die Haare schneiden. So kann ich ihn Moni einfach nicht präsentieren.“

Barbara verstand nicht genau, warum Leni so aufgelöst war. Aber offenbar war es ihr äußerst wichtig, dass Arthur einen guten Eindruck machte.

„Na ja, er sieht wirklich etwas merkwürdig aus. Bisschen vorsintflutlich“, sagte sie langsam.

„Ja genau. Und deshalb muss er die Haare geschnitten kriegen.“

„Von dir?“ Barbara war leicht geschockt.

„Das kriegen wir schon hin.“

Leni trat ungeduldig von einem Fuß auf den anderen.

„Aber du musst mitkommen und ihm das auch sagen, dass er komisch aussieht. Mir glaubt er das nicht.“

Barbara fand, dass es ganz allein Arthurs Sache war, was er mit seinen Haaren machte. Aber Leni war schließlich ihre Freundin.

Auf dem Weg nach unten wappnete sich Leni für den Kampf. Arthur wurde ganz mulmig, als er ihr vorgeschobenes Kinn sah.

„Was soll denn das werden?“

Leni zückte eine Schere.

„Was hältst du davon, wenn wir dir die Haare schneiden? Du siehst bestimmt viel flotter aus mit kurzen Haaren.“

Sie versuchte, ihn auf den Toilettensitz zu drücken, aber er wehrte sich energisch.

„Bei dir piept's wohl! Was hast du denn auf einmal mit meinen Haaren?“

„Ich finde auch, du könntest erheblich jünger und besser aussehen“, mischte sich jetzt Barbara ein.

Er drehte seinen Kopf vor dem Spiegel hin und her.

„Findest du?“

Wenn Barbara das sagte?

„Nun hab dich doch nicht so wegen der paar Flusen!“

Leni klapperte auffordernd mit der Schere. Barbara warf ihr einen warnenden Blick zu. Man musste behutsam vorgehen.

„Hast du so was überhaupt schon mal gemacht?“

Arthurs Widerstand sank.

“Na klar, schon oft,” erklärte Leni.

Sie rückte keinen Zentimeter von ihm ab. Seufzend setzte er sich hin.

„Du gibst ja sowieso keine Ruhe.“

Ehe er es sich anders überlegen konnte, baute sich Leni vor ihm auf. Mit zwei Fingern hob sie eine der langen Haarsträhnen in die Höhe und schnitt beherzt drauf los. Barbara starrte entsetzt auf die herunter rieselnden Haare. Aber Leni wusste anscheinend wirklich, was sie da machte. Sie hantierte geschickt mit der Schere, kämmte und kürzte und trat dann einen Schritt zurück, um ihr Werk zu betrachten. Es sah nicht übel aus, aber sie war noch nicht ganz zufrieden.

„Noch nicht gucken!“, kommandierte sie.

Sie rannte die Treppe hoch und kam mit einer Tube zurück, aus der sie etwas in ihre Handflächen drückte und verrieb. Dann fuhr sie Arthur mit den Händen durch die kurz geschnittenen Haare, die ihm nun wie kleine Stacheln vom Kopf abstanden. Zufrieden trat sie einen Schritt zurück und strahlte Arthur an.

„Das war's schon. Hat doch gar nicht weh getan."

Er stand auf und betrachtete sich im Spiegel. Das Ergebnis war verblüffend. Es sah gut aus, richtig flott. Die strahlenden Gesichter von Leni und Barbara tauchten neben ihm auf.

„Und?"

„Du bist schon ein verrücktes Huhn. Aber ich muss dir Recht geben, das sieht wirklich nicht schlecht aus. Ein bisschen ungewohnt..."

Er betastete vorsichtig die kurzen Spitzen. Sie fühlten sich ganz weich an. Plötzlich wurde ihm die ganze Szene peinlich.

„Habt ihr nichts Besseres zu tun, als mich anzuglotzen?"

Blitzschnell verschwanden beide. Man darf ihnen nicht zu viel Oberwasser lassen, sonst hat man verloren, dachte er und grinste zufrieden seinem Spiegelbild zu.

„**D**a hast du zwei wirklich Nette gefunden", sagte Moni, als sie nach dem Kaffeetrinken eine Runde um den Block drehten. Natürlich hatten sie auch über Thomas geredet.

„Papa ist voll auf dem Ego-Trip. Da kann man nur abwarten, ob er sich wieder einkriegt", war Monikas Meinung.

Am Abend sank Leni todmüde ins Bett. War Abwarten die richtige Strategie? Sie wusste es nicht. Über ihre Jobsuche machte sich Leni keine Illusionen. Auf dem Arbeitsmarkt sah es schlecht aus. Vermutlich würde sie auf Unterhaltszahlungen von Thomas angewiesen sein, wenn es tatsächlich zu einer Scheidung kam. Ein Schauder lief ihr den Rücken hinunter.

Aber ihren Mitbewohnern ging es auch nicht besser. Barbara musste das Problem mit ihrer Wohnung lösen. Und Arthur regte sich über den Tratsch auf, der in Umlauf war. Irgendwie waren sie in eine Lage geraten, die für Außenstehende merkwürdig aussehen musste. Gut, dass wir zu dritt sind und uns gegenseitig Mut machen können, dachte sie.

Kapitel 7

„Es schneit!“

Barbara klebte mit der Nasenspitze am Fenster und strahlte über das ganze Gesicht.

„Der erste Schnee, das ist immer etwas ganz Besonderes. Schon als Kind war ich ganz verrückt danach.“

Leni schaute nur kurz hoch und widmete sich dann wieder ihrer Arbeit. In den letzten Tagen war es sehr kalt geworden, das richtige Wetter für einen Glühweinkuchen. Das Backen forderte ihre ganze Konzentration. Die Eieruhr klingelte, und sie schüttete eine dunkelrote, aromatisch duftende Flüssigkeit durch ein Sieb. Dann füllte sie einen Teil davon in einen Messbecher. Der Topf war immer noch halb voll.

„Magst du einen Glühwein?“, fragte sie. Barbara nickte.

„Ja, gern.“

Mit der dampfenden Tasse in der Hand drückte sich Barbara am Fenster weiter die Nase platt.

„Wenn man hoch schaut, wird einem ganz schwindelig von den Flocken.“

„Beim Autofahren ist das ziemlich unangenehm.“

Leni konnte sich nicht für Schnee begeistern, der ganze Winter konnte ihr gestohlen bleiben. Der Garten lag brach, und sie konnte nichts tun außer in Katalogen zu blättern und für den nächsten Sommer zu planen. Nur die Vorbereitungen auf Weihnachten hatten ihr immer durch die kalte Jahreszeit geholfen. Sie seufzte. Weihnachten, das war ein sehr schwieriges Thema dieses Jahr. Wenn man es doch nur ausfallen lassen könnte, dachte sie. Aber irgendwie war es allgegenwärtig. Gut, dass sie wenigstens Monika davon überzeugt hatte, lieber in den Skiurlaub zu fahren als sich mit ihren zerstrittenen Eltern auseinander zu setzen.

Ein Stockwerk tiefer starrte Arthur missmutig auf eine große Kiste mit der Aufschrift ‚Weihnachtsdekoration‘. Sein Haus war das einzige in der ganzen Straße, das noch keine festliche Beleuchtung hatte. Er war nicht in Stimmung, irgend etwas zu schmücken. Missmutig gab er der Kiste einen Tritt. Mit schlechtem Gewissen holte er eine Zigarettenschachtel aus einer Schublade. Leni würde schimpfen, wenn sie ihn erwischte. Egal, wenigstens waren seine Hände beschäftigt.

Er hörte Schritte auf der Kellertreppe und versteckte hastig die Zigarette hinter seinem Rücken. Aber es war nicht Leni, sondern Barbara. Sie brachte Glühwein für ihn mit. Er rutschte ein Stück beiseite auf der Werkbank, damit sie sich neben ihn setzen konnte.

„Hast du gesehen? Es schneit!"

Wie ein aufgeregtes Kind sah sie aus, mit leuchtenden Augen und roten Wangen. Ihre halblangen, neuerdings zu einem modischen Bob geschnittenen Haare fielen ihr ins Gesicht. Die Frisur stand ihr sehr gut, stellte er fest. Leni hatte einen Blick für Frisuren. Er fuhr sich durch seine kurzen Haare.

„Reicht es schon für einen Schneemann?", fragte er augenzwinkernd. Barbaras Fröhlichkeit steckte ihn an. Sie schubste ihn mit dem Ellenbogen.

„Ihr seid gemein, alle beide. Ich kann doch nichts dafür, dass ihr keinen Schnee mögt."

„Hier bleibt das sowieso nicht lange liegen. Überall dieser Matsch, das ist einfach nur widerlich."

„Ja, das stimmt", musste Barbara zugeben. Aber so lange die Flocken fielen, waren sie schön. Sie würde jedenfalls nach dem Kaffeetrinken einen langen Spaziergang machen.

„Leni backt einen Glühweinkuchen", berichtete sie.

„Ach deshalb."

Er hatte sich schon gewundert, dass Leni am frühen Nachmittag so freigiebig war mit alkoholischen Getränken. Barbara betrachtete die Kiste.

„Willst du dekorieren?"

„Irgendwie hab ich keine Lust dazu."

Barbara konnte es ihm nachfühlen. Die Weihnachtszeit war sicher besonders schwierig für ihn. Sie war es gewohnt, die Feiertage allein zu verbringen. Weihnachten mit einer eigenen Familie, das war leider ein Traum geblieben. Nun hatte sie zwar Gesellschaft, aber weder Arthur noch Leni war nach Kerzen und Lichterglanz zumute.

„Kommt eigentlich Peter zu Besuch?"

„Der feiert mit seinen zukünftigen Schwiegereltern."

„Das ist mir auch sehr recht", fügte Arthur grimmig hinzu. „Je weniger Trubel, desto besser."

Er drückte seine Zigarette aus, stand auf und schob die Kiste mit der Weihnachtsdekoration wieder ganz hinten ins Regal. Barbara schaute ihr traurig hinterher.

„Kommt rauf, Ihr Saufnasen. Hier gibt es Nachschub!", hörten sie Lenis Stimme von oben. Einträchtig folgten sie dem verlockenden Duft aus der Küche.

Diese zwei Verrückten waren schon seit einer Stunde weg. Leni konnte darüber nur den Kopf schütteln. Wie konnte man nur bei diesem Wetter freiwillig das Haus verlassen! Gerade hatte sie es sich mit einem Krimi vor dem Kamin gemütlich gemacht, als das Telefon klingelte.

„Bei Winkler", meldete sie sich.

„Hier ist Max Winkler", hörte sie eine Männerstimme sagen. Leni war sofort im Bilde. Das war Arthurs ältester Sohn.

„Das ist aber schade. Arthur ist nicht da im Moment."

Es stockte einen Moment in der Leitung.

„Dann sind Sie bestimmt die Haushälterin. Gut, dass wir uns endlich einmal kennen lernen, zumindest am Telefon", sagte Max freundlich.

„Ich bin sehr froh, dass mein Vater jemand so Tüchtigen wie Sie gefunden hat. Er schwärmt ja in den höchsten Tönen von Ihnen."

Leni war sprachlos.

„Sind Sie noch da?" meldete sich jetzt Max wieder.

„Ja. Entschuldigen Sie bitte."

Wieso hatte Arthur sie als seine Haushälterin ausgegeben? Schämte er sich für sie?

„Wo ist denn mein Vater?"

„Der ist spazieren, mit seiner Freundin."

Leni gab sich Mühe, nicht allzu schadenfroh zu klingen.

„Er hat eine Freundin?", kam es verblüfft.

„Oh, vielleicht hätte ich das nicht erzählen sollen."

„Nein, ist schon in Ordnung."

Sie konnte förmlich hören, wie es in seinem Kopf arbeitete.

„Vielleicht rufen Sie in einer Stunde noch mal an, dann ist er bestimmt wieder zurück", schlug sie vor.

„Das werde ich tun. Ihnen noch einen schönen Tag."

Das war weitaus spannender als ihr Krimi, fand Leni. Kaum waren Arthur und Barbara zurück, platzte sie auch schon heraus.

„Max hat vorhin angerufen."

Arthur schwante nichts Gutes.

„Als tüchtige Haushälterin habe ich ihm erzählt, dass du mit deiner Freundin spazieren bist. Er meldet sich nachher noch einmal", verkündete sie triumphierend.

Arthur schnappte nach Luft. Aber Leni war unbarmherzig.

„Das wird sicher interessant, wenn er sich wieder meldet. Darf ich zuhören?"

Barbara verstand kein Wort.

„Kann mich mal jemand aufklären, um was es eigentlich geht?"

„Äh. Hm."

Arthur wand sich verlegen.

„Ich kann dir das genau erklären", mischte sich Leni ein.

„Offenbar schämt sich Arthur wegen uns. Also habe ich seinen Sohn mal ins Bild gesetzt. Ich bin seine Haushälterin, und du bist seine Freundin. Alles klar?"

Arthur musste sich setzen.

„Hast du wirklich ‚Freundin' gesagt?"

„Ist sie das etwa nicht?" fragte Leni ganz harmlos.

„Du weißt genau, was ich meine. Wie du das so sagst, hört sich das seltsam an."

„Na, dann hast du doch jede Menge Gesprächsstoff. Nachher. Wenn er wieder anruft."

Verwirrt schaute Barbara zwischen den beiden hin und her und rieb sich die kalten Hände.

„Komm, ich mach dir einen Tee, damit dir wieder warm wird", schlug Leni vor und verschwand mit ihr in der Küche.

Leni klopfte kurz an und betrat Barbaras Zimmer. Sie bekam gerade noch mit, wie die hastig etwas unter einem Kissen versteckte. Leni schaute sich argwöhnisch um, aber es war nichts Ungewöhnliches zu sehen. Barbara saß mit Unschuldsmiene auf dem kleinen Sofa und tat – offensichtlich nichts, weil sie das, was sie getan hatte, so schnell unterbrechen musste.

„Störe ich?", fragte Leni.

„Nö." Barbara war ungewöhnlich einsilbig.

„Hast du was für die 30 Grad-Wäsche? Es ist noch Platz in der Maschine."

„Das ist nett, aber ich hab gerade erst alles gebügelt und weggeräumt. Hast du Arthur schon gefragt?"

Leni wandte sich zum Gehen.

„Ach übrigens", hielt Barbara sie zurück.

„Ich wollte mich noch mal bedanken, dass du mit mir zum Anwalt gegangen bist."

„Das war doch selbstverständlich", winkte Leni ab.

„Du wirst doch diesem Köhler nicht noch weiter Miete zahlen für diesen Trümmerhaufen von Wohnung. Der wird schlagartig munter werden, wenn er den Brief von deinem Anwalt kriegt."

Sie warf Barbara noch einen aufmunternden Blick zu und ging. Kaum war die Tür wieder geschlossen, holte Barbara unter dem Kissen ihr Strickzeug hervor. Wenn die zwei kein Weihnachten haben wollten, war das ihre Sache. Aber sie hatte viel Spaß dabei, kleine Geschenke für sie zu machen. Das würde sie sich nicht nehmen lassen. Sie warf einen sehnsüchtigen Blick auf das Preisrätsel, das auf dem Tisch lag. Das würde noch eine Weile warten müssen. Die Strickerei war wichtiger.

In ihrem Zimmer fühlte sie sich am wohlsten. Unten herrschte dicke Luft. Leni und Arthur konnten sich über Nichtigkeiten an den Hals gehen, das machte sie ganz krank. Seit dem Anruf von Max war es ganz schlimm geworden zwischen den beiden. Da war es hier oben entschieden friedlicher. Sie steckte sich einen Zimtstern in den Mund und konzentrierte sich wieder auf ihre Handarbeit.

Diese Traumtänzerin, dachte Leni liebevoll. Sie beneidete Barbara um die Fähigkeit, Unangenehmes einfach auszublenden. Sie selbst konnte das nicht. Jetzt lief das Trennungsjahr, und sie hatte ein paar Monate Zeit, um über eine Scheidung nachzudenken. Allein von dem Wort bekam sie Magenschmerzen. Dass sie Unterhalt bekommen musste, war kein Thema, hatte ihr der Anwalt versichert. Sie seufzte. Vielleicht konnte sie Arthur zu einer Partie Schach überreden. Das würde sie auf andere Gedanken bringen, auch wenn sie immer verlor.

Er war wieder einmal in seinem Arbeitskeller. Als sie die Treppe herunter kam, sah sie, wie er eine alte Decke über etwas warf, das auf der Werkbank stand. Sie schnupperte, aber es lag kein Zigarettenrauch in der Luft.

„Was ist hier eigentlich los?", fragte sie. „Jeder scheint Geheimnisse zu haben. Erst Barbara und jetzt du."

„Das ist nur ein Versuch mit einer neuen Holzlasur", meinte Arthur harmlos.

„Das muss abgedunkelt bleiben, so lange es trocknet."

Leni gab sich damit zufrieden.

„Hast du Lust zu einer Partie Schach?“ fragte sie.

„Im Moment kann ich hier nicht weg.“ Bedauernd schüttelte Arthur den Kopf. „Vielleicht später?“

„Später ist nicht“, knurrte Leni und verzog sich. Alle waren beschäftigt, nur sie lief herum wie Falschgeld. Wieso war alles nur so kompliziert?

Es war die zweite Adventswoche, und die ganze Stadt brummte nur so vor hektischer Betriebsamkeit. In der kleinen WG war davon nichts zu spüren. Im Radio dudelte ein Weihnachtslied, und Barbara summte vor sich hin. Sie war früh aufgestanden, hatte Brötchen geholt und deckte nun den Tisch. Sie frühstückten nicht sehr oft zusammen. Arthur war ein Langschläfer, während Leni und Barbara ausgesprochene Morgenmenschen waren. Sie steckte die gekochten Eier unter kleine, rote Zipfelmützen und betrachtete zufrieden ihr Werk. Es war ein richtig schöner Adventstisch, in dessen Mitte ein Gesteck mit einer dicken, roten Kerze prangte. Sie freute sich schon auf die Gesichter ihrer Mitbewohner.

Oben aus dem Bad hörte sie Wasser rauschen, aber Arthur regte sich nicht. Da würde sie wohl etwas nachhelfen müssen. Langsam drehte sie die Lautstärke am Radio höher und warf zweimal mit Schwung die Küchentür zu. Als sich immer noch nichts rührte, stellte sie sich in den Flur und klapperte mit einem Schneebesen in einer metallenen Schüssel herum. Das wirkte, aus Arthurs Schlafzimmer hörte sie nun Geräusche. Schnell räumte sie die Schüssel wieder weg, setzte sich in Arthurs Sessel und griff nach der Zeitung.

„Was ist denn hier für ein Krach?“

Leni kam ins Wohnzimmer. Barbara schaute hoch.

„Oh, tut mir leid. Hab ich dich geweckt? Es war so schöne Musik, da habe ich das Radio etwas lauter gedreht.“

Dieser schuldbewusste Blick war wieder mal typisch. Leni schluckte eine unfreundliche Bemerkung hinunter. Sie ging in die Küche, um sich einen Kaffee zu machen. Barbara kam hinter ihr her.

„Das Frühstück ist fertig. Kannst dich gleich hinsetzen und loslegen“, erklärte sie.

Sprachlos betrachtete Leni den gedeckten Tisch. Sie wusste nicht, was sie sagen sollte.

„Das ist ja wirklich lieb gemeint, aber...“

Sie schluckte den Rest hinunter. Man konnte Barbara nicht die Freude verderben. Schweigend griff sie nach der Thermoskanne.

„Frische Brötchen gibt es auch“, verkündete Barbara und hielt ihr das Körbchen hin.

Leni überlegte krampfhaft, wie sie Barbara schonend ihre Meinung sagen konnte, ohne sie allzu sehr zu verletzen. Arthur kam angeschlurft. Da das Frühstück keine offizielle Gemeinschaftsmahlzeit war, fühlte er sich auch nicht verpflichtet, in ordentlicher Kleidung zu erscheinen. Er hatte einen karierten Bademantel über seinen Schlafanzug geworfen und gähnte herzhaft.

„Guten Morgen, die Damen.“ Dann sah er den gedeckten Tisch und kriegte große Augen.

„Was ist *das* denn?“

„Barbara hat für uns Frühstück gemacht. Sogar Brötchen hat sie geholt.“

„Das ist ja toll!“

Arthur war begeistert, ließ sich auf seinen Stuhl fallen und griff gleichzeitig nach der Thermoskanne, die Leni gerade wieder abgestellt hatte. Er schenkte sich ein, nahm einen Schluck Kaffee und betrachtete ausgiebig die Köstlichkeiten. Es war einfach alles da, Wurst und Käse, Marmelade und Frühstückseier. Und neben seinem Eierbecher stand sogar ein keck grinsender Nikolaus aus Schokolade. Arthur musste unwillkürlich lächeln.

Nervös beobachtete Barbara die beiden. Wenn ihr Plan aufging und ein bisschen Weihnachtsstimmung aufkam, war schon viel gewonnen. Arthur schien gut drauf zu sein, aber Leni saß stocksteif auf ihrem Platz. Es war gut, dass das Radio angestellt war, denn in den nächsten Minuten sprach keiner ein Wort. Arthur war mit Kauen beschäftigt, Leni schaute konzentriert auf ihren Teller, und Barbara spielte mit ihrem Kaffeelöffel. Endlich hielt es Leni nicht mehr aus.

„Ich weiß, du hast es wirklich gut gemeint. Und es sieht ja auch alles sehr hübsch aus. Aber es geht einfach nicht. Ich, ach, es ist schrecklich mit Weihnachten dieses Jahr. Ich muss immerzu an Thomas denken und an Moni.“

Sie knüllte ihre Serviette zusammen, warf sie auf den Teller und stand hastig auf.

„Es tut mir leid“, brachte sie noch heraus und rannte dann die Treppe hinauf. Auch Arthur war jetzt der Appetit vergangen. Schwer kaute er an seinem letzten Bissen und spülte mit Kaffee nach. Er legte seine Hand auf die von Barbara.

„Das war wirklich nett", begann er. Dann wusste er nicht mehr weiter.

Vorsichtig zog Barbara ihre Hand zurück.

„Irgendwie kann ich euch ja verstehen."

Sie schluckte.

„Aber das Leben geht weiter. Für mich ist es dieses Jahr auch so etwas wie ein Neuanfang. Ich bin so froh, dass ich euch zwei gefunden habe. Das ist das erste Weihnachten seit vielen Jahren, das ich nicht allein verbringe. Ich habe mich so darauf gefreut. Noch nicht mal zum Glockenläuten auf den Römerberg wolltet ihr. Dabei ist der Weihnachtsmarkt immer so schön. Ach, es ist alles so ungerecht."

Jetzt ging es nicht mehr mit dem Reden. Sie stand auf und begann, den Tisch abzuräumen. Arthur wanderte mit der Kaffeetasse zu seiner Zeitung. Aber heute konnte er sich nicht darauf konzentrieren, was er las.

Wie ein dunkles Loch stand Arthurs Haus in der Reihe der beleuchteten, festlich geschmückten Häuser. Innen drin sah es ähnlich trostlos aus. In einem Anflug von Trotz hatte Barbara Plätzchen gebacken. Auch das Adventsgesteck blieb auf dem Esstisch liegen. Manchmal zündete sie die rote Kerze an, aber meistens traute sie sich das nicht. Das W-Wort war absolut tabu. Man nahm es einfach nicht zur Kenntnis.

Auch das Radio blieb jetzt oft stumm. Mit jedem Tag wurden häufiger Weihnachtslieder gespielt, und die wirkten auf Leni und Arthur wie Zahnschmerzen. Ein einziges Mal, als Arthur und Leni durch einen glücklichen Zufall für ein paar Stunden nicht da waren, setzte sich Barbara ans Klavier und spielte inbrünstig das gesamte Weihnachtsliederheft durch, das sie gekauft hatte.

Nun war Heiligabend gekommen, und jeder versuchte auf seine Weise, damit fertig zu werden. Man ging sich aus dem Weg, keiner konnte heute dem anderen in die Augen schauen.

Arthur hatte sich gleich nach dem Frühstück in seinen Arbeitskeller verzogen und nachdrücklich die Tür hinter sich zugemacht. In ihrem Zimmer schaute Barbara unschlüssig auf ihre liebevoll gewerkelten Geschenke. Dann holte sie Weihnachtspapier und Kräuselband heraus und begann mit dem Einpacken. Sie hatte tagelang gestrickt, nun wollte sie die Sachen auch verschenken. Es war ihr egal, ob Arthur und Leni damit ein Problem hatten.

Na toll, dachte Leni, verkriecht euch nur in eure Löcher! Eine flügge Tochter und ein verschwundener Ehemann, einerseits war es gut, dass sie ihre Ruhe hatte, andererseits aber auch wieder nicht. Ihre Stimmung wechselte stündlich.

Moni hatte kurz angerufen, sie war spät dran und musste ihren Zug nach Österreich erwischen. Zusammen mit einer Gruppe junger Leute würden sie dort die Feiertage verbringen.

Was wohl Thomas gerade machte? Bitter dachte sie daran, dass er bestimmt mit seiner Freundin zusammen war. Sie würden vielleicht schick essen und es sich dann gemütlich machen.

Die Küche war geputzt, das Wohnzimmer tadellos in Ordnung. Leni wurde immer hektischer, weil sie nichts mehr zu tun fand. Irgendwann regte sich ihr Trotz. Warum sollte sie sich eigentlich schlecht fühlen? Es war ihr gutes Recht, zu feiern und es sich gut gehen zu lassen.

Es war ein kalter Tag, und seit dem frühen Nachmittag brannte ein Feuer im Kamin. Mittags hatte sie nur ein Käsebrot heruntergekriegt. Der doppelstöckige Whisky, mit dem sie es sich nun vor den leise knisternden Flammen gemütlich machte, tat schnell seine Wirkung.

Arthur drehte das hölzerne Kästchen in seinen Händen hin und her. Es war erst heute fertig geworden und gut gelungen. Leni konnte ihren Schmuck darin aufbewahren. Für Barbara hatte er einen Engel geschnitzt. Die ganze Zeit über hatte er sich schon auf die Gesichter der beiden gefreut, wenn sie seine Geschenke sahen. Aber jetzt wurde er unsicher. Traurig steckte er sich eine neue Zigarette an und klappte das Kellerfenster auf. Die Luft war schon reichlich dick hier unten. Er hatte es mit aller Gewalt vermeiden wollen, aber natürlich wanderten seine Gedanken zum letzten Weihnachtsfest und zu Maria. Er war nie sonderlich religiös gewesen, und der Gedanke, dass sie jetzt irgendwo in einem Himmel herumschwebte, sagte ihm nichts. Sie fehlte ihm hier, mehr, als er sagen konnte.

Er war dankbar, dass Leni und Barbara da waren. Das Leben war völlig anders als früher, aber er konnte es wieder halbwegs als Leben akzeptieren. Wann immer ihn Trauer überfiel, war eine von ihnen da und fand Worte, manchmal tröstend, manchmal komisch, bisweilen auch energisch. Inzwischen schätzte er sogar die Kräche mit Leni. Da waren noch Leidenschaft und Dinge, für die man kämpfen wollte.

Es lag nur an diesem verdammten Heiligabend. Aus dem Vorratskeller nebenan holte er eine Flasche Bier, die er fachmännisch mit einem Schraubenzieher öffnete. Irgendwie fürchtete er sich davor, nach oben zu gehen.

Barbara saß vor ihren Päckchen und überlegte, was sie jetzt machen sollte. Eine Weile war sie eingenickt, aber nun war sie hellwach und aufgeregt. Es war dunkel draußen. Sie schaute auf die Uhr, kurz nach halb Acht. Im Haus war es still, nicht einmal der Fernseher lief. Ob Arthur noch in seinem Keller saß? Und wo war Leni? Sie bekam allmählich Hunger. Seit dem Frühstück hatte sie nichts mehr gegessen.

Das Treppenhaus war hell erleuchtet, auch in der Küche brannte Licht. Sie schnitt eine Scheibe Brot ab und suchte im Kühlschrank herum. Mit dem Teller in der Hand ging sie ins Wohnzimmer. Hier brannte nur eine kleine Stehlampe, aber das Kaminfeuer verbreitete flackerndes Licht und Wärme. Fast hätte sie Leni gar nicht gesehen, die eingerollt in eine Decke vor dem Kamin auf dem Boden lag und leise vor sich hin schnarchte. Die fast leere Whiskyflasche und das Glas daneben sprachen Bände.

Barbara spürte, wie ihre Verbitterung wuchs. Leni hatte sich schon mal außer Gefecht gesetzt. Und Arthur? Das Licht an der Kellertreppe brannte, also saß er vermutlich noch unten in seinem Arbeitsraum. Sie kaute an ihrem Brot und spülte es mit einem Glas Wasser hinunter. Schönes Weihnachten, dachte sie frustriert. Da wäre sie ja allein noch besser dran gewesen. Ohne Rücksicht auf die schlafende Leni schaltete sie den Fernseher an und zappte durch die Sender. Heiligabend vor der Glotze, das war wirklich das Letzte.

Kurz darauf rührte sich etwas im Keller. Arthur kam die Treppe herauf. Er warf einen Blick auf Leni, die immer noch vor dem Kamin auf dem Teppich lag.

„Frohe Weihnachten“, murmelte er undeutlich in Barbaras Richtung und legte zwei Päckchen auf den Tisch. Barbaras Augen fingen an zu leuchten. Schnell huschte sie die Treppe hoch und kam mit ihren zwei Geschenken hinunter. Nun sah es richtig nach Bescherung aus.

„Dir auch frohe Weihnachten!“

Kurz entschlossen drückte sie Arthur mit beiden Armen fest an sich und gab ihm einen Kuss auf die Wange. Erschreckt über ihre Kühnheit wich sie sofort wieder zurück.

„Hier, das ist für dich", sagte sie und reichte ihm sein Geschenk. Arthur überreichte ihr mit feierlicher Miene seine Schnitzarbeit.

„Und hier ist dein Weihnachtsgeschenk."

Leni bewegte sich unter ihrer Decke und schlug die Augen auf.

„Was ist denn hier los?", wollte sie wissen.

„Bescherung!", sagten Arthur und Barbara wie aus einem Mund.

Leni rappelte sich mühsam hoch. Es war keine gute Idee gewesen, sich auf den Boden zu legen.

„Ihr habt sie wohl nicht mehr alle", beschwerte sie sich.

„Weihnachten fällt dieses Jahr aus, da waren wir uns doch einig."

Mit weichen Knien kam sie zum Tisch. Da sah sie das wunderschön gearbeitete Kästchen, das ihr Arthur hinhielt.

„Das ist für dich."

Barbara nahm das zweite Päckchen.

„Und das ist von mir."

Leni stand da wie vom Donner gerührt. Das war unfair. Wie kamen die beiden dazu, hier Bescherung zu machen? Sie schämte sich sehr, dass sie nichts vorbereitet hatte.

Wie auf Kommando konzentrierten sich Barbara und Arthur auf ihre Geschenke. Barbara betrachtete entzückt den Engel. Sie war gerührt von Arthurs Feinfühligkeit.

„Woher weißt du, dass ich an Engel glaube?"

Arthur zuckte mit den Schultern.

„Du bist der Typ dafür."

„Der ist wunderschön", sagte sie und drückte Arthur schon wieder einen Kuss auf, um ihre Rührung in den Griff zu kriegen. Verlegen riss Arthur Barbaras Päckchen auf. Ein bunter Schal kam zum Vorschein.

„Damit kommst du gut durch den Winter", erklärte Barbara und sah ihn ängstlich an. Vielleicht fand er Stricksachen albern. Aber er schien sehr zufrieden mit seinem Geschenk und wickelte sich den Schal gleich um den Hals.

„Passt sehr gut zu meiner dicken Jacke", meinte er.

Leni hatte etwas Zeit gehabt, um sich zu fangen. Sie betrachtete bewundernd das hölzerne Kästchen. Dass Arthur sich in seinem Keller die Zeit genommen hatte, etwas so Schönes für sie zu machen, rührte sie zutiefst. Dann knotete sie das Bändchen von Barbaras Paket auf. Es waren ein Schal und eine Mütze in leuchtendem Rot. Sofort setze sie die Mütze auf, wickelte sich den Schal um und betrachtete sich im Spiegel der Flurgarderobe.

„Die Farbe steht dir gut", sagte Barbara, und Leni strahlte. Irgendwie war es keine Frage mehr, ob Weihnachten dieses Jahr ausfallen sollte oder nicht. Es war einfach da.

Aber dann schaute sie auf ihre leeren Hände. So ganz ohne Geschenk da zu stehen, war nicht schön. Fieberhaft überlegte sie. Vielleicht könnte sie – kochen. Das war es! Sie würde für Arthur und Barbara ein richtiges Festmahl zubereiten. Aber dazu brauchte sie einen Braten und Gemüse und einen ganzen Berg anderer Zutaten.

„Der Flughafen!", fiel ihr ein.

Arthur und Barbara sahen sie verständnislos an.

„Ich habe keine Geschenke für euch", sagte Leni, „aber ich kann für uns alle was kochen. Das Problem ist nur, dass wir erst einkaufen müssen. Und der einzige Laden, der jetzt noch auf hat, ist der Supermarkt am Flughafen."

„Du musst uns nichts schenken", wehrte Arthur ab. Aber Leni war wild entschlossen.

„Ich bin richtig heiß drauf, jetzt was Tolles zu kochen. Wir müssen nur noch einkaufen. Allerdings – ich kann nicht mehr Auto fahren. Zu viel Whisky."

„Ach du liebes Bisschen. Ich hatte auch schon ein paar Biere."

Arthur wandte sich an Barbara.

„Du hast doch auch Führerschein?" Er war ziemlich sicher, dass Barbara das einmal erzählt hatte.

„Ihr wisst doch, dass ich kein Auto habe. Ich bin schon ewig nicht mehr gefahren."

Leni legte ihr den Arm um die Schultern.

„Das schaffst du schon, wir helfen dir", meinte sie zuversichtlich.

Es war eiskalt draußen, und ein paar Schneeflocken fielen. Gefolgt von den dick vermummten Damen ging Arthur zur Garage. Das Auto war kalt, aber wenigstens eisfrei. Widerstrebend nahm Barbara auf dem Fahrersitz Platz. Arthur hantierte eine Weile herum, stellte die Rückenlehne aufrecht und schob den Sitz einen halben Meter vor, damit die klein gewachsene Barbara mit den Füßen an die Pedale herankam. Leni saß neben ihr und sprach ihr Mut zu.

„Es ist nicht weit bis zum Flughafen, das kriegen wir schon gebacken."

Das bekräftigte sie mit einem lauten Schluckauf. Arthur warf ihr einen vorwurfsvollen Blick zu.

„Eine neue Flasche Whisky müssen wir auch kaufen. Und du setzt dich besser nach hinten", knurrte er.

„Du hast eine Fahne, die man bis nach draußen riecht."

Widerspruchslos wechselte Leni den Platz, und Arthur setzte sich neben Barbara.

„Es kann los gehen", verkündete er.

Mit gewaltigem Herzklopfen drehte Barbara den Zündschlüssel herum. Wenigstens waren die Straßen leer. Aber als das Auto beim ersten Abbremsen aus der Spur rutschte, geriet sie in Panik.

„Ihr seid wohl verrückt! Es ist spiegelglatt. Ich fahre keinen Meter mehr", erklärte sie energisch und steuerte den Straßenrand an.

Arthur, der neben ihr saß, griff vorsichtig ins Lenkrad und bugsierte das Auto wieder in die Mitte der Fahrspur.

„Wird schon", meinte er. „Du musst nur ganz locker bleiben. Keine schnellen Lenkbewegungen. Die Bremse behandelst du wie ein rohes Ei."

Barbara befolgte konzentriert seine Anweisungen. Eine Weile schaute sich Leni die Zuckelfahrt an, dann meldete sie sich zu Wort.

„Wir kommen überhaupt nicht von der Stelle", maulte sie. „Ich glaub, der Supermarkt macht um 22 Uhr dicht. Wenn wir in dem Tempo weiter fahren, schaffen wir es nicht mehr."

Arthur drehte sich zu ihr um.

„Ruhe auf den billigen Plätzen!"

Er tätschelte Barbaras verkrampfte Hand.

„Fahr nur schön weiter, Du machst das gut."

Barbara schnaufte wie eine Dampflok, aber allmählich wurde sie mutiger und schneller. Trotzdem atmeten alle erleichtert auf, als die Lichter des Flughafenterminals in Sicht kamen.

„Da vorne geht es zur Tiefgarage", krähte Leni.

Barbara erstarrte.

„Keine Tiefgarage. Das kommt überhaupt nicht infrage."

Keiner wagte zu widersprechen. Arthur dirigierte sie bis zur Haltespur vor der Ankunftshalle.

„Eigentlich darf man hier nur ein- und aussteigen", meinte er. „Aber viel los ist ja nicht. Sollen wir es riskieren?"

Barbara nickte heftig. Das Auto wurde geparkt, und so schnell es ging, kletterten die drei heraus. Es waren nur wenige Leute unterwegs, die alle so schnell wie möglich der Wärme und dem Licht zustrebten. Leni übernahm die Führung.

„Beeilt euch“, trieb sie ihre Truppe an. „Die schließen gleich.“

Arthur und Barbara fielen in Dauerlauf. Es ging eine Rolltreppe hinunter und dann durch einen langen Gang, in dem ihre Schritte hallten. Sie bogen um eine Ecke.

„Na, zumindest haben sie noch auf“, stellte Leni erleichtert fest.

Am Eingang schnappte sie sich einen Einkaufswagen. Arthur stand nach vorne gekrümmt da.

„Seitenstechen“, jappste er mit schmerzverzerrter Stimme.

„Was brauchen wir überhaupt?“, fragte Barbara.

Leni sah sie entsetzt an. Zum ersten Mal seit vielen Jahren hatte sie keine Einkaufsliste.

„Keine Ahnung. So ziemlich alles, denke ich.“

Einen Moment standen die drei unschlüssig herum. Ein Angestellter im weißen Kittel kam auf sie zu.

„Herrschaften, ich muss Sie bitten, sich zu beeilen. Wir schließen in zehn Minuten.“

Nun kam schlagartig Leben in die Gruppe. Leni verteilte die Aufgaben.

„Barbara, du kümmerst dich um Gemüse und Salat. Nimm einfach alles, was gut aussieht. Und da hinten links gibt es Milch und Sahne.“

Sie warf einen zweifelnden Blick auf Arthur. Der war wohl kaum in der Lage, allein etwas Produktives beizutragen.

„Arthur, du kommst mit mir. Wir holen uns einen zweiten Wagen. Treffen an der Kasse“, rief sie Barbara zu und raste los.

Arthur versuchte, mit ihr Schritt zu halten. Verblüfft schaute er zu, wie sie links und rechts in die Regale griff, ohne auch nur im geringsten langsamer zu werden.

„Ist ja irre“, sagte er. „Ich wusste gar nicht, dass Einkaufen auch weniger als eine Stunde dauern kann.“

Leni verkniff sich eine bissige Antwort. Heute war Waffenstillstand.

„Geschafft!“

Außer Atem trafen die drei an der Kasse wieder zusammen. Sie waren die letzten Kunden.

„Einhundertfünfundachtzig Euro und siebenundzwanzig Cent.“

Das war der reinste Wucher! Mit solch einer Summe hatte Leni nicht gerechnet. Besorgt schaute sie in ihr Portemonnaie.

„Hat jemand von euch Geld dabei?“

Ungeduldig verdrehte die Kassiererin die Augen. Arthur und Barbara zückten ihre Geldbeutel, und gemeinsam bekamen sie schließlich den Betrag zusammen. Der Angestellte schob sie sehr bestimmt auf den Ausgang zu.

„So was hab ich auch noch nicht erlebt. Haben diese alten Leutchen nichts Besseres zu tun, als mitten in der Nacht einzukaufen? Die haben doch weiß Gott genug Zeit dafür.“

Er verriegelte die Glastür und wandte sich an seine Kollegin. „Na denn, frohe Weihnachten.“

Bepackt mit ihren Tüten und außer Atem kamen die drei aus dem Flughafengebäude. Sofort sahen sie den Polizisten, der sich neben Arthurs Auto aufgebaut hatte.

„Der hat uns gerade noch gefehlt!“ knurrte der. Barbara hatte sich als erste gefangen und marschierte mit kleinen, energischen Schritten auf das Auto zu.

„Guten Abend, Herr Wachtmeister“, sprach sie den Polizisten an und schaute treuherzig zu ihm hoch.

„Es tut uns sehr leid, dass wir hier parken mussten. Aber wir haben überraschend Besuch bekommen. Die Kinder, Sie verstehen das bestimmt. Und der Supermarkt wollte gerade schließen. Bitte entschuldigen Sie, dass wir uns hier einfach hingestellt haben. Es kommt nicht wieder vor.“

Der Mann musterte sie von oben bis unten. Arthur schüttelte den Kopf. Mit der Nummer würde sie bestimmt nicht durchkommen. Aus den Augenwinkeln kriegte er mit, dass Leni schon mal tief Luft holte.

„Haben Sie nichts Besseres zu tun“, begann sie. Hastig zerrte er sie am Ärmel zur Seite.

„Halt ja den Mund“, zischte er ihr zu. Zu seiner Verblüffung gehorchte sie. Barbara schloss das Auto auf. Arthur bugsierte die immer noch schweigende Leni auf den Rücksitz und drapierte die Tüten um sie herum.

„Wir sind schon weg!“

Barbara warf dem Polizisten ihr strahlendstes Lächeln zu.

„Was soll's. Ist schließlich Weihnachten“, brummte der und steckte den Block, den er schon aus der Tasche geholt hatte, wieder weg.

„Vielen Dank und frohe Weihnachten!“

Im Auto legte sich die Anspannung allmählich.

„Hat doch prima geklappt“, kicherte Barbara vergnügt.

Von hinten hörte man einen kurzen Schrei und dann das Rascheln von Tüten. Er drehte sich um.

„Alles okay?“

„Ja, ja. Ich hab mich nur auf irgendwas drauf gesetzt. Hoffentlich waren es nicht die Eier.“

Arthur stellte das Radio lauter, und es wurde eine sehr fidele Heimfahrt. Sie lachten und kicherten noch, als sie vor Arthurs Haus ankamen. Es schneite jetzt heftig.

„Da haben wir ja mehr Glück als Verstand gehabt.“

„Das wäre eine schöne Schlitterpartie geworden“, bestätigte Arthur, und alle drei fingen wieder an, wie irre zu lachen.

„Nun komm endlich vom Fenster weg, ich habe Hunger.“

Achtlos legte Herr Hoffmann die Oberhemd-Krawatte-Kombination, das Weihnachtsgeschenk seiner Frau, zurück unter den Christbaum. Aber die war nicht gewillt, ihren Posten aufzugeben. Gegenüber bei dem Winkler tat sich wieder einmal Haarsträubendes. Vor über einer Stunde hatte sie beobachtet, wie das Auto aus der Garage gefahren wurde. Irgendwann würden die drei wieder zurück kommen, und das wollte sie auf keinen Fall verpassen.

Gerade als ihr Mann versuchte, sie vom Fenster wegzuziehen, kam Arthurs Auto um die Ecke gefahren. Nun wurde auch er neugierig. Schweigend beobachteten die beiden, wie der Nachbar und seine Damen lachend und herum albernd diverse Tüten aus dem Auto luden und damit im Haus verschwanden. Mitten in der Nacht dieser Krach, und das an Heiligabend! Sicher war auch Alkohol im Spiel, so wie die sich benahmen. Er hatte seiner Frau nicht glauben wollen. Der Winkler war doch so ein Ruhiger. Aber jetzt sah er mit eigenen Augen, was sich im Haus gegenüber abspielte. Es war ein Skandal.

Barbara wischte sich die Lachtränen aus den Augen.

„So gut amüsiert hab ich mich schon lang nicht mehr“, erklärte sie atemlos.

„Das ist ein toller Heiligabend. Irgendwie anders, lustig und ein bisschen schräg. Es war vorhin schrecklich, wie ihr euch beide verkrochen habt."

Leni wurde es plötzlich ganz kalt. Die ganze Einkaufsaktion war so hektisch gewesen, dass sie Thomas und Moni ganz vergessen hatte und ihre Traurigkeit dazu. Jetzt kam alles mit Macht zurück. Sie ließ sich auf einen Stuhl fallen. Barbara hätte sich ohrfeigen können für ihr gedankenloses Geplapper.

Arthur lehnte in der Küchentür. Er hatte Hunger und musste etwas essen. Auch wenn es schon mitten in der Nacht war.

„Wird jetzt noch gekocht?", fragte er und schaute niemand bestimmten an. Wortlos schüttelte Leni den Kopf.

„Ich schmier dir ein Brot", sprang Barbara ein und machte den Kühlschrank auf.

„Seid mir nicht böse, ich geh ins Bett. Ich koche uns morgen was, versprochen!"

Mit gesenktem Kopf machte sich Leni auf den Weg nach oben.

Zufrieden kaute Arthur an dem dick belegten Brot, das Barbara liebevoll mit Tomatenscheiben verziert hatte. Sie saß an dem kleinen Küchentisch und schaute ihm beim Essen zu.

„Ich hab's vermasselt", sagte sie kleinlaut.

„Es war so schön vorhin. Ich hatte eine Höllenangst vor dem Autofahren, aber es war auch total witzig. Und dann habe ich die Stimmung versaut mit meiner blöden Bemerkung."

Arthur schob den letzten Bissen in den Mund und lehnte sich zurück.

„Nein, das hast du nicht", beruhigte er sie.

„Es ist halt schwierig an Weihnachten. Was meinst du, wie oft ich heute an meine Maria gedacht habe. Nur die letzten zwei Stunden, die waren anders. Nicht gerade das, was man sich unter Heiligabend vorstellt. Aber genau das haben wir gebraucht. Raus aus dem Üblichen."

Er gähnte herzhaft.

„Ich bin jetzt auch fix und fertig. Mal sehen, was morgen passiert. Mit euch zwei verrückten Hühnern muss man ja auf alles gefasst sein."

Er stand auf und räumte ganz automatisch den leeren Teller in den Geschirrspüler. Verblüfft blieb er stehen.

„Dass ich auf meine alten Tage noch Ordnung lerne..."

Er gab Barbara einen Kuss auf die Stirn.

„Du bist schon goldrichtig. Mach dir nicht so viele Gedanken. Geh auch bald schlafen. Wir werden morgen gute Nerven brauchen, wenn sich Leni in der Küche austobt."

Vater und Sohn Köhler standen gemeinsam vor dem Spiegel und fingerten mit unglücklichen Gesichtern an ihren Smokingfliegen herum. Gerda hatte sich in den Kopf gesetzt, eine elegante Silvesterparty zu geben. Da musste man halt durch. Sie gesellte sich zu ihren beiden Männern. In ihrem langen Abendkleid, reichlich mit Schmuck dekoriert und einer neuen Dauerwelle war die Herrin des Hauses eine imposante Erscheinung. Sie strich ihrem Sohn liebevoll die widerspenstige Haarsträhne aus der Stirn und betrachtete ihn mit einem nachsichtigen Lächeln.

„Bub, du siehst wieder mal aus wie ein Rotzlöffel, der was ausgefressen hat."

Bernd grinste.

„Alles Tarnung!"

Jupp Köhler machte es sich mit einem Drink im Wohnzimmer bequem. Er wirkte so lässig, als hätte er nie etwas anderes getragen als Smoking und Lackschuhe. Nur seine griesgrämige Miene verriet, wie sehr er solche Veranstaltungen hasste. Was das alles kosten würde! Gerda hatte auf dem edlen Champagner bestanden. Reine Verschwendung, die meisten Gäste wussten gar nicht, was sie da tranken. Sorgfältig hatte er am Nachmittag den teuren Sternecognac in Wasserflaschen umgefüllt und stattdessen eine billigere Marke in die Originalflaschen geschüttet. Davon hatte er sich auch von Gerda nicht abhalten lassen. Zu vorgerückter Stunde fiel der Unterschied nicht auf. Seine Laune besserte sich. Sollten diese studierten Leute ruhig denken, dass sie ihm überlegen waren.

Sonst erledigte Gerda den Haushalt allein, putzte und wienerte unermüdlich. Für heute stand Leihpersonal bereit, das sie mit Argusaugen überwachte. Eines der Serviermädchen kam ins Zimmer.

„Der erste Wagen ist vorgefahren", meldete sie.

Jupp stellte sein Glas ab und stand auf.

„Wenn's denn sein muss."

Seufzend begab er sich zur Haustür. Bernd reichte seiner Mutter den Arm, und wie eine Königin schritt sie an seiner Seite den Gästen entgegen.

Die Party war ein großer Erfolg, da war man sich einig. Die Gäste unterhielten sich angeregt, flanierten durch die Räume und bedienten sich an den Canapés, die auf Silbertabletts angeboten wurden. Gerda sorgte persönlich dafür, dass der Strom an erlesenen Häppchen aus der Küche nicht versiegte. Sie war ganz in ihrem Element, plauderte und lachte und sorgte gleichzeitig für Nachschub bei den Getränken.

Bernd hatte Thomas Brandner kurz nach dessen Eintreffen in eine ruhige Ecke bugsiert.

„Denk daran, kein Wort über mein Projekt", schärfte er ihm nochmals ein.

„Es soll eine Überraschung für meine Eltern sein."

Thomas nickte. Eine mehrere Millionen teure Überraschung, wie könnte er das vergessen? Nervös nippte er an seinem Glas. So richtig entspannt fühlte er sich nie in Köhlers Gegenwart. Man durfte es sich nicht mit ihm verderben. Aus dem Nebenzimmer hörte er das schrille Lachen von Kiki und zuckte zusammen. Er musste nach ihr schauen. Wenn sie zu viel getrunken hatte, wurde sie manchmal etwas vulgär. Es wäre äußerst unangenehm, wenn sie sich ausgerechnet hier daneben benehmen würde. In letzter Zeit war es schon ziemlich anstrengend mit ihr.

Kiki hatte Spaß. Bernd Köhler war einfach köstlich. Nicht nur um der alten Zeiten Willen war sie wild entschlossen, sich heute von ihrer besten Seite zu präsentieren.

Nach mehreren Gläsern Champagner war sie leicht schwankend auf dem glatten Parkett ausgerutscht und direkt in Bernds Arme gefallen. Dabei war ihr ein Absatz abgebrochen. Ganz Kavalier hob Bernd sie hoch und platzierte sie auf ein Sofa, wo sie jetzt Hof hielt. Der Schlitz ihres Kleides war aufgesprungen und enthüllte die tadellos geformten, langen Beine. Sie tat so, als bemerke sie es nicht. Einige Herren standen um sie herum und genossen den Ausblick, während Bernd neben ihr kniete und ihr mit einer Serviette Luft zufächelte. Kiki war in Fahrt und flirtete, was das Zeug hielt. Die geballte Aufmerksamkeit einer ganzen Gruppe von Männern auf sich zu ziehen, denen man Geld und Macht förmlich an der Nasenspitze ansah, das war ganz nach ihrem Geschmack.

Ein interessant aussehender Mann in einem schon etwas aus der Mode gekommenen Smoking gesellte sich zu der Runde und verfolgte interessiert die Unterhaltung.

„Ich finde Push-Ups absolut legitim. Schließlich weiß man bei euch Jungs ja auch nicht, was man so findet, wenn es ans Auspacken geht", verkündete Kiki gerade.

Da sah sie Thomas herein kommen.

„Schatz, wo warst du denn? Ich war in einer echten Notlage. Wenn Bernd mich nicht gerettet hätte, das wäre schlimm ausgegangen", erklärte sie und zog einen dekorativen Schmollmund.

Es war höchste Zeit, Kiki aus dem Verkehr zu ziehen. Ihr hoch rotes Gesicht zeigte ihm, dass sie schon reichlich Champagner getrunken hatte. Mit einem gequälten Lächeln beugte er sich zu ihr hinunter.

„Du bist zu laut", raunte er ihr ins Ohr.

Kiki verzog das Gesicht.

„Oller Spaßverderber", protestierte sie mit erhobener Stimme.

„Ich unterhalte mich hier so gut mit diesen Herren, mit Bernd und mit..."

Fragend sah sie den interessant aussehenden Mann an.

„Sagen Sie einfach Charly zu mir", sagte der rasch.

Amüsiert beobachtete Bernd, dass Thomas die Szene äußerst peinlich war.

„Komm, geh dir mal die Nase pudern", schlug der vor.

Das kannte Kiki schon, und es hing ihr zum Hals heraus. Jedes Mal, wenn sie anfing, sich so richtig zu amüsieren, kam so ein blöder Satz von Thomas. Er konnte ein furchtbarer Spießer sein. Wütend zog sie ihre Schuhe aus und warf sie unter die Couch.

„Jawohl Chef, Nase pudern."

Sie salutierte und schwankte barfuß in Richtung Bad.

Da die Hauptattraktion verschwunden war, gruppierten sich die Herren neu. Ein Serviermädchen bot Cognac an. Bernd machte Thomas und Charly miteinander bekannt.

„Das ist Charly Duffner, meine Geheimwaffe im Kampf gegen säumige Zahler."

„Und ich bin die Gans, die deine goldenen Eier vermehrt", bemerkte Thomas mit leicht aggressivem Unterton.

Er war immer noch sauer auf Kiki. Und Köhler nahm er übel, dass er die Situation ausgenutzt und sich an Kiki herangemacht hatte.

„Goldene Eier ist gut", amüsierte sich Köhler und wieherte lautstark. Thomas streckte dem Anwalt die Hand hin. Charly musterte ihn interessiert. Das war also Thomas Brandner, der die Sparkasse leitete. Und dessen Frau Haare auf den Zähnen hatte. Kein Wunder, dass sie so biestig ist, dachte er. Mit einem Vollweib wie Kiki als Konkurrenz hatte sie ganz schlechte Karten.

Die beiden Herren nippten an ihrem Cognac und verzogen das Gesicht. Irgendwie schmeckte die Sternemarke heute grauenvoll. Charly entsorgte den Inhalt seines Glases unauffällig in einen Blumentopf. Kein Zweifel, das war billiger Fusel. Den gleichen hatte er zu Hause stehen.

In einem der Räume war Platz zum Tanzen frei geräumt worden, Der DJ drehte die Lautstärke hoch.

„Meine Damen und Herren, noch eine halbe Stunde bis zum Neuen Jahr. Wenn Sie also in diesem Jahr noch etwas zu erledigen haben, fangen Sie am besten gleich damit an."

Kiki beschloss, das sofort in die Tat umzusetzen. Thomas hatte sie behandelt wie ein dummes Gör, und das sollte er ihr büßen. Entschlossen marschierte sie zum DJ und flüsterte ihm etwas ins Ohr. Der grinste und nickte.

„Auf besonderen Wunsch einer einzelnen Dame nun Joe Cocker", verkündete er kurz darauf. Kiki schrie hysterisch auf und hüpfte mit nackten Füßen auf die Tanzfläche. Sie begann, sich hin und her zu wiegen und schob dabei ihr Kleid langsam höher.

„You can leave your hat on", röhrte es aus den Boxen. Etliche Gäste standen um Kiki herum und klatschten im Takt der Musik. Ein dicklicher Herr wurde krebsrot im Gesicht, als Kiki an ihn heran tanzte und ihm heiße Blicke zuwarf.

Jemand zupfte Thomas am Ärmel, und er drehte sich um.

„Ich glaube, Sie sollten sich mal um Ihre Begleitung kümmern."

Mit eingefrorenem Lächeln stand Frau Köhler neben ihm. Thomas schaute sich hektisch um. Dann hörte er die Musik.

„Entschuldigen Sie mich", sagte er und stürzte ins Nebenzimmer. Hoffentlich fand er Kiki noch rechtzeitig.

„**W**as hast du denn da für Gesocks eingeladen?"

Jupp Köhler zog verächtlich die Mundwinkel nach unten.

„Dieser Brandner, was ist das für einer?"

Bernd griff zum Sektglas, um Zeit zu gewinnen. Die Frage hatte ihn auf dem falschen Fuß erwischt.

„Thomas meinst du? Niemand von Bedeutung. Wir ziehen ab und zu zusammen um die Häuser“, erklärte er ruhig.

„Branche?“

„Wie?“

„Ich will wissen, in welcher Branche er ist.“

Wieso interessierte sich sein Vater ausgerechnet für Thomas Brandner?

„Ich weiß gar nicht so genau.“

Bernd mied seinen Blick.

„Einen Banker rieche ich zehn Meilen gegen den Wind. Sei vorsichtig. Was immer du mit dem für Geschäfte machst, du solltest alles zweimal prüfen.“

Bernd lachte nervös.

„Geschäfte? Ich sag doch, wir ziehen um die Häuser.“

„Bleib bei der Wahrheit, Bub!“

Unbemerkt war Gerda herangetreten. Bernd zuckte zusammen.

„Du konntest noch nie gut lügen. Also, was hast du mit dem zu schaffen?“

Er fühlte sich in die Enge getrieben. Was sollte das jetzt, vor allen Leuten?

„Was wollt Ihr eigentlich von mir?“, fragte er scharf.

Vielleicht war Angriff die beste Verteidigung.

„Du erzählst uns doch alles, was du so machst?“

Die Stimme seines Vaters hatte einen gefährlichen Unterton. Bernd wurde es heiß. Das war ja geradezu unheimlich, als ob sie etwas ahnten.

„Nicht hier. Geht nach nebenan!“, zischte seine Mutter.

Sie hatte bemerkt, dass sich einige Leute interessiert umdrehten. Jupp Köhler schnappte seinen Sohn am Ärmel und zog ihn in einen leeren Nebenraum. Was lief hier eigentlich? Bernd wurde allmählich wütend. So eine Behandlung ließ er sich auch von seinen Eltern nicht gefallen. Er riss sich los.

„Ich bin erwachsen. Und ich mache, was ich will.“

„Aber nicht mit meinem Geld. Vergiss nie, wer dir deine kleine Spielfirma eingerichtet hat.“

„Es dauert nicht mehr lang, da lach ich über dein Geld!“

Der Satz war ihm einfach herausgerutscht. Aber nun war es sowieso schon egal.

„Zwergenaufstand“, kommentierte sein Vater trocken.

„Oh nein, Wachablösung! Du, der große Zampano, das war einmal. Jetzt bist du alt und zahnlos geworden. Es ist höchste Zeit, dass ich endlich ans Ruder komme."

Mit kräftiger Hand packte ihn Jupp Köhler am Revers und holte mit der anderen aus. Bernd duckte sich.

„Schlag zu, Alter! Bringen wir es hinter uns."

Hasserfüllt schaute er seinen Vater an.

„Nein, an dir mach ich mir nicht die Finger dreckig. Geh zu deiner Mutter und lass dir den Rotz abwischen."

Der Alte ließ ihn so abrupt los, dass er stolperte. Blind vor Zorn stürmte Bernd davon.

Charly folgte Thomas neugierig und beobachtete interessiert, wie der das offene Kleid von Kiki gerade noch festhielt, bevor es von ihren Kurven heruntergleiten konnte.

„Der hat aber alle Hände voll zu tun, um die Kleine in Schach zu halten", meinte ein Mann neben ihm mit süffisantem Lächeln.

„Im wahrsten Sinn des Wortes", stimmte Charly zu.

„Fünf, Vier, Drei, Zwei, Eins – Prosit Neujahr", schallte es in diesem Moment durch die Räume. Dann lag man sich in den Armen. Auch Thomas und Kiki versanken in einem langen Kuss.

„Alles wieder gut, Baby?", fragte er und sie nickte strahlend.

Im Hause Winkler verbrachte man den Silvesterabend mit Kartenspielen. Um Mitternacht stießen alle mit einem Glas Sekt an, wobei Leni ein paar Tränen wegwischen musste und Arthur für ein paar Minuten auf der Terrasse verschwand. Als die ersten Raketen zischten, kam er wieder zurück.

„Vom Vorgarten aus sieht man mehr vom Feuerwerk. Aber zieht euch warm an, es ist lausekalt."

Während Barbara und Leni noch mit Mützen und Mänteln kämpften, ging er schon hinaus und stellte ein Tablett mit dem Sekt und drei Gläsern auf die Treppenstufen. Als er sich umdrehte, sah er im Licht der Feuerwerksraketen die Schrift an der Hauswand.

„Das gibt's doch nicht."

Barbara und Leni kamen lachend heraus.

„Arthur, was ist los mit dir? Du musst dich umdrehen, sonst siehst du nichts vom Feuerwerk", meinte Leni.

Dann sahen sie es auch.

‚HURENHAUS' hatte jemand mit schwarzer Farbe auf die Hauswand geschrieben. Leni griff nach einem Sektglas und trank es in einem Zug aus.

„Jetzt reicht es", verkündete sie kämpferisch. „Denen werden wir's zeigen."

Sie griff nach der Flasche und schenkte sich nach.

„Aber wer macht denn so was? Wer kommt denn auf so eine Gemeinheit?"

Barbara schüttelte fassungslos den Kopf. Leni wies mit einer Armbewegung auf die umstehenden Häuser.

„Die liebe Nachbarschaft! Das ganze Viertel!", verkündete sie laut und marschierte mitten auf die Straße. Auch vor den Nachbarhäusern hatten sich die Leute versammelt, um ein gutes Neues Jahr zu wünschen und das Feuerwerk zu genießen. Einer von denen war es, da war sich Leni sicher. Im Halbdunkel konnte sie nicht viel erkennen. Sie stellte sich unter die nächste Straßenlaterne und hob ihr Glas.

„Ein gutes Neues Jahr wünscht das Hurenhaus", brüllte sie aus vollem Hals. Arthur zerrte sie weg.

„Sei doch ruhig, damit machst du es nur noch schlimmer",

Aber Leni war nicht zu stoppen.

„Diese Schweine werden wir anzeigen", schrie sie über das Krachen der Böller hinweg. Dann schaffte es Arthur endlich, sie wieder zum Haus zu bugsieren.

Barbara hatte sich in den Hauseingang verkrochen. Ihr war ganz schlecht. Dass Menschen so gemein sein konnten! Aber ob Lenis Schreierei der richtige Weg war, den Schwätzern das Maul zu stopfen? Sicher nicht, dafür gab es nur eine Möglichkeit.

Arthur hatte ein paar schlaflose Stunden verbracht. Im Morgengrauen stand er wieder vor dem Haus und untersuchte die Fußspuren, die im Schnee zu erkennen waren. Viel gab das nicht her. Kurz dachte er an Lenis aggressiven Ehemann, aber diesen Gedanken verwarf er wieder. Irgendwo in seiner Werkstatt hatte er noch einen Rest Fassadenfarbe. Er machte sich gleich auf die Suche.

Das Neujahrsfrühstück verlief in unbehaglichem Schweigen. Barbara rutschte auf ihrem Stuhl herum und überlegte, wie sie den beiden ihren Entschluss mitteilen sollte. Sie würde wieder zurück in ihre Wohnung gehen, damit wäre den Gerüchten die Grundlage entzogen.

Dass der nette Arthur so ins Gerede kam, und das durch ihre Schuld, damit kam sie nicht zurecht.

„Das Neue Jahr sollte mit neuen Plänen anfangen", sagte Arthur unvermittelt in die Stille. Barbara zuckte zusammen. Ahnte er etwas?

„Ich war noch nie feige. Und damit werde ich auch jetzt nicht anfangen."

Leni hob nicht einmal den Kopf.

„Barbara, es wäre schön, wenn du hier richtig einziehst. Pack deinen Krempel und komm her. So viel hast du ja nicht. Das kriegen wir schon unter. Ich finde, wir sind eine ganz gute Truppe, und deshalb sollten wir zusammen bleiben."

So, nun war es heraus, und er fühlte sich besser. Nichts war schlimmer als das Herumgrübeln. Über Lenis Gesicht huschte ein Lächeln. Fast unmerklich nickte sie ihm zu. Barbara schien die Sprache verloren zu haben.

„Nun sag doch was", forderte Leni sie auf.

„Ich wollte euch eigentlich sagen, dass ich wieder zurück nach Hause gehe."

Ihre Stimme klang unsicher.

„Dieses Loch ist doch kein Zuhause."

Schaudernd erinnerte sich Arthur an die Verwüstungen, die sie bei ihrem letzten Besuch vorgefunden hatten.

„Aber das Geschmiere auf der Hauswand, das Gerede, das wird doch alles nur noch schlimmer."

„Das ist mir egal", sagte Arthur sehr bestimmt.

„Und mir sowieso", ergänzte Leni.

„Gerade jetzt, wo ich endlich ein bisschen Kochen gelernt habe, kannst du mich doch nicht wieder im Stich lassen", jammerte er.

„Außerdem lässt es sich zu dritt viel besser streiten als zu zweit", fügte Leni mit einem Augenzwinkern hinzu.

Barbara war ganz erschlagen. Das hatte sie nicht erwartet.

„Ihr meint das wirklich ernst?"

Die beiden nickten.

„Aber wie soll das weiter gehen mit meiner Wohnung?"

Leni sah da überhaupt keine Probleme.

„Die Miete hast du ja sowieso nicht mehr bezahlt für den letzten Monat. Du schickst diesem Köhler die fristlose Kündigung. Dann schauen wir, was noch brauchbar ist von deinen Sachen. Das bringen wir hierher. Und wenn der Köhler was raus haben will, dann wird ihm dein Anwalt schon Bescheid geben."

„Ein Schritt nach dem anderen", beschwichtigte Arthur.

„Erst kündigst du die Wohnung, und dann sehen wir, wie der Vermieter reagiert. Ich könnte mir vorstellen, dass es weniger Probleme geben wird als wir denken."

Das war nicht von der Hand zu weisen. Bei dem Gedanken, auf Dauer hier bleiben zu dürfen, wurde Barbara ganz warm ums Herz. Das neue Jahr fing gut an, jedenfalls viel besser, als sie noch vor einer Stunde gedacht hatte.

„**W**ir hatten einen richtig schönen Silvesterabend."

Diese kleine Notlüge Moni gegenüber war erlaubt, fand Leni. Bis zu dem Zeitpunkt, als sie hinaus auf die Straße gingen, war es ja wirklich sehr nett gewesen.

„Wir haben auf einer Hütte gefeiert, das war total lustig", berichtete ihre Tochter.

„Ach übrigens, Papa hat mich gestern Nachmittag angerufen und allen möglichen Blödsinn erzählt. Irgendwas von einem großen Projekt. Vielleicht ist er einfach nur überarbeitet."

„Was für ein großes Projekt?"

Leni versuchte, sich zu erinnern, ob Thomas etwas in den letzten Wochen vor ihrem Krach erwähnt hatte.

„Na, dieses Center, das der Köhler baut. Das wird doch bei euch direkt vor der Nase stehen."

Leni merkte, dass Monika nicht sicher war, ob sie überhaupt darüber reden sollte. Sie musste ein wenig schauspielern, wenn sie mehr darüber erfahren wollte.

„Ach so, das Projekt vom Köhler meinst du. Ja, das ist ein Ding", sagte sie ins Blaue hinein.

Eifrig fuhr Moni fort.

„Ich glaube, das ist das größte, das Papa jemals abgewickelt hat. Ich kann schon verstehen, dass man nervös wird, wenn es um ein paar Millionen geht."

„Ich bin nicht mehr auf dem letzten Stand der Dinge."

Leni umklammerte angespannt den Hörer. Seit der Name Köhler gefallen war, war sie wie elektrisiert.

„Papa hat gesagt, dass es sehr schwierig ist, einige Objekte zu kaufen. Aber der Köhler ist ja ein Fuchs, der wird das schon hin kriegen. Übrigens wird das unser Haus ganz erheblich im Wert steigern, wenn das Center erst mal fertig ist. City Center West, genau, so soll es heißen."

Leni angelte nach einem Stift. Das war ein sehr aufschlussreiches Telefonat. Aber sie konnte sich ein bitteres Lachen nicht verkneifen.

„*Unser* Haus ist gut. Zurzeit wohnt eigentlich überhaupt niemand drin. Ich bin weg, und Thomas kommt wohl nur zum Wäsche wechseln. Irgendwann werden die Wäscheberge so hoch sein, dass man nicht mehr zur Tür rein kommt."

Moni lachte.

„Typisch! Ich bin froh, dass ich zu einer anderen Generation gehöre. Heutzutage machen die Jungs ihren Kram selbst."

Wider besseres Wissen lachte Leni mit, sie wollte ihrer Tochter die Illusionen nicht nehmen. Kurz darauf beendete sie das Telefonat. Sie nagte nachdenklich an ihrer Unterlippe.

„Barbara", rief sie dann. „Meinst du, das Internet-Café hat heute geöffnet?"

Kapitel 8

Der Frühling hatte es dieses Jahr besonders eilig. Die ersten Blumen setzten bunte Farbtupfer in den Garten, und die Luft war schon warm und seidig. Einem Jahrhunderte alten Trieb folgend brachen die weiblichen Bewohner der WG in hektische Betriebsamkeit aus.

Barbara hatte die Couch auseinander genommen und tobte sich auf der Terrasse mit einem Teppichklopfer an den Polstern aus.

„Ist es nicht herrlich?“, rief Leni von ihrem Balkon herunter.

„Mir kommt es vor, als hätte dieser Winter ewig gedauert.“

Sie putzte Fenster und streckte zwischendurch ihr blasses Gesicht in die Sonne.

Arthur hatte sich aus der unmittelbaren Gefahrenzone zurückgezogen. Beim Frühjahrsputz wollte er keinesfalls stören. Immerhin konnte er für Unterhaltung sorgen. Er kramte in seiner umfangreichen CD-Sammlung und drehte die Musik lauter, damit auch Leni etwas davon mit bekam. Vorsichtig spähte er nach draußen. Die Gelegenheit war günstig, seine Damen waren beschäftigt. Er holte ein dickes Notenheft aus dem Schrank, legte es auf den Esstisch und schlug die erste Seite auf. Breitbeinig postierte er sich davor und klopfte auf ein imaginäres Pult. Er gab dem ersten Geiger ein Zeichen und begann, mit weit ausholenden Armbewegungen sein unsichtbares Orchester zu dirigieren. Auf einen kleinen Wink seiner linken Hand setzten die zweiten Geigen ein. Energisch spornte er sein Orchester zum Fortissimo an.

Fast hätte er im Getümmel des dritten Satzes das Schellen an der Haustür überhört. Das anhaltende Klingeln drang nur allmählich in sein Ohr.

„Nie hat man hier seine Ruhe“, knurrt er und drehte die Lautstärke herunter. Wer immer es war, er kam in einem äußerst ungünstigen Moment.

„Mein Gott“, entfuhr es ihm.

Die Frau, die vor ihm stand, war groß und schlank. Lange Haare in verschiedenen Rotschattierungen ringelten sich um ihr Gesicht, aus dem ihn grüne Augen vergnügt musterten.

„Vivaldi“, sagte die Frau, „Mag ich.“

Als er sich nicht rührte, marschierte sie an ihm vorbei, der Musik nach ins Wohnzimmer. Verdutzt starrte er auf ihre eng anliegenden, lilafarbenen Hosen. Dazu trug sie Riemchensandalen in derselben

Farbe und ein kurzes, gestreiftes Oberteil. So eine Frau hatte er noch nie gesehen. Aber sie hatte zweifellos etwas Interessantes an sich.

„Frühjahrsputz", stellte sie fest und betrachtete einen Korb mit Gardinen, die zum Waschen bereit lagen. Sie sah sich interessiert um, betrachtete das Klavier und fing dann an, die Bücher im Regal zu inspizieren.

„Darf ich fragen, was Sie hier wollen?"

Es kamen nicht sehr oft Vertreter an die Haustür. Dieses Exemplar war besonders dreist.

„Entschuldigung!" Sie drehte sich zu ihm um.

„Ich bin ganz wild auf klassische Musik, das hat mich aus dem Konzept gebracht. Mein Name ist Cornelia Fallenbach. Aber sagen Sie einfach Linse zu mir."

„Wenn Sie was verkaufen wollen, das können Sie vergessen. Ich habe alles und brauche nichts."

Arthur verschränkte die Arme und versuchte, ihr den Weg abzuschneiden. Sie marschierte ja in seinem Wohnzimmer herum, als wäre es ihr eigenes. Ihr Lachen klang melodiös.

„Sorry, das können Sie ja nicht wissen. Ich suche Barbara. Ist sie hier?"

Sie reckte ihren Kopf, um über ihn hinweg auf die Terrasse sehen zu können.

„Barbara?", stammelte Arthur.

Er kam sich wie ein Idiot vor.

„Barbara Matzke", wiederholte sie. „Wir kennen uns schon ewig."

Endlich dämmerte es ihm. Er wies auf die Terrasse.

„Ach so, ja. Barbara ist draußen."

„Pst, nichts sagen!"

Die Rothaarige schlich hinaus und hielt Barbara, die gerade wieder zu einer neuen Attacke mit dem Teppichklopfer ausholte, die Augen zu.

„Überraschung! Rate mal, wer da ist."

Sie nahm die Hände herunter, und Barbara drehte sich um.

„Linse! Was machst du denn hier?"

Die beiden fielen sich begeistert in die Arme. Arthur schaute fasziniert zu. Die kleine, rundliche Barbara und dieses lange, dürre Ding mit roten Haaren, unwillkürlich musste er an Pippi Langstrumpf und die Biene Maja denken.

„Habt ihr euch schon bekannt gemacht?“ fragte Barbara und zog ihre Freundin zu Arthur ins Wohnzimmer.

„Sie mag Vivaldi.“ Das war das Einzige, das er behalten hatte. Barbara lachte.

„Und sie ist eine ganz verrückte Nudel. Stimmt's?“

Sie drückte liebevoll Linses Arm.

„Hast du Hunger oder Durst? Willst du einen Kaffee oder lieber was Kaltes?“

„Immer noch die Alte, ständig um das Wohl der anderen besorgt“, stellte Linse fest.

Barbara wurde rot und verschwand in der Küche.

Linse setzte sich in einen Sessel. Sie kramte in einer großen Basttasche und zog eine Zigarettenschachtel und ein Feuerzeug heraus.

„Hier drinnen ist Rauchverbot“, sagte Arthur verdrießlich. Er wies mit dem Daumen nach draußen, und Linse erhob sich wieder.

„Kein Problem, ist sowieso gesünder an der frischen Luft.“

Er stellte seinen Aschenbecher, den er in einer Ecke deponiert hatte, auf den Tisch und nahm dankend die angebotene Zigarette. Einen Moment rauchten sie schweigend. Arthur spürte ihren prüfenden Blick.

„Wohnen Sie hier?“, fragte sie. „Ich meine, gehört Ihnen das Haus?“

Er hatte sich ja noch gar nicht vorgestellt. Mit einer leichten Verbeugung holte er das nach.

„Arthur Winkler. Rentner.“

Linse lachte.

„Sie sind ja niedlich! Erzahlen Sie mal, woher kennen Sie denn meine Barbara?“

Das war gar nicht so einfach zu erklären. Barbara rettete ihn. Sie stellte ein Tablett auf den Tisch.

„Es ist sowieso Zeit zum Kaffeetrinken“, stellte sie fest und verteilte Tassen und Teller. Arthur schaute begehrlich auf den frisch gebackenen Marmorkuchen, den Barbara zerschnitt, und registrierte genau, dass Linse das größte Stück bekam.

„Soll ich Leni rufen?“ fragte er.

„Die kommt schon, wenn sie fertig ist.“

Barbara rückte mit ihrem Stuhl näher an Linse heran.

„Nun erzähl doch mal, was machst du hier? Und wie hast du mich gefunden?“

„Ach, das war kein Problem. Der Typ in der Parterrewohnung hat mir brühwarm alles erzählt. Sieht übrigens nicht schlecht aus.“ Linse schnalzte genießerisch mit der Zunge.

„Aber das ist doch ein Student“, entrüstete sich Barbara.

„Na und? Ich will ihn ja nicht heiraten.“

Arthur, der sich gerade ein großes Stück Kuchen in den Mund gestopft hatte, entging nur knapp einem Erstickungsanfall.

„So ist sie halt“, entschuldigte Barbara ihre Freundin. „Ziemlich locker. Und ein unruhiger Geist.“

Linse sprudelte los.

„Stell dir vor, ich habe einen Auftrag für eine Fotoserie bekommen. Ausgerechnet in der Frankfurter Oper, ist das nicht irre? Es geht um die neue Inszenierung der Zauberflöte. Ich bin schon sehr gespannt, was der Lobenstein daraus macht.“

Bei dem Namen ‚Lobenstein' spitzte Arthur die Ohren.

„Davon habe ich in der Zeitung gelesen“, mischte er sich ein. Der hoch dekorierte Intendant interessierte ihn sehr.

„Heißt das, du bleibst eine Weile hier?“ fragte Barbara.

„Ja, ich habe ein paar Wochen dafür eingeplant. Das Dumme ist nur, ich bin mal wieder etwas klamm. Um ehrlich zu sein, hatte ich gehofft, dass ich bei dir pennen kann.“

„Das ist wirklich schade. Wir hätten es uns bei mir gemütlich machen können. Aber dort konnte ich nicht mehr wohnen. Das blanke Chaos! Vermutlich werden sie das ganze Haus abreißen.“

Linse warf Arthur einen rätselhaften Blick zu. Es dauerte einen Moment, bis er begriff.

„Oh nein.“ Abwehrend hob er beide Hände in die Höhe.

„Hier können Sie auf keinen Fall bleiben. Das Haus ist voll.“

„Ja, das stimmt“, bestätigte Barbara traurig.

„Leni wohnt ja auch noch hier. Genau genommen war sie die erste, die zu Arthur gezogen ist.“

Linse pfiff anerkennend, und Arthur wurde es unbehaglich.

„Sie sind ja ein richtiger Womanizer.“

„Ganz schlechtes Thema“, klärte Barbara sie auf. „Wir haben jede Menge Ärger mit den Nachbarn.“

Sie war erleichtert, dass Linse nicht nachhakte. Die schlug lässig die Beine übereinander und trank einen Schluck Kaffee. Sie schien die Absage nicht übel zu nehmen. Ihr Blick schweifte über den Rasen zu dem Pavillon.

„Herrlich ist es hier. Diese Terrasse, der hübsche Ausblick. Ich liebe Gärten." Sie sprang auf.

„Ich schau mich mal ein bisschen um, ja?"

Ehe Arthur etwas sagen konnte, zog sie ihre Sandalen aus und warf sie unter den Tisch. Leichtfüßig sprang sie die Stufen hinunter und beugte sich über ein Büschel gelber Narzissen. Er schaute ihr entgeistert hinterher. Barbara zuckte mit den Schultern, als wolle sie sagen: Da kann man nichts machen, so war sie schon immer.

Von ihrem Balkon aus bemerkte Leni die Frau mit den roten Haaren sofort. Wer das wohl war? Interessiert beobachtete sie, wie die Besucherin hier und da stehen blieb und sich bückte. Sie roch an den Frühlingsblumen und schlenderte dann gemächlich weiter. Vor dem Pavillon blieb sie stehen, betrachtete ihn eine Weile und ging einmal darum herum. Leni griff nach Eimer und Wischtuch. Das musste sie sich aus der Nähe ansehen.

„Wer ist denn der Feuermelder", platzte sie heraus, noch ehe sie richtig saß. Arthur und Barbara schienen sie gar nicht wahr zu nehmen, sondern starrten der Fremden hinterher, die jetzt den Pavillon betrat.

„Eine Freundin", sagte Barbara gedankenverloren.

„Die benimmt sich, als wäre sie hier zu Hause. Jetzt geh ich doch mal hin."

Energisch stapfte Arthur über den Rasen.

Früher war der Pavillon Mittelpunkt vieler glücklicher Sommer gewesen. Nach Südosten hin hatte er eine Glasfront, die man ganz aufschieben konnte, so dass man ‚drinnen draußen' saß, wie seine Jungens es einmal formuliert hatten. Der Rasen davor bot viel Platz zum Spielen und Toben. Ein paar Korbmöbel, ein wackeliger Tisch und allerlei vergessenes Gerümpel, mehr stand nicht in dem einzigen Raum, der seit dem Auszug der Söhne nicht mehr benutzt worden war.

Arthur lehnte im Türrahmen und schaute sich um. Was hatten sie früher hier nicht alles veranstaltet! Er erinnerte sich an ein großes Indianerlager, in dem ein Dutzend wilder Krieger eine ganze Woche kampiert hatte. Später diente das Häuschen als Partyraum, in dem die Jugendlichen die Musik laut aufdrehen konnten und unter sich waren.

Durch die verstaubten Fenster malte die Märzsonne helle Kringel auf den Holzfußboden. Er lächelte versonnen.

„Man spürt noch ein bisschen von dem, was hier einmal los war“, sagte die Frau.

Sie war neben ihn getreten.

„Ja, hier war immer Betrieb, als die Kinder noch klein waren. Und auch später. Wir wollten ihn schon abreißen lassen, aber es hängen so viele Erinnerungen daran.“

Die Frau zog ein Taschentuch heraus und putzte damit ein kleines Stück in der Fensterscheibe frei. Feine Staubteilchen tanzten in der Sonne.

„Schauen Sie nur, das ist ein perfektes Atelier“, sagte sie.

„Sind Sie Malerin?“

Arthur fiel wieder ein, weshalb er her gekommen war. Auch ohne die roten Haare wäre diese Person eine auffallende Erscheinung gewesen. Für eine Frau war sie sehr groß. Ihre Haut war sonnengebräunt, und sie strahlte Energie und Lebensfreude aus. Überhaupt hatte sie mit ihrer lockeren Art etwas Südländisches an sich. Er konnte sich gut vorstellen, dass sie Künstlerin war. Sie lachte leise.

„Das wäre ich gern. Aber da würde ich verhungern. Nein, das ist mein Hobby, oder genauer meine Leidenschaft. Von Beruf bin ich Journalistin.“

Amüsiert hatte sie seine Begutachtung über sich ergehen lassen und ihn ihrerseits gemustert.

„Sie machen etwas Handwerkliches.“

Es war mehr eine Feststellung als eine Frage.

„Woher wissen Sie das?“

Sie wies auf seine Hände mit den Narben und Kratzern seines langen Arbeitslebens.

„Kräftige Hände mit sensiblen Fingern. Stark und feinfühlig zugleich, würde ich sagen. Wenn man malen will, muss man als erstes lernen, genau zu beobachten.“

Arthur betrachtete seine Hände, als hätte er sie noch nie gesehen. Diese Linse war schon erstaunlich. Dann räusperte er sich.

„Es ist ja wirklich nett, mit Ihnen zu plaudern. Aber wie ich schon sagte, wir haben hier keinen Platz, um Sie auch noch zu beherbergen. Die Damen bevölkern den ersten Stock, und ich wohne unten.“

Zu seiner eigenen Verblüffung klang so etwas wie Bedauern mit. Lobenstein fiel ihm wieder ein. Die Neugier siegte.

„Was machen Sie denn genau in der Oper?"

„Das Übliche. Ich bin bei den Proben dabei, ein paar Interviews, Fotos. Recherche zu einer Serie, die ich für eine große Zeitschrift mache."

„Sie treffen Lobenstein? Persönlich?"

„Ja, klar. Cooler Typ, ich habe ihn schon früher in New York getroffen, als ihn noch kein Schwein kannte."

„Ich würde viel dafür geben, einmal bei so einer Probe dabei zu sein."

Das war ihm so herausgerutscht. Linse reagierte nicht darauf.

„Sind Sie verheiratet?"

„Ich bin Witwer."

„Ach so."

Was war das jetzt für eine Antwort? Sie war total sprunghaft, und ihre Gedankengänge waren ihm ein Rätsel. Langsam ging sie im Raum herum.

„Eigentlich fehlt hier nur ein Klo."

„Wie bitte?"

Sie drehte sich zu ihm um.

„Es ist ja nicht für ewig. Nur für eine Weile. Sie würden gar nichts von mir mitkriegen."

Sie malte mit einem Finger ein weiteres Guckloch in die schmutzige Fensterscheibe.

„Hier im Pavillon? Sie wollen doch nicht ernsthaft hier wohnen."

„Warum denn nicht? Ich habe einen Platz zum Schlafen, ideales Licht zum Malen und den herrlichen Garten um mich herum."

Arthur starrte sie mit offenem Mund an. Etwas verrückt war sie schon. Er wünschte sich Lenis bestimmte Art. Die wüsste jetzt, was sie sagen sollte.

„Das ist ein Gartenpavillon, da ist nichts isoliert. Es gibt keine Heizung, kein warmes Wasser, rein gar nichts. Hier kann man nicht wohnen."

„Doch, kann man." Linse sah schon alles vor sich.

„Ich habe einen warmen Schlafsack. Wasser gibt es aus dem Gartenschlauch, und sonst brauche ich nicht viel. Das wird sehr gemütlich, Sie werden sehen."

Sie rückte den Tisch in die Mitte des Zimmers und stellte zwei Korbsessel dazu.

„Das ist das Wohnzimmer. Und da hinten kann man einen Bereich zum Schlafen abtrennen. Ich habe jede Menge Tücher dabei, ich liebe schöne Stoffe und Farben. Das wird wunderschön."

Arthur sah es auch schon, ein richtiges Zigeunerlager. Es wurde Zeit für ein Machtwort. Er holte tief Luft.

„Probe mit Lobenstein", sagte sie schnell.

„Ich schmuggle Sie da rein, versprochen." Sie streckte ihm ihre Hand hin.

Er klappte den Mund wieder zu. „Das ist Erpressung."

„Eine Hand wäscht die andere."

„Das muss ich mir erst noch überlegen."

Arthur focht einen erbitterten Kampf mit sich selbst. Es war der reinste Irrsinn, aber wann hatte ein normaler Sterblicher schon einmal die Gelegenheit, eine solche Probe miterleben zu dürfen?

Barbara und Leni saßen auf der Terrasse und versuchten herauszubekommen, was da vor sich ging.

„Was macht sie denn so?"

Leni platzte fast vor Neugierde. Barbara hatte noch nie von einer Freundin erzählt. Und dann noch so eine auffällige Erscheinung!

„Sie reist ständig in der Weltgeschichte herum. Ich sehe sie nur alle paar Monate."

„Aber irgendwo muss sie doch wohnen!"

Leni konnte sich das überhaupt nicht vorstellen.

„Soweit ich weiß, hat sie einen Neffen, bei dem sie offiziell wohnt."

„Und wovon lebt sie?"

Barbara zuckte mit den Schultern.

„Das ist ja asozial", empörte sich Leni.

„Oh, sie kommt ganz gut zurecht. Sie schreibt für Zeitschriften und fotografiert. Ich habe schon Fotos von ihr gesehen. Wirklich toll."

„Ich könnte so nicht leben. Nirgendwo zu Hause, immer unterwegs, das ist ja wie ständig auf der Flucht sein."

„Sie ist halt eine Weltenbummlerin. Ihr gefällt das."

Als Arthur und Linse zur Terrasse zurück kamen, bot sich ihnen ein Bild häuslicher Geschäftigkeit. Barbara klopfte energisch auf einem Sofakissen herum. Leni goss das Putzwasser auf ein Beet.

„Meine Damen, Frau Fallenbach hat mir den Vorschlag gemacht, dass sie im Pavillon wohnen will. Nur für eine Weile. Was haltet ihr davon?“

Leni war platt. „In diesem ollen Schuppen? Da kann man doch nicht wohnen, der ist ja total verdreckt.“

„Putzzeug gibt's ja hier genug“, argumentierte Linse.

„Dieses Gartenhäuschen ist ein richtiges Schmuckstück. Rundherum Fenster, das ist einfach ideal zum Malen.“

„Sie malen?“

Leni hatte sich auch schon einmal an Ölfarben versucht.

„Was malen Sie denn so?“, wollte sie wissen.

„Abstrakt. Und möglichst groß. Kräftige Farben. Haben Sie's auch schon mal probiert?“

„Nicht so richtig.“

Malen konnte man Lenis stümperhafte Versuche wirklich nicht nennen. Aber gar zu gern hätte sie einmal ein Bild von dieser Verrückten gesehen.

Der Hausputz war vorerst vergessen. Barbara beförderte den Korb mit den Gardinen in den Keller und packte die Kissen wieder auf die Couch, damit es nicht gar so ungemütlich aussah. Dann saßen die Damen auf der Terrasse beim Kaffee und redeten ununterbrochen. Arthur war vor der geballten Weiblichkeit ins Haus geflüchtet.

Die Sonne verschwand allmählich, und es wurde kühl draußen. Linse wollte ein paar Sachen aus ihrem Auto holen, das sie auf der Straße geparkt hatte. Arthur marschierte um den alten Karman Ghia herum und betrachtete ihn von allen Seiten. Ehrfürchtig strich er über die geschwungenen Linien. Linse öffnete die Autotür.

„Der ist ja gar nicht abgeschlossen“, stellte Barbara entsetzt fest. Die Freundin lachte.

„Dieses Baby klaut keiner. Das ist viel zu auffällig.“

Leni schaute ins Wageninnere. Das war scheinbar alles, was diese Frau besaß. Der Rücksitz war voll gepackt mit Koffern und Taschen. Auf dem Beifahrersitz lagen ein leerer Pappbecher und eine zusammengeknüllte Papiertüte. Linse wühlte auf der Rückbank herum. Mit einer großen Rolle in der Hand tauchte sie wieder auf.

„Da ist er ja“, sagte sie triumphierend. „Der Schlafsack ist sogar polartauglich. Das dürfte reichen für ein paar kühle Nächte in Deutschland. Irgendwo muss auch meine Isomatte sein.“

Ein Regenschauer setzte ein, und alle flüchteten ins Haus. Während Arthur unschlüssig herumstand, hatte Barbara Linse einen Schirm gegeben. Leni füllte frisches Wasser in einen Eimer, schüttete eine ordentliche Portion Reinigungsmittel hinein und suchte nach Schwamm und Tüchern.

„Hier, das reicht wohl für den Anfang."

Sie drückte Linse das Putzzeug in die andere Hand.

„Das ist wirklich nett", bedankte die sich und verschwand in Richtung Pavillon.

Über einem Whisky philosophierte Arthur über die Bestechlichkeit des Menschen. In was war er da nur wieder hinein geraten!

Ein paar Tage später klingelte Charly an der Tür. Leni machte ihm auf. In Jeans und einem saloppen Hemd sah er gar nicht mal so übel aus, fand sie. Nach den ersten Besuchen hatte er den Anzug im Schrank hängen lassen.

„Sie mal wieder", begrüßte sie ihn.

„Hartnäckig wie ein Kaugummi auf der Schuhsohle."

„Und Sie sind wie immer charmant wie ein Topflappen", konterte Charly und musterte neugierig die Schürze, die sie umgebunden hatte. „Sind Sie heute dran mit Küchendienst?"

Leni seufze. „Ja. Ich habe überhaupt keine Zeit für Sie. Aber Sie wollen ja sowieso zu Arthur. Der schwirrt irgendwo rum."

„Der tüchtigen Hausfrau will ich nicht im Wege stehen. Schließlich sollte man doch dem Mythos nachkommen, dass der Mann ohne die Frau nicht kann."

Leni überlegte, ob das ein Kompliment war oder eine Unverschämtheit.

„Ich werde Herrn Winkler schon finden", meinte Charly schmunzelnd und verschwand im Wohnzimmer.

Arthur hatte sich daran gewöhnt, dass der Anwalt häufig hereinschneite. Der Form halber redeten sie kurz über den Hausverkauf, aber dann fanden sie schnell interessantere Themen. Arthur fand Charly sehr sympathisch. Für seinen Auftrag konnte er ja schließlich nichts. Und Charly fühlte sich sehr wohl hier. Die freundliche Barbara, Arthur mit seiner gemütlichen Art, er mochte sie. Sogar der verbale Schlagabtausch mit dieser Kratzbürste Leni machte ihm richtig Spaß.

Arthur saß auf der Terrasse und las. Charly warf einen begehrlichen Blick auf den frisch gebackenen Obstkuchen, der auf dem Tisch stand.

„Hallo Herr Winkler“, begrüßte er den Hausherren.

„Langsam könnten wir mal zum ‚Du' übergehen, meinst du nicht?“ brummelte Arthur. Er hatte heute besonders gute Laune, denn die Eintracht hatte ihr Auswärtsspiel gewonnen.

„Das finde ich auch. Sag einfach Charly zu mir.“

„Kommst du, um deine Wettschuld zu begleichen?“ erkundigte sich Arthur und lächelte süffisant.

„War doch klar, dass Schalke gegen die Eintracht verliert.“

„Daran ist nur dieser blinde Schiedsrichter schuld. Wenn der die Schwalbe erkannt hätte...“

Zwischen den beiden entspann sich ein lebhaftes Gespräch. Barbara brachte Kaffee und schimpfte mit Arthur, weil er dem Gast nichts angeboten hatte. Sie legte für Charly ein großes Stück Kuchen auf einen Teller. Der ließ sich nicht zweimal bitten.

„Einfach wundervoll, Ihr Kuchen!“

Er lehnte sich entspannt zurück und betrachtete den hübschen Garten.

„Wirklich schade, dass diese Idylle verschwinden soll.“

„Was meinen Sie damit?“

Wie ein böser Geist stand Leni plötzlich in der Terrassentür.

Verflixt, da hatte er sich grandios verplappert. Diese Frau tauchte aber auch immer zur Unzeit auf. Mit wachsendem Unbehagen sah er zu, wie sie sich hinsetzte. Diesen Gesichtsausdruck kannte er. Es war mal wieder eine Inquisition fällig.

Schon seit einiger Zeit versuchte Leni, ihm Einzelheiten über Köhlers Bauprojekt zu entlocken. Bisher hatte er sich immer herausgewunden. Er sei ein zu kleiner Fisch, als dass der große Bauherr ihn in seine Pläne einweihen würde. Sie glaubte ihm kein Wort, und das sagte sie auch unverblümt.

„Ach Leni, lass doch. Wir sitzen hier gerade so gemütlich. Du machst uns die ganze Stimmung kaputt.“

Arthur war es gar nicht recht, dass sie in das Männergespräch hereingeplatzt war. Aber sie war wie ein Jagdhund, der Blut geleckt hatte.

„Was heißt hier Stimmung“, brauste sie auf.

„Hast du völlig vergessen, weshalb Herr Duffner hier regelmäßig aufkreuzt? Der will immer noch dein Haus kaufen. Oder ist dir das egal?“

„Frau Brandner, Sie müssen verstehen, dass das mein Job ist. Ich bin nun mal Anwalt, und ich kann mir meine Aufträge nicht aussuchen. Heutzutage muss jeder sehen, wo er bleibt.“

Charly spielte nervös mit seiner Kaffeetasse.

„Sind Sie als Anwalt hier oder weil Ihnen unser Kuchen so gut schmeckt.“

„Beides“, antwortete er treuherzig.

Arthur schmunzelte. Das war eine ehrliche Antwort. Leni wollte sich allerdings damit nicht zufrieden geben.

„Also diese ‚Idylle' soll hier weg. Wegen dem City Center West?“

Woher hatte sie die Information? Unter ihrem prüfenden Blick rutschte Charly unbehaglich auf seinem Sessel herum.

„Was genau soll denn weg?“ bohrte Leni weiter.

Er betrachtete intensiv die geblümte Tischdecke und schwieg.

„Das Haus von den Webers und noch zwei, drei andere hat er schon geschluckt. Der kleine Laden hat riesige Probleme, weil ihm die Miete so hoch gesetzt werden soll, dass das niemand bezahlen kann. Die Kita ist vermutlich auch schon zum Abriss frei gegeben. Wenn der Köhler sich jetzt auch noch dieses Grundstück einverleibt, dann hat er fast den ganzen Block. Das ist ein riesiges Areal.“

Leni war in den letzten Wochen nicht untätig gewesen. Sie hatte sich umgehört und die Informationen aus den Gesprächen in der Nachbarschaft zusammengetragen. Aber erst jetzt, während sie alles aufzählte, setzten sich die einzelnen Puzzleteile zu einem Bild zusammen.

Arthur sah sie entgeistert an. Wenn das alles stimmte, dann würde hier ein gewaltiger Neubau entstehen. Das wäre das Ende von Niederrad mit seiner gemütlichen Atmosphäre.

Er schaute Charly an. „Ist da was dran?“

Der nickte kaum merklich. Arthurs Gesicht gefror.

„Ich dachte, du kommst her, weil, na ja, wir führen ja oft interessante Gespräche.“

„Das stimmt“, beteuerte Charly.

„Hier bei euch ist es wirklich nett. Aber ich habe ja schon gesagt, ich kann es mir nicht aussuchen. Ich muss schließlich von was leben.“

Er merkte selbst, wie verlogen und weinerlich sich das anhörte. Was war los mit ihm? Es hatte ihm doch sonst nie etwas ausgemacht, Leute unter Druck zu setzen. Aber hier lief es irgendwie anders.

Das Schweigen zog sich in die Länge. Er konnte entweder aufstehen und gehen oder den beiden reinen Wein einschenken. Leni war nicht dumm, und sie wusste ohnehin schon viel über Köhlers Projekt.

„Ja, es heißt City Center West," bestätigte er schließlich.

Es war eine Gratwanderung. Er überlegte sich jedes Wort.

„Sie haben Recht mit dem, was Sie gehört haben. Der ganze Block soll abgerissen werden. Köhler will hier ein Zentrum hinstellen, das die neue Attraktion der Stadt wird."

„Hab ich's doch gewusst."

Endlich hatte sie Gewissheit. Aber sie spürte keinen Triumph.

„Aber dieses Viertel gibt es schon lange, das ist über viele Jahre gewachsen. Das kann man doch nicht einfach kaputt machen." Arthur kratzte sich am Kopf.

„Und man kann mir doch nicht ernsthaft dieses Haus wegnehmen, wenn ich das nicht will."

„Glaub mir, da gibt es Mittel und Wege. Sobald der Köhler einen Hebel gefunden hat, wo er ansetzen kann, hast du keine Chance mehr."

Charly wusste, wovon er sprach. Er hatte oft genug selbst seine Hand im Spiel gehabt bei solchen Aktionen.

Arthur wurde blass.

„Wenn das deine Arbeit ist, dann tust du mir leid. Nimm es mir nicht übel, aber vielleicht gehst du jetzt besser. Ich muss erst einmal über ein paar Dinge nachdenken."

Er stand auf und schüttelte Charly, der auch aufgestanden war, förmlich die Hand.

„Danke, dass du zumindest jetzt ehrlich warst."

Charly saß hinter dem Steuer seines Wagens und starrte vor sich hin. Sie hatten ihn nicht hinausgeworfen, noch nicht einmal jetzt. Schweigend hatten sie ihn einfach ziehen lassen. Das war viel schlimmer als ein Tritt in den Hintern.

Wie immer hatte Frau Glock alles vorbildlich organisiert. Der Abschluss des Vertrages war reine Formsache und in wenigen Minuten erledigt. Endlich hatte sie auch Herrn Köhler Junior kennen gelernt, den wichtigsten Kunden ihres Chefs. Besonders beeindruckt war sie nicht von diesem Bürschchen. Er gehörte in die Kategorie ‚große Klappe, nichts dahinter'. Auf ihre Menschenkenntnis hatte sie sich immer verlassen können. Dass Herr Brandner so viel von ihm hielt, konnte sie nicht verstehen. Aber natürlich stand das Vermögen von Köhler Senior dahinter, das wertete diesen Jungspund erheblich auf.

Sorgfältig stellte sie die Unterlagen zusammen, die an die Zentrale geschickt werden mussten. Es ging um eine sehr hohe Kreditsumme. Kein Wunder, dass die Unterschrift ihres Chefs etwas zittrig aussah. Das Formular über die Bonität des Kunden hatte er höchstpersönlich ausgefüllt. Handschriftlich, das war allerdings ungewöhnlich. Sie zuckte mit den Schultern. Das war Chefsache, er hatte das allein zu verantworten.

In Brandners Büro knallte ein Sektkorken, und Männerlachen war zu hören. Na, das wird sicher eine feucht-fröhliche Feier heute Abend, dachte sie. Sie zog eine Schublade auf und überprüfte ihre Bestände an Aspirin. Wie sich das für eine gute Sekretärin gehörte, war sie auch für einen Kater ihres Chefs gut gerüstet.

Bernd Köhler rieb sich zufrieden die Hände. Der Kreditvertrag war endlich unter Dach und Fach. Nun konnte er in die Vollen gehen. Er griff zum Telefon.

„Hallo Theo, Köhler hier!"

„Du sollst mich doch hier nicht anrufen!"

Die Stimme von Theo Steiner war ganz heiser vor Aufregung.

„Wenn uns jemand hört..."

„Du hast wohl zu viele Krimis gesehen."

Bernd amüsierte sich über die Panik in Steiners Stimme.

„Ich riskiere Kopf und Kragen."

„Dafür wirst du auch fürstlich bezahlt. Oder willst du dich etwa beschweren?"

„Nein, nein. Aber mir wäre es lieber, wenn du mich nicht hier anrufen würdest."

Entspannt lehnte Bernd sich zurück.

„Ganz ruhig, Theo. Du sitzt im Bauamt, und ich hab ein Bauprojekt. Es gibt nichts Harmloseres als ein Telefonat zwischen uns."

„Nun sag schon, was du willst. Ich muss gleich weg. Termin."

Theo klang gehetzt.

„Ich hab nur eine kurze Frage. Ist alles klar mit dem Konto, das du einrichten wolltest? Ich würde dir gerne ein kleines Geschenk zukommen lassen."

„Der Kredit steht also."

Bernd lachte meckernd.

„Was denkst du denn! Bei mir läuft alles wie geschmiert. Ich hoffe, bei dir auch."

„Ich bin dran. Ist alles nicht so einfach. Die Grünen und dann so ein parteiloser Querkopf, du weißt ja, wie es ist."

„Deshalb habe ich ja auch dich dran gesetzt. Du wirst das schon schaukeln. Ich verlass mich auf dich."

Steiner überlegte einen Moment.

„Das Geschenk kommt also in den nächsten Tagen?"

Bernd hörte die Gier in der Stimme und lächelte zufrieden.

„Ja. Aber ich erwarte, dass es zügig weiter geht. Du kennst ja meinen Zeitplan."

„Kannst dich drauf verlassen. Ich muss jetzt auflegen. Bis bald."

Verblüffend, wie einfach Menschen zu manipulieren waren, sinnierte Bernd. Aber gut, dass es so war.

„**K**iki, ich hole dich gegen sieben Uhr ab. Sieh zu, dass du pünktlich fertig bist. Und bitte keines von deinen speziellen Outfits heute, wir gehen in ein Sterne-Restaurant. Da muss dein Busen nicht in der Suppe hängen."

Sollte das witzig sein? Kiki war jedenfalls nicht begeistert über diese Nachricht auf ihrem Anrufbeantworter. Außerdem war ihr heute ganz bestimmt nicht nach Ausgehen zumute. Sie wollte sich nur noch verkriechen und während der nächsten Tage an möglichst wenigen Spiegeln vorbei kommen. Wimmernd zog sie ein Taschentuch heraus und tupfte an ihren Augen herum. Es war nicht nötig, dass auch noch die Wimperntusche verschmierte. Vorsichtig betastete sie ihren geschwollenen Mund. Es tat höllisch weh.

Irgendwo mussten noch Strohhalme sein. Nach einigem Suchen fand sie die Packung. Im Schlafzimmer ließ sie die Rollos halb herunter und stellte den Fernseher an. Ein komisches Gefühl, Sekt mit dem Strohhalm zu trinken, aber das war die einzige Möglichkeit, überhaupt etwas herunter zu kriegen. Sie legte sich aufs Bett und zog sich die Decke über den Kopf.

Thomas war in Eile. Als sich auf sein Klingeln nichts regte, zog er ungeduldig den Schlüssel aus der Tasche. Bestimmt hatte Kiki wieder mal die Musik bis zum Anschlag aufgedreht und hörte nichts. Als er die Wohnungstür aufschloss, beschlich ihn eine Ahnung, dass etwas nicht in Ordnung war. Es war totenstill in der Wohnung.

„Kiki, ich bin da! Können wir gleich los?"

Er stürmte durchs Wohnzimmer ins Bad, aber sie stand nicht wie erwartet vor dem Spiegel. Schließlich fand er sie im Schlafzimmer, ein weinendes Bündel, das sich ins Bett verkrochen hatte.

„Es tut so weh", jammerte sie.

Er knipste die Nachttischlampe an und erstarrte.

„Um Gottes Willen!"

Ihr Gesicht war aufgequollen, ihre Lippen eine einzige, geschwollene Masse.

„Wer war das Schwein? Hast du die Polizei verständigt?"

Er war völlig außer sich. Das Gesicht seiner wunderschönen Kiki war zu einer grotesken Fratze entstellt.

„Kein Überfall", nuschelte sie undeutlich.

„Was ist denn passiert?"

Er strich ihr über die zerzausten Haare. Sie musste schon seit Stunden weinen. Ihre Augen waren fast zugeschwollen, und schwarze Wimpertusche klebte auf ihren Wangen bis zum Kinn hinunter. Sie wandte sich von ihm ab, griff nach einem Strohhalm und steckte ihn in ein Sektglas.

„Sag sofort, was los ist!"

„Au, du tust mir weh."

Er lockerte seinen Griff um ihrem Arm.

„Was ist passiert, sag endlich."

„Du wolltest mir ja kein Geld geben, damit ich mir meine Möpse machen lasse", zischte sie.

Ihm wurde kalt. „Was hast du machen lassen?"

Er drehte ihren Kopf zum Licht und betrachtete sie genau.

„Du hast dir doch nicht etwa die Lippen aufspritzen lassen. Bist du von allen guten Geistern verlassen?"

Sie schluchzte laut auf und warf sich in ihr Kissen. Entgeistert starrte er auf die zuckende Gestalt. Wenn das kein super Timing war! Ein toller Auftakt für die Feier zum Vertragsabschluss. Genau so hatte er sich das vorgestellt. Er sah auf die Uhr und stand auf.

„Ich muss los, schließlich kann ich Bernd nicht warten lassen."

Sie tauchte aus dem Kissen auf.

„Du lässt mich allein?"

„Was hast du denn gedacht? Dass ich meinen wichtigsten Geschäftspartner sitzen lasse und bei dir Händchen halte? Nein, meine Liebe, das badest du gefälligst allein aus."

Für einen kurzen Moment hatte er Mitleid mit ihr. Aber sie war schließlich selbst schuld an ihrer Misere. Außerdem hatte das Geschäft Vorrang. Immer.

„Ich komme später noch mal vorbei. Vielleicht geht es dir dann schon besser."

Schaudernd zog er die Wohnungstür hinter sich zu. Kiki hatte schrecklich ausgesehen. Er war Ästhet, solch einen Anblick konnte er einfach nicht ertragen.

Nun gab es also in seinem Haus auch so ein Teufelsding. Misstrauisch betrachtete Arthur die Tragetasche, in der sich Lenis nagelneues Notebook befand.

Das Ding selbst, ein silberner, flacher Kasten, stand aufgeklappt auf dem Esstisch. Schon seit geraumer Zeit fummelte ein junger Mann mit Nickelbrille daran herum. Leni und Barbara belagerten ihn förmlich.

„So, der Internetzugang steht. Sie können loslegen. Ein schönes Notebook haben Sie sich da ausgesucht", sagte er bewundernd.

Interessiert hörten die beiden Frauen seinen weiteren Erläuterungen zu. Es war faszinierend, was man damit alles machen konnte.

„Hast du gehört, Arthur? In Nullkommanichts werden wir jetzt das Rezept für dein Erbspüree finden."

Mit hochroten Wangen saß Leni vor ihrer neuen Errungenschaft. Ihre rechte Hand hatte sie um ein ovales Ding gelegt, und auf dem Bildschirm flitzte ein kleiner Pfeil herum. Arthur gab ein Schnauben von sich, das sehr nach Verachtung klang. Was war denn daran nur so toll? Einen Kommentar konnte er sich trotzdem nicht verkneifen.

„Kann es auch kochen?"

„Das nicht. Aber man kann damit im Internet surfen, Mails verschicken, die ganze Welt ist nur einen Mausklick entfernt. Und ein paar Spiele haben wir auch. Probier doch mal!"

Aber Arthur war nicht dazu zu bewegen, das Gerät auch nur anzufassen. Es war ihm nicht geheuer.

Der junge Mann packte seine Sachen zusammen und verabschiedete sich. Leni war restlos begeistert von ihrer Neuanschaffung. Arthur würde es bestimmt auch Spaß machen, ein bisschen zu surfen. Aber man musste ihn erst noch von den Vorteilen der modernen Computertechnik überzeugen. Sorgfältig verstaute sie das Gerät in der Tasche. Ohne Barbaras Hilfe hätte sie sich nie getraut, ein Laptop zu kaufen. Sie hatte etwas gut bei ihr.

Barbara kam täglich auf ein Schwätzchen zu Linse in den Pavillon. Mit etwas zu essen oder zu trinken machten sie es sich in den Liegestühlen gemütlich. Genau zwei Tage dauerte es, bis auch Leni das erste Mal auftauchte. Irgendwie zog diese Frau sie magisch an. Und die gab bereitwillig Auskunft.

„Klar ist mein Leben etwas ungewöhnlich. Aber es gefällt mir halt so“, erklärte sie.

„Macht es dir nichts aus, dass du kein Zuhause hast?“

„Hab ich doch. Schau, wie gemütlich es hier geworden ist.“

Der Pavillon war tatsächlich nicht wieder zu erkennen. Linse hatte überall Tücher und Schals in leuchtenden Farben verteilt. Mit einem kleinen Seidenteppich, der über einer Wäscheleine hing, war der hintere Bereich des Raumes zum Schlafen abgetrennt. Leni musste zugeben, dass das ‚Bett', das aus einer Luftmatratze, diversen Kissen und dem Schlafsack bestand, fast gemütlich aussah.

„Es ist warm und kuschlig“, versicherte Linse.

Sie saß im ‚Wohnzimmer' auf der alten Couch, die sie mit Tüchern in verschiedenen Blautönen verschönert hatte. Leni lümmelte ihr gegenüber in einem knarrenden Korbsessel.

„Aber das ist doch nur auf Zeit hier“, gab sie zu bedenken.

„Das ist ja der Witz an der Sache“, erklärte Linse.

„Heutzutage sind die Nomaden nicht mehr mit Pferd und Zelt unterwegs, sondern mit Auto und Schlafsack. Kein großer Unterschied, wenn du mich fragst. Man bleibt agil und neugierig. Alles, was eingefahren ist, macht träge und satt.“

Wie sie da in kurzen Shorts und einem bunten Stirnband in den Haaren auf der Couch saß, glaube man ihr das sofort. Leni kam sich entsetzlich alt vor.

„Barbara hat mir erzählt, dass du noch verheiratet bist“, lenkte Linse das Gespräch auf ein anderes Thema.

„Was heißt noch? Die Trennung von Thomas ist nur vorübergehend."

„Du willst wirklich zurück?"

„Ja, klar."

„Warum?"

Das war eine einfache Frage, aber eine plausible Erklärung wollte Leni nicht über die Lippen kommen.

„Entschuldige, ich wollte dich nicht in die Enge treiben", sagte Linse. „Aber muss denn eine Beziehung wirklich fürs ganze Leben sein? Manchmal kommt man halt an einen Punkt, wo es nicht mehr weiter geht. Nur noch gewohnte Bahnen, mit Liebe hat das nichts mehr zu tun."

Leni wollte protestieren, aber Linse winkte ab.

„Ich finde es nur wichtig, dass man weiß, was unter dem Zuckerguss ist. Oft zahlt man einen sehr hohen Preis dafür, wird zahm und feige."

Leni starrte vor sich hin. Zahm und feige, war sie das? Linse sah ihr ernstes Gesicht und stand auf. Es war höchste Zeit, sie etwas aufzumuntern.

„Du interessierst dich doch fürs Malen", sagte sie.

„Ich habe alles da. Wenn du willst, kannst du sofort loslegen."

Sie suchte eine kleine Leinwand heraus, die sie auf eine Staffelei stellte. Einladend streckte sie Leni ein paar Pinsel entgegen.

„Was soll ich denn malen?"

„Fang einfach an. Such dir eine Farbe aus, die zu deiner momentanen Stimmung passt."

Unschlüssig betrachtete Leni die Farben auf der Palette.

„Du hältst ja den Pinsel ganz verkrampft. Mach dich locker."

Linse holte einen großen Kassettenrekorder aus ihrer Schlafecke und stellte ihn an. Deep Purple, das war genau nach Lenis Geschmack. Sie tauchte einen Pinsel in ein kräftiges Orange und malte eine zittrige Linie auf das jungfräuliche Weiß der Leinwand. Linse kniff ein Auge zusammen.

„Sehr schön. Mach nur weiter. Denk nicht drüber nach."

Es war ungeheuer spannend. Erst zaghaft, dann immer mutiger fing Leni an, die Leinwand zu erobern. Sie zog Linien, malte Kreise und Flächen, bis eine Art Strahlenkranz entstanden war.

„Eine interessante Arbeit", lobte Linse.

„Du hast eine gute Balance aus traurigen und fröhlichen Farben gefunden."

Erstaunt betrachtete Leni ihr Bild. Dass Farben solche Eigenschaften hatten! Aber irgendwie stimmte es. Linse lachte.

„Du hast eine Haarsträhne erwischt. Steht dir gar nicht schlecht, dieses Rot."

Sie zog Leni vor einen Spiegel, der an einem Nagel hing.

„Schau mal."

Leni betrachtete die rote Haarsträhne, die ihr in die Stirn fiel.

„Das lasse ich so", beschloss sie spontan. „Arthur rastet aus, wenn er das sieht."

Sie lachte vergnügt.

„Das könnte interessant werden", meinte Linse trocken, und die beiden zwinkerten sich verschwörerisch zu.

Arthur war entsetzt. Diese Linse hatte eindeutig einen schlechten Einfluss auf Leni. Die beiden kicherten herum wie zwei alberne Schulmädchen.

„Wir sind doch noch nicht scheintot", sagte Leni, als er nach Terpentin suchen wollte.

„Das wächst wieder raus. Und dann such ich mir eine neue Farbe aus. Was hältst du von Blau?" fragte sie mit einem unschuldigen Augenaufschlag. Etwas gequält stimmte er in das allgemeine Gelächter ein.

Es wurde Zeit, einmal ein ernstes Wort mit Linse zu reden. Zähneknirschend hatte er ihre Anwesenheit akzeptiert. Aber er wurde nicht recht schlau aus ihr.

Staunend hatte Arthur beobachtet, dass der Pavillon von Tag zu Tag besser aussah. Die Fensterscheiben waren sauber und blitzten in der Sonne. Das Steinpflaster rundherum war vom Unkraut befreit. Sogar die Clematis war zu neuem Leben erwacht und rankte ihre Triebe bis zum Dach hoch. Er hatte Linse gar nicht zugetraut, dass sie hausfrauliche Qualitäten hatte. Und kochen konnte sie auch.

Die Tür stand weit offen, und er klopfte an den Türrahmen, um sich bemerkbar zu machen. Linses rote Mähne tauchte hinter dem Seidenteppich auf.

„Komm nur rein, Arthur. Ich bin gleich fertig. Setz dich doch."

Er sah sich neugierig um. Hier hatte sich eine Menge verändert. Die alten Korbmöbel sahen mit den bunten Kissen wieder richtig gut aus. Die Couch hatte ein blaues Kleid bekommen. Und auf dem Tisch standen Kerzen und Teelichter in bunten Gläsern. Stirnrunzelnd betrachtete er einige Bilder, die Linse an die Wand gelehnt hatte.

„Schau mal, das ist das erste Bild von Leni."

Linse war neben ihn getreten und zeigte auf eine Leinwand.

„Was soll das darstellen?"

Er hätte nicht einmal sagen können, wo oben und unten war. Es sah aus, als hätte ein Kind eine sehr bunte Sonne gemalt.

„So hat sie sich in dem Moment gefühlt."

„Aha."

„Ich halte nichts davon, nach irgendwelchen Regeln zu malen. Bilder sind hauptsächlich für den Maler da. Der Betrachter ist schließlich nur Zuschauer und nicht Akteur. Er hat kein Recht, darüber zu urteilen."

„Interessante Theorie."

Er wünschte, sie würde einmal etwas sagen, das er auf Anhieb verstand. Diese Frau war noch viel wirrer als Leni, und mit der war es schon nicht immer einfach.

„Magst du ein Bier?"

Sie wartete seine Antwort nicht ab, sondern holte eine Flasche, öffnete sie und schenkte ein Glas voll.

„Ich weiß schon, warum du mit mir reden willst. Ich habe dich ziemlich überfahren mit meinem Einzug."

Sie sah kein bisschen schuldbewusst aus.

„Ich hoffe, ich störe euch nicht allzu sehr."

„Nein, nein", versicherte Arthur. „Und dieser Fisch, den du gestern gemacht hast, der war wirklich Spitze."

„Ich würde auch gerne etwas dafür zahlen, dass ich hier wohnen darf", bot sie an.

An Geld hatte er überhaupt noch nicht gedacht. Es gab eine gemeinsame Kasse. Wer gerade einkaufen ging, bediente sich daraus. Leni zahlte ihre Miete, und auch Barbara steuerte etwas bei, obwohl Arthur es nicht annehmen wollte.

„Darum geht es nicht", stellte er klar. „Es ist nur so, dass mittlerweile hier drei Frauen wohnen. Das ist eine äußerst merkwürdige Situation für mich. Ich will nicht über die Lästereien von der Nachbarschaft reden. Aber ob das alles so richtig ist?"

„Wer bestimmt denn, was richtig ist?"

Linse strich sich die Haare aus dem Gesicht und sah ihn aufmerksam an.

„Das versteh ich nicht."

„Nun ja, wenn du wissen willst, ob etwas in Ordnung ist, fragst du jemand bestimmten? Oder entscheidest du das selbst?"

Das waren vielleicht Fragen! Man musste ja ein halber Philosoph sein, um da mitzukommen.

„Natürlich entscheide ich das selbst."

„Gut so! Also noch mal von vorn: Spricht etwas dagegen, dass ich hier für eine Weile wohnen bleibe?"

Ihr freundlicher Ton milderte die Direktheit ihrer Frage. Er schüttelte verwirrt den Kopf. Wo käme man denn dahin, wenn jeder machen würde, was er wollte?

„Solange ich niemand damit weh tue, bin ich in dem, was ich tue und denke, frei."

Linse machte kein Geheimnis aus ihrem Lebensmotto. Vielleicht sollte man sie darum beneiden, dass sie so unabhängig war. Die Schmiererei an der Hauswand fiel ihm ein. Dieser gemischter Haushalt war total harmlos. Aber das sahen die Leute offenbar ganz anders. Wie konnte er sich über die Engstirnigkeit der Nachbarschaft aufregen und gleichzeitig Linses Unabhängigkeit bewundern? Er wurde immer konfuser.

„Hast du Lust auf eine Partie Schach?"

Arthur war verblüfft.

„Woher weißt du, dass ich Schach spiele?"

„Das Brett im Wohnzimmer setzt keinen Staub an."

Dumm war sie nicht, und eine gute Beobachterin dazu. Außerdem hatte sie es irgendwie geschafft, dass sich die Frage nach ihrem Hierbleiben in Luft auflöste. Man konnte schlecht jemand rauswerfen, mit dem man Bier trank und Schach spielte. Die Probe mit Lobenstein stand schließlich auch noch an, und auf die freute er sich schon sehr.

Irgendwie lief dieses Gespräch ganz anders, als er gedacht hatte. Weiber, dachte er resigniert, da soll sich einer mit denen auskennen. Aber die Aussicht auf eine Partie Schach war nicht unangenehm. Schmerzlich vermisste er die Spiele gegen Charly.

„Ich bin gespannt auf deinen Eröffnungszug", sagte er grimmig. „Dabei kannst du mich jedenfalls nicht schwindlig reden."

Frau Hoffmann ließ Arthurs Harem keine Ruhe. Die Gelegenheit war günstig, als ihr Mann mit dem Auto zur Werkstatt fuhr. So schnell würde er nicht wieder zurück kommen. Sie hatte also Zeit, sich das Nachbarhaus einmal aus der Nähe zu betrachten und war zu allem entschlossen.

Die Mauer rund um das Grundstück gab ihr genügend Deckung, um sich unbemerkt anzuschleichen. Sie kam an dem Auto vorbei, das seit neuestem hier parkte. Ein fremdes Kennzeichen, das fiel auf. Leider hatte sie noch nicht herausfinden können, wem es gehörte. Mal stand es da, mal nicht, es machte sie ganz krank.

Ziemlich genau in der Mitte von Arthurs Straßenfront stand eine Laterne, deren unterer Teil verdickt war. Frau Hoffmann setzte probeweise einen Fuß darauf und zog sich ächzend am Laternenmast hoch. Nun stand sie einen guten halben Meter höher und hatte einen ausgezeichneten Blick auf den nachbarlichen Garten. Ihre Position war zwar etwas wackelig, aber vielleicht würde sie nicht allzu lange ausharren müssen, bis sich etwas tat.

Im Garten stand ein Pavillon, dessen Glastüren weit geöffnet waren. Davor räkelte sich in einem Liegestuhl eine leicht bekleidete Frau. Frau Hoffmann fiel der Unterkiefer herunter.

„Schamlos", murmelte sie, ganz entzückt von ihrem Jagdglück.

Jetzt schaute die Frau zu ihr herüber. Blitzschnell duckte sich Frau Hoffmann. Fast hätte sie den Halt verloren, sie konnte sich gerade noch ein Stück weiter unten festhalten. Sie fasste in etwas Weiches. Angeekelt betrachtete sie den Taubendreck auf ihrer Hand.

„So eine Schweinerei!"

Aber sie schob entschlossen das Kinn vor und verharrte mit angezogenen Beinen, die Arme fest um die Laterne geschlungen, regungslos auf ihrem Posten. Nichts tat sich. Ihre Beine zitterten vor Anstrengung, und sie biss die Zähne zusammen. Schließlich ging es nicht mehr, sie richtete sich wieder auf. Der Liegestuhl war leer.

Die Büsche an der Mauer bewegten sich leicht, ohne dass Frau Hoffmann es bemerkte. Während ihre Augen noch über Arthurs Garten streiften, dröhnte plötzlich direkt neben ihr laute Musik los:

„I can't get no satisfaction!"

Sie fuhr zusammen, ließ vor Schreck den Laternenpfahl los und schrammte mit den Beinen am Metall entlang. Dann knallte ihr Hinterteil auf den Bürgersteig.

Über der Mauer tauchte ein Kopf auf, der genau wie die Musik direkt aus der Hölle zu kommen schien. Wilde, rote Locken standen nach allen Seiten ab. Und im Gesicht waren schwarze Striche aufgemalt wie bei einem Guerillakämpfer. Mit Mühe erkannte Frau Hoffmann die Frau vom Liegestuhl, die jetzt aus vollem Halse lachte.

„Hab ich Sie erschreckt?"

Zu keiner Erwiderung fähig glotzte Frau Hoffmann zu ihr hoch. Die Frau stellte ein großes Radio auf die Mauer und schaute zum Himmel.

„Wird wohl bald regnen, die Krähen fliegen so tief."

Mit einem lauten Lachen verschwand der Kopf hinter der Mauer. Frau Hoffmann versuchte, sich aufzurappeln. Da zog sie jemand unsanft am Arm hoch. Herr Winkler schaute sie böse an.

„Ist das nicht unbequem?"

Sie war entsetzt.

„Ich wollte nur, also, ich..."

„Passen Sie auf, hier gibt es viele Hundehaufen. Ich an Ihrer Stelle würde mich da nicht hinsetzen."

Er ließ ihren Arm so überraschend los, dass sie wieder auf ihr lädiertes Hinterteil plumpste. Entsetzt spürte sie etwas Weiches unter sich.

Herr Winkler drehte sich um und ging. So schnell sie konnte, rappelte sich Frau Hoffmann auf und humpelte zurück nach Hause. Sie konnte nur hoffen, dass dieser Winkler ihrem Mann nichts von dem Vorfall erzählte.

Auf Arthurs Terrasse ging es hoch her. Linse musste ein paar Mal hintereinander die Szene in allen Einzelheiten schildern. Jedes Mal brachen alle in brüllendes Gelächter aus. Leni bedauerte sehr, dass sie das nicht hatte sehen können.

„Der hast du's aber gegeben. Die wird sich das gut überlegen, bevor sie noch einmal spionieren kommt."

Linse war nicht so überzeugt.

„Solche Leute sind hart im Nehmen. Die wird sich in Kürze etwas anderes ausdenken. Aber jetzt ist sie wenigstens gewarnt. Wir schlagen zurück."

Ein paar Tage marschierte Arthur herum wie Falschgeld. Schließlich konnte es Barbara nicht mehr mit ansehen. Sie drückte ihm das Telefon in die Hand.

„Ruf ihn endlich an“, sagte sie und verschwand in der Küche.

Charly sah auf dem Display die Nummer, die er schon auswendig kannte, und griff zum Hörer, bevor sich der Anrufbeantworter einschalten konnte.

„Hier ist Arthur. Nur eine kurze Frage: Kannst du auch mal rein privat kommen, oder verbietet dir das dein Brötchengeber? Ich hab das Schachspiel schon aufgestellt. Außerdem gibt es heute Schweinebraten.“

„Bin schon unterwegs“, krähte Charly fröhlich.

Er hatte es plötzlich sehr eilig. In der Küche stand noch eine Flasche Wein. Vielleicht half die, Leni zu versöhnen. Er war schon halb aus der Tür, als das Telefon wieder klingelte. Hastig griff er nach dem Hörer.

„Köhler hier. Sagen Sie mal, Duffner, tun Sie eigentlich überhaupt was für mein Geld?“

„Was meinen Sie damit?“, stotterte Charly völlig überrumpelt.

„Ich habe erfahren, dass schon wieder jemand eingezogen ist bei diesem Winkler. Das müssen Sie doch mitbekommen haben. Wieder eine Frau, und anscheinend wohnt sie in so einer Art Gartenhäuschen. Daraus lässt sich möglicherweise was drehen. Ich rufe gleich mal beim Bauamt an. Vermutlich gibt es überhaupt keine Baugenehmigung für diese Hütte. Und Sie bewegen Ihren Hintern und stellen fest, was an der Sache dran ist. Ist das klar?“

Ohne eine Antwort abzuwarten, legte Köhler auf. Charly setzte sich aufs Bett. Das sah nach gewaltigem Ärger aus.

Kapitel 9

„**I**ch kann mich beim besten Willen nicht mehr erinnern", sagte Arthur. „Außerdem bin ich schon restlos geschafft."

Leni konnte es ihm nicht verdenken. Seit Stunden wühlten sie nun schon in Ordnern und Schubladen herum. Erschöpft setzte sie sich neben ihn auf den Fußboden.

„Denk doch mal nach. Habt ihr den Pavillon selbst gebaut? Oder hattet ihr eine Firma? Irgendetwas musst du doch noch wissen."

„Mein Gott, das waren damals andere Zeiten. Da hat die Nachbarschaft noch geholfen, wenn Not am Mann war. Keiner hatte Geld übrig, also werde ich vermutlich keine Firma beauftragt haben. Aber das bringt uns mit der Baugenehmigung nicht weiter."

Der Brief vom Bauamt hatte wie eine Bombe eingeschlagen. ‚Widerrechtliche Nutzung als Wohnraum' stand da. Und falls keine Genehmigung für den Bau des Pavillons vorlag, war mit einer hohen Geldstrafe oder noch Schlimmerem zu rechnen. Arthur hatte sich sofort ans Telefon gehängt, um die Sache aufzuklären. Es war doch nur ein vorübergehender Logierbesuch. Aber das Amt blieb stur. Man müsse der Anzeige nachgehen.

Linse wollte sofort ihre Sachen packen und verschwinden.

„Lass nur, das hat jetzt keinen Zweck mehr. Wenn die einmal was gewittert haben, geben die nicht auf, diese Bluthunde. Ich möchte nur wissen, welcher meiner lieben Nachbarn mich angeschwärzt hat."

Arthur machte sich keine Illusionen, auch wenn es bitter war. Nach vielen Jahren friedlicher Nachbarschaft konnte er plötzlich keinem mehr trauen. Ging es nur um seine Damen oder steckte wieder dieser Köhler hinter dem Ganzen? Es war ein Kampf gegen Windmühlen.

„**K**öhler fängt jetzt an, richtig unangenehm zu werden", hatte Charly bei seinem letzten Besuch erzählt. Arthur rechnete ihm das hoch an, aber er nahm die Warnung nicht so ernst. Erst als das amtliche Schreiben kam, wurde er schlagartig munter. Seitdem glich das Haus einem Ameisenhaufen.

„Hast du in deinem Keller nachgesehen?" fragte Leni und wischte sich den Schweiß von der Stirn.

Ihr tat der Rücken weh und noch einige andere Körperteile. Den ganzen Wohnzimmerschrank hatten sie auseinander genommen, in jedem Fach und in jeder Schublade nachgesehen. Es war unglaublich, welche Mengen an Papier dabei zum Vorschein kamen. Sogar ein Bündel alte Liebesbriefe von Arthur an seine Maria war aufgetaucht, das er sofort ins Schlafzimmer geschleppt hatte.

Linse und Barbara waren keine Hilfe. Die eine hatte mit Papieren nichts am Hut. Und die andere jammerte unentwegt und rang die Hände, bis Leni sie zum Kaffee kochen schickte.

„Was soll schon in meiner Werkstatt sein, da hab ich doch nur..."

Arthur brach ab und pfiff leise durch die Zähne. „Vielleicht, vielleicht..." murmelte er und verschwand im Keller.

„Kaffee ist fertig", verkündete Barbara.

Leni setzte sich auf die Couch. Diese Sucherei zerrte an den Nerven, da tat eine Pause gut. Barbara gesellte sich zu ihr. Sie wartete, bis Leni einen Schluck getrunken hatte und drückte ihr dann einen Brief in die Hand.

„Was ist das?"

„Ich hab auch Post gekriegt, aber was Schönes. Lies mal."

Leni faltete den Brief auseinander. Barbara hielt es fast nicht mehr auf ihrem Sitz.

„Ist nicht wahr", sagte Leni erschüttert, als sie die Zeilen überflogen hatte.

„Doch! Ich hab noch nie was gewonnen. Und jetzt das!"

Barbara strahlte wie ein Honigkuchenpferd.

„Eine Reise zu den Kanaren. Eine Woche. Für zwei Personen. Flug, Hotel, Halbpension, alles inklusive."

Sie war total aus dem Häuschen.

„Wen nimmst du mit?"

„Ich hab an dich gedacht. Natürlich nur, wenn du Lust hast", fügte Barbara schnell hinzu.

Für den Moment war die Suche nach der Baugenehmigung vergessen. Der Reisetermin war sehr kurzfristig. Schon in einer Woche sollte es los gehen. Leni war jetzt auch ganz aufgeregt.

„Das muss gefeiert werden. Ich glaube, wir haben noch eine Flasche Sekt im Kühlschrank."

Barbara holte die Flasche und ein paar Gläser. Mit zitternden Händen fummelte sie am Verschluss der Flasche herum.

„Lass mich das lieber machen." Leni nahm ihr die Flasche ab, bevor noch etwas passierte.

„Kannst du eigentlich Spanisch?" fragte Barbara.

Leni schüttelte den Kopf.

„Die sprechen doch sicher auch Deutsch. Und irgendwo im Hinterkopf muss ich noch ein paar Brocken Englisch haben."

Kurz darauf kam Arthur mit triumphierendem Gesicht und einem staubigen Ordner unter dem Arm aus dem Keller.

„Ich hab's", verkündete er.

„Der Ordner war tatsächlich unten."

Er schaute verdutzt auf die Flasche.

„Was wird denn hier gefeiert?"

Barbara erklärte es ihm.

„Da hat es endlich mal die Richtige getroffen."

Arthur freute sich sehr für Barbara. Und da die Bauunterlagen endlich aufgetaucht waren, konnte auch er den Sekt genießen. Er suchte das Papier heraus und reichte es Leni.

„Das ist die Baugenehmigung. Von Wohnraum steht da allerdings nichts. Aber ich werde denen schon verklickern, dass Linse nur zu Besuch ist."

„Hier wird gefeiert, da bin ich richtig."

Linse stand in der Terrassentür.

„Stell dir vor, Arthur hat die Baugenehmigung gefunden. Und Barbara hat eine Reise zu den Kanaren gewonnen. Im Preisausschreiben. Und sie nimmt mich mit. Nächste Woche geht's los, ist das nicht toll?"

„Die Kanaren werden euch gefallen. Welche Insel ist es denn?" wollte Linse wissen.

Barbara studierte den Brief, dem auch ein Prospekt bei lag.

„La Palma. Noch nie gehört."

„La Isla Bonita! Kenn ich, die wird euch gefallen."

„Wo du schon überall warst", staunte Barbara und reichte ihr ein Glas Sekt.

„Na dann, buenos viajes." Linse hob ihr Glas und erklärte:

„Das heißt Gute Reise."

„**U**nd du bist sicher, dass da nichts zu machen ist?"

Nervös trommelte Bernd Köhler mit den Fingern auf dem Schreibtisch herum und ließ seinen Gesprächspartner kaum ausreden.

„Wofür bezahl ich dich eigentlich? Häng dich da gefälligst rein. Geht nicht gibt's nicht", bellte er ins Telefon und drückte auf die Aus-Taste.

Was in drei Teufels Namen war an diesem einen Hausbesitzer so anders? Jeder Mensch hatte seinen Preis. Das war eine Regel, bei der es keine Ausnahme gab. Man musste nur herausfinden, was es war. Es ging nicht unbedingt um Geld. Macht, Einfluss, Prestige, irgendetwas gab es, das dieser Winkler unbedingt wollte. Und wofür er sofort sein Haus hergeben würde. Er nahm den Plan des Viertels zur Hand, auf dem er die Flächen rot markiert hatte, die schon ihm gehörten. Viel fehlte nicht mehr. Aber dieser Rest gestaltete sich zäh.

Er nahm einen Marker zur Hand. Das Mietshaus konnte er von seiner Liste streichen. Der letzte Bewohner war endlich ausgezogen. Das bedeutete grünes Licht für die Abrissbirne. Es juckte ihn in den Fingern, sofort los zu legen. Aber noch durfte er keine Aufmerksamkeit erregen.

Schwungvoll wurde die Bürotür aufgemacht. Er fuhr zusammen.

„Verdammt, Sandi! Ich hab gesagt, keine Störungen."

„Bub, du musst dir dringend bessere Nerven zulegen. Sonst wird das nichts mit deinem Projekt."

Seine Mutter! Die hatte ihm noch gefehlt. Er riss sich zusammen und sprang auf, um sie zu begrüßen.

„Hallo Mutterche! Das ist aber eine Überraschung. Hab ich was verschwitzt? Waren wir verabredet?"

Unauffällig schob er seinen Terminkalender über den Plan.

„Ich war zufällig in der Nähe."

Sie setzte sich ihm gegenüber und schaute mit süffisantem Lächeln auf das halb verdeckte Blatt.

„Willst du mir nicht zeigen, was du da hast?"

„Ich weiß gar nicht, was du meinst."

Sein harmloser Gesichtsausdruck zog nicht, das merkte er sofort. Ihr Lächeln, das wie eingefroren aussah, war eine deutliche Warnung.

„Ich sag es nur einmal. Mit deinem Vater hast du es dir verdorben. Das war sehr unklug. Aber mich wirst du nicht für dumm verkaufen."

Fieberhaft überlegte er. Was konnte sie wissen? Es gab nur einen kleinen Kreis Eingeweihter. Und die hielt er sorgsam heraus aus seinen sonstigen Geschäften. Sie bluffte. Das konnte er auch.

„Aber Mutterche, ich weiß wirklich nicht, wovon du redest. Du weißt doch über alles Bescheid, was hier so läuft."

Er schob ihr den Besucherstuhl zurecht.

„Setz dich doch. Willst du Kaffee? Oder einen Cognac?"

Sie blieb stehen.

„Wenn du das allein durchziehen willst, ist das deine Sache. Aber komm hinterher nicht heulend bei mir an."

Für einen beklemmenden Moment kam er sich vor wie früher, wenn er mal wieder eine Klassenarbeit verhaut hatte. Er schüttelte das Gefühl ab. Das war sein Büro, seine Firma, und was er hier machte, war seine Sache.

„Ich hab gute Lehrmeister gehabt, du brauchst dir keine Gedanken zu machen."

„Die Sprüche spar dir für die Spuckes. Merk dir nur eins: Man muss lange Hosen anhaben, bevor man mit den Großen pinkeln kann. Bei dir schauen noch die Windeln raus."

Sie drehte sich um und rauschte zur Tür hinaus. Verwirrt ließ er sich in seinen Sessel fallen. Er schob den Kalender beiseite und starrte auf seinen Plan.

„Ich schaff es allein, da könnt ihr Gift drauf nehmen", knurrte er mit zusammengebissenen Zähnen.

„**W**ie gut, dass die zwei endlich weg sind. Wie kann man nur so aufgeregt sein, das ist ja nicht normal."

Arthur warf sich in einen Sessel und streckte die Beine aus.

„Ist alles gut gelaufen?", erkundigte sich Linse.

„Ja, ich hab ihnen mit dem Gepäck geholfen und beim Einchecken."

Er schaute auf die Uhr. Inzwischen mussten sie schon irgendwo über den Alpen schweben.

„Und was machen wir zwei Hübschen in der Zwischenzeit?"

„Auf jeden Fall keine Hausarbeit." Da war sich Arthur ganz sicher.

„Wir machen einfach Urlaub zu Hause. Ich hab da schon ein paar Ideen", verkündete Linse mit einem Augenzwinkern.

„Wie wär's mit einer Paella zum Anfang?"

„Oh ja!"

Arthur strahlte. Dieser Urlaub ließ sich richtig gut an.

Die Altstadt von Santa Cruz war in das warme Licht der Nachmittagssonne getaucht. Mit Tüten bepackt schlenderten Leni und Barbara durch die schmalen Gassen. Die pastellfarbenen, kleinen

Häuser, das alte Kopfsteinpflaster, die typischen hölzernen Balkons, Barbara hörte überhaupt nicht mehr auf zu fotografieren.

„Das ist wunderschön", sagte sie andächtig und betrachtete einen Baum, der mit leuchtend roten Blüten übersät war.

„Was das wohl für einer ist?"

Manche Pflanzen erkannte sie wieder. Als kleinere Ausgabe standen sie in Blumentöpfen zu Hause auf der Fensterbank.

„Lass uns zurückgehen zum Hotel und etwas trinken. Mir tun die Füße weh", schlug Leni vor.

Das Hotel lag hoch über der malerischen Bucht. Von der Terrasse aus konnte man die großen Kreuzfahrtschiffe sehen, die den Hafen anliefen.

Leni betrachtete das Sammelsurium von Tüten zu ihren Füßen.

„Ich kann's gar nicht glauben, dass du mich zu diesem Kleid überredet hast", meinte sie. „Und der kurze Rock, ich bin immer noch nicht sicher, ob ich so etwas noch tragen kann."

„Das ist doch keine Frage. Bei deinen Beinen..."

Barbara warf einen bewundernden Blick auf Lenis karierte Bermudas, unter denen wohl geformte gebräunte Waden herausschauten. In dem Kleid würde ihre gute Figur erst so richtig zur Geltung kommen.

„Morgen suchen wir was für dich."

Leni trank Espresso und genoss die Aussicht.

Mit großer Geste stellte der Kellner zwei Gläser Sekt auf den Tisch.

„Mit Kompliment von Senor Tortosa", verkündete er.

„Wer ist das?" fragte Leni.

Der Kellner deutete auf einen Herren mit hellem Strohhut, der ein paar Tische weiter saß und nun grüßend sein Sektglas hob. Barbara kicherte.

„Wir haben einen Verehrer."

„Was der von uns will? Der kennt uns doch gar nicht", meinte Leni misstrauisch. Barbara nippte an ihrem Glas.

„Hm, lecker, daran könnte ich mich gewöhnen."

Leni setzte ihre Sonnenbrille auf. Sie hatte eigentlich keine Lust, sich von jemand einladen zu lassen. Aber nun war es zu spät, Barbaras Glas war bereits halb leer.

Unauffällig musterte sie den Mann. Auf den ersten Blick machte er keinen schlechten Eindruck. Er war groß und schlank und trug einen hellen Anzug, dazu geflochtene Lederschuhe.

Barbara blätterte in einer Ausflugsbroschüre.

„Was meinst du, wollen wir morgen einen Ausflug in die Berge machen? Dieser Vulkankrater, das ist bestimmt interessant. Das würde ich gerne sehen. Eine Wanderung und ein typisches Mittagessen sind inklusive."

„Es ist vielleicht ganz gut, wenn wir morgen mal nicht so viel in der Sonne sind. Da oben gibt es überall Wald", meinte Leni mit einem Blick auf Barbaras Schultern, die ziemlich rot waren.

„Hier kriegt man aber auch rasend schnell einen Sonnenbrand."

Barbara strich sich vorsichtig über ihre Arme und schaute dann wieder in die Broschüre.

„Caldera de Taburiente", las sie stockend vor.

„Was das wohl heißt? Es klingt toll."

„Das ist unser Nationalpark. Er ist einzigartig."

Der Mann mit dem Strohhut war an ihren Tisch gekommen. Leni und Barbara schauten hoch.

„Entschuldigung, darf ich mich zu Ihnen setzen?"

„Aber gern", antwortete Barbara und wies auf einen freien Stuhl.

Es war wohl ein Gebot der Höflichkeit, nachdem sie den Sekt angenommen hatten, aber Leni passte es trotzdem nicht. Barbara war viel zu vertrauensselig. Abweisend verschränkte sie die Arme vor der Brust und tastete mit dem Fuß nach ihrer Handtasche, die neben ihr auf dem Boden stand. Der Mann schaute sie amüsiert an, und sie fühlte sich ertappt. Man musste ihn als gut aussehend bezeichnen. Sie schätzte ihn auf Mitte fünfzig. Sein kantiges Gesicht war wettergebräunt, und einige längere, graumelierte Haare schauten unter seinem Hut hervor.

„Mein Name ist Luis Tortosa."

Er deutete eine kleine Verbeugung an und setzte sich. Barbara war entzückt.

„Ich heiße Barbara, und das ist Leni", übernahm sie die Vorstellung.

Leni konzentrierte sich wieder auf das Prospekt. Sie wollte nicht den Eindruck erwecken, dass sie nur auf männliche Gesellschaft gewartet hatten. Barbara allerdings war in Plauderstimmung.

„Wir wollen morgen einen Ausflug dorthin machen."

Der Mann zeigte seine weißen, ebenmäßigen Zähne.

„Wollen Sie sich in einen Bus quetschen? Das ist nicht sehr komfortabel."

„Wir haben keinen Mietwagen."

Leni ließ keinen Zweifel daran, dass sie seine Meinung wenig interessierte.

„Und es ist ja auch sehr praktisch, wenn man einen Reiseleiter dabei hat, der alles erklärt."

„Wenn Sie wollen, kann ich Sie herumfahren. Ich kenne mich hier sehr gut aus", bot er an.

Barbara klatschte in die Hände.

„Das wäre ja super! Würden Sie das wirklich machen?"

Leni legte ihr die Hand auf den Arm.

„Wir müssen uns das erst noch überlegen, aber vielen Dank für das Angebot. Und danke auch für den Sekt", sagte sie spröde.

„Der schmeckt einfach wundervoll", schwärmte Barbara.

Leni war versucht, sie unter dem Tisch gegen das Schienbein zu treten. Aber das würde auffallen. Später musste sie mal ein ernstes Wort mit ihr reden. Der Mann stand auf.

„Ich will die Damen nicht länger belästigen", erklärte er.

„Morgen um acht Uhr werde ich vor dem Hotel auf Sie warten. Wenn Sie mitfahren wollen, würde mich das sehr freuen."

Er zog eine Visitenkarte aus der Brusttasche und überreichte sie Leni.

„Sie können sich gerne im Hotel nach mir erkundigen. Man kennt mich hier."

Entsetzt stellte sie fest, dass sie rot wurde. Wann war ihr so etwas das letzte Mal passiert? Gar so offen hatte sie ihr Misstrauen nicht zeigen wollen.

„Wir wollen Sie nicht kränken, aber schließlich kennen wir Sie ja nicht."

„Oh, ich verstehe das. Es ist immer gut, vorsichtig zu sein", erklärte er. Dann lüpfte er kurz den Hut als Gruß und ging. Barbara fächelte sich Luft zu mit dem Prospekt und schaute ihm nach.

„Da kann einem ganz schön warm werden. Hast du seinen Blick gesehen? Diese braunen Augen! Und auch sonst, er sieht sehr gut aus, findest du nicht?"

Leni brauchte einen Moment, um sich wieder zu beruhigen. Sie hatte deutlich gesehen, wie er auf ihre Beine gestarrt hatte. Was für ein aufdringlicher Kerl! Aber das konnte ihr schließlich egal sein. Sie hatte kein Interesse an einer Männerbekanntschaft. Ihr lag schon eine scharfe Bemerkung auf der Zunge, als sie Barbaras gerötete Wangen sah.

„Du wirst dich doch wohl nicht von diesem Möchtegern-Casanova einwickeln lassen."

„Also, ich finde ihn sehr sympathisch. Du bist einfach zu misstrauisch."

„Und du bist zu gutgläubig. Wie kommt der dazu, uns durch die Gegend zu kutschieren?"

„Vielleicht, weil er uns nett findet?"

So leicht gab sich Barbara nicht geschlagen. Leni wollte ihr nicht den Spaß verderben, aber wohl war ihr nicht bei dem Gedanken, in sein Auto zu steigen.

„Also was ist nun?" fragte Barbara. Sie betrachtete die Visitenkarte.

„Wollen wir mit Herrn Tortosa mitfahren oder nicht? Wenn wir den Ausflug buchen wollen, müssen wir gleich noch an der Rezeption Bescheid sagen."

Leni nahm ihr die Karte ab. „Ich überlege noch."

Barbara stand auf.

„Ich gehe aufs Zimmer und ziehe mich fürs Essen um."

„Ich komme gleich nach."

Was sollte schon groß passieren? Sie waren zu zweit. Nach viel Geld sahen sie ganz sicher nicht aus. Und falls er zudringlich werden wollte, würden sie sich schon zu wehren wissen. Trotzdem ging sie auf dem Weg zum Zimmer an der Rezeption vorbei.

„Senor Tortosa, ja natürlich, den kennt hier jeder. Er hat eine Bananenplantage, gleich hinter Santa Cruz, in Tenagua."

Nachdenklich steckte sie die Visitenkarte ein. Es wäre bestimmt interessant, von einem Einheimischen mehr über La Palma zu erfahren.

Luis strahlte über das ganze Gesicht, als Leni und Barbara morgens um Punkt acht Uhr aus dem Hotel kamen. Beide hatten lange Hosen und feste Schuhe an. Auch an einen leichten Anorak hatten sie gedacht.

„Guten Morgen, Senoras. Sie sehen wundervoll aus. Ich sehe, Sie sind für unseren kleinen Ausflug bereit."

Er begrüßte beide mit einem Handkuss und wies auf seinen Wagen, ein solides Allradfahrzeug. Leni war überrascht. Sie hatte eher mit einem Cabriolet gerechnet.

„Wenigstens kein Angeberauto", sagte sie leise zu Barbara. Luis drehte sich zu ihr um. Wieder war da dieses amüsierte Funkeln in seinen Augen.

„No, Senora Leni, ich brauche den Wagen für die Arbeit. Die Straßen sind hier schmal und steil."

Höflich öffnete er Barbara die hintere Wagentür. Für Leni blieb damit der Beifahrersitz übrig. Bevor er ihr helfen konnte, hatte sie schon den Gurt angelegt. Er nickte, als hätte er nichts anderes erwartet. Sie beobachtete, wie er gelassen durch das Verkehrsgewühl fuhr. Seinen Händen sah man an, dass sie zupacken konnten.

„Woher können Sie so gut Deutsch?" wollte sie wissen.

„Ich habe eine Weile in Deutschland gelebt. Es gibt kein besseres Land, um alles über Weinanbau zu lernen."

„Aber Sie haben doch eine Bananenplantage."

Er lachte und warf ihr einen kurzen Blick zu.

„Ah, Sie haben sich über mich erkundigt. Ja, das stimmt, wir bauen Bananen an. Aber der vulkanische Boden hier ist auch ideal für Wein. Ein zweites Standbein, verstehen Sie?"

Eigentlich hatte sie ihn unauffällig ausfragen wollen. Aber sie ahnte, dass er sie durchschaute und ihr Misstrauen spürte. Verlegen schaute sie aus dem Seitenfenster.

„Schauen Sie nur, diese Landschaft. Ist es nicht herrlich hier?"

Seine Stimme klang wie Samt, rau und angenehm zugleich. Nun hatte sie wirklich Mühe, sich auf ihre Umgebung zu konzentrieren.

Von der Küste schraubte sich die Straße in engen Windungen an den Hängen hoch. Nach einer Weile bog Luis in einen Parkplatz. Barbara sprang aus dem Auto und zückte ihren Fotoapparat. Zu ihren Füßen breiteten sich riesige Bananenplantagen aus, die einen breiten Streifen zwischen Bergen und Küste einnahmen. Unten brandete das Meer gegen die Steilküste, an der es nur vereinzelt kleine Strände gab.

„Nun geht es in die Berge. Sie werden staunen."

Im Innern der Insel tauchten sie in eine ganz andere Landschaft ein. Das dichte Buschwerk machte einem Nadelwald Platz. Leni schnupperte begeistert. Sie liebte den würzigen Duft der Pinien. Luis bog in eine schmale Straße ein, die sich in Serpentinen einen Berg hinauf schlängelte.

„Hierher kommt kein Bus", meinte er zufrieden.

Sein Ziel war ein Parkplatz, von dem einige Wanderwege abgingen. Er holte einen großen Rucksack aus dem Kofferraum.

„Haben Sie Wasser dabei? In der Caldera kann es sehr heiß werden."

Leni und Barbara waren gut versorgt. Mit den langen, gleichmäßigen Schritten eines geübten Wanderers ging er voran. Der Boden war mit einem dicken Polster von Piniennadeln bedeckt, das jedes Geräusch dämpfte. Fast lautlos bewegten sie sich zwischen den hohen Bäumen. Durch die Kronen blitzte vereinzelt ein Sonnenstrahl bis auf den Boden, sonst war alles in weichen Halbschatten getaucht.

„Das ist ja nicht zu fassen. Wir sind doch nur eine knappe Stunde von der Küste entfernt. So eine Landschaft hätte ich nicht erwartet."

Barbara war stehen geblieben, um ein Foto zu machen.

„Stellt euch mal da drüben vor den Felsen", bat sie.

Luis legte seinen Arm um Lenis Schultern. Bei seiner Berührung zuckte sie leicht zusammen. Warum stellte sie sich nur so an?

Schweigend gingen sie weiter. Dieser Wald strömte eine eigentümliche Atmosphäre aus, die sie fast ehrfürchtig verstummen ließ.

Es ging stetig aufwärts. Leni kam ins Schwitzen und band sich den Anorak um die Taille. Aber sie hielt Schritt, genau wie Barbara, die hinter ihr lief. Sie hatte jegliches Zeitgefühl verloren, war ganz auf den Rhythmus des Laufens konzentriert, als Luis plötzlich stehen blieb. Der Weg gab den Blick frei auf einen Talkessel. Sprachlos standen sie vor dem riesigen Vulkankrater. Die steilen Hänge waren mit dichtem Buschwerk bewachsen. Bis auf das Zwitschern einiger Vögel war kein Laut zu hören. Vom Meer her zogen weiße Quellwolken über das Tal.

„Habe ich Ihnen zu viel versprochen?"

Man merkte Luis an, wie begeistert er von seiner Heimat war.

„Und nun einige Erfrischungen", verkündete er und zog den Rucksack von seinen Schultern.

„**P**uh, ich bin pappsatt, das war sehr lecker", verkündete Barbara eine Weile später. Luis hatte sich entschuldigt und war in den Büschen verschwunden. Die Damen nutzten den Augenblick für einen kleinen Meinungsaustausch.

„Ich weiß jetzt so ziemlich alles über Bananen, was man nur wissen kann. Aber es ist sehr interessant."

Leni nahm noch einen Schluck von dem leichten Rotwein, den Luis zusammen mit kaltem Hähnchen und Obst aus seinem Rucksack gezaubert hatte.

„Ja, das hab ich bemerkt. Du hast ihn keine Sekunde aus den Augen gelassen. Er dich übrigens auch nicht."

Barbara lachte genüsslich. Es machte ihr großen Spaß zu beobachten, wie die beiden sich immer wieder Blicke zuwarfen. Leni wiegelte ab.

„Keine Ahnung, was du gesehen hast. Er kann interessant erzählen, das stimmt. Aber was soll ich mit einem Bananenbaron?"

Luis schien allerdings ziemlich genaue Vorstellungen davon zu haben, was er vorhatte. Nachdem sie zurückgekehrt waren, hielt er Leni, die mit Barbara im Hotel verschwinden wollte, zurück.

„Hat sich Ihr Misstrauen mir gegenüber etwas gelegt?"

Seine weißen Zähne blitzten. Leni wand sich.

„Sie dürfen das nicht persönlich nehmen, ich bin nun mal so, wenn ich jemand nicht kenne."

An seinem Benehmen gab es nichts auszusetzen. Er war höflich und rücksichtsvoll und dazu ein interessanter Erzähler.

„No, Senora Leni, ich nehme das bestimmt nicht übel. Vorsicht ist immer gut. Sie wissen nichts von mir. Aber ich kann Ihnen versichern, dass ich nur die besten Absichten habe."

Was er wohl damit meinte, überlegte Leni. In ein paar Tagen war sie wieder zurück in Deutschland, und er würde sich weiter um seine Bananen kümmern.

„Würden Sie mir die Freude machen, heute das Abendessen mit mir zu teilen? Nur wir beide. Als kleines Zeichen Ihres Vertrauens."

„Ich weiß nicht so recht."

Leni runzelte die Stirn. Was war mit Barbara? Sie wollte sie nicht allein lassen.

„Sie brauchen sich keine Gedanken um Ihre Freundin zu machen", sagte Luis, der genau zu wissen schien, was ihr durch den Kopf ging.

„Heute Abend ist hier im Hotel Musik und Tanz. Da wird sie sich bestimmt auch allein gut amüsieren. Aber Sie möchte ich heute in ein schönes Restaurant entführen. Es ist nicht weit, gleich unten in der Altstadt. Wir können laufen, wenn Sie wollen."

Leni fielen keine weiteren Einwände ein. Mitten in der Stadt konnte ihr kaum etwas passieren. Und wenn sie ehrlich war, freute sie sich darauf, einen Abend mit diesem interessanten Mann zu verbringen.

Barbara saß an der Bar und wartete mit zwei Gläsern Cava auf sie.

„Na, hat er dich eingeladen?“

Leni war verblüfft. „Das hat er tatsächlich. Kannst du hellsehen?“

„Ich bin ja nicht blind.“

Barbara schmunzelte vor sich hin. Dass Luis großes Interesse an Leni hatte, war offensichtlich. Nur sie selbst hatte es noch nicht mitbekommen.

Barbara amüsierte sich königlich über Lenis Nervosität.

„Ich weiß nicht, was ich anziehen soll“, jammerte die.

„Das Kleid ist viel zu offenherzig. Dieser Ausschnitt, ich weiß immer noch nicht, was mich geritten hat, das zu kaufen. Der Hosenanzug ist zu bieder. Und zu dem neuen Rock passen nur die hochhackigen Schuhe. Damit kann ich unmöglich in der Altstadt herumlaufen. Da ist ja überall Kopfsteinpflaster.“

Leni war im Ausnahmezustand. Das letzte Mal, dass sie eine Verabredung mit einem Mann hatte, lag viele Jahre zurück. Und dieser Mann war Thomas gewesen.

„Was soll das überhaupt?“ sagte sie plötzlich ärgerlich. Sie verstand sich heute selbst nicht. Sonst stellte sie sich doch auch nicht so an wegen ihrer Garderobe. Barbara schien zu ahnen, was in ihr vorging.

„Das ist nichts weiter als ein netter Abend mit einem netten Mann. Er findet dich attraktiv, da ist doch nichts dabei. Genieß es einfach. Dein Thomas weiß doch schon gar nicht mehr, wie gut du aussiehst.“

Leni drehte sich vor dem Spiegel hin und her.

„Na, ich weiß nicht.“

Sie betrachtete kritisch ihre Oberarme.

„Dummes Zeug.“

Barbara wurde richtig böse.

„Du nimmst das Kleid, in dem siehst du einfach toll aus. Zieh eine Strickjacke drüber, dann sieht man den Ausschnitt nicht so. Obwohl ich das für völlig überflüssig halte.“

Mit glänzenden Augen beobachtete Barbara von der Lobby aus den bewundernden Gesichtsausdruck von Luis, als er Leni begrüßte. Er trug einen weißen Abendanzug, der ihm unverschämt gut stand. Wie er ihr den Arm reichte, damit sie sich einhängen konnte, das hatte schon was. Mit einem kleinen Seufzer wandte sich Barbara zur Bar. Vor dem Abendessen war noch Zeit für ein Glas Cava und einen

Schwatz mit Jorge, dem stets gut gelaunten Barkeeper, der sie so leicht zum Lachen bringen konnte.

Leni fühlte sich wie in einem Film. Einige Passanten drehten sich nach ihnen um und bewunderten offensichtlich das schöne Paar. Die denken das Falsche, dachte Leni trotzig. Dieser Luis würde sie nicht rumkriegen.

Drei Stunden später hatten ihre guten Vorsätze einige Risse bekommen. Das Restaurant mit dem malerischen Innenhof, der tadellose Service, das erstklassige Essen und auch der Wein nagten an der Distanz, die Leni krampfhaft zwischen sich und ihrem Begleiter halten wollte.

Er behandelte sie wie eine Königin, aber ständig hatte sie auch das Gefühl, dass er sie durchschaute. Er schien alle Gedanken zu kennen, die abwehrenden und die aberwitzigen, die ihr in wilder Folge durch den Kopf schossen. Sie warf einen verträumten Blick auf die rote Rose, die er für sie gekauft hatte. Sie konnte es nicht leugnen, es prickelte ganz gehörig zwischen ihnen. Natürlich war sie weit davon entfernt, sich in Luis zu verlieben, da konnte er ihr noch so feurige Blicke zuwerfen. Er hatte einen richtigen Dackelblick. Aber so richtig glaubte sie das selbst nicht.

Auf dem Rückweg zum Hotel war Leni ein wenig unsicher auf den Beinen und dankbar für den Arm, den Luis ihr anbot. Der Wein war einfach zu gut gewesen, sie hatte gar nicht mitbekommen, dass sie so viel getrunken hatte. Mit einem mulmigen Gefühl überlegte sie, wie er sich von ihr verabschieden würde. Er würde doch wohl nicht versuchen, sie zu küssen?

„Carissima, das war ein wunderschöner Abend. Ich danke dir dafür."

Er nahm ihre Hand und küsste zart die Fingerspitzen. Dann sah er sie intensiv an.

„Ich komme morgen wieder vorbei."

Sie lehnte sich ihm entgegen, schloss schon halb die Augen. Da sah sie, wie er sich umdrehte und die Straße hinunter ging.

Dieser Kerl gab ihr keine Chance. Er hätte zumindest versuchen können, sie zu küssen. Vielleicht hätte sie sich gewehrt. Aber so? Irritiert wandte sie sich zum Lift. Vermutlich hatte sie wirklich zu viel Wein getrunken.

„Endlich mal wieder Pommes rot-weiß. Mann, war das lecker!"

Arthur stöhnte vor Behagen und wischte sich mit einer Papierserviette etwas Mayonnaise vom Kinn. Mit den Fingern angelte er sich noch ein Kartoffelstäbchen, tunkte es in Ketchup und schob es genießerisch in den Mund.

„Das darf Leni nie erfahren."

„Ist klar", nuschelte Linse mit vollem Mund.

„Kommt morgen nicht Charly zum Schach spielen? Dann mache ich uns Olivenhähnchen. Für drei Leute lohnt sich das."

Arthur nickte. Zweimal pro Woche war Schach angesagt, und beide Männer genossen das ruhige Spiel und die Gespräche miteinander sehr. Jetzt freute er sich aber erst einmal auf seinen Mittagsschlaf. Er packte die leeren Plastikschälchen zusammen.

„Das bring ich besser gleich zur Mülltonne."

Linse grinste.

„Leni hat dich ganz schön im Griff."

„Ich weiß überhaupt nicht, was du meinst. Dieses Plastikzeugs schmeiß ich immer gleich raus, damit es nicht so stinkt im Mülleimer."

„Logisch, was sonst." Sie zwinkerte ihm zu.

„Ihr drei seid schon schwer in Ordnung. Und ihr passt irgendwie auch gut zusammen, obwohl ihr total verschieden seid."

Sie stand auf und streckte sich.

„Heute Abend?"

Er verdrehte die Augen.

„Muss das denn wirklich sein?"

„Du hast es versprochen. So ein Charakterkopf wie deiner muss einfach auf die Leinwand."

Er sah ihr nach, wie sie über die Terrasse zum Gartenhäuschen ging. Ihr fröhliches Lachen schallte durch den Garten. Da hatte er sich einen Paradiesvogel ins Haus geholt. Wie hatte sie ihn nur dazu gekriegt, dass er ihr Modell stand? Allerdings war er auf das Ergebnis sehr gespannt. Sie wollte das Ungezähmte in ihm auf die Leinwand bringen, hatte sie gesagt. Das klang ziemlich verwegen.

Er warf den Abfall in die Mülltonne und knallte den Deckel zu. Die Spuren waren beseitigt, nun konnte er zur Siesta übergehen.

Abgehetzt kam Charly mit halbstündiger Verspätung bei Arthur an. „Dieser Köhler hat wieder mal kein Ende gefunden", erklärte er genervt.

„Ging es um dieses Zentrum?" rutschte es Arthur heraus. Eigentlich vermieden sie das Thema. Charlys Besuche waren streng privat.

„Es gibt seit Wochen nichts anderes. Der ist geradezu besessen davon. So was ohne seine Eltern durchzuziehen - wenn er sich an diesem Brocken mal nicht verschluckt! Übrigens, kennst du eigentlich Lenis Mann, diesen Thomas?"

„Ein paar Mal war er hier, um sie zu sprechen", antwortete Arthur ebenso beiläufig.

„Unangenehmer Typ. Totaler Choleriker. Passt gar nicht zu ihr, finde ich. Das Ganze nimmt sie sehr mit. Kann man ja verstehen."

Arthur schüttelte besorgt den Kopf.

„Kennst du ihn denn auch?" fragte er.

Charly war vorsichtig. Arthur war nicht dumm. Aber bisher hatte er keine Ahnung, dass Lenis Mann eine wichtige Rolle in Köhlers Projekt spielte. Und dabei sollte es auch bleiben.

„Flüchtig", antwortete er knapp.

„Ich habe ihn mal kennen gelernt auf einer Party. Seine Neue übrigens auch."

Arthur stand die Neugierde ins Gesicht geschrieben. „Und?"

„Gut aussehen tut sie ja", meinte Charly gedehnt.

Wie viel sollte er erzählen?

„Spuck's schon aus", knurrte Arthur.

„Sie ist was fürs Auge. Sehr jung. Kiki heißt sie."

Arthur räusperte sich.

„Äppelwoi? Oder lieber ein Bier?"

„Lieber Bier. Du weißt ja, ich bin nicht aus Frankfurt. Mit diesem Apfelwein muss man aufwachsen, um ihn zu mögen."

Sie wandten sich dem Schachspiel zu. Die Partie, die sie bei Charlys letztem Besuch angefangen hatten, trat in die heiße Phase ein.

„Ich bin wieder da!"

Mit Tüten beladen kam Linse herein.

„Hallo Charly. Ich hoffe, du magst Hähnchen. Ich hab Futter für eine ganze Kompanie eingekauft."

Charly schaute hoch und lächelte. Das war eine Frau nach seinem Geschmack. Rassig, schlagfertig, und sie sah auch noch verdammt gut aus."

„Ich liebe Hähnchen", beteuerte er.

„Du bist am Zug", knurrte Arthur, den diese Ablenkung nervte.

Linse verschwand in der Küche. Ab und zu hörte man das Klappern von Geschirr und ihren melodischen Gesang. Sie singt so, wie sie malt, dachte Arthur. Chaotisch, aber gar nicht mal schlecht. Seine Laune stieg, denn diese Partie würde er wohl für sich entscheiden können.

Sie stellten gerade die Figuren neu auf, als Linse eine große Pfanne auf den Esstisch stellte.

„Das riecht vielleicht gut!"

Magisch angezogen standen beide Männer auf und verlegten ihren Platz an den Esstisch. Linse legte eine CD mit spanischer Gitarrenmusik auf und zündete ein paar Kerzen an.

„Es sind zwar nicht die Kanaren, aber so ein bisschen Spanien-Feeling kriegen wir auch hin."

„Wann kommen denn die Urlauber wieder?", erkundigte sich Charly.

„Das dauert noch, die sind ja erst am Wochenende geflogen."

Leni und Barbara waren erst drei Tage weg, aber Arthur vermisste sie bereits. Es war so ruhig im Haus, das war er gar nicht mehr gewöhnt.

„Die werden bestimmt so einiges zu erzählen haben", meinte Linse.

Arthur war irritiert. Was sollten sie denn groß erzählen, da gab es doch nur Meer und Sand. Und feurige Spanier. Unbehaglich rutschte er auf seinem Stuhl herum. Aber Leni würde ganz sicher keinem von denen auf den Leim gehen.

„Hat dir Arthur erzählt, dass er mir Modell sitzt?"

Arthur konnte nicht behaupten, dass ihm dieses Thema besser gefiel. Charly grinste.

„Akt?"

„Du hast wohl einen Vogel", entrüstete sich Arthur.

„Ich male abstrakt, da erkennt man sowieso nichts."

Linse und Charly warfen sich bedeutungsvolle Blicke zu. Es wurde Arthur langsam zu bunt.

„Ihr könnt einem richtig den Appetit verderben", maulte er.

Die beiden lachten, und Linse griff nach der Weinflasche.

„Komm, trink noch was, dann wirst du lockerer“, sagte sie und schenkte nach.

Satt und träge lümmelte Arthur auf dem alten Sofa im Gartenhäuschen. Er kämpfte tapfer gegen das Einnicken. Die verträumte Musik, die im Hintergrund lief, war nicht gerade hilfreich.

„Wie soll ich denn da malen, wenn du ständig anders guckst“, beschwerte sich Linse.

Schon seit einer Stunde werkelte sie auf ihrer Leinwand herum, mischte Farben zusammen, wechselte die Pinsel und nippte zwischendurch an einem Glas Rotwein.

„Wie lange dauert es denn noch?“ wollte Arthur wissen.

„Ich bin fast fertig für heute. Übrigens habe ich eine Überraschung für dich als kleines Dankeschön. Hast du morgen Abend Zeit?“

Arthur überlegte kurz, dann nickt er. „Um was geht es denn?“

„Wird nicht verraten. Wir gehen aus, schmeiß dich in Schale.“

Misstrauen war angebracht. Was diese verrückte Nudel wohl wieder vorhatte? Aber die Neugier siegte. Als Linse ihn abholen kam, war er bereit. Sogar einen Blazer hatte er angezogen. Sie betrachtete ihn von allen Seiten.

„Du siehst richtig gut aus, so was solltest du öfter tragen. Schmeiß diese doofen karierten Hemden weg, die machen dich um Jahre älter.“

„Niemals!“

Es war ihm durchaus klar, dass seine Lieblingshemden nicht gerade günstig waren für seine untersetzte Figur. Aber das war noch lange kein Grund, sich davon zu trennen.

„Wir nehmen den Karman“, informierte ihn Linse. Sie hatte das Verdeck geöffnet. Das schöne Wetter war ideal für eine Fahrt im Cabrio. Höflich öffnete Arthur ihr die Autotür und nahm auf dem Beifahrersitz Platz. Mit glänzenden Augen schaute er sich im Innenraum um. *Das* war doch mal ein richtiges Auto.

„Wohin fahren wir?“

„Wird nicht verraten!“

Linse lächelte verschmitzt.

„Am liebsten würde ich dir die Augen verbinden.“

„Das kommt überhaupt nicht infrage.“

Sie zuckte lässig mit den Schultern.

„Jungs! Alle zu feige für ein bisschen Spaß.“

Sie fuhr rasant los, und Arthur kam nicht mehr zu einer Antwort. Er hatte genug damit zu tun, sich irgendwo festzuhalten.

„Du fährst wie ein Rowdy."

„Das ist südländisch. Da fahren alle so."

Mit zusammengebissenen Zähnen kauerte er neben ihr und betete, dass sie bald da waren. Sie überquerten den Main, kamen am Hauptbahnhof und der Messe vorbei und bogen dann in die kleinen Gässchen Bockenheims ab. Endlich stoppte Linse und fädelte den Karman vorsichtig in eine Parklücke ein.

„Wir sind da."

Arthur sah sich um. Hier in der Gegend war er noch nie gewesen. Schmucke, alte Sandsteinhäuser, dazwischen auch Abgewohntes, ein paar Läden für elektronischen Schnick-Schnack, was wollte sie bloß hier? Vom Parkplatz aus ging es um eine Ecke, dann marschierte Linse die ausgetretenen Steinstufen zu einer Gaststätte hinauf.

„Hoffentlich ist das nicht so was Exotisches."

Misstrauisch betrachtete Arthur die Eingangstür, an der die Farbe abblätterte. Linse zog ihn wortlos hinein.

Der Gastraum sah netter aus, als er erwartet hatte. Die hölzernen Tische und Stühle waren vom Alter schon ganz dunkel, aber es gab ordentliche weiße Tischdecken und auf jedem Tisch stand eine Vase mit frischen Blumen. Vielleicht würde es nicht gar so schlimm werden.

Sie wählten einen Tisch am Fenster, und die Bedienung brachte die Speisekarte. Arthur schlug sie auf und las den Namen der Gaststätte: „Alt Berlin."

Verblüfft schaute er hoch. „Ist es das, was ich denke?"

Linse nickte strahlend.

„Eisbein mit Sauerkraut und Erbspüree, Spezialität des Hauses."

„Oh Mann!"

Da kam auch schon die Wirtin, eine dralle Schwarzhaarige.

„Gib's hier auch Äppelwoi", wollte Arthur wissen.

„Ei natürlisch. Mir sin' zwar gebürtische Berliner, und da steh'n mer aach dezu. Aber so e bissie was von Frankfort hammer natürlisch aach uff de Kart."

Als sie wenig später ein geripptes Glas mit Apfelwein vor ihn hin stellte, fühlte er sich wie im Paradies.

Zufrieden schnaufend lag Arthur mehr in seinem Sessel, als dass er saß. Das Essen lag ihm schwer im Magen. Aber der doppelte Cognac, den er zur Feier des Tages kredenzte, tat ihm gut. Nachdenklich betrachtete er Linse, die es sich auf der Couch gemütlich gemacht hatte.

„Irgendwie werde ich aus dir nicht schlau."

Sie lachte. „Da bist du in guter Gesellschaft. Ich versteh mich oft selbst nicht."

„Im Ernst. Du bist wie eine Wundertüte. Ständig entdeckt man was Neues an dir. Und vieles passt nicht zusammen."

„Wie meinst du das?"

Das war gar nicht so einfach zu sagen.

„An deine roten Haare habe ich mich ja inzwischen gewöhnt. Aber du bist gar nicht so flippig, wie du aussiehst, und alles andere als oberflächlich. Du bist belesen, interessierst dich für Kunst und Musik, du sprichst mehrere Sprachen, eigentlich könntest du sehr erfolgreich sein. Eine schöne Wohnung, ein netter Mann – ich kann mir nicht vorstellen, dass sich die Männer nicht für dich interessieren."

„Trautes Heim, Glück allein. Mit zwei Kindern und einem Cockerspaniel."

Er hatte erwartet, dass sie lachte. Aber sie war ganz ernst.

„Das genau ist es, was ich *nicht* will. Ich käme mir eingeengt vor, so, als ob man mir die Flügel stutzt."

„Aber man braucht doch etwas, das einem Halt gibt."

„Du meinst Sicherheit."

So wie sie es aussprach, hatte das Wort einen unangenehmen Beigeschmack.

„Ist das was Schlechtes?"

„Für dich vielleicht nicht. Aber ich bin eine Zigeunerin. Schon vor vielen Jahren habe ich mich für dieses Leben entschieden. Und es nie bereut. Ich habe meine ganz persönliche Vorstellung von Sicherheit."

Er nippte nachdenklich an seinem Cognac.

„Aber früher mal hast du anders gedacht?"

„Da hatte ich auch noch keine roten Haare."

Sie lachten.

„Ich weiß, was du wissen willst", sagte Linse nach kurzem Zögern. „Es gab da mal jemand. Aber es ging nicht gut, und das hat so einiges verändert. Meine Ansicht vom Leben zum Beispiel. Und was ich unter Sicherheit verstehe."

Sie holte tief Luft.

„Schau dir Leni an. Eine Bilderbuchfamilie, Vater, Mutter, Tochter, alles bestens. Und jetzt? Was braucht man, um glücklich zu sein? Für mich ist es am besten, wenn ich mich nur auf mich selbst verlasse."

„Das ist bestimmt nicht einfach."

„Ein Spaziergang ist es nicht gerade. Aber dafür muss ich auch niemandem Rechenschaft ablegen. Ob's mir gut geht oder nicht, ich allein bin dafür verantwortlich. Und außerdem kann mir niemand mehr ernsthaft weh tun."

„Aber was ist mit Wärme und Geborgenheit? Oder eine Schulter zum Anlehnen, wenn's dir mal mies geht?"

„Wer hat gesagt, dass mein Leben perfekt ist?"

Luis stellte den Motor ab.

„Steig aus, Cara. Ich möchte dir mein kleines Reich zeigen."

Von der Bergkuppe aus konnte man die ganze Plantage sehen, die bis hinunter an die Küste reichte. Er zog Leni zu sich heran. Der warme Wind spielte mit ihren Haaren, und sie legte ihren Kopf an seine Brust. Er deutete auf einige weiß getünchte Gebäude.

„Siehst du das Wohnhaus? Daneben sind die Packhallen und das Maschinenlager. Und dort weiter rechts ist das Verwalterhaus. Dort könntest du wohnen."

Sie wollte etwas sagen, aber er verschloss ihren Mund mit einem flüchtigen Kuss.

„Ich weiß, du bist nicht frei. Noch nicht. Ich hoffe das, auch wenn es egoistisch ist. Teresa ist über achtzig, sie hat sich ihre Ruhe verdient."

„Das geht mir alles zu schnell."

Leni machte sich von ihm los. Unglücklich schaute sie auf das Meer. Luis war gut aussehend, kultiviert, sensibel, und er war sehr an ihr interessiert. Er bot ihr eine Anstellung als Haushälterin. Sie könnte hier leben auf dieser paradiesischen Insel. Sie hätten Gelegenheit, sich besser kennen zu lernen. Vielleicht würde irgendwann mehr daraus. Vorstellen konnte sie sich das. Und trotzdem, war es das, was sie wollte?

Ihr Schweigen dauerte zu lange. Wortlos wandte er sich ab und stieg wieder in den Wagen. Während der Rückfahrt zum Hotel machte Leni ein paar halbherzige Erklärungsversuche. Aber an seinem stoischen Gesicht schien alles abzuprallen.

Barbara sah sofort, dass etwas vorgefallen war. Während sie weiter ihren Koffer packte, hatte sie ein scharfes Auge auf Leni, die sehr blass war. Schweigend werkelten sie im Zimmer herum, bis Leni plötzlich mit einem Schluchzen aufs Bett sank. Wie ein Zerberus stand die Freundin neben ihr.

„Ist er zudringlich geworden?"

Verzweifelt schaute Leni sie an.

„Nein, eben nicht! Ach Blödsinn, das ist ja völlig falsch. Er hat mir angeboten, bei ihm zu wohnen, im Verwalterhaus. Als seine Wirtschafterin. So könnten wir uns besser kennen lernen. Völlig klar, wohin das führt."

„Gefällt er dir?"

Sie nickte.

„Könntest du dir denn vorstellen, hier zu leben?"

„Das ist ja das Schlimme!"

Leni stand auf und trat ans Fenster.

„Sogar verdammt gut. Aber denk doch mal nach. Ich kenne ihn erst seit ein paar Tagen, weiß eigentlich nichts von ihm. Aber ich führe mich auf wie ein durchgeknallter Teenager. Ich müsste es doch besser wissen, alt genug bin ich ja schließlich."

„Richtig Schmetterlinge?"

Lenis Nicken ging Barbara durch und durch. Einen Moment starrten sie beide auf das Meer, das schön wie auf einer kitschigen Postkarte in der Sonne glitzerte.

„Ist schon gut, ich krieg mich gleich wieder ein."

Sie ging ins Bad, um ihre Sachen zu holen. Und um ein bisschen zu heulen.

Natürlich ließ Luis es sich nicht nehmen, sie zum Flughafen zu bringen. Und irgendwie brachte er es zuwege, dass Barbara sich nicht als drittes Rad am Wagen vorkam. Braun gebrannt und in guter Stimmung saß sie hinten im Auto. Leni betrachtete ein letztes Mal die Palmen und Drachenbäume entlang der Straße. Plötzlich dachte sie wieder an Arthur und Linse. Wie es ihnen wohl ergangen war?

Die Zeit bis zum Abflug verbrachten sie in einer kleinen Bar.

„Ach, diesen Cava werde ich vermissen", seufze Barbara und nahm einen Schluck. Luis schaute Leni mit hungrigen Augen an und tastete nach ihrer Hand. Aber nein, es konnte nichts daraus werden, daran hielt sie fest. Man verliebte sich nicht in ein paar Tagen, das war einfach unmöglich.

„Cara“, sagte er leise, „es wird schwer sein ohne dich.“

„Die Nächste kommt vielleicht schon heute mit dem Flieger an.“

Es tat ihr fast mehr weh als ihm, so etwas zu sagen. Aber sie wollte es ihm leichter machen.

Ihr Flug wurde aufgerufen. Barbara ging taktvoll ein paar Schritte vor, um Luis und Leni Gelegenheit zu geben, sich zu verabschieden. Er nahm sie in die Arme, und plötzlich war sein Gesicht ganz nah vor ihr.

„Ich hätte nicht gedacht, dass das noch einmal passieren könnte“, begann er.

„Nichts mehr sagen“, bat sie.

Als er sie an sich zog und sie küsste, fühlte sie die Erregung wie eine mächtige Welle. Aber dann machte sie sich los und ging durch die Sperre. Verwundert stellte sie fest, dass sie Tränen in den Augen hatte. Seit wann fiel es ihr so schwer, vernünftig zu sein?

„Ich bin ein elender Feigling.“

Barbara schaute sie erstaunt an.

„Das stimmt doch nicht. Ich versteh dich sehr gut. Aber das ist ja noch nicht das Ende der Fahnenstange. Mit der Zeit könnt ihr euch besser kennen lernen.“

Mit leeren Augen starrte Leni vor sich hin.

„Oder nicht?“

„Er hat keine Chance, mich zu finden. Ich hab ihm eine falsche Adresse gegeben.“

Sie schämte sich zutiefst und konnte Barbara nicht ansehen. Schweigend saßen sie nebeneinander. Barbara blätterte in einem Buch, Leni grübelte vor sich hin. Erst kurz vor der Landung wagte sie einen Vorschlag.

„Vielleicht sollten wir Luis gar nicht erwähnen. Auch ohne ihn war es doch ein sehr schöner Urlaub.“

Barbara war sofort einverstanden.

Irgendwie war die Woche schnell vergangen. Andererseits auch wieder nicht, aber morgen kamen seine beiden Damen endlich wieder. Arthur registrierte mit gelindem Erstaunen, dass er richtig aufgeregt war. Zur Feier des Tages wischte er sogar Staub, eine Tätigkeit, die ihm verhasst war. Aber es war ihm wichtig, dass alles ordentlich aussah. Linse kam herein.

„Stör ich?“

„Nö, überhaupt nicht.“

Krampfhaft hielt er den Staublappen hinter seinem Rücken versteckt.

„Ich wollte nur mal fragen, ob du in deiner Werkstatt vielleicht zwei dicke Seile hast.“

„Wofür brauchst du die denn?“ wollte er wissen.

„Für die alte Schaukel. Die Stricke halten nicht mehr. Die sind schon völlig morsch.“

„Das olle Ding? Die benutzt doch keiner mehr. Oder willst du vielleicht schaukeln?“

„Warum nicht?“, antwortete sie ausweichend.

Arthur ließ den Staublappen sinken.

„Was ist los? Die Schaukel war nicht mehr in Betrieb, seit meine Söhne erwachsen sind. Hier gibt’s doch weit und breit keine Kinder.“

„Doch“, sagte Linse.

Ehe er sich von seiner Verblüffung erholt hatte und weiter fragen konnte, war sie schon an der Tür.

„Ich fahr mal los und kauf ein paar Stricke. Nur für alle Fälle.“

Kapitel 10

„**S**ie sind da!“

Das Taxi war noch nicht richtig zum Stehen gekommen, als Arthur schon die Haustür aufriss. Kopfschüttelnd schaute Linse zu, wie er ungeduldig das Gepäck aus dem Kofferraum zerrte. Leni und Barbara krabbelten aus dem Auto und strahlten aus braun gebrannten Gesichtern.

„Na, ihr seht vielleicht gut aus. Da braucht man gar nicht zu fragen, wie es war.“

Arthur nahm sie nacheinander in den Arm und drückte sie herzhaft.

„Buenos Dias“, rief Barbara. Ein paar Brocken Spanisch hatte sie immerhin aufgeschnappt, darauf war sie ganz stolz.

Arthur bezahlte das Taxi, lud sich alles auf, was er irgendwie tragen konnte und wankte zur Haustür.

„Kommt rein, kommt rein. Habt ihr Hunger? Durst?“

„Bei so einem Empfang fahren wir öfter weg.“

Leni war ganz erschlagen. Arthur zerriss sich fast vor Eifer, so kannte sie ihn gar nicht. Er nötigte sie zu einem Imbiss auf die Terrasse und machte eine Flasche Rotwein auf.

„Das seid ihr ja jetzt gewohnt.“

„Eigentlich eher Cava. Ein göttliches Gesöff, da könnte ich drin baden. Ach, es war einfach herrlich“, schwärmte Barbara und war überhaupt nicht mehr zu bremsen. Der Nachmittag verging wie im Flug. Abwechselnd erzählten sie von den Pinienwäldern, den Vulkanen und den bunten Häusern.

„Und? Sind die Spanier tatsächlich so feurig, wie man sagt, oder haben sie euch in Ruhe gelassen?“ wollte Arthur wissen.

„Das wird überbewertet.“

Bevor Barbara den Mund aufkriegte, hatte Leni schon kurz und bündig geantwortet. Linse bemerkte die feine Röte, die ihr dabei ins Gesicht stieg. Schau an, dachte sie, da war doch was! Aber sie fragte nicht nach. Das wollte sie sich für später aufheben, wenn sie Leni mal allein erwischte. Arthur schaute auf die Uhr.

„Ach du liebe Güte, ich muss in die Küche.“

Er sprang auf und verschwand im Haus. Die Urlauberinnen schauten ihm verdutzt hinterher.

„Haben wir was verpasst?“

Linse grinste.

„Er kocht heute zur Feier des Tages. Macht euch auf was gefasst."

„Das hört sich richtig gefährlich an."

Aber es war nichts weiter aus ihr rauszukriegen. Sie setzten sich an den Esstisch, der bereits gedeckt und mit einem Blumenstrauß dekoriert war.

Leni war gespannt. Endlich ging die Küchentür auf, und Arthur stellte feierlich eine große Pfanne auf den Tisch.

„Paella", verkündete er und sah erwartungsvoll in die Runde.

Leni und Barbara lächelten etwas mühsam. Linse klopfte ihrem gelehrigen Kochschüler voller Stolz auf die Schulter.

„Das sieht wirklich sehr gut aus", lobte sie.

„Was Deutsches wäre mir lieber gewesen", raunte Barbara Leni zu und unterdrückte einen Schmerzensschrei, als die ihr unter dem Tisch auf den Fuß trat. Arthur lud großzügige Portionen auf die Teller und beobachtete angespannt, ob es den Damen auch schmeckte.

„Das war wirklich ganz ausgezeichnet", beteuerte Leni zum fünften Mal und legte die Gabel auf ihren leeren Teller. Arthur platzte fast vor Stolz, und Linse strahlte wie ein Honigkuchenpferd.

„Wie seid ihr zwei denn miteinander ausgekommen?" wollte Leni wissen. Diese neue Harmonie zwischen Arthur und Linse war ihr suspekt.

„Sehr gut!" sagten beide wie aus einem Munde.

Plötzlich entdeckte Leni, dass sich Arthurs Bauch deutlich unter seinem Hemd wölbte. Das war also des Rätsels Lösung! Kaum war sie aus dem Haus, hatte er sich bestimmt wieder über Pizza und Burger hergemacht. Und Linse war seine Komplizin.

„Salat! Bis auf weiteres gibt's nichts anderes."

Mit schlechtem Gewissen wich Arthur ihrem strengen Blick aus und wechselte das Thema.

„Wir haben seit neuestem heimlichen Besuch im Garten."

Linse erzählte.

„Es sind zwei Kinder, eine Junge und ein Mädchen. Hinten am Zaun zum Nachbarn gibt es eine Stelle, die lose ist. Da schleichen sie sich rein. Gestern habe ich sie schon zum dritten Mal beobachtet."

„Und was machen sie hier?"

Leni konnte sich nicht recht vorstellen, was zwei Kinder bei ihnen im Garten wollten.

„Sie spielen. Ich weiß sogar, wie sie heißen, Rick und Melanie."

„Wohnen sie denn hier in der Nähe?“

Barbara hatte ihr Besteck auf den Teller gelegt und beugte sich gespannt vor.

„Bisher habe ich nicht viel aus ihnen raus bekommen. Sie sind sofort weggelaufen, als ich sie angesprochen habe.“

„Die Schaukel scheint der große Knaller zu sein“, mischte sich Arthur ein und erzählte, dass Linse neue Seile gekauft hatte. Die Vorstellung, dass wieder Kinder hier waren, gefiel ihm sichtlich.

„Der Sache müssen wir nachgehen. Mich würde schon interessieren, wo sie wohnen. Ihre Eltern sollten wissen, wo die Kinder sich aufhalten.“

Arthur wechselte einen schnellen Blick mit Linse. Leni hatte die Sache mal wieder in die Hand genommen.

„**D**a sind sie.“

Leise trat Leni neben Linse, die aus dem Fenster des Pavillons auf den Fliederbusch am anderen Ende der Wiese deutete. Zwei Kinder schauten sich nach allen Seiten um und kamen dann näher. Das Mädchen setzte sich auf die Schaukel, während der Junge mit einem alten, verschlissenen Fußball herum kickte.

„Na dann los.“

Leni öffnete die Tür und ging langsam auf die beiden zu. Die waren so vertieft, dass sie sie erst bemerkten, als sie direkt vor ihnen stand.

„Hallo ihr zwei“, sagte sie freundlich.

„Ich bin Leni. Und ihr seid wohl Rick und Melanie?“

Der Junge hob den Ball auf.

„Wir gehen gleich wieder“, erklärte er.

„Ihr könnt ruhig hier bleiben. Ich will mich nur ein bisschen mit euch unterhalten“, antwortete Leni und setzte sich ins Gras.

„Ganz schön heiß heute. Wollt ihr was trinken?“

Man sah ihnen an, dass das Angebot verlockend war. Leni winkte Linse zu, die mit zwei Flaschen Cola herüber kam.

„Mögt ihr so was?“

Das Mädchen strahlte. „Ja, sehr.“

Sie nahmen jeder eine Flasche und bedankten sich. Gut erzogen waren sie, stellte Leni fest.

„Wo wohnt ihr denn?“

Der Junge machte eine vage Handbewegung. „Da hinten.“

Damit konnte man nicht viel anfangen. Vielleicht kamen sie aus einem der Mietshäuser in der Querstraße.

„Ihr habt wohl keinen Garten zu Hause?"

Er schüttelte den Kopf.

„Sie haben so schöne Blumen hier." Melanie schaukelte mit der Flasche in der Hand langsam hin und her.

„Ja, das stimmt", bestätigte Leni.

Während sie vorgab, die Blumen zu betrachten, schaute sie sich die beiden genauer an. Dieser Rick mochte acht Jahre alt sein, das Mädchen war jünger. Beide hatten braune Augen und das gleiche braune Haar, das bei Melanie zu zwei Zöpfe geflochten war und bei ihrem Bruder zerzaust vom Kopf ab stand. Sie sahen gesund und kräftig aus. Das Mädchen trug eine grüne Latzhose und darunter ein bunt geringeltes Hemdchen. Der Junge hatte eine alte, blaue Hose an, die an den Knien schon ziemlich durchgewetzt war. Die Hosenbeine waren zu kurz und gaben den Blick auf seine braunen Waden frei.

Sie machten einen aufgeweckten Eindruck. Wenn man es behutsam anstellte, konnte man sicher mit ihnen ins Gespräch kommen. Sie begann, einige Gänseblümchen zu pflücken, die es in Mengen auf der Wiese gab.

„Was machst du da?"

Das Mädchen sprang von der Schaukel herunter und kam neugierig näher.

„Ich binde einen Kranz, den kann man sich auf die Haare legen."

Aufmerksam schaute die Kleine zu, wie sich die Blumenstängel unter Lenis geschickten Händen zusammenfügten. Als der Kranz fertig war, hielt Leni ihn hoch.

„Möchtest du ihn haben? Du siehst bestimmt hübsch damit aus."

„Oh ja, gerne." Melanie strahlte, als ihr Leni den Kranz vorsichtig auf die Haare legte.

„Wir müssen jetzt heim", erklärte Rick, der ein wenig gelangweilt daneben gestanden hatte. Das mit den Blümchen war Mädchenkram, er spielte lieber Fußball. Melanie stand sofort auf, und beide wandten sich zum Gehen.

„Kommt ihr morgen wieder?"

Leni war unschlüssig, ob sie die Kinder aufhalten und noch einmal nach ihrem Zuhause befragen sollte.

„Mal sehen."

Der Junge zuckte mit den Schultern. Leni beobachtete, wie sie zum hinteren Ende des Gartens gingen und sich dort neben einem Busch hinknieten. Rick hob den Maschendraht hoch, so dass Melanie durchschlüpfen konnte. Dann folgte er ihr.

Leni wandte sich zur Terrasse.

„Ich weiß, wo sie wohnen", erklärte Linse, die sich kurz darauf völlig außer Atem in einen Korbsessel fallen ließ.

„Ich bin außen herum gelaufen, sie haben mich nicht gesehen. Es ist das zweite Mietshaus in der Querstraße. Ich glaube, die Parterrewohnung."

„Ganz schön clever", sagte Leni anerkennend. „Dann werden wir mal mit den Eltern reden."

„Von mir aus können die hier spielen, so oft sie wollen."

Arthur freute sich über den heimlichen Besuch. Aber er dachte auch an seinen Ruf im Viertel. Es war bestimmt besser, wenn die Eltern Bescheid wussten, wo sich ihre Kinder aufhielten.

Arthur und Leni betrachteten das Mietshaus, das einen heruntergekommenen Eindruck machte. Die Balkone waren voll gestellt mit allerlei Gerümpel. Im ersten Stock fristeten ein paar Topfblumen ein Schattendasein, und in der Etage darüber hatte ein verrosteter Kühlschrank seine letzte Bleibe gefunden. Der trostlose Anblick passte gut zu der grauen Fassade, an der die Farbe abblätterte.

„Wir klingeln einfach mal", schlug Arthur vor und drückte auf einen der Knöpfe. Sie warteten gespannt, ob jemand da war. Statt der Haustür wurde ein Fenster geöffnet, und eine junge Frau streckte ihren Kopf heraus.

„Ja?" fragte sie kurz angebunden.

„Guten Tag. Wir suchen die Eltern von Rick und Melanie. Können Sie uns sagen, ob die hier wohnen?"

Leni lächelte verbindlich.

„Einen Moment!"

Das Fenster wurde wieder geschlossen, und kurz darauf ging die Haustür auf.

„Kommen Sie rein. Ich bin Petra Färber, die beiden gehören zu mir. Tut mir leid, wenn sie was angestellt haben."

Im Flur roch es muffig. Arthur betrachtete stirnrunzelnd ein Fahrrad, des neben der offenen Wohnungstür an die Wand gelehnt war. Es hatte einen platten Reifen, und die Beleuchtung sah auch nicht gerade Vertrauen erweckend aus. Die Frau ging voran und wies den Weg ins Wohnzimmer.

„Nehmen Sie doch Platz."

Das Sofa quietschte empört unter ihrem Gewicht. Über dem abgeschabten Bezug war eine gelbe Decke ausgebreitet. Neugierig sah Leni sich um. Mitten im Zimmer war ein Bügelbrett aufgeklappt, daneben stand ein Korb mit Wäsche. Im Fernsehen lief eine der nachmittäglichen Serien. Die Frau schaltete den Fernseher aus und zog den Stecker des Bügeleisens aus der Steckdose. Sie setzte sich auf eine zweite Couch gegenüber.

„Also, was haben die zwei ausgefressen?", wollte sie wissen.

„Sie haben gar nichts angestellt", beruhigte Leni die Frau.

„Sie kommen nur manchmal in unseren Garten. Wir sind der Meinung, dass Sie das wissen sollten, damit Sie sich keine Sorgen machen. Es ist okay, dass sie bei uns spielen."

Die Frau lehnte sich erleichtert zurück.

„Wie schön, dass zur Abwechslung mal jemand nicht schimpft. Ich hab nicht immer Zeit, mich um die beiden zu kümmern. Da hauen sie schon mal für ein paar Stunden ab. Es ist ihnen zu langweilig allein in der Wohnung. Hier in den Garten dürfen sie nicht. Der Vermieter hat Angst um seinen Rasen."

Sie sah entsetzlich dünn und blass aus. Das ausgeleierte T-Shirt, das sie trug, schlotterte um ihre Taille. Mit einer müden Bewegung strich sie sich eine braune Haarsträhne aus dem Gesicht und nestelte an ihrem Haargummi, um den nachlässig gebundenen Pferdeschwanz zu richten.

„Bevor Sie fragen, ich bin allein Erziehende. Der Vater der beiden hat sich verdünnisiert."

Ihr Mund zog sich zu einem dünnen Strich zusammen. Aber dann huschte ein Lächeln über ihr Gesicht.

„Wir kommen auch allein ganz gut zurecht. Die beiden sind sehr lieb, ich bin wirklich froh, dass ich sie habe", fügte sie fast trotzig hinzu.

„Ich finde Ihre Kinder auch ganz reizend. Es ist schön zu sehen, wie Rick auf seine kleine Schwester aufpasst."

Die beiden Frauen waren sich auf Anhieb sympathisch. Leni konnte sich gut vorstellen, dass es nicht immer leicht war für diese Frau Färber.

„Ich arbeite im Supermarkt, stundenweise. In der Zeit sind die Kinder dann sich selbst überlassen. Irgendwie muss ich ja Geld verdienen. Hartz IV allein reicht nicht."

Arthur war erschüttert. Es war ein gewaltiger Unterschied, ob man über Armut in der Zeitung las oder unmittelbar sah, welche schlimmen Auswirkungen sie hatte. Verwöhnt waren die beiden Kinder bestimmt nicht. Wenn er da an seine Söhne dachte, da hatte es ganz anders ausgesehen.

„Vielleicht sollten wir uns erst einmal vorstellen", fiel Leni ein.

„Das ist Herr Winkler. Er wohnt in dem Haus mit der weißen Gartenmauer hier um die Ecke. Und mein Name ist Brandner, Leni Brandner. Ich wohne dort zur Untermiete. Zum Haus gehört ein ziemlich großer Garten. Die Kinder haben ein Loch im Zaun entdeckt, hinten an der Grenze zum Nachbargrundstück. Das ist natürlich unwiderstehlich, und so schleichen sie sich manchmal bei uns ein. Aber sie haben nichts kaputt gemacht. Und wir mögen Kinder."

„Sie sind diese Leute aus der Wohngemeinschaft?" fragte die Frau gedehnt.

Leni wurde rot. Arthur kam ihr zu Hilfe.

„Ich weiß nicht, was Sie über uns gehört haben, aber das ist alles Unsinn."

Die Frau lächelte. Leni entdeckte, dass sie eigentlich recht hübsch war.

„Wissen, Sie, ich gebe nichts auf Tratsch. Wenn es danach geht, bin ich sowieso unten durch. Zwei Kinder und kein Mann, da können Sie sich ja vorstellen, was so alles über mich im Umlauf ist."

Leni dachte an den bösen Streich, den die Leute im kleinen Laden Barbara gespielt hatten, und nickte.

„Ja, es ist ganz erstaunlich, was für eine blühende Fantasie manche Menschen entwickeln, wenn etwas ein bisschen außerhalb der Norm ist. Na, dann haben Sie bestimmt nichts dagegen, wenn Rick und Melanie sich bei uns aufhalten."

„Überhaupt nicht! Es wäre wirklich eine große Erleichterung für mich. Dann sind sie wenigstens weg von der Straße. Ich mache mir immer Sorgen, wenn sie allein unterwegs sind. In der Stadt kann alles Mögliche passieren. Und hier im Viertel gibt es einige ältere Kinder, die gerne mal die Kleineren verdreschen. Rick kam erst letzte Woche wieder mit einem blauen Auge nach Hause."

Vor Entsetzen wusste Leni nicht, was sie sagen sollte. Angestrengt starrte sie auf den Teppichboden, der so alt war, dass man die ursprüngliche Farbe kaum noch erkennen konnte. Arthur räusperte sich.

„Kommen Sie doch einfach mal bei uns vorbei, auf einen Kaffee oder so. Dann können Sie sich davon überzeugen, dass wir ganz normale, harmlose Leute sind."

Petra lachte.

„Gefährlich sehen Sie nun wirklich nicht aus."

Arthur lächelte versonnen.

„Ich habe auch zwei Kinder, zwei Jungs. Die sind natürlich schon aus dem Haus und wohnen ziemlich weit weg. Vielleicht kriege ich irgendwann mal Enkel, aber das kann noch eine Weile dauern. In der Zwischenzeit kümmern wir uns einfach ein bisschen um Ihre zwei. So eine Art Aushilfs-Großeltern. Was halten Sie davon?"

„Das hört sich super an. Und danke für die Einladung. Ich komme bestimmt vorbei. Mittwoch Nachmittag habe ich meistens frei."

„Super. Schneien Sie einfach bei uns rein. Irgendjemand ist immer zu Hause."

Die drei erhoben sich, und Petra begleitete ihre Gäste zur Wohnungstür. Arthurs Blick fiel auf das kaputte Fahrrad.

„Ist das Ihres?"

Petra nickte.

„Wenn Sie nichts dagegen haben, könnte ich den Platten reparieren und das Rad mal auf Vordermann bringen."

Petra schüttelte bedauernd den Kopf.

„Das ist sehr nett, aber wissen Sie, gerade diesen Monat ist es wirklich sehr knapp mit dem Geld bei uns. Rick braucht ein paar neue Sachen für die Schule. Es macht mir nichts aus, zur Arbeit zu laufen, wirklich nicht."

Arthur war ganz entrüstet.

„Ich will doch kein Geld von Ihnen. Wissen Sie, ich bastle gerne, und mir würde es Spaß machen, Ihr Rad zu reparieren."

„Das kann ich nicht annehmen. Vielleicht nächsten Monat, wenn es nicht gar so teuer wird", überlegte Petra.

Leni nahm das Fahrrad von der Wand und drückte Arthur den Lenker in die Hand.

„Wissen Sie, wie schwierig es ist, einen älteren Herren bei Laune zu halten? Wenn Arthur nichts zu tun hat, wird er richtig grantig."

Energisch schob sie ihn in Richtung Haustür und winkte der Frau noch einmal zu.

„Wenn Sie nächsten Mittwoch vorbei kommen, können Sie es wieder mitnehmen. Und grüßen Sie Ihre zwei Racker von uns."

Bevor Petra etwas sagen konnte, waren Leni und Arthur schon draußen. Schweigend gingen sie die Straße hinunter, begleitet vom rhythmischen Quietschen des Fahrrads.

„Hast du das Wohnzimmer gesehen? Noch nicht mal eine Topfpflanze gibt es. Die Gardinen sind uralt. Aber alles ist sauber und ordentlich. Viel Platz haben die da nicht. Ich glaube, sie schläft auf der Couch."

Auch Arthur schaute betroffen drein.

„Wenn ich mir vorstelle, dass Kinder so aufwachsen, das prägt sie doch für ihr ganzes Leben."

Da musste noch ein bisschen mehr geholfen werden als nur mit einer Fahrradreparatur. Er war sicher, dass Leni genauso dachte.

Der Kaffeetisch auf der Terrasse war schon gedeckt, als Petra Färber ein paar Tage später klingelte. Leni öffnete ihr die Tür und begrüßte sie und die Kinder herzlich. Sie hatte einen selbst gebackenen Apfelkuchen mitgebracht, den ihr Leni gleich abnahm und auf den Tisch stellte. Rick und Melanie verschwanden im Garten. Barbara lobte den schönen Kuchen und stellte Linse vor. Von seinem Liegestuhl aus beobachtete Arthur die Runde. Es war nicht zu übersehen, dass die Damen hier überhand nahmen. Aber es war Leben in der Bude, und irgendwie hatten diese fröhlich schnatternden Frauenstimmen etwas sehr Behagliches.

Während Barbara in die Küche ging, um den Kaffee zu holen, zeigte er Petra das reparierte Fahrrad.

„Das dürfte eine Weile halten", sagte er. Es hatte ihn einige Mühe gekostet, das Rad fit zu bekommen, er hatte so etwas lange nicht mehr gemacht. Petra bedankte sich überschwänglich.

„Es ist wirklich eine große Zeitersparnis, wenn ich mit dem Rad fahren kann. Bis zum Supermarkt sind es zu Fuß gut zwanzig Minuten."

Dankbar schüttelte sie Arthurs Hand, der ganz verlegen wurde.

„Und jetzt stärken wir uns erst mal", sagte er und setzte sich an den Tisch.

Barbara hatte Kakao für die Kinder gemacht und Streuselkuchen gebacken. Rick und Melanie unterbrachen ihre Toberei und langten herzhaft zu. Dann verschwanden sie wieder im Garten.

„Wie alt ist Melanie eigentlich?“ wollte Leni wissen.

„Mel ist fünf, nächstes Jahr kommt sie in die Schule. Das ist auch gut so, weil der Kindergarten dicht macht. Ich wüsste überhaupt nicht, wohin ich sie geben sollte, wenn ich arbeiten gehe. Aber auch so wird es schwierig werden. Die KiTa fällt dann ja auch flach.“

„Wieso schließt der Kindergarten?“ fragte Arthur zwischen zwei Bissen Kuchen.

„Na, haben Sie denn noch nichts von diesem Bauprojekt gehört? Hier wird sich so einiges verändern. Bestimmt werden auch die Mieten steigen.“

Leni und Arthur schauten sich an.

„Wir haben davon noch nicht so viel mitbekommen. Erzählen Sie doch mal“, forderte Leni Petra auf.

Es war viel schlimmer, als sie sich das hätten vorstellen können. Der Kindergarten samt Kindertagesstätte, der kleine Lebensmittelladen, die Reinigung, dazu etliche Häuser, es ging das Gerücht um, dass alles abgerissen werden sollte. Eine Art Ringstraße würde um das neue Zentrum führen, das den ganzen Block ersetzen sollte.

„Es ist denen egal, was aus den Leuten wird. Aber das ist nun mal so, da kann man nichts machen“, beendete Petra ihren Bericht. Alle schwiegen. Jeder musste erst einmal seine Gedanken sortieren. Nach einer Weile eröffnete Leni die Diskussion.

„Wieso kann man da nichts machen? Es kann doch nicht sein, dass so ein Baumensch einfach auf den Leuten herumtrampelt und die kleinen Geschäfte kaputt macht. Dagegen muss man doch was unternehmen können.“

„Aber was?“ Barbara schaute betroffen in die Runde.

„Öffentlichkeit“, warf Linse ein und erntete verständnislose Blicke.

„Wir müssen die Öffentlichkeit darüber informieren, was hier abläuft“, erklärte sie.

„Anfangen könnten wir mit den Zeitungen. Ich hab da ein paar Kontakte. Vielleicht kriegen wir sogar das Radio dazu, einen Bericht zu bringen. Je mehr Leute wir dazu bewegen, sich gegen diesen Neubau einzusetzen, desto besser. Ich glaube, man nennt das Bürgerinitiative.“

„Das klingt gut“, fand Leni.

„Das hört sich nach einer Menge Ärger an.“

Arthur war sehr skeptisch. Aber Leni kam jetzt erst richtig in Fahrt.

„Frag doch mal deinen Freund Charly. Als Anwalt kennt der sich doch bestimmt mit so etwas aus.“

Das war eine gute Idee, fand Arthur. Wenn Charly das nächste Mal vorbeikam, würde er das Thema ansprechen. Leni war bereits in Gedanken einen Schritt weiter. Was genau war eine Bürgerinitiative? Was konnte man damit erreichen, und wie musste man es anstellen, die öffentliche Meinung auf seine Seite zu bekommen? Da würde mal wieder das Internet herhalten müssen.

Leni nahm die Wäsche ab, die im Garten aufgehängt war. In der engen Caprihose sah sie zum Anbeißen aus. Überhaupt hatte sie in letzter Zeit so etwas an sich. Arthur konnte es nicht so richtig in Worte fassen, aber irgendwie war sie anders als noch vor ein paar Wochen. Sie strahlte seit neuestem von innen heraus, als hätte jemand einen Schalter angeknipst. Nichts erinnerte mehr an die zittrige, unsichere Frau, die vor ein paar Monaten bei ihm eingezogen war. Sie war ungemein attraktiv. Und auch wenn sich Arthur jeden weiteren Gedanken verbot, konnte er sich der Faszination, die von ihr ausging, nicht entziehen.

Auch Charly schien das festzustellen, denn er starrte schon seit ein paar Minuten zu ihr hinüber. Weit waren sie mit ihrem Schachspiel nicht gekommen. Aber das hatte heute ohnehin nur Alibifunktion. Es gab Wichtigeres zu bereden. Mit leisem Bedauern konzentrierte Arthur sich wieder auf sein Thema.

„Den Kerl muss einfach jemand stoppen. So geht das nicht. Wir wissen zwar noch nicht wie, aber irgendwie werden wir die Sache publik machen.“

Charly wurde blass, als ihm Arthur von den Plänen der Wohngemeinschaft erzählte.

„Ihr könnt euch damit gehörigen Ärger einhandeln“, warnte er. „Der Köhler ist mit allen Wassern gewaschen. Gegen den habt ihr keine Chance.“

Arthur sah ihn prüfend an. „Du willst uns nicht helfen, stimmt's?“, fragte er gerade heraus.

Charly schüttelte bekümmert den Kopf. Unbehaglich rutschte er in seinem Sessel hin und her.

„Nein, das stimmt so nicht. Ich *kann* nicht. Und das tut mir ehrlich leid, das musst du mir glauben. Aber ich darf mich nicht gegen meinen Mandanten stellen. Wenn der wüsste, dass ich hier ein und aus gehe und dass wir zusammen Schach spielen, würde er mich auf der Stelle rauswerfen. Ich kann dich nur warnen. Lass dich nicht auf einen Krieg ein, den du nicht gewinnen kannst."

„Das ist noch nicht raus. Es soll schon vorgekommen sein, dass ein Kleiner gegen einen Großen etwas ausrichten kann."

Finster brütete Arthur vor sich hin.

„Dass du aber auch ausgerechnet für diesen Mistkerl arbeiten musst."

Charly zuckte hilflos mit den Schultern. Ihre Freundschaft wurde einer harten Probe unterzogen. Er wusste immer weniger, wie er sich verhalten sollte. Es war eine Gratwanderung zwischen Loyalität seinem Auftraggeber gegenüber und seinen Sympathien, die eindeutig bei Arthur und seinem Damenkränzchen lagen. Es war ihm klar, dass er sich Ärger einhandeln konnte, wenn er Köhler nichts von den geplanten Aktionen berichtete. Er schüttelte den Kopf. Was war nur los mit ihm in letzter Zeit? Wurde er allmählich weich? Früher hätte er sich keinen Deut darum geschert, wenn er jemand auf die Füße getreten war. Aber früher war das auch nur irgendjemand gewesen. Und nicht Arthur. Und Leni. Und Barbara.

Er verabschiedete sich ungewöhnlich zeitig von Arthur und ging gleich weiter zu dem kleinen Laden. Er wollte herausbekommen, wie die Stimmung im Viertel war.

„Ach, Sie sind auch mal wieder im Lande", begrüßte ihn die dicke Chefin.

Er griff wahllos nach ein paar Lebensmitteln und wartete, bis die Kundin vor ihm gegangen war. Vielleicht konnte er die Dicke in ein Gespräch verwickeln. Sein Blick fiel auf ein Tischchen, das neben der Kasse aufgestellt war. Ein Stapel Flugblätter lag darauf.

„Wir lassen uns das nicht bieten", las er die fett gedruckte Überschrift. Das war ja noch weiter fort geschritten, als er befürchtet hatte. Hier wurde offen dazu aufgefordert, sich gegen das Bauprojekt zu wehren. Auch eine Unterschriftenliste lag auf dem Tischchen.

„Lesen Sie sich das nur mal durch. Es ist ein Skandal!"

Die Dicke war neben ihn getreten. Ihr Busen wogte vor Empörung.

„Der ganze Block soll weg, alle Leute raus aus ihren Häusern und Wohnungen. Und das nur, weil so ein Großkotz hier einen Palast hinstellen will, den keiner braucht."

Sie hielt ihm einen Kugelschreiber hin.

„Hier, tragen Sie sich gleich ein in die Liste. Jede Unterschrift zählt."

Entsetzt starrte Charly auf den Stift. Dann stellte er hastig den Einkaufskorb auf den Fußboden.

„Entschuldigung, mir ist da gerade was Wichtiges eingefallen", murmelte er und verschwand wie der Blitz aus dem Laden. Die Dicke schüttelte den Kopf.

„Der hat vielleicht eine Art! Und ich darf jetzt alles wieder einräumen."

Sie griff nach dem Korb und machte sich seufzend an die Arbeit.

Bernd Köhler hatte ausgesprochen schlechte Laune. Das kam zwar selten vor, aber dann war es das Beste, ihm aus dem Weg zu gehen. Leider konnte Thomas Brandner nicht einfach den Hörer auflegen, um dem Geschrei ein Ende zu bereiten.

„Bin ich denn hier nur von Idioten umgeben? Ausgerechnet deine Frau hetzt mir mit einer Unterschriftenaktion die Presse auf den Hals. Leni Brandner, hier steht es. Ich habe den Artikel direkt vor mir liegen. Gott sei Dank ist es nur eine kleine Notiz, die keiner liest. Aber du willst mir doch nicht erzählen, dass du davon nichts weißt?"

Wütend trommelte Köhler mit den Fingern auf seinem Schreibtisch herum und wartete auf eine Antwort. Am anderen Ende der Leitung blieb es still.

„Sag gefälligst was. Oder vielmehr, pfeif deine Frau zurück. Sonst kann ich für nichts garantieren."

Fieberhaft überlegte Thomas, ob an der Sache etwas dran sein konnte. Die Zeitungen druckten ja alles Mögliche, und oft wurden Dinge aufgebauscht. Er konnte sich beim besten Willen nicht vorstellen, dass Leni mit dieser Unterschriftenaktion etwas zu tun hatte. Das war nicht ihre Art. Sie war schon immer eine Maus gewesen. Wenn sie nur zwei, drei Sätze vor ein paar Leuten sagen sollte, kriegte sie keinen Ton heraus.

„Nun mal langsam", versuchte er, den wütenden Köhler zu besänftigen.

„Ich kenne meine Frau. Die kriegt so etwas gar nicht hin. Aber ich kann mir denken, wer dahinter steckt. Das muss dieser Mann sein, bei dem sie jetzt wohnt. Ich glaube, Winkler heißt er."

Bernd Köhler stutzte. Der Name kam ihm bekannt vor. Ja natürlich, fiel es ihm ein, das war doch dieser Witwer, auf den er Charly angesetzt hatte.

„Bist du sicher, dass er Winkler heißt?"

„Ziemlich. Warte mal, ich habe mir die Adresse notiert."

Mit versteinertem Gesicht hörte sich Köhler die Adressangabe an. Seine Vermutung bestätigte sich, das war dieser widerspenstige Kerl. Es war doch nicht zu fassen! Er war gespannt, was Charly Duffner dazu zu sagen hatte.

„Ich sag es noch mal, pfeif deine Alte zurück. Wenn sie Ärger macht, kann ich leider keine Rücksicht darauf nehmen, dass sie deine Frau ist. Wir sprechen uns in Kürze wieder."

Köhler knallte den Hörer auf und brüllte raus zu seiner Sekretärin.

„Schaff mir den Duffner her, aber ein bisschen plötzlich."

Sandi zuckte zusammen. Gerade hatte sie frischen Nagellack aufgetragen, aber es war wohl nicht ratsam, ihren Chef warten zu lassen, bis der getrocknet war. Seufzend suchte sie die Nummer heraus und verzog das Gesicht, als die noch feuchte Farbe verschmierte. Sie starrte auf den roten Fleck, der nun die Karteikarte zierte. So ein Mist, eine halbe Stunde Arbeit umsonst! Heutzutage war es wirklich nicht einfach für ein Mädchen, sein Geld zu verdienen.

Thomas konnte an nichts anderes mehr denken. Es musste dieser Winkler sein, der hinter der ganzen Sache steckte. Leni hatte zwar ein flinkes Mundwerk, aber wenn es darauf ankam, gab sie klein bei. Er zückte sein Handy.

„Der Teilnehmer ist vorübergehend nicht erreichbar."

Irritiert schaute er auf das Telefon und drückte auf die Austaste. Er würde es weiter probieren, irgendwann musste sie ja mal rangehen.

Vielleicht war es einer dieser Tage, wo alle schlechte Laune hatten. Jedenfalls brütete auch Kiki finster vor sich hin. Es ging so nicht weiter mit Thomas. Er konnte sich einfach nicht den entscheidenden Ruck geben und endlich die Scheidung einreichen. Jedes Mal, wenn sie das Thema anschnitt, erklärte er ihr kurz angebunden, dass seine Frau völlig unfähig sei, für sich selbst zu sorgen. Allmählich kamen Kiki ernste Zweifel, ob das wirklich stimmte. Immerhin hatte sie eine Tochter groß gezogen und jahrelang den Haushalt versorgt.

Außerdem, je länger das Ganze dauerte, desto kleiner wurden ihre Chancen. Das bestätigte auch ihre Freundin Dorle, mit der sie nun schon seit einer Stunde telefonierte.

„Du musst der Sache einen Schubs in die richtige Richtung geben. Triff dich doch mal mit ihr. Hast du sie überhaupt schon mal gesehen? Also, ich würde wissen wollen, wie meine Konkurrenz aussieht."

„Ich bitte dich! Konkurrenz, die ist doch schon kurz vor scheintot."

„So hab ich das auch nicht gemeint", beeilte sich Dorle zu versichern. „Aber es schadet ja nichts, sich ein Bild zu machen. Schließlich waren die beiden Ewigkeiten zusammen."

Kiki seufzte. Allein bei der Vorstellung, über zwanzig Jahre mit demselben Mann zu leben, wurde ihr ganz übel. Da hörte sie die Wohnungstür aufgehen.

„Ich muss Schluss machen. Thomas ist da."

Schnell hängte sie die Freundin ab und setzte ihr Begrüßungslächeln auf. Aber schon am Zuknallen der Wohnungstür merkte sie, dass Thomas gereizt war. Sicher gab es wieder einmal Probleme in der Bank, sie konnte es schon nicht mehr hören. Aber heute biss sie die Zähne zusammen. Honig war allemal besser als Essig, wenn man eine Fliege fangen wollte. Sie rückte das knappe Oberteil ihres Kleides zurecht und mixte ihm einen Martini. Eiskalt und mit einer Olive, so mochte er ihn am liebsten. Ohne aufzublicken nahm er das Glas entgegen und kippte den Inhalt hinunter.

„Das habe ich jetzt gebraucht", sagte er aufatmend und tätschelte ihren Po. So ganz hatte er sich immer noch nicht an ihre neuen, wirklich üppigen Lippen gewöhnt. Nur gut, dass das nicht ewig hielt. In ein paar Wochen würde sie aussehen wie vorher. Aber die entspannte Stimmung hielt nicht lange an. Nach ein paar Minuten angelte er nach seinem Handy und drückte auf die Wahlwiederholung. Es kam keine Verbindung zustande, und er feuerte das Gerät wütend in eine Couchecke.

„Wen willst du denn so dringend anrufen?"

„Wenn du's genau wissen willst: meine Frau. Kann sein, dass sie sich da in was reinhängt, das ihr nicht gut bekommt."

Kiki wartete darauf, dass er weiter erzählte, aber das war alles, was er bereit war, ihr mitzuteilen. Immerhin war er sauer auf seine Frau. Vielleicht würde sich daraus endlich etwas ergeben.

Im Laufe des Abends versuchte er es weiter, ein halbes Dutzend Mal wählte er immer wieder die Nummer, erreicht sie aber nicht. Nach zwei Martinis und einem Abendessen mit reichlich Rotwein schlief er noch vor den Spätnachrichten auf der Couch ein. Kiki beobachtete ihn aufmerksam, während sie mit spitzen Fingern sein Handy vom Tisch nahm. Es war noch eingeschaltet, und nach einem Knopfdruck hatte sie die Nummer seiner Frau auf der Anzeige. Das war ein ausgesprochener Glücksfall. Sie griff nach Block und Stift. Thomas schnarchte mit halb geöffnetem Mund leise vor sich hin. Heute war nichts mehr mit ihm anzufangen. Sie zuckte gleichgültig mit den Schultern. Dann würde sie endlich mal früh zum Schlafen kommen.

„**H**allo?"

Leni betrachtete stirnrunzelnd die unbekannte Nummer auf ihrem Handy. Außer ihrem Mann und ihrer Tochter konnte eigentlich niemand anrufen. Es rauschte in der Leitung, dann hörte sie eine Frauenstimme.

„Frau Brandner?"

„Ja. Wer ist denn da?"

„Mein Name ist Kiki. Ich bin, na ja, wie soll ich das bloß sagen?" Sie kicherte albern. „Ich bin die Neue von Thomas."

Oh mein Gott! Hatte Thomas ihr die Nummer gegeben? Lenis Herz raste. Wie sollte sie sich verhalten? Erst einmal war es wichtig, Zeit zu gewinnen, damit sie sich etwas beruhigen konnte.

„*Wer* ist da?" fragte sie gedehnt.

„Kiki, die Freundin von Thomas."

Die Stimme klang sehr jung und ziemlich unsicher.

„Vielleicht verraten Sie mir auch Ihren Nachnamen? Ich habe keine Lust, Sie mit diesem albernen Vornamen anzureden."

Leni wusste selbst nicht, woher sie diesen energischen Ton nahm. Aber es schien zu funktionieren, die Frau schwieg einen Moment beeindruckt.

„Ist doch egal, wie ich heiße. Ich wollte Ihnen nur sagen, dass es keinen Sinn hat, dass Sie sich weiter an Thomas klammern. Geben Sie ihn endlich frei. Sie brauchen keine Angst zu haben. Es gibt wirklich hübsche Heime, wo man sich um alles kümmert. Sie können mir glauben, wir werden gut für Sie sorgen."

Vor Verblüffung wäre Leni fast der Hörer aus der Hand gefallen. Sie holte tief Luft.

„Ich wüsste nicht, was Sie das angeht. Und wovor sollte ich Angst haben? In der Position sind doch wohl eher Sie. Oder meinen Sie, Sie sind die Einzige, mit der er in den letzten Jahren ins Bett gehüpft ist? Wenn er genug von Ihnen hat, wird er Sie ganz einfach abservieren, so wie die anderen. Vermutlich wird es nicht mehr lange dauern. Sie haben Ihr Verfallsdatum schon überschritten."

Sie unterbrach die Verbindung und sackte in sich zusammen. Alle saßen auf der Terrasse und waren gerade mit dem Mittagessen fertig. Drei Augenpaare starrten Leni an. Linse fasste sich als erste.

„Alle Achtung!"

Barbara war ganz blass.

„Ist das wirklich so?"

„Was?"

„Na, dass das nicht das erste Mal ist, dass er fremd geht. Wie hast du das nur ausgehalten die ganze Zeit?"

„Thomas hat sich verplappert, deshalb weiß ich, dass es schon mehrere solcher Bettgeschichten gegeben hat. Alles andere war geblufft. Aber das weiß diese Kuh ja nicht."

Leni konnte fast schon wieder lächeln.

„Ich lass mir doch nicht von einer Kiki die Butter vom Brot nehmen. Das ist ein Name für einen Wellensittich. Thomas muss ihr irgendeine Lügengeschichte aufgetischt haben. Sie hat was von einem Heim gesagt. Als ob ich ein Pflegefall wäre oder so etwas. Jedenfalls hat sie gesagt, „sie" – Mehrzahl! - werden sich um mich kümmern. Ist das nicht irre?"

Zögernd fingen Linse und Barbara an zu lachen. Arthur war fassungslos. Dieser Kerl musste ein ausgemachter Trottel sein.

Kiki warf das Telefon weg, als wäre es glühend heiß. Von wegen, unfähig, für sich selbst zu sorgen. Das war eine faustdicke Lüge, die ihr Thomas da aufgetischt hatte. Diese Frau hatte Haare auf den Zähnen. Mit so einer Reaktion hatte Kiki nicht gerechnet. Verfallsdatum, was für eine Unverschämtheit! Sie hatte sich natürlich gedacht, dass Thomas schon häufiger Affären gehabt hatte. Aber ihre Beziehung, das war doch etwas ganz besonderes. Sie würde ihn sich von niemand wegnehmen lassen. Sie hatte schließlich auch eine Menge zu bieten.

Aber er hatte einen Grund vorgeschoben, warum er sich nicht scheiden lassen konnte. Zum ersten Mal wurde sie unsicher. Was wäre, wenn er wirklich zurückging zu seiner Frau? Sie hatte keine Lust, ihren Goldfisch wieder aufzugeben. Nur gut, dass man Freundinnen hatte, die sich auskannten.

„Dorle? Stell dir vor, ich hab's gemacht. Ich hab seine Frau angerufen. Das war der Hammer! Das muss ich dir erzählen."

Kämpferisch streckte sie ihr Kinn vor.

Kapitel 11

Das Lachen schallte bis auf die Straße. Der Mann, der den Bürgersteig entlang geschlendert kam, blieb einen Moment stehen. Ein Lächeln huschte über sein Gesicht, dann ging er weiter, den Blick auf die Hausnummern der Häuser gerichtet.

Leni und Linse hatten es sich auf Liegestühlen vor dem Pavillon bequem gemacht und schauten dem Geschehen auf dem Rasen zu. Dort ging es hoch her. Arthur hatte sich wieder einmal auf ein kleines Fußballspiel mit Rick eingelassen, und der erwies sich als äußerst flink im Umgang mit dem Ball. Sie hatten die Schaukel hochgebunden und benutzten den Platz zwischen den Stangen als Tor. Gerade hatte Rick Arthur klassisch ausgetrickst und lachte vergnügt. Der blieb stehen, um einen Moment zu verschnaufen.

„Du hast wirklich Talent. Habt ihr eigentlich eine Mannschaft in der Schule?“ fragte er.

„Nö, in der Schule machen wir nur so ollen Sport. Laufen und Weitsprung, und wenn es regnet Bockspringen in der Halle.“

„Wo hast du denn gelernt, so gut mit dem Ball umzugehen?“

Rick zuckte ganz cool mit den Schultern.

„Ich spiele oft mit meinen Freunden. Und vom Fernsehen.“

„Bring deine Jungs doch mal mit zum Kicken“, bot Arthur an. Die Wiese würde das nicht lange aushalten, aber das war egal.

„Weiter!“ rief er und startete einen Überraschungsangriff. Endlich konnte er Rick auch einmal den Ball abnehmen.

„Das sieht schon sehr gut aus“, lobte Barbara.

Mit hochroten Wangen saß Melanie in dem Korbsessel neben ihr und versuchte, den Maschen auf ihrer Stricknadel eine weitere hinzuzufügen. Der wilde Kampf um den Ball interessierte beide nicht, sie saßen tief gebeugt über ihrer Arbeit.

„Versuche mal, die Finger nicht so zu verkrampfen. Schau, das Strickzeug ist ganz leicht. Und es läuft auch nicht weg, du musst es nicht so fest halten.“

Barbara nahm Melanie die Handarbeit ab und zeigte ihr geduldig, wie der ausgestreckte Zeigefinger den Lauffaden wie von allein auf die Nadelspitze schob.

„Das ist ganz schön schwer“, meinte das Mädchen, bemühte sich aber emsig weiter.

Auf dem Hausfirst hatte sich eine Amsel niedergelassen und flötete ein Lied in die klare Abendluft. Barbara und Melanie schauten zu ihr hoch.

„Sie singt die Sonne in den Schlaf", sagte Barbara versonnen.

Melanie war fasziniert. „Die Amsel?"

„Weißt du nicht, dass die Amseln nur morgens und abends so schön singen? Morgens fangen sie ganz früh an, wenn es noch dunkel ist. Sie wecken die Sonne auf. Und am Nachmittag, wenn es dämmrig wird, singen sie die Sonne wieder in den Schlaf."

Das Mädchen hatte die Stricknadeln sinken lassen und schaute dem Vogel zu, der inbrünstig sein Lied schmetterte, bevor er davon flog.

„Schade, nun ist sie weg."

„Oh, das macht nichts, morgen kommt sie bestimmt wieder. Die Amseln haben ihr festes Revier."

Melanie beugte sich wieder über die Wolle.

„Meinst du, ich kann meiner Mama was zu Weihnachten stricken? Einen Pullover?" fragte sie nach einer Weile.

Barbara lachte. „Wenn du fleißig bist, kriegst du einen Schal hin. Das ist doch auch ein sehr schönes Geschenk."

Melanie nickte und kämpfte unverdrossen weiter. Barbara war sehr zufrieden mit ihrer kleinen Schülerin. Ausdauer hatte sie jedenfalls. Vom Rasen klang wieder Gelächter herüber. Sie warf einen Blick auf die Fußballer. Arthurs Gesicht hatte eine dunkelrote Farbe angenommen

„Ich hole mal was zu trinken, ich glaube, unsere Sportler haben dringend eine Pause nötig", meinte sie und stand auf.

Sie holte einige Dosen Limonade aus dem Kühlschrank und stellte sie auf ein Tablett zusammen mit einer Schale Kekse. Dabei lächelte sie vor sich hin. Sie konnte sich nicht mehr an ihre ersten Strickversuche erinnern, aber wahrscheinlich hatte das Ergebnis ähnlich katastrophal ausgesehen wie bei Melanie. Es klingelte. Noch immer lächelnd öffnete sie die Haustür. Vor ihr stand Luis und lüpfte seinen Strohhut.

„Buenos Dias, Barbara!"

„Luis! Das ist ja eine Überraschung", rief sie.

„Ich hoffe, eine angenehme?"

„Aber natürlich. Ich freu mich sehr. Komm rein."

Schnell gab sie den Weg frei und er betrat den Flur. Lauschend hob er den Kopf. Vom Garten kam eine neue Lachsalve, und er hörte die Stimme von Leni heraus. Barbara legte ihm die Hand auf den Arm.

„Wir wollen sie überraschen, komm mit."

Sie ging vor auf die Terrasse und platzierte den Gast in einen der Sessel. Gespannt beobachtete sie Leni, die voll auf das Fußballspiel konzentriert war und noch nichts bemerkt hatte. Wie sie wohl reagieren würde?

Keuchend setzte sich Arthur auf den Rasen. Es war schon ein paar Jahre her, seit er das letzte Mal so herumgetobt war. Für heute war es genug, sagten ihm seine zitternden Beine. Er würde einen gewaltigen Muskelkater bekommen. Aber das war den Spaß wert.

„Schlusspfiff, ich kann nicht mehr."

„Spielstand 15 : 2", gab Linse bekannt und grinste Rick an.

„Du hast gewonnen. Jetzt gibt's erst mal was zu trinken."

Rick strahlte. Arthur war nett, fast wie ein richtiger Opa. Er trabte zu ihm hinüber und half ihm auf die Beine.

„Du hast dich aber auch ganz gut gehalten", meinte er großzügig. Gefolgt von den Damen schlenderten sie auf die Terrasse zu. Plötzlich blieb Leni wie angewurzelt stehen.

„Das gibt's doch nicht", sagte sie tonlos.

„Was ist?" fragte Linse.

In diesem Moment stand der Besucher auf und kam ihnen entgegen. Er breitete die Arme aus.

„Leni, Cara mia!"

Er zog sie an sich und küsste sie ausgiebig. Rick pfiff durch die Zähne und schaute interessiert zu. Arthur war auch stehen geblieben. Jäh verdüsterte sich sein Gesicht.

„Das ist Luis. Wir haben ihn im Urlaub kennen gelernt", erzählte Barbara strahlend. „Ist das nicht toll, dass er uns besucht?"

„Ich krieg mich kaum ein vor Begeisterung", knurrte Arthur. Er war richtig sauer, obwohl er nicht recht wusste warum.

Der attraktive Mann, zweifellos ein Spanier, hatte einen gut sitzenden, hellen Anzug an. Er sah geradezu aufreizend elegant aus. Arthur schaute an sich herunter. Hemd und Hose waren durchgeschwitzt. Und mit seinen zerzausten Haaren musste er schlimm aussehen.

Luis ließ Leni endlich los und machte sich mit Linse bekannt. Die ließ einen spanischen Redeschwall auf ihn los, und ein lebhaftes

Gespräch entspann sich zwischen den beiden. Arthur nutzte die Gelegenheit, um ins Haus zu schlüpfen. Er hatte das dringende Bedürfnis, sich frisch zu machen.

Nach ein paar Minuten erschien er in trockener Kleidung auf der Terrasse. Barbara hatte zur Feier des Tages eine Flasche Cava geöffnet. Seit dem Urlaub hatte sie immer ein paar Flaschen auf Vorrat.

Linse hatte mitbekommen, dass außer ihr und dem Gast niemand Spanisch verstand. Jetzt redete sie auf Deutsch auf ihn ein. Woher kann der Kerl nur so gut unsere Sprache, fragte sich Arthur finster. Wahrscheinlich tobte er sich schon seit Jahren an Touristinnen aus.

Leni saß mit versteinertem Gesicht neben Luis. Arthur registrierte es mit Genugtuung. So ganz glücklich schien sie nicht über den Besuch zu sein. Der Mann hatte besitzergreifend einen Arm um sie gelegt. Aber sie lehnte sich in einem merkwürdigen Winkel weg von ihm und nagte an ihrer Unterlippe.

„Komm, Arthur, hier ist ein Glas für dich. Du musst auch mit Luis anstoßen."

Der setzte sich und griff nach dem Glas. Zur allgemeinen Erheiterung berichtete Barbara, wie sie und Leni Luis kennen gelernt hatten.

„Davon habt ihr kein Wort erzählt", grummelte Arthur, aber sein Kommentar ging im allgemeinen Gelächter unter. Leni war immer noch auffallend ruhig und hob kaum den Kopf.

Linse war zufrieden mit sich. Sie hatte also Lenis Rotwerden richtig gedeutet. Im Urlaub hatte es einen Flirt gegeben. Und da dieser Luis einen weiten Weg gekommen war, um sie wiederzusehen, musste daraus schon etwas mehr geworden sein. Aber wie sah es bei Leni aus? Dieser Kuss zur Begrüßung, sie hatte ganz spontan reagiert, sehr liebevoll und zärtlich. Aber nun saß sie da wie schockgefrostet. Ihrem Gesicht war keine Gefühlsregung anzusehen.

„Hast du geschäftlich hier zu tun, oder warum bist du hier?" wollte Barbara wissen.

„No, es ist rein privat. Ich wollte meine Leni wieder sehen. Dich natürlich auch", fügte er charmant hinzu.

Er zog Leni an sich und sah ihr tief in die Augen.

„Es gab ein Problem mit der Adresse, die du mir gegeben hast. Gut, dass ich noch den Zettel von Barbara hatte."

„Ach so."

Das erklärte natürlich einiges. Leni warf Barbara einen wütenden Blick zu.

„Es war nur wegen der Fotos", stotterte die. „Ich hätte doch nie gedacht, dass er wirklich hier auftaucht."

Luis runzelte die Stirn. Seine dunklen Augen blitzten.

„Wenn ich nicht willkommen bin, gehe ich sofort."

In die allgemeinen Beteuerungen, dass er keinesfalls störe, stimmte auch Leni ein. Sie freute sich sehr, Luis wieder zu sehen. Oft hatte sie in der Zwischenzeit an ihn denken müssen. Aber jetzt fühlte sie sich von der Situation völlig überfordert. Wie hatte Barbara nur so etwas tun können?

„Die Fotos!"

Luis zog einen dicken Umschlag aus seiner Anzugjacke. Die Bilder wurden herumgereicht, es hagelte Kommentare und Gelächter. Arthur sah, dass auf den meisten Fotos Leni war, immer wieder sie, lachend, verträumt, am Strand, an eine Pinie gelehnt. Ein Portraitfoto gefiel ihm besonders gut. Dieser weiche Blick, galt er dem Fotografen oder der malerischen Landschaft? Unauffällig nahm er das Foto vom Tisch und ließ es in seiner Hosentasche verschwinden. Kurz darauf stand er auf.

In seinem Schlafzimmer betrachtete er das Foto ganz genau. Irgendwie fühlte er sich betrogen von Leni. Aber er hatte doch keinerlei Rechte. Verwirrt legte er das Bild in die Schublade seines Nachttischs. Er kam sich albern und kindisch vor.

Er ging in die Küche und starrte aus dem Fenster. Es war ihm nicht danach zumute, auf die Terrasse zurück zu kehren. Leni war eine attraktive Frau. Es war nicht überraschend, dass sich ein Mann zu ihr hingezogen fühlte. Außerdem war sie erwachsen und niemandem Rechenschaft schuldig, auch ihm nicht.

Die Erwachsenen hatten in dem Trubel die beiden Kinder ganz vergessen.

„Gibt es da auch Palmen?", fragte eine zaghafte Stimme.

Melanie sah den fremden Mann mit großen Augen an. Er sah interessant aus, ganz braun gebrannt, und so einen schönen, geflochtenen Hut hatte sie noch nie gesehen. Luis lachte.

„Ja, meine Kleine, viele Palmen. Und das Meer, so blau, wie du es dir gar nicht vorstellen kannst. Und einen Strand, der ganz schwarz ist."

Ein schwarzer Strand, den wollte Melanie gerne einmal sehen. Sie wartete darauf, dass er weiter erzählte. Aber da mischte sich Rick ein.

„Wir müssen jetzt nach Hause“, erklärte er, den Fußball im Arm und bereit zum Gehen. Melanie erhob sich. Ihr Bruder hatte Recht, es war schon ziemlich spät.

Es war das Zeichen für den allgemeinen Aufbruch. Barbara fiel ein, dass man Luis ja etwas zu essen anbieten musste, und machte sich auf den Weg in die Küche, um ein paar Schnittchen zu zaubern. Leni stand auch auf, murmelte etwas Unverständliches und verschwand im Haus. Plötzlich wurde es ruhig, und am Tisch saßen nur noch Linse und Luis. Der senkte den Kopf.

„Es war ein Fehler“, sagte er leise.

„Vielleicht nur etwas überraschend.“

Linse war im Bilde. Es hatte ihn total erwischt, das war nicht zu übersehen.

„Bleiben Sie noch ein paar Tage“, schlug sie vor.

„Dann werden Sie sehen, ob sie Ihre Gefühle erwidert.“

Luis nickte. Diese Frau hatte Recht, jedenfalls hoffte er es sehr. Hals über Kopf hatte er sich in die lebensfrohe, deutsche Frau verliebt, nun kam er sich vor wie ein Idiot. Aber so schnell gab er nicht auf. Er erhob sich.

„Ich danke Ihnen, vielen Dank. Vielleicht ist es wirklich besser, wenn ich morgen wiederkomme. Dann hat Leni etwas Zeit, sich von der Überraschung zu erholen. Ich gehe in mein Hotel zurück.“

Mit einem Handkuss verabschiedete er sich von Linse, die ihn durch den Garten bis vor das Haus begleitete.

„Hasta manana.“

Nachdenklich ging sie auf die Terrasse zurück. Luis tat ihr leid. Er schien ein netter Kerl zu sein, und er war sehr verliebt in Leni.

Barbara kam mit einem Teller belegter Brote heraus.

„Wo ist er denn?“

„Gegangen. Er kommt morgen wieder.“

Kopfschüttelnd sah Barbara zu, wie Linse in Richtung Pavillon verschwand. Vielleicht hatte sie einen großen Fehler gemacht.

Leni stand früh morgens am Fenster und starrte in den Garten hinunter. Es regnete in Strömen, die grauen Wolken reichten fast bis zum Boden.

Gestern hatte sie Barbara auf den Mond gewünscht dafür, dass sie Luis ihre Adresse gegeben hatte. Es war schön gewesen im Urlaub, sie hatte jede Minute mit dem Spanier genossen. Aber sie hatte sich klar gemacht, dass mit ihrer Abreise alles zu Ende sein musste. Nun war er hier, und seit sie ihn gesehen hatte, war dieses prickelnde Gefühl wieder da. Sie wollte vernünftig sein, wenigstens sie, und Luis wieder auf seine Insel schicken. Es war ein schöner Traum, der sich nicht erfüllen konnte.

Sie konnte ohnehin nicht mehr schlafen, also zog sie sich an und ging nach unten. Der Kaffee war gerade fertig, als Arthur in die Küche kam.

„Du bist aber früh wach heute“, begrüßte sie ihn.

„Ich hab schlecht geschlafen.“

Er wich ihrem Blick aus. Sie seufzte innerlich. Die Probleme mit Luis reichten ihr gerade.

Arthur nahm sich Kaffee und setzte sich an den Küchentisch. Schweigend sah er zu, wie sie Butter und Wurst aus dem Kühlschrank holte und Brot abschnitt.

„Auch was?“, fragte sie, das Messer in der Hand.

Er schüttelte den Kopf.

„Hab keinen Hunger.“

Sie hatte keine Lust, ihn zu fragen, was los war. Irgendwie störte sie heute seine Gegenwart, sie wollte ihre Ruhe haben. Sie ging mit ihrem Frühstück ins Wohnzimmer. Wie immer stellte sie das Radio an, hörte Nachrichten und den Wetterbericht. Für heute Nachmittag war besseres Wetter angesagt, wenigstens ein kleiner Lichtblick.

„Ich weiß, ich hab kein Recht zu fragen.“

Arthur stand im Türrahmen. Sie hatte das Gefühl, dass er sie schon eine Weile beobachtete.

„Was fragen?“ Es klang schärfer als beabsichtigt.

„Dieser Spanier, von dem habt ihr kein Wort erzählt.“

„Haben wir wohl vergessen. War nicht so wichtig.“

Die Fotos hatten kein Ende genommen. Sie mussten fast die ganze Woche zusammen verbracht haben. Da hatte er seine Antwort. Er drehte sich um und verschwand in seinem Zimmer.

Etwas später kam Linse hereingeschneit.

„Diesen Luis hat's ganz schön erwischt“, erklärte sie unverblümt und grinste fröhlich. Leni musste lachen.

„Dich wohl nicht?“, bohrte Linse weiter.

„Wir haben ein paar schöne Stunden zusammen verbracht. Urlaub halt. Ich konnte nicht ahnen, dass er hier aufkreuzt. Warum musste ihm Barbara auch unsere Adresse geben."

Sie hatte aufgehört zu lachen und sah plötzlich sehr unglücklich aus. Linse strich ihr sanft über die Wange.

„Nimm es nicht so ernst. Das ist das südländische Temperament. Er wird nicht an gebrochenem Herzen sterben."

Gegen Mittag hörte es auf zu regnen. Pünktlich mit den ersten, zaghaften Sonnenstrahlen kreuzte Luis wieder auf.

„Cara, willst du mir ein wenig deine Stadt zeigen?" bat er. Erleichtert, für ein paar Stunden aus dem Haus fortzukommen, stimmte sie zu. Sie wählte einen schicken Hosenanzug, den sie mit einer farbenfrohen Bluse kombinierte. Nach einem Blick in den Spiegel fand sie, dass sie eine ganz passable Fremdenführerin abgab.

Sie fingen mit einem Rundgang durch den Dom an, schlenderten über den malerischen Römerberg und landeten dann im Goethehaus. Hier war Leni schon ewig nicht mehr gewesen. Anschließend fanden sie an der Hauptwache ein kleines Café, wo man draußen sitzen konnte. Luis hatte ihren Erläuterungen interessiert zugehört. Jetzt blätterte er in dem Reiseführer, den sie ihm gekauft hatte, und bestellte auf ihre Empfehlung ein Stück Frankfurter Kranz.

„Das schmeckt gut", erklärte er. Sie freute sich, als habe sie den Kuchen persönlich gebacken. Aber dann ließ sich das Gespräch nicht mehr länger aufschieben.

„Diese Stadt ist schön. Aber es ist nur eine Stadt wie viele andere. Ich bin wegen dir hier, Cara. Das weißt du."

Leni fühlte ihr Herz bis zum Hals schlagen. Nun musste sie Farbe bekennen.

„Ja, das habe ich mir gedacht."

Sie zwang sich, ihn anzusehen. Seine Augen hatten denselben zärtlichen Schimmer wie im Urlaub.

„Aber?", half er weiter und legte einen Arm um ihre Schulter.

Unter seiner Berührung zuckte sie leicht zusammen. Sofort nahm er seinen Arm wieder weg. Er starrte auf den leeren Teller vor sich.

„Ich hätte nicht kommen sollen. Es war ein Fehler. Das hier ist nicht La Palma. Hier bist du eine andere."

„Nein, nein, so ist das nicht. Ich freue mich, dass du da bist."

Sie suchte nach Worten, und dieses Mal wartete er schweigend.

„Wie soll ich sagen? Es war ein wunderschöner Urlaub. Das mindeste, das ich tun kann, ist, dir etwas von Frankfurt zu zeigen. Du hast uns deine ganze, schöne Insel gezeigt."

„Du musst dich nicht verpflichtet fühlen."

Seine Stimme war rau, die Wärme daraus verschwunden. Sein Gesicht sah plötzlich hart und kantig aus. Schweigend tranken sie den Kaffee aus. Luis bezahlte und stand sofort auf.

„Wir wollen zurückgehen. Ich habe genug gesehen."

Das Begrüßungskomitee saß vollzählig auf der Terrasse.

„Na, war es schön?" fragte Barbara.

Luis setzte sich neben sie und schwärmte vom Dom und den alten Fachwerkhäusern. Leni entschuldigte sich und ging ins Haus. Arthur sah ihr nach. Schweigend lauschte er den Schilderungen von Luis über den schönen Ausflug. Trotz der begeisterten Worte schien der Ausflug kein richtiger Erfolg gewesen zu sein. Da hat sich dieser Spanier wohl verrechnet, dachte er mit einer gewissen Häme, für die er sich gleich darauf schämte. Er war schließlich sein Gast und hatte ihm nichts getan. Er fand ihn sogar recht sympathisch und konnte ihn sich beim besten Willen nicht als Don Juan vorstellen. Das war ein seriöser Herr in den besten Jahren. Und genau das war das Schlimme daran.

Barbara war in die Küche verschwunden, und Arthur hatte sich in seinem Arbeitskeller verkrümelt. Er wollte mit Rick Bogen und Pfeile basteln und notierte auf einem Zettel, was er dafür einkaufen musste. Ablenkung war genau das, was er jetzt brauchte. In seinem Kopf brummte es, er musste dringend Ordnung in seine Gedanken bringen.

Luis war sich selbst überlassen. Eine Weile betrachtete er die blühenden Büsche und die hübschen Beete, dann schlenderte er zum Pavillon.

„Hola", begrüßte ihn Linse.

Sie hatte ihre Staffelei vor einem Beet mit Cosmea aufgebaut und pinselte eifrig drauf los. Er besah sich ihr Werk.

„Nicht schlecht, ich mag diese leuchtenden Farben sehr."

Sie strahlte ihn an.

„Oh danke, es freut mich, dass es dir gefällt."

Sie bot ihm einen Sessel an und malte weiter. Luis schaute eine Weile schweigend in den Garten, bis Linse den Pinsel in ein Gefäß mit Terpentin warf.

„Fertig für heute“, verkündete sie.

Sie servierte Gin Tonic und setzte sich zu ihm.

„Ich kenne La Palma gut“, begann sie das Gespräch.

„Gefällt es dir?“ fragte er eifrig, und sofort waren sie in ein lebhaftes Gespräch über La Isla Bonita vertieft. Es tat Luis sichtlich gut, über seine Heimat zu reden. Das Thema Leni war zumindest für eine Weile vergessen, und in der Gegenwart dieser unkomplizierten Frau fühlte er sich wohl. Aber nach einer Weile holte ihn seine trübe Stimmung wieder ein. Linse bemerkte seine einsilbigen Antworten.

„Lass den Kopf nicht hängen.“

„Ich verstehe sie nicht. Da ist etwas, ich spüre es genau. Aber es ist, als ob sie eine Mauer zwischen uns gebaut hätte. Sie weicht mir aus. Ich komme nicht an sie heran.“

Linse sah ihn mitleidig an.

„Schon als Leni zurück kam, habe ich gemerkt, dass sie jemand kennen gelernt hat. Ich bin sicher, dass ihr viel an dir liegt. Das Problem ist, dass sie selbst nicht weiß, was sie will. Sie ist noch nie über ihren Schatten gesprungen. Und nach La Palma ist es ein verdammt weiter Sprung.“

Luis lächelte sie an.

„Schade, dass ich mich nicht in dich verliebt habe. Dann wäre es einfacher gewesen.“

Linse lachte.

„Du willst bestimmt nicht so eine Zigeunerin wie mich. Leni und du, ihr passt gut zusammen. Sie muss es nur erst begreifen.“

Er griff nach ihrer Hand und drückte einen Kuss darauf.

„Es wäre schön, wenn wir Freunde werden könnten, du und ich. Man trifft selten jemand, mit dem man so offen reden kann.“

„**D**as war ausgezeichnet.“

Luis tupfte sich den Mund mit einer Serviette ab und lehnte sich zurück.

„Du bist eine begnadete Köchin.“

Barbara strahlte und bedankte sich für das Lob. Sie war nicht sicher gewesen, ob er die deutsche Küche mögen würde. Aber der Braten mit Klößen und Rotkraut hatte ihm wohl wirklich gut geschmeckt. Der Apfelwein, den Arthur ihm zum Kosten gab, war nicht nach seinem Geschmack. Zur allgemeinen Erheiterung verzog er das Gesicht.

„Man muss wahrscheinlich in Frankfurt geboren sein, um Äppelwoi zu mögen“, erklärte ihm Arthur und tauschte das Gerippte gegen ein Bierglas aus. Das deutsche Bier war schon eher nach Luis' Geschmack. Die Stimmung hatte sich etwas entspannt, sogar Leni hatte das Essen genossen. Seit ihrem Ausflug in die Stadt war Luis auf Abstand gegangen. Er sagte auch nicht mehr ‚Cara' zu ihr.

„Komm, lass uns eine Runde Federball spielen, zur Verdauung“, forderte Linse ihn auf, und die beiden erhoben sich.

Leni half Barbara, den Tisch abzuräumen. Aus dem Küchenfenster schaute sie in den Garten.

„Die beiden verstehen sich gut.“

„Klar, mit Linse versteht sich jeder gut. Außerdem kennt sie La Palma, und sie spricht genauso schnell Spanisch wie Deutsch. Luis kommt kaum zu Wort“, antwortete Barbara.

„Dann geht es ihm genauso wie Arthur mit mir auf Deutsch.“

Beide lachten. Barbara legte Leni die Hand auf den Arm.

„Bist du mir noch böse? Wegen der Adresse, meine ich.“

Leni nahm sie in den Arm.

„Du konntest doch nicht ahnen, dass er herkommt. Ist schon okay. Das hat alles so sein müssen.“

Sie lächelten sich an, erleichtert, dass die Missstimmung zwischen ihnen verflogen war.

Arthur und Barbara hatten keine Lust auf Federball, sondern tranken lieber gemütlich Espresso. Leni fand keine Ruhe. Sie werkelte in der Küche herum und schaute immer wieder aus dem Fenster nach Luis. Plötzlich war er weg, der Rasen war leer. Ihr Herz fing an, heftig zu schlagen. Sie rannte hinaus, suchte und fand nur Linse in ihrem Pavillon.

„Wo ist er?“

„Weg. Was hast du denn erwartet?“

Völlig verstört ließ sie sich auf die Couch fallen.

„So kann ich ihn nicht gehen lassen“, sagte sie tonlos.

„Plaza Hotel. Sein Flug geht erst morgen früh.“

Es dauerte ein paar Sekunden, bis die Information bei ihr ankam. Dann sprang sie wie elektrisiert auf.

„Ich muss hin. Wir müssen noch mal reden.“

Linse hatte die Autoschlüssel schon in der Hand.

„Auf was wartest du?“, fragte sie lächelnd.

Vor der Hotelzimmertür holte Leni tief Luft. Was wollte sie hier eigentlich? Ihr Verstand hatte ausgesetzt, als Luis plötzlich ohne Abschied weg war. Wenn sie jetzt klopfte, gab es kein Zurück. Das war kein Mann, mit dem man spielen konnte.

Sein überraschtes Gesicht gab ihr kurz Zeit, sich zu sammeln. Mit einem strahlenden Lächeln zog er sie ins Zimmer.

„Cara! Ich habe nicht erwartet, dich noch einmal zu sehen. Ich kann dir nicht sagen, wie sehr ich mich freue."

In seinen Armen fühlte sie sich geborgen wie seit einer Ewigkeit nicht mehr. Ihr Kopf lehnte sich ganz von allein an seine Schulter. Es war so einfach. Sie spürte seine Lippen auf ihren und erwiderte seinen Kuss. Spielerisch öffnete er einen Knopf nach dem anderen an ihrer Bluse und streifte den Stoff von den Schultern.

„Komm, lass dich ganz fallen. Hab keine Angst."

Seine weiche Stimme war wie eine Liebkosung. Mit geschlossenen Augen ließ sie sich zum Bett führen.

In dem Moment, als sie sein Gewicht auf sich spürte, verkrampfte sich alles in ihr. Was tat sie hier? Noch vor ein paar Stunden war er ihr völlig fremd vorgekommen. Luis richtete sich auf.

„Was stimmt nicht?"

„Ich weiß nicht. Es ist alles so durcheinander."

„Warum bist du gekommen?"

Sie sah an sich herunter und knöpfte langsam ihre Bluse wieder zu.

„Ich kann dich nicht so gehen lassen. Aber ich kann auch nicht mit dir kommen."

Die Tränen liefen ihr herunter. Seine Hand wischte sie sanft weg.

„Ich will nicht, dass du unglücklich bist."

Sie hörte die tiefe Zärtlichkeit in seiner Stimme, und plötzlich war sie ganz ruhig.

Es hatte sich bei den Kindern im Viertel herum gesprochen, dass man in Arthurs Garten spielen durfte. Rick brachte seine zwei besten Freunde mit, und die drei waren begeistert von dem neuen Fußball, den Arthur gekauft hatte. Charly beobachtete kopfschüttelnd das Training, das nun regelmäßig einmal die Woche stattfand.

„Das ist völliger Kabbes, was ihr da macht."

Er kam von der Terrasse herunter, schnappte sich den Ball und führte ein ziemlich gekonntes Dribbling vor. Vier Augenpaare verfolgten fasziniert seine Schrittkombination.

„Hey, der hat ja richtig Ahnung“, meinte einer der Jungen anerkennend.

„Ist zwar schon lange her, aber ich habe früher auch Fußball gespielt. Kreisliga.“ Charlys Augen glänzten.

„Mach doch mit“, schlug Arthur vor, und die Kinder nickten.

Eine halbe Stunde ging das Kicken auf dem Rasen hin und her. Dann ließen sich Arthur und Charly völlig erschöpft nebeneinander ins Gras fallen.

„Die Jüngsten sind wir nicht mehr, so viel steht fest. Das ist verdammt anstrengend“, schnaufte Charly.

„Du hast dich toll gehalten. Ist ja nicht zu glauben, welche Tricks du drauf hast.“

Charly grinste. Er hatte selbst nicht geahnt, wie viel Spaß ihm das Fußballspielen immer noch machte.

„Wenn die Jungs besser werden sollen, müssen wir ein richtiges Training aufziehen. Rick hat wirklich Talent, und seine Kumpels auch. Da lässt sich was draus machen.“

„Kinder, es gibt was zu trinken“, rief Leni von der Terrasse.

„Meint sie uns auch damit?“

Charly hielt die Hand über die Augen, um Leni gegen die tief stehende Sonne sehen zu können.

„Logisch. Limo für die Kids, und für uns ein kühles Helles.“

Charly bedankte sich freundlich, als Leni ihm eine Flasche hinhielt. Er warf einen interessierten Blick auf ihre wohl geformten Beine, die unter einer Shorts sichtbar waren. Sie wurde rot und stieß ihm den Ellenbogen in die Rippen.

„Bist du bald fertig mit deiner Fleischbeschau?“

„So sind Jungs nun mal.“ Ohne eine Spur von Schuldbewusstsein grinste er sie an.

„Fußball und Frauen, das sind die Spielzeuge, die Männer am meisten mögen.“

„Spielzeuge?“

Sie drohte ihm lachend mit der Faust und verschwand dann wieder im Haus. Schon lange hatte sie festgestellt, dass er eigentlich ein netter Kerl war. Sie freute sich, dass Arthur in ihm einen ebenbürtigen Schachpartner gefunden hatte. Dass er sich jetzt auch noch um die

Kinder kümmerte, hätte sie nie von ihm erwartet. Irgendwie sah er in letzter Zeit fitter aus, nicht mehr so aufgedunsen wie früher. Die Besuche bei ihnen schienen ihm gut zu tun. Allerdings, ein Rest von Misstrauen blieb. Das Thema Köhler und ihre Aktivitäten gegen das Bauprojekt waren ein absolutes Tabu, wenn er im Hause war.

Mit leichtem Neid hörte Rick zu, wie der rothaarige Klausi von seinem Internetfreund berichtete. Bei ihnen zu Hause gab es keinen Computer.

„Er wird Lolo gerufen, wie er richtig heißt, weiß ich gar nicht. Ist ja auch egal, auf jeden Fall hat er eine Autogrammkarte von Ronaldo. Die würde er tauschen gegen eine vom Schweini. Die hab' ich nämlich doppelt", erzählte Klausi, und vor Aufregung leuchteten die tausend Sommersprossen in seinem Gesicht.

Leni hatte mit halbem Ohr zugehört.

„Wo wohnt denn dieser Lolo?" wollte sie jetzt wissen.

„Brasilien."

„Und wie verständigt ihr euch?"

Klausi wurde verlegen.

„Na ja, das ist nicht so einfach. Mit Englisch so ein bisschen. Ich habe immer mein dickes Wörterbuch daneben liegen, da suche ich mir dann die Vokabeln raus. Und ansonsten mit Händen und Füßen."

„Könnt ihr euch denn *sehen*?" Leni war verblüfft.

„Logisch. Wir skypen. Mein Vater arbeitet in einem Elektronikladen, da gibt's das ganze Zeugs. Ich kenne mich auch schon ganz gut damit aus", erklärte Klausi.

Leni sah Barbara an. „Weißt du, was das ist?"

Barbara schüttelte den Kopf. Klausi seufzte ungeduldig.

„Man montiert einfach eine kleine Kamera am PC, und dann wählt man sich ein. Ist so ähnlich wie telefonieren."

Leni war baff. Das eröffnete ja ungeahnte Möglichkeiten.

„Denkst du, was ich denke?"

„Du meinst..."

Barbara runzelte die Stirn.

„Gib mir doch mal eure Telefonnummer. Ich glaube, mit deinem Vater muss ich mich mal ausführlich unterhalten."

„**W**as gibt's Neues?"

Übel gelaunt lümmelte Köhler in seinem Schreibtischstuhl und spielte mit einem Stift.

„Leider nicht viel. Dieser Kerl ist zäh."

„Sie enttäuschen mich."

Charly zuckte mit den Schultern und machte ein betretenes Gesicht.

„Er ist ein älterer Herr, man muss Geduld mit ihm haben."

Ansatzlos sprang Köhler auf und stützte die Hände auf den Schreibtisch.

„Geduld! Verdammt, es geht um ein Millionenprojekt, und Sie faseln hier was von Geduld!"

Charly krallte seine Hände um die Stuhllehnen. Mit äußerster Selbstbeherrschung versuchte er, ruhig zu bleiben.

„Es kann nicht sein, dass so ein verdammter Rentner mein ganzes Projekt blockiert. Ich habe einen engen Zeitplan. Haben Sie eine Vorstellung davon, was mich diese Verzögerung jetzt schon kostet?"

Wütend tigerte er hinter seinem Schreibtisch hin und her.

„Man soll sich eben nicht mit Stümpern abgeben."

Charly fuhr hoch.

„Bei allem Verständnis..."

„Sie halten den Mund! Jetzt rede ich. Stümper hab ich gesagt. Ihr seid austauschbar, einer wie der andere. Ich könnte euch zerquetschen, wenn ich wollte. Keinen Fuß würdet ihr mehr in eine Tür kriegen. Aber so ist das, wenn man mit kleinen Nummern arbeitet."

Er rastete völlig aus. Menschen in diesem Zustand waren unberechenbar. Charly spannte seine Muskeln an und beobachtete ihn genau.

„Ich hätte auf Vadderche hören sollen. Der hat mich gewarnt. Auch vor diesem Brandner."

Köhler brabbelte vor sich hin und schien Charly ganz vergessen zu haben. Er stand am Fenster und starrte auf die City. Plötzlich hieb er mit der Faust gegen die Scheibe. Die dumpfen Schläge hallten durch den Raum.

„Ich werd's euch zeigen! Allen werd' ich es zeigen, auch meinen Alten."

Sein wildes Lachen stellte bei Charly die Haare hoch.

„Mich kann keiner aufhalten. Was ich will, das kriege ich."

Die Tür wurde aufgerissen und Sandi stürzte herein.

„Was ist passiert?"

Köhler erstarrte mitten in der Bewegung und sah sie verwirrt an.

„Was willst *du* denn?“

„Ich dachte nur…“ stammelte sie.

„Raus! Alle raus hier! Lasst mich in Ruhe! Ich mach das alles allein, ich brauch niemand.“

Er war hochrot im Gesicht und Speichelblasen klebten in seinen Mundwinkeln. Charly stand auf und zog Sandi hinter sich her aus dem Zimmer. Sie war totenblass.

„Jetzt ist er völlig durchgeknallt!“

Zitternd setzte sie sich an ihren Schreibtisch.

„Hast du einen Cognac?“

Sie nickte.

„Meinst du, davon wird er ruhiger?“

„Der nicht. Aber wir.“

Sie holte die Flasche und zwei Gläser.

„Ach Charly, wie gut, dass du da bist. Eben hatte ich richtig Angst vor ihm.“

„Das kann ich gut verstehen. Den hat der Größenwahn gepackt. Im wahrsten Sinn des Wortes. Pass ja gut auf dich auf. Und wenn was ist, du weißt ja, wie du mich erreichen kannst.“

Er kippte den Cognac ab und schüttelte den Kopf.

„Mich einen Stümper zu nennen! Selbst bei mir gibt es Grenzen.“

Arkan Simoglu kratzte sich nachdenklich am Kopf. Er hatte den Brief von seinem Vermieter jetzt schon ein paar Mal gelesen, aber glauben konnte er den Inhalt immer noch nicht.

„Erika, komm mal“, rief er nach seiner Frau.

Auf kurzen Beinen kam sie heran gewatschelt.

„Du hast doch pünktlich die Miete überwiesen?“

Er sah sie über den Rand seiner Brille an.

„Aber ja, wie immer. Das weißt du doch.“

Unter der strengen Aufsicht ihres Mannes führte Erika Simoglu die Buchhaltung des Lebensmittelladens. Auch wenn es nach außen nicht immer so aussah, hatte ihr Mann ganz klar die Hosen an in ihrer Ehe. Arkan hatte ein paar Prinzipien, mit denen er nie brach. Eines der wichtigsten war es, keine Schulden zu machen, und seit fünfzehn Jahren hatten sie sich daran gehalten. Jede Rechnung wurde pünktlich bezahlt. Er hielt ihr den Brief hin.

„Und wie erklärst du dir das?“

Sie setzte sich auf die alte Couch und hielt das Blatt näher an die Lampe. Leise murmelte sie die Wörter vor sich hin beim Lesen. Dann ließ sie fassungslos den Brief sinken.

„Die haben uns gekündigt."

Arkan Simoglu nahm das Telefon zur Hand.

„Das ist sicher nur ein Missverständnis. Ich rufe mal an, das wird sich ja bestimmt klären lassen."

Ein paar Minuten später war es tatsächlich klar.

„Dieser Mistkerl schmeißt uns raus. Nach so vielen Jahren, einfach so. Die sagen, er braucht keinen Grund."

Er war ganz blass geworden und setzte sich nun auch hin. Erika warf einen Blick durch den Vorhang. Glücklicherweise war momentan kein Kunde im Laden.

„Ich mache uns Tee." Sie strich ihm liebevoll über den Kopf.

„Wird schon werden."

Aber als sie mit dem Rücken zu ihrem Mann mit der Kanne hantierte, schossen ihr die Tränen in die Augen. Wie sollte es nur weiter gehen? In den letzten Jahren war das Geschäft immer schlechter geworden. Die Leute gingen lieber in den Supermarkt, auch wenn der Weg dorthin viel weiter war. Jeder hatte heutzutage ein Auto. Wen interessierte noch freundliche Bedienung oder Beratung? Preislich konnten sie sowieso nicht mithalten.

Mit der Tasse in der Hand betrat sie wieder den Laden und setzte sich an die Kasse. Mechanisch legte sie die Angebotszettel für die Kunden zu einem ordentlichen Stapel aufeinander. Ihr Blick fiel auf die Flugblätter, die diese Frau aus dem komischen Haus vor einiger Zeit hergebracht hatte. Erika hatte den Inhalt nur überflogen. Es ging um dieses Bauprojekt, und sie hatte sich darüber lautstark empört. Aber nie hätte sie sich träumen lassen, dass sie selbst davon betroffen sein könnte.

„Wir lassen uns das nicht bieten", las sie. Nachdenklich kratzte sie sich am Kinn, dann ging sie wieder nach hinten.

„Schau dir das mal an", sagte sie tonlos.

Sie stellte zwei Schnapsgläser und die Flasche mit Raki auf den Tisch. Ihr wurde ganz schlecht, wenn sie daran dachte, wie unfreundlich sie zu der Frau gewesen war. Ihr Mann sah sie an.

„Wir wollten hier alt werden mit diesem Laden. Und nun kommt dieses Schwein und macht alles kaputt", sagte er und griff nach der

Flasche. Eine Weile saßen sie schweigend neben einander und tranken. Dann holte er wieder das Telefon.

Es dauerte eine Weile, bis Leni begriff, wer da anrief.

„Bitte wenn Sie das nächste Mal kommen, wir müssen reden", bat der Mann. Sie wollte sowieso noch Brot holen.

„Ich bin in einer Stunde da", versprach sie. Sie wandte sich an Arthur, der zugehört hatte.

„Das war der Mann von dem kleinen Laden. Er hat die Kündigung bekommen. Dreimal darfst du raten, von wem er den Laden gepachtet hat."

Sie schüttelte den Kopf. Er hatte sehr verzweifelt geklungen. Wenn es um das eigene Wohl ging, wurden die Leute plötzlich munter. Aber war sie früher nicht genau so gewesen? Wenn sie überhaupt eine kleine Chance hatten, etwas gegen diesen Köhler auszurichten, dann nur, wenn alle zusammenhielten.

Der Tee schmeckte gut, er war heiß und stark. Die Frau hatte hinter ihr die Ladentür abgeschlossen und sie in das Hinterzimmer gebeten. Leni sah sich um. Eine alte Couch und zwei Stühle standen um einen wackeligen Tisch. Das Regal an der Wand war voll gestopft mit allerlei Kram, an den Wänden hingen Fotos und alte Plakate mit verblassten Farben. Man konnte sich kaum umdrehen, so voll war es hier drinnen. Arkan Simoglu bat Leni, sich auf die Couch zu setzen. Sie schätzte ihn auf Ende Fünfzig, die Frau war etwas jünger. Bestimmt war es nicht einfach, diesen Laden zu führen. Der Supermarkt war ja nicht weit weg.

Inzwischen hatte Leni schon etwas Übung darin, über das City Center zu reden. Lange hatten sie über dem Flugblatt gebrütet und überlegt, was sie schreiben durften, ohne eine Anzeige von Köhler zu riskieren. Schließlich war sogar Arthur zufrieden gewesen, obwohl er diese ganze Aktion als pure Zeitvergeudung ansah. Aber es imponierte ihm, dass Leni sich so ins Zeug legte. Es ging ja schließlich um *sein* Haus.

„Wir wissen noch nicht ganz genau, wie dieses Zentrum aussehen wird, aber es wird wohl den ganzen Block einnehmen."

Leni faltete ein großes Blatt Papier auseinander und legte es auf den Tisch. Darauf waren grob die Straßen des Viertels eingezeichnet, die vermutlich geschluckt werden sollten.

„Dem Köhler gehören sowieso schon die meisten Häuser. Außer Ihrem Laden betrifft es auch noch die Reinigung und die Apotheke hier vorne am Eck. Mit dem Apotheker habe ich schon gesprochen, der ist für das Zentrum. Er wird dort neue Räume bekommen, zu Sonderkonditionen. Der Reinigung ist es egal. Es ist nur die Filiale einer großen Kette, das Personal wird einfach woanders untergebracht. Hier ist Ihr Laden."

Sie zeigte auf die Stelle.

„Was kann man tun?" fragte Arkan und sah Leni erwartungsvoll an. Sie seufzte. Das war der schwierigste Teil des Gesprächs. David gegen Goliath, wie gut standen ihre Chancen? Aber es war wichtig, dass sie nicht aufgaben.

„Wir versuchen, möglichst viele Leute dazu zu bewegen, gegen das Zentrum zu protestieren. Wir gehen an die Öffentlichkeit und zeigen, was hier passiert. In Niederrad leben viele ältere Leute. Die kann man doch nicht einfach so vertreiben. Für die ist auch Ihr kleiner Laden wichtig. Er liegt günstig, und man hat einen Ort, wo man auch mal ein Wort reden kann."

Sie hatte ihnen den bösen Streich, den sie Barbara mit den Kondomen gespielt hatten, noch nicht verziehen. Mit Genugtuung stellte sie fest, dass die beiden ein schlechtes Gewissen zu haben schienen. Erika senkte den Kopf. Ihr Mann straffte sich.

„Wir müssen uns noch bei Ihnen entschuldigen", fing er an.

„Doch eher bei meiner Freundin Barbara."

„Und bei Herrn Winkler."

Arkan Simoglu holte tief Luft.

„Silvester. Das an Ihrem Haus. Das war unser Sohn."

Leni starrte ihn mit offenem Mund an.

„Das war ein Streich von Jugendlichen, Sie wissen ja, wie das so ist", warf Erika ein. Ihr Mann brachte sie mit einem strengen Blick zum Schweigen.

„Das war böse und gemein. Er hat seine Strafe bekommen. Sie können mir glauben, dass so etwas nie wieder passieren wird."

„Ihr Sohn?"

Er nickte. Leni war schockiert.

„Was haben wir Ihnen eigentlich getan?"

Das Schweigen war Antwort genug. Dumme Vorurteile und eine blühende Fantasie, das war der Nährboden für den ganzen Unsinn, der über sie in Umlauf war.

„Wir wollen das vergessen", erklärte sie großmütig.

„Es gibt jetzt Wichtigeres als Farbe an einem Haus. Und dass Herr Winkler ein anständiger Mensch ist, das dürfte Ihnen inzwischen klar geworden sein."

Erika wollte Tee nachschenken, aber Leni winkte ab und stand auf.

„Wir können im Moment nicht viel tun. Ich informiere Sie, sobald ich etwas Neues erfahre. Sie sollten Ihren Kunden erzählen, dass Sie bald schließen müssen. Vielleicht unterschreibt dann der eine oder andere auf der Liste. Wir müssen möglichst viele sein, die gegen das Bauprojekt protestieren."

Auch Arkan hatte sich erhoben. Der kräftige Mann streckte ihr fast schüchtern die Hand hin.

„Werden Sie uns verzeihen?"

Leni nickte, aber ihr Hals war wie zugeschnürt. Sie konnte erst wieder frei atmen, als sie auf der Straße stand.

Der Zeitungsreporter war sehr interessiert. Leni ging mit ihm um den ganzen Block, damit er sich ein genaues Bild von der Größe des Bauvorhabens machen konnte und außerdem sah, was dafür alles abgerissen werden sollte. Zufrieden registrierte Leni, dass er Fotos von dem Laden und auch von Arthurs Haus machte. Je größer der Artikel in der Zeitung war, desto mehr Aufsehen würde er erregen. Und darauf kam es schließlich an. Nach dem Rundgang bat sie den Mann noch auf einen Kaffee herein.

„Frau Brandner, sind Sie eigentlich verwandt mit Herrn Brandner von der Sparkasse?" wollte er wissen.

Leni presste die Lippen zusammen. Es half ja nichts.

„Das ist mein Mann. Aber wir leben getrennt", gab sie Auskunft. Der Reporter zog die Augenbrauen hoch und kritzelte eifrig auf seinem Block. Als nächstes musste er unbedingt einen Termin bei diesem Banker bekommen. Das wurde ja eine richtig heiße Kiste.

„**D**u hast es auf die erste Seite vom Lokalteil geschafft."

Arthur schob die Zeitung über den Tisch. Leni griff danach und starrte auf ihr Foto. Sie hatte gar nicht bemerkt, dass der Reporter sie fotografiert hatte.

„Ehekrieg um ein Stadtviertel"

Was für eine Schlagzeile! Und total falsch, denn darum ging es ja überhaupt nicht.

„Das ist eine Gemeinheit."

„Aber das ist doch genau das, was wir wollten. Bei dieser Überschrift liest garantiert jeder weiter", meinte Barbara, die es von der praktischen Seite sah. Leni war empört.

„Na, du hast vielleicht Nerven. Dich möchte ich mal sehen, wenn so was über dich in der Zeitung steht."

„Es muss ja auch mal einen Vorteil haben, nicht verheiratet zu sein", konterte Barbara.

„Jetzt zickt euch nicht so an", versuchte Arthur, seine Damen zu beruhigen. „Ich muss Barbara Recht geben. Diese Schlagzeile sorgt bestimmt für Aufmerksamkeit."

„Aber natürlich ist es nicht schön für dich", fügte er hinzu, als er Lenis giftigen Blick sah.

„Du bist der geborene Diplomat."

Leni konnte ihren Zynismus nicht unterdrücken. Aber etwas anderes machte ihr viel mehr Gedanken. Was hatte Thomas tatsächlich mit diesem Projekt zu tun? War seine Sparkasse finanziell beteiligt? Im Artikel war das offen gelassen. Fieberhaft überlegte sie, ob er früher schon einmal diesen Köhler erwähnt hatte. Aber über seine Bankgeschäfte hatte er nie viel geredet.

„Job ist Job, und der hat mit meinem Privatleben nichts zu tun", das war einer seiner Standardsätze. Nun sah das allerdings völlig anders aus.

„**E**r wird dir nichts tun. Das kann er gar nicht in der Öffentlichkeit."

Barbara zupfte an Leni herum und stellte ihr den Blusenkragen hoch.

„Das sieht besser aus. Es gibt dir so was Aufmüpfiges", meinte sie zufrieden.

Leni war eher elend zumute. Es war schon eine Weile her, seit sie Thomas das letzte Mal gesehen hatte. Und da war Arthur in der Nähe gewesen, bereit, sofort einzugreifen.

Als Thomas vor ein paar Tagen angerufen und um ein Treffen gebeten hatte, war ihr das Herz in die Hose gerutscht. Ging es um die Scheidung? Oder um diesen Zeitungsartikel? Am Telefon wollte er nicht reden. Er hatte ein Café in der Innenstadt als Treffpunkt vorgeschlagen. Leni schaute zum dritten Mal in ihre Handtasche. Geld,

Schlüssel, Taschentuch, sie hatte alles dabei. Barbara klopfte ihr aufmunternd auf die Schulter.

„Lass dich nur nicht unterkriegen."

Mit weichen Knien marschierte Leni los.

Sie sah ihn sofort, als sie das Café betrat. Thomas hatte einen kleinen Tisch am Fenster gewählt. Als sie näher kam, stand er auf.

„Hallo Leni", sagte er, griff nach ihrer Hand und zog sie leicht zu sich heran. „Du siehst blendend aus."

Er betrachtete ihr Haar, das sie jetzt etwas länger trug. Sein Blick wanderte über die Bluse mit dem hoch gestellten Kragen und den breiten Gürtel, der ihre Taille betonte, bis zu dem Bleistiftrock, der so gerade ihre Knie bedeckte.

Mit einem Kompliment hatte sie am wenigsten gerechnet. Es gefiel ihr, aber es machte sie auch misstrauisch. Was wollte er von ihr? Sie nahm Platz.

„Sie haben Nusstorte und auch was mit Obst, ich habe mich schon erkundigt."

Leni war verblüfft über seine Aufmerksamkeit.

„Ich nehme nur einen Kaffee."

Sie war sicher, dass sie keinen Bissen hinunter kriegen konnte. Während er der Bedienung winkte, betrachtete sie ihn genauer. Er hatte etwas abgenommen, das stand ihm gut. Statt eines Anzugs trug er eine helle Blazerkombination mit einem gestreiften Hemd. Sein Lächeln hatte dieselbe Wirkung wie früher. Sie spürte ihr Herz schneller schlagen und ärgerte sich darüber.

Die Bedienung stellte eine Tasse Kaffee vor sie hin. Leni sah Thomas erwartungsvoll an.

„Schön, dass du ein Treffen einrichten konntest", fing er an. „Du hast zur Zeit ja sicher viel um die Ohren. Fototermine und so."

Sie fuhr auf, aber er hob abwehrend die Hände.

„Das war ein Scherz. Allerdings war ich schon erstaunt, dich in der Zeitung zu sehen."

„Das war nicht geplant, zumindest nicht so."

„Aber darüber wollte ich gar nicht mit dir reden", fuhr er fort.

„Ach nein?"

Thomas schüttelte den Kopf.

„Es geht um uns. Das ist das einzige, das mich interessiert. Wie es dir geht, und wie du jetzt, mit einem gewissen zeitlichen Abstand über uns beide denkst. Ich kann nicht glauben, dass du unsere Ehe einfach wegwerfen willst."

„*Bitte*? *Du* bist es doch, der kein Interesse mehr hat."

Sie konnte nicht zulassen, dass er alles verdrehte.

„Ich hab dir doch schon gesagt, dass das völlig ohne Bedeutung für uns beide ist. Das sind nebensächliche Dinge. Du hast doch nie etwas bemerkt bis zu diesem blöden Fleck. Im Übrigen ist diese Sache auch bereits Vergangenheit."

Das klang ja, als habe er seine Freundin abserviert. Leni hätte rasend gerne nachgefragt. Aber letztlich war es egal.

„Dass ich von deinen Weibergeschichten nichts gewusst habe, macht es nicht besser."

Er griff nach ihrer Hand, die sie auf den Tisch gelegt hatte, und sah ihr intensiv in die Augen.

„Jetzt, wo ich weiß, dass es dich verletzt, werde ich auf solche Geschichtchen verzichten."

„Einfach so?"

Das ging irgendwie zu schnell. Sie verwünschte ihre Aufregung, die sie am Denken hinderte. Eigentlich hatte sie sich doch schon von ihrer Ehe verabschiedet. Wie konnte es sein, dass so ein bisschen Süßholz sie aus dem Konzept brachte?

„Hast du vergessen, dass ich dich liebe? Was wir alles zusammen erlebt haben? Unsere Tochter?"

Das war nun wirklich zu dick aufgetragen. Als sie ihre Hand wegziehen wollte, hielt er sie fest.

„Komm heim. Ich warte auf dich. Was willst du denn bei diesen fremden Leuten?" fragte er sanft.

„Das sind sehr nette Menschen, die mir geholfen haben, als es mir nicht gut ging."

„So habe ich das auch nicht gemeint", wiegelte er ab.

„Aber du hast es nicht nötig, irgendwo in einer Dachkammer zu wohnen, wenn doch unser schönes Haus auf dich wartet. Und dein Garten."

In ihrem Kopf rotierte es. Kamen sie der Sache langsam näher? Vermisste er den tadellos funktionierenden Haushalt?

„Gib mir Zeit zum Überlegen", sagte sie leise.

Thomas atmete auf. Das hörte sich schon besser an als dieser bissige Ton am Anfang. Es war fast geschafft.

„Lass uns diesen elenden Journalisten das Maul stopfen."

Aha! Nun war die Katze aus dem Sack.

„Steckst du tatsächlich in diesem Bauprojekt mit drin?"

„Was soll die Frage? Darum geht es doch gar nicht."

Sein Ton wurde um eine Nuance schärfer.

„Vielleicht geht es *nur* darum", beharrte Leni.

„Ja, verdammt noch mal. Ich steck da mit drin."

Er war laut geworden. Die Gäste vom Nachbartisch sahen neugierig herüber. Mühsam beherrschte er sich wieder.

„Du hast keine Ahnung, wie groß dieses Projekt ist", flüsterte er. „Das ist eine einmalige Chance für mich. Wenn ich das jetzt mit dem Köhler durchziehe, habe ich's endgültig geschafft. Du hast da in was herumgestochert, von dem du keine Ahnung hast. Und du wirst gefälligst die Finger davon lassen."

Das war eine klare Drohung. Kerzengerade saß Leni ihm gegenüber und beobachtete, wie er sich in Rage redete. Das war Thomas, wie sie ihn vor ihrem Auszug erlebt hatte. Wenn etwas nicht nach seinem Kopf ging, wurde er ausfallend und cholerisch. Wieso hatte sie das früher nicht gesehen?

„Na schön. Dann will ich dir jetzt auch mal was sagen. Du hast auch keine Ahnung, und zwar davon, wie vielen Menschen mit diesem Bau die Existenz weggenommen wird. Das scheint dir auch ziemlich egal zu sein. Wenn ich wieder zu dir zurückkommen soll, dann nur, wenn du aus dieser Geschichte aussteigst."

Er war sprachlos. Das hatte sie immerhin geschafft. Aber dann verzerrte sich sein Gesicht zu einer wütenden Fratze.

„Du bist wohl völlig übergeschnappt. Das ist kein Spiel, wo man rein und raus kann, wie man gerade will. Ich kann nicht mehr aussteigen. Und ich will auch gar nicht."

Er musste einen Moment pausieren, weil ihm die Luft wegblieb. Leni betrachtete ihn mit kühlem Interesse.

„Pass auf deinen Blutdruck auf, mein Lieber. Dieses Tomatenrot in deinem Gesicht sieht nicht sehr gesund aus."

„Dann sorg doch dafür, dass es mir besser geht. Du musst nur den Mund halten und mit deinem Kreuzzug aufhören. Benimm dich nicht wie eine dumme Pute. Und bleib gefälligst bei den Dingen, von denen du wirklich was verstehst."

Es reichte. Leni stand auf und beugte sich über den Tisch.

„Wenn du aus diesem Projekt aussteigst, besteht eventuell die Möglichkeit, dass ich es mir mit dir noch einmal überlege. Wenn nicht, besorg dir eine Putzfrau. Mit deiner einmaligen Chance kannst du dir das ja dann leisten."

Sie stand auf und griff nach ihrer Handtasche.

„Und übrigens, sorg bitte dafür, dass mich diese Kiki nicht mehr belästigt. Sie heißt nicht nur wie ein Wellensittich, sie hat offenbar auch ein Gehirn wie ein Spatz."

Sie drehte sich um und marschierte zum Ausgang. Fast wäre sie mit einer Frau zusammengestoßen, die direkt neben der Tür stand. Sein höhnisches Gelächter gellte ihr hinterher.

„Da ist sie nicht die einzige! Weiber! Bleib bei deinen Schrebergärtnern, da gehörst du hin."

Im Café war es totenstill geworden war. Die Leute hatten sich zu ihm umgedreht. Er sah in Gesichter, die teils empört, teils belustigt auf die lautstarke Szene reagierten. Langsam setzte er sich wieder und starrte vor sich hin. Die Bedienung kam an den Tisch.

„Sie möchten sicher zahlen", sagte sie unfreundlich.

Wortlos zog er die Geldbörse heraus, nahm einen Geldschein heraus und knallte ihn auf den Tisch.

„Da! Die Unterhaltung gab's gratis dazu."

Entsetzt beobachtete Arthur, wie Leni über die Straße marschierte, ohne nach rechts oder links zu schauen. Ein Auto bremste mit quietschenden Reifen, und der Fahrer schimpfte hinter ihr her. Jemand musste dringend auf sie aufpassen. Er bog in eine kleine Passage ein und hastete die Parallelstraße hoch. An der nächsten Kreuzung kam er ihr entgegen.

„Leni!", rief er in gespieltem Erstaunen.

Sie schrak hoch. In ihren Augen glitzerten Tränen.

„Was machst du denn hier?", fragte sie, noch ganz in Gedanken versunken. Seiner Erklärung, er habe sich mit einem Kumpel getroffen, hörte sie gar nicht richtig zu. Energisch nahm er ihren Arm. Das war gerade noch mal gut gegangen. Wenn sie herausfand, dass er ihr nachgegangen war, würde sie fuchsteufelswild werden. Aber es hatte ihm keine Ruhe gelassen. Er musste wissen, wie diese Unterredung mit Thomas verlief. Dieser Mann war ein Trottel, so viel stand fest. Der hatte Leni gar nicht verdient.

„Wollen wir irgendwo einen Kaffee trinken?", fragte er.

„Von Kaffee habe ich für heute die Nase voll", sagte sie grimmig.

Kiki stöckelte in atemberaubendem Tempo hinter Thomas her. Wenn sie ihn nur einholen könnte, sie würde ihm die Augen auskratzen! Noch nie im Leben hatte sie sich so gedemütigt gefühlt. Und so wütend. Diese Szene da eben, wie er die Hand dieser Frau gehalten hatte, dieser Blick, den sie nur allzu gut kannte, es hatte ihre ganze Selbstbeherrschung gebraucht, damit sie nicht sofort an den Tisch gestürzt war.

Im Laufen riss sie sich die dunkle Sonnenbrille herunter und zerrte am Reißverschluss ihrer Jacke. Keuchend blieb sie an der nächsten Ecke stehen. Es hatte keinen Sinn, sie würde Thomas nicht einholen. Hektisch wühlte sie in ihrer Tasche nach dem Handy. Dorle wusste immer, was zu tun war.

Geduldig wartete die Freundin, bis Kiki zu Ende war mit ihrer Hasstirade.

„Was soll ich denn jetzt machen?"

Die Luft war raus und Kiki den Tränen nahe.

„Schnapp dir ein Taxi und komm her", schlug Dorle vor. „Den Kerl werden wir uns kaufen. Ich hab da jemand kennen gelernt, einen höchst interessanten Typ. Der redet wie ein Wasserfall. Du wirst staunen, was der so alles ausgespuckt hat."

Das Taxi hielt mit quietschenden Reifen. Der Fahrer warf einen langen Blick auf die Beine der aufregenden Blondine, bevor er sich nach dem Fahrziel erkundigte.

„Roxy Bar", sagte sie knapp und setzte ihre Sonnenbrille wieder auf.

Kapitel 12

Das Chaos im Wohnzimmer war unbeschreiblich. Von Arthurs gemütlicher Einrichtung war nicht mehr viel zu sehen. In der Essecke hatte sich ein Team des Regionalfernsehens breit gemacht, um ein Interview mit Leni aufzunehmen. Ein Techniker installierte zwei Scheinwerfer. Überall lagen Kabel herum. Leni saß auf einem Stuhl und fummelte nervös an den Knöpfen ihrer Bluse. Misstrauisch betrachtete sie das Mikrofon vor sich auf dem Esstisch. Ihr gegenüber nahm jetzt der Reporter Platz, ein junger Mann in einem hellen Anzug. Er lächelte ihr aufmunternd zu.

„Wir sind gleich soweit."

Leni wurde blass. Sie war nicht sicher, ob sie auch nur einen Ton herausbringen konnte. Hilfe suchend sah sie sich nach Arthur um, aber der war nirgends zu entdecken.

Barbara hatte sich auf der Couch eingerichtet. Vor ihr lag ein Stapel von Unterschriftenlisten, die Leni vom Kinderhort abgeholt hatte. Sie war dabei, sie zu zählen, wurde jedoch ständig unterbrochen. Gerade klingelte es wieder an der Haustür.

„Ich habe hier einige Poster für Frau Brandner."

Sie musterte den jungen Mann, der ihr völlig unbekannt war. Er trug Jeans und eine Art grob gewebten Kittel. Fasziniert betrachtete sie seine Jesuslatschen, seit den 60ern hatte sie so etwas nicht mehr gesehen. Aus dem dunklen Vollbart strahlten sie weiße Zähne an. Überhaupt war er ziemlich zugewachsen, seine Rastalöckchen reichten bis tief in die Stirn. Er habe erst seit einem halben Jahr einen kleinen Laden für Druckereiprodukte einige Straßen weiter, erklärte er eifrig.

„Es wird gemunkelt, dass sich im City Center so ein Copyshop ansiedeln soll, der vom Briefpapier bis zu T-Shirts alles druckt. Wenn die da einziehen, kann ich dicht machen."

„Woher haben Sie denn diese Information?", wollte Barbara wissen.

Er zuckte mit den Schultern.

„Irgendwo aufgeschnappt. Aber ich will nicht warten, bis es sich bestätigt."

Barbara bat ihn herein und bot ihm einen Platz an.

„Es ist heute ziemlich viel los hier wegen der Kindergartenkinder. Wir haben einen Protestzug geplant."

Der junge Mann sah sich begeistert um. „Hier geht's ja richtig ab!"

Arthur kam mit einem großen Paket Pappbecher aus der Küche.

„Das sollte wohl reichen, oder was meinst du?"

Es war ein heißer Tag, und die Kinder würden Durst haben, wenn sie hier vorbei marschierten. Barbara nickte.

„Warte, bis sie da sind, ehe du die Limoflaschen aus dem Kühlschrank holst. Auf dem Tisch müssen noch Servietten liegen, die brauchen wir bestimmt auch."

Arthur verschwand wieder in der Küche.

„Wie hat das denn alles angefangen?", wollte der Reporter von Leni wissen und hielt ihr ein Mikrofon vor die Nase.

„Ich weiß auch nicht", stotterte die.

Sie musste sich erst sammeln, um den Faden zu finden. Aber da klingelte es schon wieder an der Tür. Schimpfend brach der Reporter das Interview ab.

„Kann denn nicht mal jemand die Türklingel abstellen? Wie sollen wir denn da die Aufnahme in den Kasten kriegen!"

Barbara seufzte und ging nachschauen. Erika Simoglu schleppte ein großes Tablett mit Hamburgern herein.

„Ich hab auch noch Schokolade", verkündete sie.

„Ob das bei der Hitze so gut ist? Die Kinder werden sich nur einferkeln."

Barbara dirigierte Erika samt Tablett in die Küche, während die ununterbrochen redete.

„So geht das nicht", protestierte der Reporter wieder.

„Wir brauchen Ruhe."

„Tja, da haben Sie sich einen schlechten Zeitpunkt ausgesucht", meinte Leni trocken.

Linse kam herein, beladen mit ihrer Fotoausrüstung.

„Sie kommen", verkündete sie ungewohnt hektisch und verschwand gleich wieder.

Das Fernsehteam packte eilends Kamera und Mikrofon zusammen und begab sich nach draußen. Arthur holte die Limonadeflaschen aus dem Kühlschrank, klemmte sich das Paket mit den Bechern unter den Arm und folgte ihnen. Barbara half Erika Simoglu mit dem Tablett. Der junge Mann saß immer noch in einem Sessel und beobachtete das Chaos mit aufrichtiger Bewunderung.

An die zwanzig Kinder zogen die Straße entlang. Vorneweg marschierten zwei Knirpse, die ein großes Transparent trugen. ‚Wir wollen unseren Hort behalten', stand in ungelenken Buchstaben darauf. Die zwei Kindergärtnerinnen und einige Mütter begleiteten den Trupp und hatten alle Hände voll zu tun, die Kinder zusammen zu halten.

Vor Arthurs Haus kam der Marsch erst einmal zum Stehen, und die Kinder stürzten sich jubelnd auf Limo und Hamburger. Linse schien mit ihrem Fotoapparat überall gleichzeitig zu sein und fotografierte munter drauf los. Auch das Fernsehteam, das sich ein wenig seitlich postiert hatte, trat in Aktion. Die Kinder ließen sich von dem Mikrofon nicht einschüchtern und plauderten fröhlich in die Kamera, sehr zum Entzücken des Reporters. Das würde einen schönen Beitrag für die Lokalnachrichten geben.

Nach einer halben Stunde war der Spuk vorbei, und die Kinder zogen weiter. Auch die Nachbarn, die aus ihren Häusern heraus gekommen waren, verschwanden wieder. Das Fernsehteam hatte vorerst genug Material gesammelt. Das Interview mit Leni würde man an einem anderen Tag machen, erklärte der Reporter und verstaute die Ausrüstung in einem Lieferwagen. Leni war erleichtert. Ihr brummte der Schädel von der ganzen Aufregung.

Erika Simoglu schaute zufrieden auf das leere Tablett. Die Hamburger waren gut angekommen bei den Kindern. Sie war sogar gefilmt worden, wie sie das Essen verteilte. Vielleicht kam sie ins Fernsehen, das musste sie unbedingt gleich ihrem Mann erzählen.

Arthur sammelte die leeren Flaschen und Becher ein. Er mochte Kinder gern, aber nun war er doch froh, dass diese Aktion vorbei war. Er war noch halb taub von dem Geschrei und aufgeregtem Gerede der Kleinen.

„Ach, Sie habe ich ja ganz vergessen."

Barbara schaute erschrocken auf den jungen Mann, der etwas verloren im Wohnzimmer herumstand. Er hatte zwischenzeitlich ein Poster aus der Papprolle geholt und drapierte es jetzt feierlich über der Couch. ‚Unser Viertel muss bleiben, Spekulantenhaie raus!' stand oben drauf. Darunter war ein äußerst grimmig dreinblickender Mann mit einem Haifischkopf gezeichnet, der seine Hände begehrlich nach einer Reihe von Häusern ausstreckte. In der unteren Ecke prangte das Emblem einer Partei.

„Gar nicht mal so schlecht", meinte Barbara. „Allerdings haben wir nichts am Hut mit politischen Fraktionen. Dieses Zeichen da muss weg."

„Wenn Sie meinen? Ich kann das natürlich noch ändern. Ich dachte nur, dass es sich gut machen würde, wenn man gleich sieht, wofür Sie stehen."

„Wir stehen nur für uns", erklärte sie streng und zupfte Leni am Ärmel.

„Schau doch mal, ob dir das gefällt."

Die hatte sich gerade für einen Moment in ihr Zimmer zurückziehen wollen, aber jetzt betrachtete sie das Poster und nickte gedankenverloren.

„Das können wir gut gebrauchen, vielen Dank."

„Denken Sie daran, das Logo wegzumachen", schärfte Barbara dem jungen Mann noch einmal ein, bevor sie ihn zur Tür hinaus schob.

Endlich kehrte wieder Ruhe ein. Arthur machte Würstchen heiß, und Barbara schmeckte den Kartoffelsalat ab, den sie in weiser Voraussicht schon morgens gemacht hatte. Linse war im Pavillon verschwunden, um ihre Fotos durchzusehen. Leni legte die Füße hoch und schloss die Augen. Für eine Weile hatte sie das Gefühl gehabt, als ob sie in einem kleinen Ruderboot auf einen Wasserfall zu raste. Am schlimmsten war dieser Reporter gewesen. Sie hatte noch nie vor Leuten reden können. Das Mikrofon, die Kamera, es hatte ihr den Hals zugeschnürt.

Auf was hatte sie sich da eingelassen? Wie konnte sich diese kleine Protestaktion binnen kürzester Zeit so entwickeln und ihr völlig aus den Händen gleiten? Ihr war ganz schwindlig.

„Kommt essen", rief Barbara die Mitbewohner zusammen und streckte den Kopf zur Terrassentür hinaus.

„Linse!"

Die hatte einen siebten Sinn dafür, wenn der Tisch gedeckt war.

„Lecker, Kartoffelsalat!"

Mit vollem Mund sprudelte sie los.

„War das nicht eine tolle Aktion? Meine Fotos kommen übrigens in die Rundschau. Ich bin dabei, einen Artikel zu schreiben. Leni, kannst du nachher mal den Text durchlesen? Nur, damit ich nichts vergessen habe?"

Leni saß immer noch auf der Couch und starrte vor sich hin. Plötzlich wurden alle auf sie aufmerksam.

„Ist alles in Ordnung mit dir?", fragte Arthur.

Sie schreckte hoch. „Was? Ja, ja."

„Komm, iss was, du brauchst Kraft“, forderte Barbara sie auf. Aber Leni schüttelte den Kopf.

„Ich habe keinen Hunger. Muss mich mal ne Weile hinlegen.“

Wie eine Schlafwandlerin ging sie die Treppe hoch. Die Freunde sahen ihr besorgt nach.

„Was ist denn mit der los?“, wollte Linse wissen.

Arthur kratzte sich am Kopf. Schon seit ein paar Tagen war Leni ungewöhnlich ruhig. Das war in dem ganzen Trubel nicht weiter aufgefallen, nur er hatte es bemerkt. Hatte es mit Thomas zu tun? Er konnte natürlich nicht zugeben, dass er ihr nachgegangen war zu dieser Verabredung. Während Barbara die Essensreste in die Küche räumte und Linse schon wieder verschwunden war, klopfte er vorsichtig an Lenis Tür.

„Was ist?“, kam zögernd die Antwort.

Arthur war eine Weile nicht mehr hier gewesen. Es war erstaunlich, wie sie mit wenigen Dingen eine ganz eigene, sehr weibliche Note in den Raum gebracht hatte. In der Luft hing ein leichter Duft nach ihrem Parfum. Sie lag auf der Couch und richtete sich halb auf.

„Will schon wieder jemand was?“

„Nein, alles in Ordnung, bleib nur liegen. Ich wollte nur nach dir sehen. Du gefällst mir nicht in letzter Zeit.“

Ihr Lachen klang gequält.

„Ich gefalle mir auch nicht. Es wird wohl alles etwas viel. Ich hätte nie gedacht, dass aus unseren paar Unterschriften so ein Rummel entsteht. Du etwa?“

Er schüttelte den Kopf und setzte sich in den Sessel ihr gegenüber.

„Was wollen die nur alle von mir? Manchmal denke ich, es geht gar nicht um das Bauprojekt. Oder zumindest nicht mehr, seit sie rausbekommen haben, dass Thomas der Filialleiter der Sparkasse ist. Die machen einen Ehekrieg daraus.“

„Ist doch klar, dass das ein gefundenes Fressen für die Zeitung ist, das bringt hohe Auflagen.“

„Ich sage dauernd nur ‚kein Kommentar‘. Aber es nützt nur nichts. Die bohren und bohren, es ist unglaublich, was die alles wissen wollen.“

Leni legte eine Hand auf ihre Schläfe, um die quälenden Kopfschmerzen zu beruhigen.

„Bist du ganz sicher, dass die Sache zwischen dir und deinem Mann nichts damit zu tun hat? Er hängt ja anscheinend mit drin. Und du fährst ihm gewaltig in die Parade."

Es war ein kleiner Denkanstoß, weiter durfte sich Arthur nicht vorwagen. Leni ließ ihre Hand sinken.

„Es ist nicht zu fassen. Als ich mich neulich mit ihm getroffen habe, da war es für einen Moment wie früher. Da war so was in seinen Augen, als habe er mich seit langem das erste Mal wieder richtig angesehen. Das hat mir richtig gut getan."

Arthur ließ ihr Zeit, ihre Gedanken zu sortieren. Ihre Züge entspannten sich, und sie lächelte.

„Er hat mich ernsthaft gefragt, ob ich nicht wieder zurückkommen will. Mit dieser Kiki läuft es wohl nicht gut."

Arthur räusperte sich.

„Und? Überlegst du?"

„Nein. Das ist vorbei. Ich könnte nicht mehr so leben wie früher. Moni hatte ganz Recht, ich habe es ihm sehr einfach gemacht."

Arthur wagte nicht, sie anzusehen. Leni schloss wieder die Augen.

„Du, Barbara, Linse und ich, wir sind schon ein tolles Kleeblatt. Ich fühle mich hier sehr wohl. Klar gibt es mal Streit, aber das ist ja normal. Schließlich sind wir alle sehr verschieden. Aber es macht Spaß, mit euch zusammen zu wohnen. Ich kann mich nicht erinnern, wann ich mich das letzte Mal so lebendig gefühlt habe."

„Ihr habt wieder Leben hier rein gebracht", bestätigte Arthur. „Besonders du."

Sie drehte sich zu ihm um.

„Warum musste ich nur diese Unterschriftenaktion anfangen? Jetzt haben wir sie alle am Hals."

„Du wolltest mir helfen, das Haus zu behalten", erinnerte er sie.

„Das stimmt. Aber ich bin völlig ungeeignet für die Öffentlichkeit. Heute vor diesem Interview wäre ich am liebsten abgehauen."

„Wir hängen alle mit drin, auch wenn sich die Presse am meisten auf dich stürzt. Wir werden das gemeinsam durchziehen. Keine Angst, ich lass dich nicht allein."

Sie lächelte.

„Danke!"

Arthur stand auf.

„Schlaf eine Weile, das wird dir gut tun. Nachher kommt Charly zum Fußballtraining. Ich werde dafür sorgen, dass die Rasselbande nicht ganz so laut ist. Nur die Klavierstunden kann ich dir nicht ersparen."

Er verzog das Gesicht. Barbara gab Melanie seit neuestem Klavierstunden. Wenn nicht gerade Fußballtraining war, flüchtete Arthur meistens zu Linse ins Gartenhaus, weil er das Geklimper nicht aushalten konnte.

„Keine Bange, das stört mich nicht."

Sie drehte sich auf die Seite und schloss die Augen. Charly, das war die größte Überraschung. Der arrogante Anwalt blitzte nur noch selten durch. Stattdessen gab es Schachpartien mit Arthur, einen witzigen Flirt mit Linse und Wortgefechte über Gott und die Welt mit ihr. Sie genoss das sehr.

Vielleicht konnte sie noch eine Weile schlafen, bevor die Versammlung begann. Sie fuhr hoch. Erst jetzt fiel ihr wieder ein, dass ihr das heute auch noch bevorstand. Sie griff nach einer Decke und zog sie sich über den Kopf. Wie sollte sie das nur durchstehen?

Kiki zitterte am ganzen Leib vor Nervosität. Es war Showtime. Während sie routiniert einen Lidstrich zog, spielte sie in Gedanken die ganze Szene noch einmal durch. Sie hatte ein paar Mal mit Dorle geübt, eigentlich konnte nichts schief gehen. Sie hatte alle Trümpfe in der Hand. Aber bei Thomas konnte man nie ganz sicher sein, wie er reagierte.

Kritisch betrachtete sie ihr Spiegelbild. Sie sah umwerfend gut aus. Genau so hatte Thomas sie das erste Mal in der Roxy Bar tanzen sehen und sich sofort in sie verliebt. Das Bühnen-Makeup gab ihr Sicherheit. Das war ihre Welt, in der sie sich sicher fühlte. Mit einem Glas Sekt setzte sie sich auf die Couch und wartete.

Als Thomas die Wohnung betrat, runzelte er unwillig die Stirn. Rotes Licht, leise Musik, was sollte das werden? Er war absolut nicht in Stimmung für eine von Kikis verrückten Launen.

„Hast du doch noch her gefunden? Ich dachte schon, du bist bei deiner Frau in der Klapse."

Wie eine Rachegöttin saß Kiki auf einem Hocker und sah ihn böse an. Ihre Augen glänzten verdächtig. Die leere Flasche Sekt auf dem Tisch bestätigte seinen Verdacht.

„Du solltest ein bisschen langsam machen mit dem Trinken. Das ist nicht gut für dich."

Das lief überhaupt nicht so, wie sie es geprobt hatte. Kiki musste improvisieren.

„Kümmer dich nicht drum. Heute geht es mal nur um dich."

Er zog sein Jackett aus und lockerte die Krawatte.

„Nimm es mir nicht übel, aber ich bin völlig geschafft."

Er tippte ihr mit einem Finger aufs Kinn und wollte ins Schlafzimmer gehen. Aber sie hielt ihn am Arm fest.

„Setz dich. Wir haben zu reden."

Verblüfft über ihren bestimmten Ton ließ er sich auf die Couch fallen.

„Und? Was gibt's?"

„Du hast mich angelogen. Deine Frau kann sehr gut auf sich selbst aufpassen. Was du mir über sie erzählt hast, ist totaler Quatsch."

Er fuhr auf.

„Lass Leni aus dem Spiel. Und wag nicht, sie noch einmal anzurufen."

„Von dir lass ich mir gar nichts sagen. Die Zeiten sind vorbei."

Sie lächelte zuckersüß.

„Einen schönen Gruß von Theo."

„Wer ist Theo?"

Thomas schien ehrlich verblüfft zu sein.

„Na Theo. Steiner. Der vom Bauamt."

„Kenn ich nicht."

Wieso reagierte er nicht so, wie Dorle es ihr gesagt hatte? Aber so schnell gab sie sich nicht geschlagen.

„Du lügst schon wieder. Aber das wird dir nichts nützen. Klar kennst du Theo. Wir waren doch sogar schon zusammen mit Bernd in der Roxy Bar. Du kannst mich nicht für dumm verkaufen, mein Lieber."

Bei dem Wort Bauamt spürte Thomas ein Ziehen im Magen. Was hatte Kiki da ausgegraben? Er musste vorsichtig sein und versuchen, sie zum Reden zu bringen.

„Ich kenne nicht alle, mit denen Bernd um die Häuser zieht."

„Hallo? Ich bin doch nicht blöd. Bernd plant ein riesiges Bauprojekt. Du finanzierst es. Und Bernd zahlt alles, was Theo in der Roxy Bar so in sich rein schüttet. Inklusive der Mädchen."

Thomas überlegte fieberhaft, aber der Name sagte ihm wirklich nichts. Dass es jemand vom Bauamt sein sollte, gefiel ihm allerdings gar nicht. Köhler war jedes Mittel recht, das wusste er. Ihm wurde plötzlich sehr heiß.

Kiki beobachtete ihn genau. Auch wenn sie nicht die Hellste war, wusste sie instinktiv, dass sie gewonnen hatte.

„Du hast mich lange genug herumgeschubst. All die Lügen, die du mir aufgetischt hast, das blöde Getue. Das ist ja noch übler als im Roxy. Da weiß ich wenigstens, woran ich bin. Jetzt ist Zahltag! Und zur Abwechslung bin ich mal am Drücker. Hol schon mal dein Scheckbuch raus."

„**F**rau Köhler? Hier ist Brandner. Entschuldigen Sie, dass ich Sie so überfalle. Ich will Sie nicht lange stören."

Gerda Köhler hatte ein gutes Gedächtnis.

„Sind Sie nicht ein Bekannter von Bernd? Ich glaube, wir haben uns an Silvester kennen gelernt."

„Ganz richtig."

Thomas war erleichtert, dass sie sich an ihn erinnerte.

„Weshalb ich anrufe, ist folgendes: Es geht um das City Center West, das Sie in Planung haben. Ich hatte versäumt, Sie bei der Unterzeichnung der Kreditverträge mit einzubeziehen. Vielleicht können wir das bei nächster Gelegenheit nachholen. Reine Formsache."

Gerda Köhler zog die Mundwinkel nach oben. Ihre Stimme klang freundlich.

„Wissen Sie, was Bernd macht, ist allein seine Sache. Wir hängen uns da nicht rein."

Einen Moment war es still in der Leitung. Als Thomas weiter sprach, war Panik heraus zu hören.

„Ich bin davon ausgegangen, dass Sie gemeinsame Eigentümer der Köhler Immobilien sind."

„Sind Sie verrückt? Wir haben unserem Sohn diese Firma eingerichtet, damit er sich seine ersten Sporen verdient."

„Ich verstehe nicht."

„Das ist sein Sandkasten, in dem er spielen kann, bis er verstanden hat, wie das Geschäft läuft."

„Aber da läuft ein Riesen-Kredit..."

„Wenn Sie Ihre Hausaufgaben nicht gemacht haben, ist das Ihr Problem."

Durch das Telefon kam ein Geräusch, als würde er ersticken.

„Das ist nicht Ihr Ernst!“, sagte er kaum hörbar.

„Sprechen Sie mit Bernd. Wir halten uns grundsätzlich aus seinen Angelegenheiten raus. Und jetzt entschuldigen Sie mich. Ich habe einen Kuchen im Ofen, den ich jetzt rausholen muss.“

Gerda beendete das Telefonat. Jupp hatte interessiert zugehört und schaute sie jetzt fragend an.

„Das war der Spuckes. Du weißt schon, der von der Silvesterparty. Der kam dir ja gleich so merkwürdig vor. Ich glaube, der hat jetzt ein kleines Problem.“

Das Stimmengemurmel drang bis hinaus auf die Straße. Im größten Raum des Kindergartens hatten sich an die hundert Leute versammelt, die wild durcheinander redeten. Fetzen von Informationen und Gerüchten schwirrten herum. Es herrschte ein heilloses Durcheinander, als Leni und ihre Mitstreiter eintrafen. Aufgeregt kam ihnen die Leiterin des Kindergartens entgegen.

„Gut, dass Sie kommen. Irgendjemand muss das hier organisieren. Die trampeln mir ja alles nieder.“

Sie nahm einem Mann einen Ordner aus der Hand, den der von ihrem Tisch genommen hatte.

„Entschuldigung, das hier sind meine Unterlagen. Lassen Sie das bitte liegen“, fuhr sie ihn an.

Leni sah sich überrascht um. Mit solch großem Interesse hatte sie nicht gerechnet. Das sollte eigentlich nur eine kleine Informationsveranstaltung sein mit einem Meinungsaustausch der Betroffenen.

Irgendwo klirrte etwas, und die Erzieherin eilte hin, um nach dem Rechten zu sehen.

„Schauen Sie nur, was Sie angerichtet haben.“ Vorwurfsvoll schaute sie eine Frau an, die versuchte, einige bunte Tonscherben vom Fußboden aufzusammeln. Die murmelte eine Entschuldigung und verdrückte sich schnell.

Wer sollte nur Ordnung in das Chaos bringen? Leni stellte entsetzt fest, dass Arthur ihr aufmunternd zunickte. Auch Barbara schaute sie erwartungsvoll an. Panisch sah sie sich nach einer Ecke um, in die sie sich verkriechen konnte. Linse nahm sie sanft am Arm und schob sie nach vorne zu einem Tisch, auf dem ein Mikrofon aufgebaut war.

„Schnapp sie dir“, sagte sie und zwinkerte ihr aufmunternd zu.

Zu verblüfft, um sich zu wehren, hörte Leni, wie Linse sie mit ein paar Worten vorstellte und dann zurück trat.

Plötzlich sah sie sich allein der Menschenmenge gegenüber. Alle Augen waren auf sie gerichtet, das Gemurmel verstummte. Nein, sie konnte das einfach nicht, wusste nicht, was sie sagen sollte. Arthur, der sich seitlich von ihr postiert hatte, reichte ihr ein zusammengefaltetes Blatt Papier. Mit zitternden Händen nahm sie es entgegen, froh, sich an etwas festhalten zu können. Umständlich faltete sie es auseinander. Es war die Skizze, auf der grob die Lage des neuen Zentrums eingezeichnet war. Stell dir einfach vor, du bist bei den Simoglus, versuchte sie sich aufzumuntern, während sie auf das Papier starrte. Die Linien verschwammen vor ihren Augen, und für einen Moment drehte sich alles. Rasch stützte sie sich auf den Tisch, um nicht umzukippen.

Arthur kam ihr zu Hilfe. Seine feste Hand legte sich auf ihre. Trotz der besorgten Miene strahlte er eine ungeheure Zuversicht und Ruhe aus. Ich bin bei dir, hieß das. Dir kann nichts passieren.

„Du schaffst das“, sagte er leise und drückte ihre kalte, schweißnasse Hand. Was auch geschah, er würde für sie da sein, in diesem Moment wusste sie es ganz sicher. Sie richtete sich auf und drehte sich zu der Versammlung um.

„Meine Damen und Herren“, begann sie leise zu sprechen. Diese ersten Worte schnürten ihr schon wieder die Kehle zu.

„Ruhe! Lauter reden, wir verstehen nichts“, wurde gefordert. Jetzt war es wirklich still im Raum.

Leni räusperte sich und atmete noch einmal tief durch. Sie hatte sich das selbst eingebrockt, also würde sie es jetzt auch durchziehen. Sie wechselte noch einen kurzen Blick mit Arthur, der unerschütterlich in Reichweite stand und ihr zunickte. Dann sprang sie ins tiefe Wasser.

„Meine Damen und Herren, zunächst einmal vielen Dank für ihr Interesse. Wir alle sind betroffen von einem Bauprojekt, das in Kürze unser schönes Niederrad völlig verändern soll. Es handelt sich um das City Center West, das von der Firma Köhler Junior geplant wird. Hier habe ich eine Skizze für Sie, auf der die ungefähre Lage des Zentrums eingezeichnet ist.“

Thomas stand in der Dunkelheit vor dem Kindergarten. Er wollte nicht gesehen werden, als Filialleiter der Sparkasse kannten ihn natürlich viele der Anwesenden. Aber er musste einfach wissen, was da vor sich ging. Durch das Fenster sah er, wie Leni nach vorn geschoben wurde. Sie war blass, und in ihren Augen stand nackte Angst.

Wie gut er seine Frau doch kannte, er konnte sich genau vorstellen, wie sie in Panik geriet. Aber dann trat dieser Mann zu ihr, griff nach ihrer Hand und sagte etwas. Sie beruhigte sich offensichtlich und fing tatsächlich an zu reden. Die Leute waren verstummt, so dass er hören konnte, was sie sagte. Ruhig und sachlich zählte sie alle Fakten auf, die bekannt waren und darüber hinaus noch einige, die sogar ihm neu waren. Woher stammten diese Informationen? Hatten sie einen Insider, der ihnen half, jemand, der mit Köhler zusammen arbeitete? Staunend hörte Thomas, dass der bereits einen Großteil der Gebäude, die dem Zentrum Platz machen mussten, aufgekauft hatte, zum Teil über Strohmänner.

Er wusste, dass der detaillierte Bauantrag dem Magistrat erst seit ein paar Tagen vorlag. Obwohl die Bewilligung wohl reine Formsache war, war das ein äußerst ungünstiger Zeitpunkt für eine Bürgerinitiative mit viel Publicity. Das Ganze war sehr geschickt arrangiert. Er pfiff leise durch die Zähne. Das konnte für Köhler brisant werden. Ein paar Hausfrauen, die nichts anderes zu tun haben als rumzuplärren, das waren Köhlers Worte gewesen. Aber da hatte er sich getäuscht, das hier ging weit darüber hinaus. Selbst das Interesse der Presse war größer, als er angenommen hatte. Ein Reporter der auflagenstärksten Lokalzeitung, den er gut kannte, stand nur ein paar Meter von ihm entfernt und machte sich eifrig Notizen.

Als Leni fertig war mit ihren Erläuterungen, konnten Fragen gestellt werden. Sofort reckten sich Arme in die Höhe, es gab zahlreiche Wortmeldungen. Sie war Arthur sehr dankbar, der es übernahm, die einzelnen Personen aufzurufen und dafür zu sorgen, dass jeder ausreden konnte. Aber bald drehte sich die Diskussion im Kreis. Letztlich lag die Entscheidung über das Bauprojekt beim Magistrat.

„Was können wir kleinen Leute schon ausrichten“, brachte es ein Mann verbittert auf den Punkt.

Die Stadt war verschuldet, natürlich. Also würde man alles befürworten, das Geld in die Kassen brachte, das war jedem der

Anwesenden klar. Es ging um Arbeitsplätze, einen neuen Anziehungspunkt, der das Viertel attraktiver machte, wen scherten da ein paar kleine Läden, die geopfert wurden? Oder die Leute, die sich ein neues Zuhause suchen mussten? Unmut und Frust machten sich breit. Die Ersten verließen den Raum, die Stimmen der Übrigen wurden leiser. Nach einer guten Stunde hatte sich die Versammlung aufgelöst. Mit weichen Knien sank Leni auf einen Stuhl.

„Das hast du gut gemacht, wirklich super“ sagte Barbara und reichte ihr eine Wasserflasche, die sie dankbar entgegennahm.

Sie hatte es geschafft. Sie hatte tatsächlich vor einer großen Menge von Leuten gesprochen, und es war wohl gar nicht mal so schlecht gewesen. Sie fühlte sich wie ausgedörrt und trank gierig. Ein ungeheures Glücksgefühl durchströmte sie. Wenn sie ehrlich war, hatte es nach den ersten, unsicheren Sätzen sogar Spaß gemacht. Das war einfach unglaublich.

Arthur und Barbara halfen, den Raum wieder in Ordnung zu bringen. Linse knipste in der Zwischenzeit noch ein paar Bilder von Leni, bis die lachend abwehrte.

„Komm, hör auf, das reicht jetzt wirklich.“

„Ich werde mir doch nicht ein Titelbild entgehen lassen“, meinte Linse trocken.

„Um Himmels Willen“, protestierte Leni.

Das war das Letzte, das sie wollte. Sie sah sich nicht als Leitfigur dieses Protests. Welchen Sieg sie heute errungen hatte, wusste nur sie selbst.

Die Erzieherin schloss hinter ihnen ab, und die kleine Gruppe machte sich auf den Heimweg.

„Du bist ja nass geschwitzt“, stellte Arthur fest, als er Leni kurz in den Arm nahm. Fürsorglich zog er sein Jackett aus und hängte es ihr um. Verlegen bedankte sie sich und hängte sich bei ihm ein. Er war in ungewöhnlich redseliger Stimmung.

„Das hast du einfach toll gemacht“, erklärte er ihr nun schon zum dritten Mal. Sie lachte.

„Komm, lass gut sein. Hast du meine Hände gesehen? Ich konnte kaum das Papier halten, so sehr hab ich gezittert.“

„Leni!“

Sie drehte sich um. Da stand Thomas.

„Was machst du denn hier?“, fragte sie erstaunt.

„Kann ich dich kurz sprechen?"

Sie machte sich aus Arthurs Arm los und nickte ihm zu.

„Ist schon okay. Geht nur vor, ich komme gleich nach."

Sie stellte sich unter eine Laterne und zog Arthurs Jackett enger um sich. Thomas war bestimmt nicht gekommen, um ihr zu dem Abend zu gratulieren. Sie machte sich auf eine unfreundliche Szene gefasst. Aber er lächelte.

„Glückwunsch, das war eine grandiose Vorstellung. Ich wusste gar nicht, was für ein Redetalent in dir steckt."

Sie suchte nach Zeichen von Ironie in seinem Gesicht. Die Laterne spendete wenig Licht, aber er schien es tatsächlich ehrlich zu meinen.

„Ich war ganz schön zittrig", bekannte sie.

„Das hat man nicht gemerkt. Du warst einfach super."

Sie sollte sich freuen, aber stattdessen wurde sie unsicher.

„Was willst du?", fragte sie leise.

Er senkte den Kopf.

„Ich hab einen Fehler gemacht, einen gewaltigen Fehler. Dieses Projekt könnte mir das Genick brechen."

„Was habe ich damit zu tun?", fragte sie kühl.

„Das Center muss gebaut werden, um jeden Preis. Sonst kann ich einpacken. Hör auf mit diesem ganzen Unsinn, bevor es sich nicht mehr stoppen lässt."

„Das ist jetzt nicht dein Ernst!"

Sie war blass vor Zorn.

„*Du* hast einen Fehler gemacht. Und damit du nicht in die Bredouille kommst, soll ein ganzes Viertel niedergewalzt werden? Für wen hältst du dich eigentlich?"

Er sank in sich zusammen. Nur kein Mitleid, sie musste sich vor Augen halten, was er ihr angetan hatte.

„Ich dachte, vielleicht um der guten Zeiten willen. Die hatten wir doch auch, oder?"

Sie spürte keinen Triumph, nur Mitleid und eine große Traurigkeit. So sah also das Ende aus.

„Das werde ich nicht tun. Thomas, es tut mir leid. Und selbst wenn ich es wollte, die Sache ist schon längst viel größer geworden, als wir gedacht haben. Da gibt's nichts mehr zu stoppen."

„Ich verstehe."

Plötzlich spürte sie den Drang, ihn in den Arm zu nehmen. Aber es gab keinen Trost, für keinen von ihnen.

„Pass auf dich auf, hörst du? Mit Köhler ist nicht zu spaßen. Ich weiß nicht, wie weit er gehen würde, um dieses Projekt durchzuziehen."

Thomas klang ehrlich besorgt.

„Mach dir um mich keine Sorgen. Ich kann gut auf mich aufpassen."

Sie war selbst erstaunt, wie zuversichtlich sie klang.

Er drehte sich um und ging. Sie schaute ihm nach, wie er aus dem Lichtkegel der Laterne hinaustrat und im Dunklen verschwand.

Arthur hatte an der Ecke auf sie gewartet.

„Was war denn?", fragte er forsch.

Erst dann sah er die Tränen in Lenis Augen.

„Nicht der Rede wert."

Sie biss sich auf die Lippen. Gab es etwas Schlimmeres, das man über eine Ehe sagen konnte?

Ungewöhnlich spät erschien Leni am nächsten Morgen zum Frühstück. Sie schenkte sich Kaffee ein und schmierte ein Brot, aber nach dem ersten Bissen legte sie es auf den Teller zurück. Es schmeckte wie Pappe.

Sie fühlte sich total gerädert. Von den Mitbewohnern war nichts zu sehen. Heute war Leni dankbar für die Ruhe. Sie wollte mit niemand reden, keine Fragen beantworten, am liebsten nicht mehr denken, wenn das möglich gewesen wäre.

Mit der Kaffeetasse in der Hand schlenderte sie zum Couchtisch, auf dem die Zeitung lag. Die Schlagzeile sprang ihr ins Auge: ‚Bürgerinitiative macht Ernst. Leni Brandner als Leitfigur'. Darunter prangte ein Foto von ihr. Das wird Thomas gar nicht gefallen, dachte sie und genoss das kleine Triumphgefühl. Aber sofort fingen die Magenschmerzen wieder an, mit denen sie sich schon die halbe Nacht herumgeschlagen hatte. Das Bauprojekt würde auch sie nicht verhindern können, niemand konnte das.

Als das Telefon klingelte, wollte sie erst gar nicht abnehmen. Das war bestimmt wieder jemand von einer Zeitung. Aber es klingelte hartnäckig weiter, und widerwillig griff sie zum Hörer. Erst hörte sie nur ein Rauschen, dann ganz schwach eine Männerstimme.

„Hallo, hier ist Peter Winkler. Ist mein Vater da?"

Peter, das war doch der jüngste Sohn, der ausgewandert war.

„Rufen Sie aus Kanada an?“ fragte sie verblüfft.

„Ja. Können Sie bitte meinen Vater ans Telefon holen?“

Hektisch sah sie sich um. Sie hatte keine Ahnung, wo alle waren. „Er ist nicht da. Ich weiß nicht, wo er steckt“, gab sie Auskunft. Sie hörte ihn leise murmeln, aber dann wurde seine Stimme deutlicher.

„Was ist eigentlich los bei Ihnen? Ich habe im Internet gelesen, dass da so etwas wie eine Protestaktion läuft, an der anscheinend auch mein Vater beteiligt ist.“

Einen Moment war Leni wie vor dem Kopf geschlagen. Es konnte doch nicht sein, dass Berichte über die Vorfälle in Niederrad bis nach Kanada gedrungen waren.

„Sind Sie Leni?“ fragte Peter jetzt. „Mein Vater hat mir von Ihnen geschrieben. Allerdings habe ich in letzter Zeit keine Post mehr von ihm bekommen. Deshalb rufe ich an. Ich bin etwas besorgt. Geht es ihm gut?“

„Ja, ja, Arthur ist okay. Und diese Protestaktion, das ist eine lange Geschichte. Es geht unter anderem darum, dass man Ihrem Vater sein Haus abkaufen will.“

Peter lachte. „Na, das ist ein guter Witz. Das ist das letzte, wovon er sich trennen würde.“

Leni lachte mit. „Da haben Sie allerdings Recht.“ Es war nur gut, dass er nicht die ganze Wahrheit wusste. Er würde sich Gedanken machen, und helfen konnte er ohnehin nicht.

„Ich lese regelmäßig die Frankfurter Zeitung, online. Es interessiert mich ja schließlich, was zu Hause los ist. In den letzten Tagen habe ich mehrere Artikel über diese Aktion gefunden. Ihr Name wurde auch erwähnt. Deshalb dachte ich, ich rufe mal an.“

„Sie brauchen sich keine Sorgen um Arthur zu machen. Es geht ihm wirklich gut.“ Leni hatte sich wieder gefangen.

„Sie haben eine sehr nette Stimme“, hörte sie ihn sagen. Sie wurde verlegen, wusste nicht, was sie antworten sollte.

„Schade, dass er nicht mal ein Foto von Ihnen geschickt hat. Ich würde gerne wissen, wie Sie aussehen.“

Foto – irgendwie drückte das Wort einen Knopf in ihrem Gehirn.

„Wenn Sie Internet haben, dann haben Sie vielleicht auch dieses Dings, dieses – mir fällt gerade der Name nicht ein. Also, so eine Kamera, mit der man aufgenommen wird, während man telefoniert.“

„Meinen Sie Skype?“

„Ja, genau das“, bestätigte sie eifrig.

„Nein, habe ich nicht. Aber es ist kein Problem, das zu besorgen. Aber mein Vater hat mit Computern nichts am Hut."

„Er nicht, aber ich."

Vielleicht war das eine Möglichkeit, Arthur ein bisschen von dem zurückzugeben, was er für sie getan hatte.

„Passen Sie auf, das wird zu teuer. Geben Sie mir Ihre Mailadresse. Dann kann ich Ihnen gleich mal schreiben. Ich hab da so eine Idee."

Sie würde eine Gelegenheit abpassen, wo sie diesen Freund von Rick einmal erwischte, ohne dass Arthur in der Nähe war. Sein Vater arbeitete in einem Computergeschäft, daran erinnerte sie sich genau. Begeistert schenkte sie sich noch eine Tasse Kaffee ein und überlegte. Bestimmt würde sich Arthur riesig freuen, wenn er Peter auf dem Bildschirm sehen könnte.

Ganz plötzlich fingen ihre Beine an zu zittern, und ihr wurde schwindlig. Schnell setzte sie sich auf die Couch und stellte die Kaffeetasse ab. Noch nie im Leben war sie ohnmächtig geworden, aber jetzt schien sie kurz davor zu sein. Hilfesuchend sah sie sich um, aber da war niemand. Wie durch Watte hörte sie jemand klingeln, aber sie war nicht in der Lage, sich bemerkbar zu machen. Sie lehnte sich zurück und schloss die Augen. Das Drehen und Kreiseln in ihrem Kopf wurde immer schlimmer. Wie aus weiter Ferne hörte sie, wie jemand die Haustür aufmachte, und dann die Stimme von Charly.

„Ich habe interessante Neuigkeiten. Wo sind denn alle? Wir müssen sofort einen Kriegsrat einberufen."

Kapitel 13

Charly war nicht der Typ, der vergossener Milch nachweint. Das Problem mit Köhler hatte sich erledigt. Der hatte ihm sowieso im Genick gehangen wie ein toll gewordener Terrier. Wenigstens musste er nun kein schlechtes Gewissen mehr haben, wenn er Arthur und die anderen besuchte. Es fühlte sich gut an, Freunde zu haben und willkommen zu sein. Finanziell war sein Rausschmiss bei Köhler natürlich ein harter Schlag, aber Charly war zuversichtlich, dass er sich irgendwie über Wasser halten konnte.

Manchmal half es, sich einen hinter die Binde zu gießen, um den Kopf frei zu bekommen. Ganz automatisch zog es ihn in sein altes Milieu. Hanna, die Wirtin der Roxy Bar, begrüßte ihn wie einen verlorenen Sohn.

„Lässt du dich auch mal wieder bei mir blicken", schnurrte sie und schob schmollend die Unterlippe vor.

„Ich dachte schon, wir sind dir nicht mehr fein genug."

Ihre ebenmäßigen Zähne blitzten, und als er seinen Blick in ihr üppiges Dekolleté versenkte, fühlte er sich gleich wieder wie zu Hause.

„Ach Hanna, du bist doch die Beste, wie könnte ich dir jemals untreu werden."

Er drückte sie an sich und genoss für einen Moment die Wolke von Maiglöckchenparfum, das ihr Markenzeichen war. Sie ließ es sich lachend gefallen, aber dann schob sie ihn in Richtung Bartresen. Einen Moment später stand ein doppelter Whisky vor ihm.

„Mensch, Charly", begrüßte ihn Eddie, der alte Barkeeper.

„Du lebst ja auch noch."

„Du weißt doch, Unkraut vergeht nicht."

Es war schön, die ewig gleichen Sprüche zu hören und in bekannte Gesichter zu schauen. Das Roxy lag in der roten Meile des Bahnhofsviertels. Hier gab es immer viel Laufkundschaft, aber die Bar hatte durchaus auch ihre Stammgäste, die die seriös eingeschenkten Drinks schätzten und natürlich auch die Damen, die eine nach der anderen an der silbern glänzenden Stange der kleinen Bühne ihre Kunsttänze vorführten.

Charly sah sich um, und seine Laune besserte sich schlagartig. Hier hatte sich nichts verändert. Dunkle Plüschsessel waren um die kleinen Tischchen gruppiert, auf denen Kerzen gerade so viel Licht spendeten, dass man die Umgebung wie durch einen Weichzeichner sah. Ein paar

Leute kannte er. Man kam gleich ins Gespräch und tauschte sich über dieses und jenes aus. Entspannt und zufrieden lümmelte er auf seinem Barhocker und schmiedete Pläne für seine berufliche Zukunft.

Es war schon spät, und Charly hatte tüchtig Schlagseite, als ein schmaler, grauhaariger Mann die Bar betrat, der sofort von zwei Mädchen bestürmt wurde. Er setzte sich an einen Tisch ganz nahe an der kleinen Bühne und winkte dem Kellner. Es wurde Champagner serviert, und eine ganze Traube von Tänzerinnen scharte sich kichernd und schwätzend um den Mann, der die Aufmerksamkeit sichtlich genoss.

Hanna hatte ihren Posten am Eingang verlassen und setzte sich neben Charly an die Bar. Mit schmerzverzerrtem Gesicht rieb sie ihre Füße.

„Die Schuhe heutzutage werden immer verrückter. Diese hier bringen mich fast um."

Er warf einen Blick auf die Mörderabsätze der roten Pumps, die unter Hannas Barhocker lagen.

„Dass ihr euch so was antut. Selbst dran schuld."

Kopfschüttelnd nahm er einen Schluck aus seinem Glas.

„Ihr Kerle seid doch ganz scharf auf so was, kannst es ruhig zugeben. Zu Hause laufe ich nur in Puschen rum oder barfuß."

Sie grinsten sich an.

Charly beobachtete, wie der Neuankömmling mit den Tanzhäschen Grabschen spielte. Amüsiert verzog er die Mundwinkel.

„Kennste den?" fragte er Hanna. „Der sieht aus wie die Katze am Sahnetopf."

Hanna sah ihn erstaunt an.

„Das wundert mich aber, dass du nicht weißt, wer das ist. Ihr habt doch denselben Chef."

Charly sah sie stirnrunzelnd an.

„Köhler?"

„Nicht so laut! Du weißt, ich bin immer diskret. Aber ich dachte wirklich, ihr kennt euch."

Charly versuchte vergebens, im dämmrigen Licht mehr von dem Mann zu sehen.

„Der ist wohl Stammgast."

„Er kommt auf jeden Fall häufiger als du. Du hast dich ja wirklich rar gemacht. In letzter Zeit ist er fast jeden Abend hier. Macht gut Umsatz", bemerkte sie zufrieden.

„Den hab ich noch nie zusammen mit Köhler gesehen."

Der Mann in dem schlecht sitzenden Anzug passte so gar nicht zu der Sorte Erfolgsmenschen, mit der sich Bernd Köhler gern umgab. Andererseits, Charly wusste, dass er selbst auch nicht zu den Reichen und Schönen zählte. Hanna beugte sich zu ihm.

„Den wirst du auch so gut wie nie mit Köhler zusammen sehen. Du weißt doch, manche Geschäfte sind geradezu allergisch gegen jede Art von Publicity."

Sie machte die Geste des Händewaschens, und nun fiel bei Charly endlich der Groschen.

„Ach so", sagte er gedehnt.

„Na, das hat aber gedauert."

Hanna stand auf und angelte nach ihren Schuhen.

„Ich muss mal hinten nach dem Rechten schauen. Eddie, der nächste für Charly geht aufs Haus."

Sie warf ihm einen tiefen Blick zu und verschwand hinter einer Tür mit der Aufschrift ‚Privat'.

Die Unterhaltung mit Hanna hatte Charly ernüchtert. Etwas war also faul mit diesem Herren, und es waren wohl Schmiergelder geflossen. In Hannas Job war es wichtig, über die Kunden auf dem Laufenden zu sein. Vorlieben in bezug auf Damen und Getränke, aber auch das eine oder andere Detail aus Beruf oder Privatleben, das war gut fürs Geschäft. Sie hatte für so etwas ein Gedächtnis wie eine Registrierkasse.

Charlys Nase juckte, er rieb sie tief in Gedanken versunken. Er hatte einen siebten Sinn dafür, wenn etwas nützlich sein konnte. Und dieser Typ, der inzwischen bereits die dritte Flasche Schampus bestellt hatte, interessierte ihn brennend. Schwankend erhob er sich von seinem Barhocker und ging in Richtung Toilette. Er rempelte ab und zu einen Stuhl an, und wie zufällig führte ihn sein Zickzackkurs direkt am Tisch des Mannes vorbei. Er spitzte die Ohren, um vielleicht etwas von der Unterhaltung aufschnappen zu können.

„Ach Theo, du bist ein ziemlich frecher Bub", kicherte eine der Damen und schlug dem Mann spielerisch auf die Finger.

Charly überlegte, ob er einen Theo kannte, aber es fiel ihm niemand ein. Sein schwankender Rückweg zur Bar führte wieder an dem umlagerten Tisch vorbei, aber Theo war in diesem Moment zu beschäftigt, um zu reden.

Charly winkte Eddie heran und bestellte einen Espresso. Es wurde Zeit, den Abend zu beenden. Aber einen kleinen Bluff wollte er noch versuchen. Als der Barkeeper die Tasse vor ihn hin stellte, fragte er wie nebenbei:

„Ist das nicht Theo dort drüben?"

Der Barkeeper schaute hoch.

„Ja, klar. Der Steiner lässt heute mal wieder die Schweine fliegen."

„**I**ch hab mich dann bald vom Acker gemacht. Der Rest war lächerlich einfach", beendete Charly seinen Bericht.

Erschöpft lehnte er sich in seinem Sessel zurück. Er war nicht mehr in Form, die durchzechte Nacht machte ihm noch schwer zu schaffen. Vier Augenpaare sahen ihn erwartungsvoll an, und er genoss die Aufmerksamkeit, die ihm seine neuen Freunde schenkten.

„Mach's nicht so spannend", knurrte Arthur.

„Wer ist denn nun dieser Steiner?"

„Theo Steiner sitzt im Bauausschuss des Magistrats. Und wenn mich nicht alles täuscht, habe ich seine Unterschrift schon auf einigen Schreiben gesehen, die Köhler in seinem Büro herumliegen hat."

Es war totenstill im Wohnzimmer. Charly sah Arthur förmlich an, wie die Gedanken hinter seiner Stirn rasten.

„Du meinst doch nicht etwa..." fing der zögernd an.

Leni holte tief Luft.

„Bestechung?", vollendete sie den Satz.

Charly nickte.

„Davon gehe ich aus."

Plötzlich redeten alle durcheinander.

„Das glaube ich nicht", meinte Barbara, aber Arthur war da ganz anderer Meinung.

„Na klar, das ist es. Nur so kommt der Köhler an die Genehmigungen, die er braucht. Und wenn er Glück hat, kriegt er auch noch ein paar Milliönchen an Fördergeldern in den Hintern geschoben. So funktioniert das heutzutage."

„Wir haben keine Beweise", gab Leni zu bedenken.

„Die kriegen wir", sagte Charly selbstsicher. Wenn er als alter Bluthund erst einmal eine Fährte aufgenommen hatte, dann würde er nicht eher Ruhe geben, bis er am Ziel war. Und er kannte genug Kniffe und Drehs, wie man so etwas durchzog. Nachdenklich betrachtete er Leni. War sie kaltblütig genug für seinen Plan? Am besten ließ man andere die Drecksarbeit machen. Und es musste alles ganz zufällig aussehen.

„Du hast doch in den nächsten Tagen noch ein Gespräch mit einem Zeitungsreporter, wenn ich mich richtig erinnere?“

„Ja, der kommt morgen. Ich weiß den Namen nicht mehr, aber ich hab's mir irgendwo aufgeschrieben.“

„Na, das ist doch bestens.“

Weiter sagte er nichts. Er griff nach dem Glas Wasser, in dem Barbara ein Aspirin aufgelöst hatte, und trank es in einem Zug leer. Angewidert schüttelte er sich.

„Einfach ekelhaft“, beklagte er sich.

„Vielleicht lässt du endlich mal das Saufen.“ Leni hatte kein Mitleid.

„Lass nur“, mischte sich Arthur ein. „Dieses Mal war es für einen guten Zweck. Manchmal muss man eben Opfer bringen.“

Charly und Arthur tauschten einen Blick unter Männern. Leni fand das gar nicht komisch. Kerle, dachte sie, die halten immer zusammen. Aber dann bereitete sie eigenhändig eine große Pfanne mit Eiern und Speck zu, die Charly wieder etwas Farbe ins Gesicht zauberte.

Von Tag zu Tag stieg die Spannung. Leni hatte sich, wie sie fand, sehr geschickt dabei angestellt, bei ihrem Interview im Zusammenhang mit Köhler ganz nebenbei den Namen eines gewissen Magistratsmitarbeiters zu nennen. Der Reporter hatte den Köder brav geschluckt und sich unverzüglich daran gemacht, im Schmutz zu wühlen. Nun warteten alle gespannt, was dabei heraus kam. Wenn man eine Verbindung zwischen Köhler und diesem Steiner nachweisen konnte, hatte man zumindest eine kleine Chance, das Bauprojekt ins Wanken zu bringen. Schmiergeldaffären waren kein Kavaliersdelikt.

„Du hast es schon wieder in die Schlagzeile geschafft“, verkündete Arthur am Samstagmorgen und warf triumphierend die dicke Zeitung auf den Frühstückstisch. Leni, Barbara und Linse stürzten sich gleichzeitig darauf. Linse war am schnellsten.

„Aus Ehekrieg wird Bestechungsaffäre“, las sie vor.

Barbara klatschte in die Hände vor Begeisterung, Linse und Arthur strahlten, nur Lenis Laune sank. Sie hatte gehofft, dass ihr Name herausgehalten wurde. Mit Bestechung hatte sie nun wirklich nichts zu tun. Genauso wenig wie der Zustand ihrer Ehe etwas mit dem Bau des Zentrums. Alles war verdreht und verzerrt. Sie hatte Angst. Es war klar, dass Köhler diese Meldung nicht auf sich sitzen lassen würde.

Hatte Thomas davon gewusst? War er sogar beteiligt gewesen? Wenn sie an die Schmierenkomödie dachte, die er bei ihr aufgeführt hatte, kamen ihr große Zweifel an seiner Aufrichtigkeit. Er hatte keine Sekunde gezögert, ihr großes Kino vorzugaukeln, nur um sie mundtot zu machen.

Jemand legte seine Hand auf ihre, und sie schreckte hoch.

„Egal, was kommt, wir stehen das zusammen durch." Arthur sah sie aufmunternd an.

„Wir sind die Rentner-WG. Mit uns legt sich besser keiner an!"

Sein Lachen löste Lenis Anspannung. Dankbar drückte sie seine Hand.

Das Jungengesicht von Bernd Köhler war wutverzerrt. Sandi ging im Vorzimmer in Deckung. Sie hatte alle Hände voll zu tun, um die ständigen Anrufer abzuwimmeln und verstand die Welt nicht mehr. Ihr netter Chef und Bestechung? Das kriegte sie irgendwie nicht zusammen. Sie wünschte sich verzweifelt, dass dieser Tag schon zu Ende wäre. Die Nerven lagen blank.

Seit Köhler Junior den Artikel in der Zeitung gelesen hatte, kreisten seine Gedanken um Schadensbegrenzung. Es war müßig zu überlegen, wer nicht dicht gehalten hatte. Diese Zeitungsleute waren die Pest. Wenn sie erst einmal etwas gefunden hatten, wurde man sie nicht mehr los. Ausgerechnet diese Leni Brandner hatte sie auf die Fährte gesetzt. Er griff zum Telefon.

„Verdammt, Thomas, ich hab dich gewarnt."

Thomas Brandner konnte förmlich durchs Telefon hören, wie er verächtlich die Mundwinkel verzog.

„Ich kann mir beim besten Willen nicht vorstellen, dass Leni hinter diesem Artikel steckt. Dazu ist sie einfach nicht clever genug."

Schön und gut, sie hatte eine Rede vor einer kleinen Versammlung gehalten. Aber woher sollte sie jemand vom Magistrat kennen, geschweige denn irgendwelche Zusammenhänge aufdecken? Er wusste ja selbst erst seit kurzem, dass da was oberfaul war.

Köhler hielt sich nicht mit Schuldzuweisungen auf. „Ich verlange, dass sie das dementiert", schäumte er.

Thomas war ratlos.

„Im Artikel steht ja nicht, dass sie es war, die diese Behauptungen aufgestellt hat. Außerdem ist sie nicht meine Leibeigene. Wie soll ich ihr den Mund verbieten?“

Alle waren sie Schlappschwänze und Memmen. Sein Mudderche hatte völlig Recht. Nur wenn man sich selbst um alles kümmerte, konnte man sicher sein, dass es in Ordnung war. Ohne ein weiteres Wort unterbrach Köhler die Verbindung und drückte sofort die Sprechtaste zum Vorzimmer.

„Sandi, such mir die Telefonnummer von dieser Leni Brandner raus. Und die Adresse. Aber ein bisschen plötzlich.“

Jetzt würde er sich diese Dame selbst vorknöpfen. Es war einfach lächerlich, dass eine ältliche Hausfrau ihm in die Parade fuhr. Eine Minute später melde sich Sandi mit kleinlauter Stimme.

„Im Telefonbuch steht sie nur unter ihrer alten Adresse. Einen neuen Eintrag finde ich nicht.“

Mit rotem Gesicht stürmte Köhler ins Vorzimmer.

„Wenn du nicht in fünf Minuten die Nummer hast, schmeiß ich dich hochkant raus“, brüllte er aus vollem Hals. Sandi ließ den Block fallen, den sie in der Hand hielt, und rannte heulend aus dem Zimmer. Er griff nach dem nächstbesten Ordner, der herum lag, und warf ihn gegen die Wand.

„Holla, heute fliegen die Akten aber tief! Mach mal halblang.“

Gerda Köhler hatte mit einem Blick die Situation erfasst. Da war sie ja genau im richtigen Moment gekommen. In seinem Jähzorn war ihr Sohn wohl kaum imstande, klar zu denken. Er hatte sich in letzter Zeit schon genug Fehler geleistet. Aber der Bub musste schließlich lernen, wie der Hase lief. Allerdings ging das ein bisschen zu weit, jetzt musste sie eingreifen. Mit Mühe hatte sie ihren Mann, der ein ähnlich cholerisches Temperament hatte wie Bernd, davon abgehalten, mitzukommen. Hier war das sensible Händchen einer Frau vonnöten.

Bernd hatte sich schon das nächste Wurfgeschoss gegriffen, als er seine Mutter erkannte. Irritiert schaute er sie an, dann senkte er den Kopf.

„Du weißt Bescheid.“

Widerstandslos ließ er sich von ihr in den Arm nehmen. Gerda genoss den Moment mütterlicher Rührung. Aber dann schob sie ihn weg. Hier war nicht die Mutter gefragt, sondern die nüchterne Geschäftsfrau.

„Bub, da hast du dich aber gut reingeritten. Es wird ein schönes Stück Arbeit sein, die Karre aus dem Dreck zu ziehen."

Seufzend schob sie ihn in sein Büro.

Es war wichtig, den Gegner genau zu kennen. Der größte Fehler wäre, ihn zu unterschätzen. Nach der dritten Tasse Kaffee und einer Stunde geduldigen Zuredens hatte Gerda Köhler ihren Sohn endlich so weit, dass er ihr zuhörte.

„Du musst Ruhe bewahren, das ist das Allerwichtigste. Sprich mit ihr. Jeder hat seinen Preis. Wenn du herausgefunden hast, was sie will, hast du schon gewonnen."

Sandi war nicht wieder aufgetaucht, aber es kostete Frau Köhler nur einen kurzen Anruf, um Adresse und Telefonnummer dieser Frau Brandner in Erfahrung zu bringen. Sie schob ihrem Sohn das Telefon hin.

„Ruf sie an, jetzt sofort."

Sie sagte es freundlich. Wenn sie so nett war, wurde es gefährlich. Dann wagte niemand, ihr zu widersprechen. Sie drückte ihrem Sohn einen Kuss auf die Stirn, griff nach ihrer Handtasche und ging.

Bernd starrte auf das Telefon. Mudderche hatte wie immer Recht. Er musste dringend seinen Jähzorn in den Griff bekommen. Und er musste mit dieser Frau reden.

Leni zitterte am ganzen Körper.

„Er will sich mit mir aussprechen, hat er gesagt."

„Wie hat er denn geklungen?", wollte Arthur wissen.

„Eigentlich ganz normal. Er scheint noch ziemlich jung zu sein."

Arthur stellte ihr einen Cognac hin. Sie nickte dankbar.

„Ich habe ihn gebeten, hierher zu kommen. Auf die Schnelle ist mir nichts besseres eingefallen."

Hier fühlte sie sich halbwegs sicher, und es war ihr sehr lieb, wenn Arthur bei diesem Gespräch dabei war.

„Wird schon schief gehen."

Arthur versuchte, Optimismus zu verbreiten. Lenis Verfassung erschreckte ihn, sie war mit ihren Nerven total am Ende. Jemand musste ihr den Rücken stärken. Und das konnte er am besten, wenn sie hier bei ihm war.

Bernd Köhler war lange nicht mehr in Niederrad gewesen. Natürlich waren ihm die Straßenzüge geläufig, der Plan des City Centers in seinem Kopf eingebrannt. Aber zwischen Papier und der Realität war ein großer Unterschied. Er fuhr langsam die Bruchfeldstraße entlang und stellte sich dabei das schöne, neue Zentrum vor. Seine Laune besserte sich. Es wäre doch gelacht, wenn er diese Frau nicht klein kriegte. Frage, was sie will, erinnerte er sich an die Worte seiner Mutter. Nun, er war bereit, einiges zu investieren, um sein Projekt zu retten.

Arthur hatte sich in eine Stoffhose und ein weißes Hemd geschmissen. Dieser Köhler sollte gleich sehen, dass er es hier nicht mit ein paar vertrottelten Rentnern zu tun hatte, die in Filzpantoffeln herum schlurften. Er öffnete die Tür und begrüßte den jungen Bauunternehmer mit festem Händedruck. Die beiden Männer maßen sich mit Blicken. Bernd Köhler war überrascht, Frau Brandner nicht allein anzutreffen. Sie hatte sich einen Zeugen zu dem Gespräch geholt, ganz schön clever.

Leni wartete im Wohnzimmer. Sie war maßlos aufgeregt und nur dankbar, dass man ihr das nicht anmerkte, wie ihr Arthur versichert hatte. Erstaunt musterte sie den jungen, pausbäckigen Mann mit dunklem, strubbeligem Haar, der ihr die Hand entgegenstreckte. Er konnte nicht viel älter sein als ihre Tochter.

„Lass dich nicht täuschen, der sieht nur so harmlos aus“, raunte ihr Arthur zu. Er wusste genau, was sie dachte.

Sie bot dem Gast einen Sessel an und setzte sich auf die Couch. Arthur übernahm es, Kaffee anzubieten. Sie hätte es nicht fertig gebracht, ruhig eine Tasse einzuschenken.

„Was haben Sie eigentlich gegen mich?“, eröffnete Köhler das Gespräch.

Nimm ihr den Wind aus den Segeln, hatte seine Mutter geraten.

„Was haben Sie gegen die Menschen hier in Niederrad?“ konterte Leni. Das war nicht unbedingt die Antwort, mit der er gerechnet hatte.

„Ich habe überhaupt nichts gegen die Leute, ganz im Gegenteil. Ich möchte die Lebensqualität erhöhen, neue Einkaufsmöglichkeiten und mehr Service schaffen. Und nicht zuletzt auch ein paar neue Arbeitsplätze.“

„Indem Sie ihnen ihr Zuhause wegnehmen?“

Leni zitterte zwar immer noch, aber ihr Kopf funktionierte tadellos. In gespieltem Entsetzen riss Köhler die Augen auf und hob abwehrend die Hände. Manchmal kam es gut an, wenn er sich dumm stellte.

„Um Himmels Willen, ich will doch keinem sein Zuhause wegnehmen."

„Sie wollen Häuser abreißen, Häuser, in denen Menschen wohnen. Sie vertreiben sie, um sich selbst ein Denkmal zu setzen. Eines, an dem Sie kräftig verdienen werden."

„Worüber sprechen wir denn da genau? Die Häuser sind alt und schäbig, entsprechen schon lange nicht mehr dem heutigen Standard. Jeder, der aus diesen Wohnungen raus geht, wird sich in einer neuen, modernen Umgebung viel wohler fühlen."

Köhler fühlte sich in die Defensive gedrängt. Das Gespräch lief nicht so, wie er es geplant hatte. Unbehaglich rutschte er in seinem Sessel herum. Leni dagegen wurde immer ruhiger.

„Aber nur, wenn sie das Geld dafür haben. Können Sie garantieren, dass jeder eine neue, bezahlbare Wohnung bekommen wird?"

Köhler schwieg. Es fing wieder an, heftig in ihm zu brodeln. Was ging es diese Kuh eigentlich an, wie er seine Mieten kalkulierte?

Arthur schenkte sich Kaffee nach. Er war so stolz auf Leni, dass er sie am liebsten umarmt hätte. Mit diesem Milchbubi konnte sie es allemal aufnehmen. Wie sie da in einem schicken Kleid auf der Couch saß, die Wangen leicht gerötet, strahlte sie eine ungeheure Energie aus. Er ertappte sich dabei, dass er sie fasziniert anstarrte.

Köhler hatte die kurze Pause genutzt, um sich wieder zu beruhigen. Er durfte den Topf nicht überkochen lassen.

„Das führt zu nichts. Frau Brandner. Lassen Sie uns noch einmal von vorn anfangen. Um was geht es Ihnen denn, was genau wollen Sie?"

Es war Zeit für die Kernfrage. Gespannt beugte er sich vor.

Leni ließ sich Zeit mit ihrer Antwort. Respekt, Anerkennung, ein Zuhause, in dem es warm war, behaglich durch die Zuneigung der Bewohner füreinander. Verwirrt schüttelte sie den Kopf. Das war es nicht, um das es hier ging.

„Vielleicht ist es eher etwas, das ich *nicht* will", begann sie zögernd. „Ich will nicht, dass Sie auf anderen herum trampeln und rücksichtslos in ihr Leben eingreifen. Und das alles nur wegen Geld. Es ist diese maßlose Gier, die ich nicht ausstehen kann."

In seinen Augen sah sie blankes Unverständnis.

„Sie wissen gar nicht, wovon ich rede, oder?“, fragte sie freundlich. Köhler sprang auf und brüllte los.

„Jetzt reicht es! Ich hab genug von diesem Gewäsch. Ihr seid ja hier alle durch den Wind.“

Wild sah er sich um und lachte verächtlich auf.

„Ich hab's im Guten versucht. Es kann mir keiner nachsagen, dass ich nicht alles probiert habe. Aber mit eurer Sorte kann man einfach nicht reden. Euch muss man zeigen, wo es lang geht. Und bei Gott, das werde ich. Ich lass mich doch nicht von ein paar vertrottelten Hausfrauen und senilen Rentnern stoppen.“

Auch Arthur war aufgestanden. Das konnte brenzlig werden. Nur Leni bewahrte ihre Ruhe. Sie sah zu Köhler hoch.

„Was haben Sie gegen Hausfrauen? Vielleicht hat sich Ihre Mutter zu wenig um Sie gekümmert, das täte mir leid. Und was die Rentner betrifft, da sind Sie nicht auf dem neuesten Stand. Die sind alles andere als senil. Die sind heutzutage putzmunter und hellwach.“

Köhler sah Rot. Wo war er da nur hin geraten? Die Frau sprach wirres Zeug. Und dieser ältliche Gartenzwerg plusterte sich auf wie ein größenwahnsinniger Gockel. In wildem Zorn fletschte er die Zähne.

„Sie wollen es nicht anders. Wer nicht hören will, muss fühlen“, knurrte er. Dann stürmte er durch den Flur zur Haustür und war draußen, bevor Leni und Arthur es richtig begriffen. Mit lautem Krachen fiel die Tür zu.

„Na, das war doch mal ein Abgang! Der Junge hat Sinn für Dramatik.“

Mit spitzen Fingern nahm Arthur Köhlers Kaffeetasse und trug sie in die Küche. Leni folgte ihm.

„Das war eine Drohung. Wir sollten das nicht auf die leichte Schulter nehmen“ sagte sie ernst. Arthur zuckte die Schultern.

„Nichts als Theaterdonner. Ich wüsste nicht, wie der uns ernsthaft ans Bein pinkeln kann. Wir haben uns nichts zuschulden kommen lassen. Und es kann mich schließlich keiner zwingen, das Haus zu verkaufen.“

Mit finsterem Gesicht brütete Charly vor sich hin. Genau wie Leni nahm er die Drohung Köhlers ernst. Es gab immer Methoden, jemand zu ‚überreden‘. Ein paar Typen, die nachts an einer dunklen Ecke warteten, ein Einbruch, Telefonterror, das waren durchaus

Möglichkeiten, auch wenn Arthurs Fantasie dafür nicht ausreichte. Das einzige, das er tun konnte war, so nah wie möglich an Köhler dran zu bleiben und zu versuchen, etwas über dessen Pläne herauszufinden.

„Jetzt ist Schluss mit lustig."

Köhler tigerte in seinem Büro hin und her. Er war viel zu aufgebracht, um sich zu setzen. Von einem Besuchersessel aus schaute Thomas Brandner ihm schweigend zu. Er lockerte seine Krawatte, die ihm den Hals zuschnürte. Endlich blieb Köhler stehen.

„Noch nicht einmal deine Alte kannst du in den Griff kriegen. Du Doppelnull!"

Thomas fuhr auf.

„Ich konnte nicht ahnen, dass sie dermaßen Feuer im Hintern hat. Zu Hause hat sie nie den Mund aufgekriegt", verteidigte er sich. Köhler hatte sich hinter seinen Schreibtisch gesetzt und legte die Füße hoch. Er wippte in seinem Sessel und bekam plötzlich einen nachdenklichen Gesichtsausdruck.

„Feuer, das ist ein gutes Stichwort. Du bringst mich da auf eine Idee." Böse lächelte er den Banker an.

„Du wirst mir helfen. Es geht schließlich auch um deinen Hals. Die werden ganz schnell klein beigeben."

„Ich mach nichts Illegales, dass das klar ist!"

„Mein Lieber, du bist nicht in der Position, irgendwelche Bedingungen zu stellen. Oder kannst du beweisen, dass du von den kleinen Geschenken an Steiner nichts wusstest?"

Thomas Brandner senkte den Kopf. Köhler lächelte.

„Na also. Und nun raus mit dir. Ich muss nachdenken."

Mit einer Handbewegung, als ob er eine lästige Fliege verscheuchte, wies er dem Banker die Tür.

Charly hatte ein As im Ärmel, und das hieß Sandi. Sie war empfänglich für Schmeicheleien, entzückt über Geschenke und geradezu heiß darauf, in eines der In-Lokale der Stadt ausgeführt zu werden, wo man gesehen wurde. Ihr großes Handicap war ihre grenzenlose Naivität. Und genau das gedachte Charly, zu seinem Vorteil auszunutzen.

„Lass den Kerl mal im eigenen Saft schmoren. Wir machen uns einen schönen Nachmittag. Was hältst du davon?"

Sandi kicherte. Ihr Chef war in letzter Zeit gar nicht nett zu ihr gewesen, und das nahm sie ihm übel.

„Ich lass mir was einfallen. Morgen um drei?“

Ein dringender Arztbesuch oder so was in der Art, sie würde sich ganz sicher loseisen können.

Der Bummel durch die Goethestraße hatte sich für Sandi gelohnt. Sie hatte sich an den Schaufenstern der eleganten Geschäfte die Nase platt gedrückt. Und natürlich war sie fündig geworden. Nun baumelte an ihrem Handgelenk eine Einkaufstüte mit einem italienischen Label, deren lächerliche Größe in keinem Verhältnis zu dem Preis stand, den Charly für den Inhalt bezahlt hatte.

„Lass uns auf ein Glas Champagner zu Bruno gehen. Vielleicht möchtest du auch ein paar von seinen göttlichen Tapas probieren“, schlug er vor. Sandi strahlte ihn an. Endlich mal ein Mann, der wusste, wofür ein Mädchen wie sie eine Schwäche hatte. In seinem hellen Anzug sah er auch ziemlich gut aus. Ein kleiner Flirt konnte nicht schaden. Sie kam immer mehr ins Reden und bemerkte entzückt, dass Charly förmlich an ihren Lippen hing.

„Irgendwas ist da im Busch. Aber der Köhler macht ja immer die Bürotür zu.“ Sie kicherte.

„Jedenfalls meistens. Manchmal vergisst er es auch.“

Charly nahm ihre Hand, hauchte einen Kuss darauf und sah ihr tief in die Augen.

„Ach Sandi, Du bist viel zu tüchtig für diesen Laden.“

Sie schlug die Augen nieder, wie sie es vor dem Spiegel geübt hatte. Es brachte ihr kunstvolles Makeup gut zur Geltung.

„Ich weiß es, und du weißt es. Nur mein Chef leider nicht“, hauchte sie.

„Dann zeig’s ihm doch. Du könntest damit anfangen, dass du mir erzählst, was du gehört hast. Und dann überlegen wir, wie wir es dem Kerl mal so richtig heimzahlen können.“

Sie sah ihn mit halb offenem Mund an.

„Ach Charly, du hast so wundervolle Ideen. Also, pass auf. Es geht irgendwie um diese Frau und den Mann, der in diesem Haus wohnt. Also, das Haus, aus dem er nicht raus will. Aber eigentlich ist der Chef total sauer auf die Frau.“

Charly lehnte sich geduldig zurück. Das konnte dauern, bis er aus ihr ein paar brauchbare Informationen herausgeholt hatte. Aber vielleicht lohnte es sich.

Die Rechnung war horrend. Charly seufzte innerlich, das bedeutete mindestens zwei sparsame Wochen mit Ravioli und Ölsardinen für ihn. Was tut man nicht alles für seine Freunde, dachte er und lächelte. Freunde, ja, das waren sie inzwischen geworden, diese Verrückten aus der Rentner-WG.

Immerhin hatte sich der Aufwand gelohnt. Sandi hatte etwas von Benzinkanistern gehört, ohne sich vorstellen zu können, wofür die gut sein sollten. Er machte sich seine eigenen, düsteren Gedanken dazu. Auch von dem Pavillon war die Rede gewesen. Linse musste dringend gewarnt werden. Und es war Eile geboten. Wenn Köhler etwas ausheckte, würde er es auch schnell in die Tat umsetzen.

Sandi schaute verdutzt, als Charly urplötzlich ein dringender Termin einfiel. Ehe sie es sich versah, hatte er sie aus dem Lokal heraus bugsiert und in ein Taxi verfrachtet. Er schob ihr noch einen 50-Euro-Schein in die Hand und winkte ihr nach, als sie im Auto entschwebte. Dann machte er sich sofort auf den Weg.

„**D**as kann ich nicht glauben."

Leni war totenblass, und auch die anderen waren entsetzt.

„Das sind ja die reinsten Mafiamethoden", meinte Arthur.

„Die Italiener haben da kein Patent drauf, hier passieren durchaus auch solche Sachen", bemerkte Charly trocken.

„Das Wichtigste ist jetzt herauszufinden, wann Köhler zuschlagen will. Und Leni, so leid es mir tut, ich bin ziemlich sicher, dass dein Mann da mitmacht."

Leni starrte vor sich hin. „Er tut das bestimmt nicht freiwillig", verteidigte sie Thomas.

„Das ändert nichts an den Tatsachen."

Ihre Gedanken rasten. War Thomas möglicherweise verwickelt in eine kriminelle Sache? Das konnte sie sich nur schwer vorstellen. Aber dann dachte sie daran, wie verzweifelt er bei ihrer letzten Begegnung war. Wenn Köhler ihn unter Druck setzte, und wenn es mit der Bank zu tun hatte, dann war er zu allem fähig.

„Linse, in nächster Zeit schläfst du wohl besser im Haus."

Arthur meinte es ernst, und Linse hatte ausnahmsweise keinen flapsigen Spruch parat.

„Vielleicht kann ich was aus Thomas herauskriegen“, bot Leni an.

„Würdest du das versuchen?“

Sie hatte seine volle Bewunderung. Dass sie eine verdammt starke Frau war, wusste er schon seit einer ganzen Weile.

Es war einfacher, als sie gedacht hatte. Thomas war sofort bereit, sich mit ihr zu treffen. Er schien erleichtert zu sein, dass doch noch nicht alle Brücken zwischen ihnen abgebrochen waren.

Wieder war das kleine Café ihr Treffpunkt, sogar der Tisch war derselbe. Leni beobachtete, wie blass und hektisch der Mann war, mit dem sie so lange zusammen gelebt hatte. Er war ihr fremd geworden, stellte sie traurig fest. Das falsche Lächeln, das sie aufsetzte, tat ihr weh. Aber es musste sein. Nur wenn er glaubte, dass ihr noch etwas an ihm lag, würde er vielleicht reden.

„Leni, wenn es noch irgendwie eine Möglichkeit gibt, dann komm zurück. Du kannst in diesem Haus nicht länger wohnen bleiben.“

Sie war selbst erstaunt, wie einfach es ihr fiel, Verblüffung zu heucheln.

„Was meinst du damit? Ich bin doch ganz gut unter bei Arthur. Das sind wirklich nette Leute.“

„Das mag schon sein. Aber ihr habt euch mit Köhler angelegt. Wer weiß, wozu der fähig ist, um sein Bauprojekt durchzuboxen.“

Sie war jetzt ganz sicher, dass er etwas wusste.

„Thomas, ich werde das Gefühl nicht los, dass du mir etwas sagen willst.“

Er konnte sie nicht ansehen.

„Thomas!“

Sie griff nach seiner Hand und zuckte zusammen, als er sie sofort fest umklammerte.

„Bleib da weg. Ich will nicht, dass dir was passiert“, sagte er eindringlich. Dann sank er auf seinem Stuhl zusammen. Sie setzte alles auf eine Karte.

„Wann? Wann soll ich wegbleiben?“

Endlich hob er den Kopf und sah sie an. Sein Blick war unstet, Angst lag in seinen Augen.

„Dienstag. Sieh zu, dass du Dienstag und Mittwoch nicht da bist. Fahr zu Moni. Ja, das ist eine gute Idee. Besuch mal wieder unsere Tochter."

Er schien ganz erleichtert, dass ihm dieser Vorschlag eingefallen war. Leni atmete auf. Sie hatte die Information, die sie so dringend brauchte. Allerdings auch die Gewissheit, dass er mit in einer äußerst gefährlichen Sache steckte.

„Was ist mit dir? Willst du nicht mitkommen?", fragte sie leise.

Er schüttelte verzweifelt den Kopf.

„Nein, dazu ist es zu spät."

Sie verbot sich jedes Mitgefühl. Er hatte es nicht verdient. Er hatte auch kein Mitleid mit ihr gehabt. Sie erschrak über ihre eigene Härte. Es schien, als hätte sich nicht nur Thomas verändert. Auch sie war nicht mehr die fröhliche, naive Frau, deren ganzes Leben sich um die Familie und das Haus drehte. Langsam löste sie ihre Hand aus seiner Umklammerung.

„Danke, dass du es mir gesagt hast."

Verwirrt sah er sie an. Dieses Treffen kam ihm plötzlich merkwürdig vor. Fast schien es ihm, als hätte Leni etwas geahnt. Aber das war ja unmöglich. Er war erleichtert, dass sie wegfahren wollte. Wenigstens wäre sie in Sicherheit. Auch wenn er wusste, dass zwischen ihnen nichts mehr sein konnte, war ihm das sehr wichtig.

Kapitel 14

In Arthurs Haus wurde der Kriegsrat allmählich zu einer festen Einrichtung.

„Irgendwas wird in der Nacht von Dienstag auf Mittwoch passieren, da bin ich ziemlich sicher."

Charly nickte ernst.

„Vielleicht solltest du wirklich zu deiner Tochter fahren."

„Kommt nicht infrage, ich bleibe hier", protestierte Leni.

„Ich würde mir nie verzeihen, wenn einem von euch etwas zustößt. Ich habe euch da rein geritten mit meiner blöden Idee. Einen Zwergenaufstand habe ich angezettelt, der zu nichts führt. Und schaut, was daraus geworden ist. Ich bringe euch alle in Gefahr."

Arthur hob die Hand.

„Das ist völliger Quatsch, was du da redest. Außerdem ist noch nicht raus, wie die Sache ausgeht. Möglicherweise geht Köhler einen Schritt zu weit. Dann haben wir ihn."

Charly stimmte ihm zu.

„Der Punkt ist nur, wenn Thomas mitkriegt, dass du nicht weggefahren bist, könnte er Köhler überreden, die Aktion zu verschieben."

„Charly hat ganz Recht, du musst hier verschwinden", mischte sich nun auch Barbara ein.

Leni sah sie alle der Reihe nach an. Linse hatte noch keinen Ton gesagt, aber sie hörte aufmerksam zu. Barbara sah man ihre Angst deutlich an. Aber sie blieb tapfer sitzen. Arthur war wie ein Bollwerk. Er hatte die geballten Fäuste auf den Tisch gelegt und sah so aus, als würde er seine Damen auch gegen den Teufel höchstpersönlich verteidigen. Und Charly? Sie hatte ihm lange Unrecht getan, war misstrauisch und wenig nett zu ihm gewesen. Letztlich hatten sie es allein ihm zu verdanken, dass sie von der geplanten Aktion wussten.

„Also gut", sagte sie. „Aber ich werde nicht zu Moni fahren, sondern irgendwo in der Nähe bleiben. Vielleicht gehe ich zu den Simoglus. Da bin ich nicht weit weg, und keiner wird mich dort vermuten."

„Das ist eine gute Idee", lobte Charly. „Und ich werde hier ein paar Vorbereitungen treffen."

Er ignorierte die fragenden Blicke der Runde.

„Je weniger ihr von der ganzen Sache wisst, desto besser“, kam er weiteren Kommentaren zuvor.

Leni konnte den Simoglus nicht erklären, warum sie Asyl für eine Nacht brauchte. Aber die beiden fragten auch nicht lange, sondern nahmen sie herzlich bei sich auf. Leni stocherte in dem liebevoll zubereiteten Essen herum und konnte vor Nervosität kaum still sitzen. Arkan und Erika tauschten besorgte Blicke.

„Wollen wir etwas spielen? Dann geht die Zeit schneller herum“, schlug Arkan vor. Leni nickte, und er holte ein Brettspiel aus dem Regal. Erika kam mit einer Flasche Rotwein und drei Gläsern aus der Küche. Sie waren für einen langen Abend gut gerüstet.

Charly hatte seine Kontakte aus früheren Zeiten wieder aktiviert. Da gab es jemanden bei einem zivilen Sicherheitsdienst, der ihm noch einen Gefallen schuldete. Auch bei der Polizei hatte er ein paar Bekannte. In der einbrechenden Dunkelheit huschten dunkel gekleidete Gestalten lautlos in Arthurs Garten und suchten sich Verstecke in den Büschen rund um den Rasen. Von hier aus hatte man den Pavillon gut im Blick. Nun begann der schwierigste Teil der Operation, das Warten.

Barbara verkroch sich im Obergeschoss. Schon der Gedanke, dass dieser unangenehme Köhler durch den Garten schlich, verursachte bei ihr eine Gänsehaut. Eine Weile versuchte sie, ein Gespräch mit Linse anzufangen. Die hatte es sich vor Lenis kleinem Fernseher gemütlich gemacht und trank genüsslich ein Glas Wein.

„Dass du so ruhig sein kannst“, wunderte sich Barbara. Linse zuckte mit den Schultern.

„Charly hat das alles im Griff. Wir sind hier völlig sicher.“

Seufzend zog sich Barbara in ihr Zimmer zurück. Sie hatte sich extra für den heutigen Abend ein dickes Heft mit Kreuzworträtseln gekauft. Das würde sie beschäftigt halten.

Arthur tigerte im Wohnzimmer herum, das nur von einer Stehlampe erhellt wurde. Entgegen seiner sonstigen Gewohnheit hatte er die Rollos heruntergelassen. Der Garten sollte im Dunklen liegen, damit Köhler sich sicher wähnte. Nur ein kleiner Spalt stand offen, und bei jeder seiner Runden warf Arthur einen Blick nach draußen.

Charly lümmelte im Sessel. In Griffweite lag ein Sprechfunkgerät, das durch stetes Blinken anzeigte, dass es eingeschaltet war. Die Falle war gestellt, auf seine Leute konnte er sich verlassen. Jetzt kam es nur noch darauf an, dass man diesen Verbrecher auf frischer Tat erwischte. Er hoffte sehr, dass Lenis Mann nicht mit von der Partie war, allerdings sprach wenig dafür.

Es war weit nach Mitternacht, und im Haus war alles dunkel. Mit einem kurzen Knacken meldete sich der Sprechfunk. Sofort griff Charly danach und presste es ans Ohr. Eine Männerstimme gab im Flüsterton eine Information durch. Er bestätigte mit einem kurzen „Okay".

„Köhler hat sein Auto ein Stück weiter unten in der Straße geparkt. Er hat noch jemand dabei. Sie schleppen gerade ein paar Kanister in den Garten."

Arthur fuhr von der Couch hoch, auf der er gelegen hatte.

„Was machen wir?"

Charly winkte ab.

„Absolut nichts. Wir halten uns raus aus der Gefahrenzone. Was immer da draußen vor sich geht, meine Jungs wuppen das", sagte er im Brustton der Überzeugung.

Sofort wollte Arthur wieder durch den Spalt im Rollo hinausschauen, aber Charly stoppte ihn.

„Bleib da besser weg. Aus dem Haus darf nichts zu sehen oder zu hören sein."

Im Dunkeln tastete sich Arthur die Kellertreppe hinunter in seinen Arbeitskeller. Mit zitternden Händen suchte er nach der Zigarettenschachtel. Es war eine äußerst ungesunde Angewohnheit, aber manchmal gab es Momente, da konnte er einfach nicht darauf verzichten. Hastig rauchte er zu Ende und beeilte sich, wieder nach oben zu kommen. Aber Charly hatte keine Neuigkeiten, der Funk blieb stumm. Schweigend verbrachten sie die nächsten zwanzig Minuten, die Arthur wie Stunden vorkamen. Dann wurde es plötzlich laut im Garten.

„Halt, stehen bleiben!", rief eine Männerstimme. „Nehmen Sie die Hände hoch."

Arthur spitzte die Ohren und glaubte, jemand rennen zu hören. Dann hörte man mehrere dumpfe Schläge und weitere Rufe. Das Funkgerät rauschte plötzlich wieder, und in seiner Aufregung wäre er fast über den Couchtisch gestolpert.

„Es ist gelaufen", sagte Charly erleichtert. „Es sind zwei Männer. Sie haben beide geschnappt."

Als Arthur in Windeseile die Rollos hochzog, sah er den roten Schein von Feuer im Garten.

Die Sirene eines Feuerwehrautos näherte sich rasch. Leni sprang so hastig auf, dass das Spielbrett durch die Luft flog.

„Seien Sie mir nicht böse, ich muss sofort los."

Sie griff nach Jacke und Tasche und rannte zur Tür.

„Seien Sie vorsichtig! Soll ich mitkommen?"

Mit besorgter Miene schaute Arkan Simoglu ihr hinterher, aber sie hörte ihn schon nicht mehr. An der Straßenecke sah sie die Feuerwehr mit blinkendem Blaulicht vor Arthurs Haus stehen. Ihr wurde weich in den Knien, aber sie hastete mit zusammengebissenen Zähnen weiter. Hoffentlich war keinem etwas passiert.

Im Vorgarten stoppte sie ein Polizist. „Halt! Hier können Sie nicht rein."

„Aber ich wohne hier. Ich muss wissen, was los ist. Ist jemand verletzt?"

Leni war ganz außer Atem und sah den Mann mit schreckgeweiteten Augen an.

„Sind Sie Frau Brandner?", wollte der wissen. Sie nickte.

„Kommen Sie mit."

Er ergriff ihren Ellenbogen und führte sie zum Haus. Auf sein Klingeln wurde die Tür von einem anderen Beamten geöffnet.

„Hier ist Frau Brandner", kam die kurze Meldung, dann wurde Leni ins Wohnzimmer geschoben.

Schnell sah sie sich um. Arthur, Barbara, Linse und Charly, alle waren da und offenbar wohlauf. Erleichtert sank Leni auf die Couch. Ein Polizist griff sich einen Stuhl und setzte sich ihr gegenüber.

„Frau Brandner, leider habe ich schlechte Nachrichten für Sie. Wir haben Ihren Mann bei einer Ausübung einer Straftat überrascht und festgenommen."

Sie starrte ihn einen Moment lang an, unfähig, etwas zu sagen.

„Ist er verletzt?", fragte sie dann tonlos.

„Nein."

„Dann ist es gut. Alles ist jetzt gut."

Sie lächelte Arthur an und brach in Tränen aus.

Auf der Polizeiwache herrschte großes Gedränge. Der Familienanwalt der Köhlers schob sich durch die Reihen der Reporter, die das Gebäude förmlich umlagerten. Er legte schützend den Arm um Gerda Köhler, die ihn begleitete. Ein Beamter ließ die beiden herein.

„Wo ist mein Sohn?“, herrschte sie ihn an.

Der Polizist wies mit dem Daumen auf eines der Zimmer.

„Verhör.“

„Ich bin der Anwalt von Herrn Köhler. Lassen Sie mich zu ihm.“

Hinter ihm drängte sich Gerda gleich mit in das Vernehmungszimmer. Bernd Köhler saß an einem Tisch, ihm gegenüber zwei Beamte. Als er seine Mutter sah, stand er auf. Entsetzt schaute sie auf die Handschellen, die man ihm angelegt hatte, dann ging sie mit schnellen Schritten auf ihn zu und gab ihm eine schallende Ohrfeige. Sein Kopf flog zur Seite.

„Bub, du bist ein Rindvieh“, sagte sie und nahm ihn in die Arme.

Es war eine kurze Nacht gewesen. Das erste, das Barbara sah, als sie aus dem Küchenfenster auf die Straße sah, war ein Dutzend Reporter, die einen regelrechten Belagerungsring um das Haus gezogen hatten. Ungesehen kam da keiner durch. Auf der Straße waren die Gaffer versammelt. Mit hochrotem Gesicht gab Frau Hoffmann das erste Interview ihres Lebens.

„Ich hab’s ja schon immer gesagt, das sind sehr nette Leute. Und wie die sich um die Kinder hier im Viertel kümmern, einfach vorbildlich. Man sollte ihnen einen Orden geben, den hätten sie wirklich verdient.“

Der Reporter wollte ein Foto von ihr machen, und sie eilte zurück ins Haus, um sich zurecht zu machen. Wenn sie schon einmal in die Zeitung kam, wollte sie möglichst gut aussehen.

„**S**chade drum.“

Linse zog Arthurs Erstlingswerk aus dem schmutzigen, nassen Haufen heraus. Der betagte Pavillon hatte wie Zunder gebrannt und größere Schäden davon getragen, obwohl die Feuerwehr rasch zur Stelle war.

Arthur betrachtete die Leinwand. An einer Ecke war sie angekokelt, die Farben waren verlaufen, und einige Stellen waren mit Ruß bedeckt. Er nahm Linse das Bild ab und wollte es in einen Müllsack werfen.

„Warte mal“, sagte sie plötzlich. Sie kniff ein Auge zusammen und begutachtete die wilde Mischung auf der Leinwand.

„Nö, das behalte mal lieber. Es hat so etwas Ungezügeltes, Wildes. Da sieht man den Freigeist, der in dir steckt."

Arthur lachte. „Das ist wohl mehr Ruß als Freigeist."

„Du könntest das im Internet versteigern. Mit der Geschichte, die dahinter steckt, kriegst du dafür gut Knete."

Arthur betrachtete das Bild mit neuem Interesse. Mit so etwas konnte man Geld verdienen? Da würde er sofort weitere Gemälde produzieren.

„**M**oni!"

Mit einem kleinen Aufschrei stürzte sich Leni auf ihre Tochter, die blass und zitterig vor der Tür stand, und drückte sie fest an sich.

„Komm schnell rein, ehe wieder so ein Reporter herumschleicht."

Sie schob Monika in den Flur und machte nachdrücklich die Tür zu. Wie ihre Mitbewohner war sie mehr denn je darauf bedacht, ihre Privatsphäre zu schützen.

„Gestern stand einer von diesen Kerlen plötzlich im Garten und hat Barbara zu Tode erschreckt. Die krabbeln hier überall herum."

Monika stellte ihre Tasche im Wohnzimmer ab, während ihre Mutter aus der Küche etwas zu trinken für sie holte.

„Ach, Mami, es ist alles so schrecklich. Ich bin total durcheinander."

Sie schaute ihre Mutter verzweifelt an.

„Papa ist doch kein Verbrecher."

Leni stellte das Glas Cola ab und drückte ihre Tochter sanft auf die Couch.

„Verbrecher ist vielleicht das falsche Wort, aber er hat ein paar Dinge getan, die nicht richtig sind."

„Ich verstehe das nicht. Warum?"

Monika fing an zu weinen. Auch Leni kämpfte mit den Tränen.

„Man muss wissen, was einem wichtig ist im Leben. Für manche Menschen sind Geld und Macht eine unwiderstehliche Verlockung. Und das macht sie sehr anfällig. Sie überlegen nicht mehr, ob das, was sie tun, recht oder unrecht ist."

Die Tochter hob den Kopf. „Und bei Papa war das so?"

„Möglicherweise. Ich habe ihn anders kennen gelernt, aber irgendwo unterwegs muss er falsch abgebogen sein. Leider habe ich das nicht mitgekriegt."

„Was wird denn jetzt aus euch beiden?"

Leni schüttelte traurig den Kopf. Egoismus, diesen Vorwurf musste sie sich selbst auch machen. Es hatte bestimmt schon lange Anzeichen dafür gegeben, dass es zwischen ihr und Thomas nicht mehr stimmte. Aber sie war bequem gewesen, hatte es nicht sehen wollen.

„Wir sind in einer Sackgasse gelandet."

„Was wird jetzt? Was wird aus dir?"

Leni schaute sich in dem hellen, freundlichen Wohnzimmer um.

„Um mich brauchst du dir keine Sorgen zu machen. Das hier ist jetzt mein Zuhause. Das andere war die letzten Jahre nur noch eine komfortable Einzelzelle, in die ich mich selbst eingeschlossen habe."

„So schlimm?"

Leni stand auf und ging zur offenen Terrassentür.

„Schau dir das mal an."

Im Garten transportierten Arthur und Linse angekohlte Bilder aus dem Gartenhäuschen und legten sie auf den Rasen. Linse lachte und fuhr Arthur mit ihren rußgeschwärzten Fingern ins Gesicht. Eine kleine Rangelei begann, bis beide außer Puste waren.

Auf dem Rasen saß Barbara mit ein paar Mädchen. Alle waren eifrig dabei, Kränze aus Gänseblümchen zu basteln. Man sah Barbara an, wie viel Spaß sie dabei hatte.

Auf der Schaukel saß Charly und beobachtete, wie seine Fußballjungs Tortraining machten. Ein verzogener Ball flog zu den Mädchen rüber, die kreischend hochfuhren.

Leni legte die Arme um ihre Tochter. Sie musste ein bisschen hoch schauen, um ihr ins Gesicht zu sehen. Was für eine erwachsene, schöne Frau aus ihr geworden war.

„Ich habe Glück gehabt. Ich darf noch einmal von vorn anfangen."

„Du hast dich verändert", stellte Moni fest.

„Danke", sagte Leni. „Ein schöneres Kompliment hättest du mir nicht machen können."

Ein Sonnenstrahl fiel Leni ins Gesicht und kitzelte sie wach. Sie sah auf die Uhr, es war erst kurz nach sechs. Sie räkelte sich genüsslich und überlegte, was für heute anstand. Seit langem hatte sie einmal keine Termine, es hatte sich auch kein Besuch angemeldet. Es würde ein schöner Tag werden.

Auf bloßen Füßen tapste sie zur Tür. Da sah sie einen Zettel auf dem Boden liegen. Sie hob ihn auf und faltete ihn auseinander.

„Liebe Leni“, stand dort in Linses schwungvoller Handschrift. Sie setzte sich wieder aufs Bett. Bitte keine schlechten Nachrichten, nein, heute war einfach nicht der Tag dafür!

„Sei mir nicht böse, wenn ich mich einfach so verdrücke. Aber für mich wird es Zeit, weiter zu wandern, bevor ich noch aus Versehen Wurzeln schlage. Ich hoffe, ihr könnt mir das verzeihen. Denn irgendwann würde ich gerne wieder zurück kommen. Aber bis dahin muss ich mich einfach noch ein bisschen herumtreiben. Leute kennen lernen, Fotos machen, mich durchschlagen, so wie ich es immer getan habe. Es liegt mir einfach nicht, mich zu eng an andere zu binden, auch wenn ich zugeben muss, dass eure kleine WG schon etwas Faszinierendes hat.

Du brauchst nicht lange zu suchen, um jemanden zu finden, der in den Pavillon passt. Ich verlasse mich da ganz auf dein Gefühl. Grüße die anderen von mir! Linse“

Es war kein scharfer Schmerz, eher ein Gefühl von großem Verlust. Linse hatte eine Leichtigkeit mitgebracht, die Leni vorher nicht gekannt hatte. Sie lächelte, als ihr all’ die Ereignisse der letzten Zeit durch den Kopf gingen.

Da entdeckte sie noch ein Post Scriptum.

„Er wartet.“ Daneben stand eine Telefonnummer.

Beim Mittagessen erzählte Leni, dass Linse abgereist war. Sie war erstaunt, dass niemand wirklich überrascht war.

„Das war doch klar, dass sie irgendwann wieder gehen wird“, meinte Barbara. „Sie hat etwas von einer Zigeunerin. Aber einer mit Tiefgang.“

Leni musste ihr Recht geben. Neben der Fröhlichkeit, die Linses Naturell war, hatte sie auch ihre nachdenklichen Momente, die sie aber stets mit einem Lachen oder einer flapsigen Bemerkung zu überspielen wusste.

Arthur stand auf, um das Geschirr in die Küche zu tragen.

„Sagst du gar nichts dazu? Wirst du sie denn gar nicht vermissen?“, fragte Leni erstaunt.

„Die kommt wieder. Eines Tages steht sie einfach wieder vor der Tür. Wenn sie einen Platz finden will, an dem sie bleiben kann.“

Er sah sie so intensiv an, dass ihr ganz komisch wurde.

„Hast du deinen Platz gefunden?

Sie zuckte verlegen mit den Schultern.

„Ich wüsste nicht, wohin ich sonst gehen sollte."

„Das ist keine richtige Antwort."

Aber mehr konnte sie ihm dazu nicht sagen.

„Solange ich die Miete bezahlen kann und du nicht jeden Tag kochst, halte ich es hier schon eine Weile aus."

Sie mussten beide lachen. Leni war erleichtert. Für einen Augenblick war da eine merkwürdige Spannung zwischen ihnen gewesen, über deren Ursache sie sich jetzt keine Gedanken machen wollte.

Eine Woche später hatte sich die Aufregung gelegt, und das Leben in der Rentner-WG plätscherte wieder ruhig vor sich hin. Zwischen Leni, Arthur und Barbara war eine neue Vertrautheit entstanden.

Barbara besuchte manchmal ‚ihre' Mädchen im Kinderhort und verbrachte dort ein paar Stunden mit Spielen und Singen. Eines Tages kam sie ganz aufgeregt zurück.

„Stellt euch vor, die haben mich gefragt, ob ich nicht Unterricht im Handarbeiten geben will."

Ihr rundes Gesicht glühte vor Freude.

„Meint ihr, ich kann so was?"

„Logisch! Du hast doch Melanie und ihrer Freundin auch schon das Stricken beigebracht", sagte Leni.

„Das war doch was ganz anderes. Das hier ist richtig offiziell. Ich soll sogar dafür bezahlt werden. Da muss ich mich schon anstrengen und mich gut vorbereiten."

Sie verschwand eilig in ihrem Zimmer.

„War das eben unsere schüchterne Barbara?", fragte Arthur und sah ihr nach. „Jetzt wird sie sich zerreißen müssen. Ihre Preisausschreiben macht sie doch immer noch, oder?"

Leni nickte.

„Mehr denn je, seit sie diese Reise gewonnen hat."

„Auf eure Spanienreise hätte ich gut verzichten können", sagte Arthur. „Nicht, dass ich euch das nicht gegönnt hätte..."

Leni lächelte. „Du sprichst von Luis, oder?"

„Das ist allein deine Sache."

Arthur griff nach der Zeitung, um anzuzeigen, dass das Thema für ihn beendet war. Komisch, dass ihn das immer noch so aufregte.

Leni und Barbara hingen mit der Nase fast auf den Tasten des Computers. Zum dritten Mal überprüften sie jeden Schritt, den der Techniker ihnen gezeigt hatte.

„Also nach menschlichem Ermessen müsste es klappen. Ich bin gespannt wie ein Flitzebogen", seufzte Barbara.

„Und ich erst. Wo steckt Arthur eigentlich?"

„Dreimal darfst du raten, natürlich im Arbeitskeller."

„Na, dann wollen wir ihn mal raufholen." Entschlossen stand Leni auf.

Arthur nützte es wenig, dass er dringende Arbeiten vorschob. Er hatte so gar keine Lust zu dieser Lehrstunde am Computer, die Leni und Barbara ihm unbedingt verpassen wollten.

„Ich weiß wirklich nicht, wozu das gut sein soll. Ich interessiere mich nun mal nicht für diesen Kram", maulte er. „Können wir das nicht heute Abend machen?"

Aber Leni scheuchte ihn vor sich die Treppe hoch und versperrte ihm damit jede Fluchtmöglichkeit.

„Wir werden dich jetzt endlich ins einundzwanzigste Jahrhundert befördern. Schließlich bist du noch kein Tattergreis. Das Internet gehört heutzutage einfach dazu. Stell dir doch nur mal vor, was du alles damit machen kannst."

Er war absolut nicht neugierig. Aber wenn sich Leni etwas in den Kopf gesetzt hatte, war man einfach machtlos. Sie drückte ihn sanft, aber bestimmt auf den Stuhl vor dem Laptop. Mit zittrigen Fingern tippte sie dann etwas auf der Tastatur. Der Bildschirm verschwamm für einen Moment, und der Lautsprecher begann zu rauschen. Und dann sah Arthur etwas, das er nicht glauben konnte: Seinen Sohn Peter. Mit offenem Mund starrte er auf das, was er für ein Foto hielt. Aber das bewegte sich jetzt, und gleichzeitig hörte er eine ihm wohl bekannte Stimme.

„Hallo Papa! Na, die Überraschung ist gelungen. Du schaust ganz schön verdutzt aus der Wäsche."

Verwirrt sah sich Arthur nach Leni um, die sich mit breitem Grinsen an seinem dümmlichen Gesicht weidete.

„Darf ich vorstellen: Das ist Skype. Du telefonierst gerade mit deinem Sohn in Kanada, und sehen könnt ihr euch auch."

„Du siehst richtig gut aus, Papa. Hast ordentlich Farbe gekriegt diesen Sommer."

„Das gibt's doch nicht", brachte Arthur endlich heraus, und dann schossen ihm die Tränen in die Augen.

Leni und Barbara machten sich leise davon. Diese Minuten gehörten allein Vater und Sohn. Auf der Terrasse stand der Sekt in einem Kühler bereit, und die Damen tranken einen Schluck auf die gelungene Überraschung.

„Ich glaube, Arthur wird sich ab jetzt sehr für das Laptop interessieren", prophezeite Barbara. „Das hast du wirklich gut gemacht."

Die Telefonate mit Peter wurden Arthur zur lieben Gewohnheit. Max und seine junge Braut kamen zu Besuch und berichteten strahlend, dass Nachwuchs unterwegs war.

„Dann brauchst du uns gar nicht mehr als Ersatzenkel", meinte Rick traurig, als Arthur ihm davon erzählte.

„Wie kommst du denn auf so was? Jetzt, wo ihr so langsam richtig gute Fußballer werdet!"

Das Gesicht des Jungen hellte sich auf.

„Im Ernst?"

„Logisch. Außerdem würde sich dann auch Charly langweilen. Das geht ja nun gar nicht."

„Was heckt ihr beiden schon wieder aus?", fragte Charly, der gerade dazu kam. „Kritik am Trainer?"

„Das würde uns doch im Traum nicht einfallen", versicherte Rick treuherzig.

„Na, dann schnapp dir schon mal den Ball und mach dich warm. Ich komme gleich."

Charly setzte sich zu Arthur auf die Terrasse.

„Wie sieht's denn so aus bei dir? Den Köhler bist du wohl los als Mandanten", fragte der.

„Allerdings. Aber ich bin nicht traurig darüber. Und durch diese Geschichte habe ich ein paar neue Kunden gewonnen. Ich kann mich schon ganz gut über Wasser halten."

Er schaute hinüber zum Pavillon.

„Das sieht schon wieder richtig gut aus."

„Ja, die Handwerker waren fix. Mit der Versicherung bin ich auch klar, die übernehmen die Kosten für die Renovierung. Das Ding wird besser aussehen als vorher."

Beide schauten hoch, als Leni mit einem feierlichen Gesicht heraus kam. In der Hand hielt sie einen Umschlag, den sie Charly überreichte.

„Für mich?“

Er öffnete den Umschlag und zog einen Schlüssel heraus. Ratlos drehte er ihn in den Händen.

„Wofür ist der?“

„Den hat Linse hier gelassen. Nur für den Fall, wenn du mal nachts aufs Klo musst. Der Pavillon ist zwar immer noch keine Drei-Sterne-Unterkunft, aber für den Sommer kann man es sich ganz gemütlich machen, wie wir ja nun wissen.“

„Hauptsächlich ist es wegen der Paritäten“, erklärte Arthur. „Auf Dauer komme ich allein gegen zwei Frauen nicht an. Da dachten wir, es ist keine schlechte Idee, wenn du den Pavillon übernimmst. Sozusagen als Sommergast. Natürlich nur, wenn du willst.“

Es kam selten vor, dass der mit allen Wassern gewaschene, redegewandte Anwalt nicht wusste, was er sagen sollte. So besiegelte er seine Freundschaft zu Arthur nur mit einem festen Händedruck.

„Cava für alle“, rief Barbara und kam genau im richtigen Moment mit einem Tablett heraus. Und da war auch noch Rick, der auf dem Rasen stand und ungeduldig auf seinen Trainer wartete.

Arthur hatte lange und gründlich nachgedacht. Er war nicht der Mann für große Worte, aber es drängte ihn, endlich mit Leni zu sprechen. Als sie sich am nächsten Abend allein mit ihm auf der Terrasse wiederfand, ahnte sie, was kommen würde. Er sah heute richtig elegant aus in einem Leinenhemd, das offensichtlich neu war.

Nervös zündete er sich eine Zigarette an. Ausnahmsweise begann Leni keine Diskussion wegen seiner Raucherei.

„Ich wollte schon lange mal mit dir reden“, begann er mit fester Stimme.

„Es ist nicht zu fassen, dass es erst ein Jahr her ist, seit du hier eingezogen bist. Es hat sich alles verändert. *Du* hast alles verändert, und zwar zum Guten. Ich war fertig mit dem Leben, als du kamst. Schau, wie gut es mir jetzt geht. Wir lachen, streiten und reden, immer ist etwas los hier. Ich hab sogar ein paar Kilos abgenommen.“

„Und manchmal läufst du in was Schickerem herum als in diesen karierten Hemden“, neckte sie ihn.

Das brachte ihn aus dem Konzept. Irritierte zupfte er an sich herum. Vielleicht machte er sich gerade zum Narren. Aber wenn er jetzt nicht den Mut fand, dann vielleicht nie.

„Ich habe mit Peter gesprochen. Was hältst du davon, wenn wir ihn nächstes Jahr besuchen? Wir beide."

Sie war offensichtlich überrascht. Das trug nicht gerade dazu bei, dass er sich sicherer fühlte bei seinem Vorhaben.

„Das hört sich toll an. Kanada muss wunderschön sein. Und ich würde mich freuen, Peter kennen zu lernen", sagte sie zögernd.

„Er freut sich auch auf dich. Ich fürchte, ich habe ihm schon die Ohren voll erzählt von dir."

Sie waren beide verlegen.

„Du bist eine außergewöhnliche Frau. Diese Mischung aus Verstand und Herz, also wirklich viel Herz. Und viel Verstand..." Er verhaspelte sich hoffnungslos.

„Und einer großen Klappe, die dich zum Wahnsinn treibt", half sie ihm lachend weiter.

„Ja, auch das. Wenn es anders wäre, würde mir was fehlen."

„Ach Arthur, ich hab dich auch sehr gern", sagte sie und gab ihm einen Kuss auf die Wange.

Nach einer Schrecksekunde fing er an zu strahlen.

„Stell dir nur vor, was wir noch alles zusammen machen können. Kanada ist erst der Anfang, es gibt ja noch mehr schöne Länder, die man gesehen haben muss. Und hier zu Hause, wir werden es uns gemütlich machen. Ich habe schon so viele Pläne im Kopf."

Es war mit ihm durch gegangen. Erst jetzt stellte er fest, dass sie schwieg.

Leni saß ganz ruhig in ihrem Sessel. Angst, Unsicherheit, alles das war verschwunden. Sie freute sich darauf, Luis zu besuchen und ihn besser kennen zu lernen. Mit Arthur nach Kanada zu reisen. Sich irgendwo mit Linse zu treffen oder mit Barbara auf Kreuzfahrt zu gehen. Das Leben steckte noch voller Möglichkeiten. Und sie war neugierig auf alle.

„Geht dir das zu schnell?", fragte Arthur besorgt.

Sie legte ihm liebevoll ihre Hand auf den Arm.

„Sei mir nicht böse, Arthur. Aber diese ganze Planerei ist nichts mehr für mich. Das Leben ist viel zu kurz für so etwas. Ab jetzt geb' ich Vollgas."

Leni lachte aus vollem Hals.

„Pläne fürs Leben? Aus dem Alter sind wir doch raus, oder?"